Augusto Céspedes Teufelsmetall

W0332269

»Teufelsmetall« erzählt die Geschichte von Rohstoffen: Die Ausbeutung des Menschen durch den Menschen, die Macht des Geldes, der Druck der wirtschaftlichen Interessen, der durch rücksichtslose Versklavung von Arbeitermassen Exportziffern und Dividenden in die Höhe treibt, während die Forderung der Ausgebeuteten nach menschenwürdigen Lebens- und Arbeitsbedingungen mit Hilfe der Militärs blutig unterdrückt wird.

In Szenen von filmischer Bewegtheit illustriert Céspedes Leben und Mentalität der verschiedenen Gesellschaftsschichten, die Arbeit im Bergwerk den Weg des Teufelsmetalls von den Minen zu den Weltmärkten. Die differenzierte Sprache ist eindringlich in der Anklage, dramatisch erregt im Dialog und reich an eindrucksvollen Metaphern in der Beschreibung des Bergbaugebietes am Rand der Andengletscher.

Hinter der Romanfigur Zenon Omonte steht Simón S. Patiño, der jahrzehntelang das wirtschaftliche und politische Leben des Landes bestimmte, indem er Minister, Richter und Abgeordnete bestach, Zeitungen aufkaufte und die Regierungen zu Werkzeugen seiner eigenen geschäftlichen Interessen erniedrigte. Der international mächtige Zinnbaron war ein kalt berechnender Ausbeuter, der von New York, London und Paris aus seine Landsleute unterdrücken ließ und das Land, in dem er geboren wurde und reich geworden war, als eine Mine im wahrsten Sinne des Wortes betrachtete.

Augusto Céspedes war Mitgründer und einer der führenden Ideologen der »Nationalistischen Revolutionären Bewegung«, die 1952 nach einem bewaffneten Volksaufstand die Macht in Bolivien übernahm. Er ist heute Vertreter Boliviens bei der UNESCO in Paris.

Augusto Céspedes

Teufelsmetall

Roman aus Bolivien

Aus dem Spanischen von
Ana Maria Brock
Nachwort von Oscar Zambrano

Lamuv Verlag
Dialog Dritte Welt

CIP Kurztitelaufnahme der Deutschen Bibliothek

Céspedes, Augusto:
Teufelsmetall / Augusto Céspedes. Aus d. Span. von
Ana Maria Brock. Nachw. von Oscar Zambrano. - 1. Aufl., 1.–5. Tsd.
- Bornheim: Lamuv Verlag, 1982.
(Dialog Dritte Welt; 1)
Einheitssacht.: Metal del diablo (dt.)
ISBN 3-921521-47-5

NE: GT

1. Auflage 1.–5. Tausend, Februar 1982
Lamuv Verlag, Martinstraße 7, 5303 Bornheim 3
© Copyright Augusto Céspedes, 1946
© Copyright für die deutsche Übersetzung Aufbau Verlag, Berlin und Weimar, 1964
© Copyright für diese Ausgabe und das Nachwort von Oscar Zambrano Lamuv Verlag
Umschlagentwurf: Gerhard Steidl/Alex Wick unter Verwendung eines Fotos von Michael Gregor
Gesamtherstellung: Steidl, Düstere Straße 4, 3400 Göttingen
ISBN 3-921521-47-5

Inhalt

HINWEISE

Der Titel dieses Romans rührt von der folgenden Notiz Alicia O'Reardon Overbecks in „The National Geographic Magazine" her: „The ancient metallurgists call the tin diabolus metallorum, devil among metals."

Die Zitate, die den Kapiteln voranstehen, entstammen alle dem Buch „Anales de la Vida Imperial de Potosí" von Bartolomeo Martínez y Vela, einem Schriftsteller des 18. Jahrhunderts.

Die in diesem Buch gegebene Beschreibung der Verhältnisse, unter denen die Ausbeutung der Gruben erfolgt, trifft in gleicher Weise auf die Unternehmen Simón I. Patiños, Carlos V. Aramayos und Mauricio Hochschilds zu, einer Dreieinigkeit von Blutsaugern, die den Lebenssaft des bolivianischen Volkes mittels des Saugrohres internationaler Körperschaften in Strömen trinkt.

Jede weitere Ähnlichkeit zwischen Personen oder Firmen des vorliegenden Romans und tatsächlich existierenden wäre verbürgtermaßen rein zufällig.

Im Gedenken an Juan Carlos
widme ich dieses Buch Agar Céspedes
und Armando Arce,
dem Verteidiger der bolivianischen Arbeiter.

1

Prolog

„Es ist für die Welt ein Schreckgespenst ohnegleichen, ein Schatz, der das Erdenrund bereichert, und ein Ärgernis, das die Völker in Aufruhr gebracht hat."

1942. Um sechs Uhr nachmittags hat die Verdunkelung die Gebäude New Yorks bereits ihrer Häupter beraubt. Sie verbluten aus den Lichtschlitzen in den Erdgeschossen. Die roten Lampen der Autos sind wie zahllose Tröpfchen. Oben wollen die Wolkenkratzer einander nicht kennen. Wie kapuzenverhüllte Riesen, die unter der Maske lächeln, verbergen sie sich in dem kohlschwarzen Himmel.

In der Park Avenue, die vom Gewicht dieser finsteren Versammlung fast erdrückt wird, liegt auf den Gesichtern der vorübergehenden Frauen und den Glasscheiben der Hoteldrehtüren ein verstohlener Glanz, der aus dem Innern der Erde hervorzudringen scheint.

Schatten rings um das Waldorf. Der Widerschein der leuchtenden Wunde klettert ein paar Stockwerke empor und stirbt. Er reicht nicht an die Fenster der Türme mit ihren geschlossenen Jalousien und zugezogenen Vorhängen heran. Stille im Appartement des Millionärs, besonders im hellblau und beige gehaltenen Salon – Perserteppiche und Vikunjafelle –, wo er unter einem hohen Schirm aus bronzenem Licht vor dem Kamin sitzt, den Blick ins Leere gerichtet, eine Zeitung schlaff in der Hand.

Er kann nicht Englisch lesen. Auch nicht sprechen. Aber er hat in der Zeitung seinen eigenen Kopf erkannt, der säulengleich aus dem molligen Kragen des Pelzmantels emporragt wie aus einem Berg. Und daneben das Bild des Dienstmädchens, das vor fünfzehn Tagen gegangen ist, nach dem Skandal.

In den eng gesetzten Zeilen, die beide Bilder einrahmen, wird berichtet, die nordamerikanische Hausangestellte habe von dem südamerikanischen Millionär 100 000 Dollar Entschädigung verlangt, so hoch schätze sie die zwei Ohrfeigen ein, die er ihr gab.*

Aber er weiß nicht, was da steht. Er hat seine Photographie betrachtet und dann die Zeitung sinkenlassen. Presseklischees haben ihn schon immer sehr grob wiedergegeben.

In dem ätherischen Helldunkel des Zimmers wirkt dieser Mensch älter als sein Bild. Die Ohren liegen dem breiten und schwartigen, halb kahlen Schädel mit den kurzen grauen Haaren dicht an. Scharf vorspringende Backenknochen und kleine, wimpernlose Lider, die seine winzigen, unzufrieden blickenden, vorstehenden Augen bedrängen und an den verdeckten Augäpfeln kein Weiß mehr sehen lassen. Die mas-

* In den hochindustrialisierten Ländern existiert bereits eine Norm für die Höhe der von Millionären zu fordernden Entschädigungen. Da gibt es den Fall des Don Simón I. Patiño und seiner Gattin Doña Albina Rodríguez, die laut einem ausführlichen Bericht der „New York Herald Tribune" vom 16. 1. 1943 vor dem Obersten Gericht einen Prozeß verloren, den Mrs. Alice Appiato Musich, Dienstmädchen bei Mrs. Patiño, gegen sie angestrengt hatte. Die Appiato gab an, vorher für die Filmschauspielerin Marion Davis, für Lady Deterding, die Witwe Sir Henry Deterdings, des Oberhaupts der Royal Dutch Petroleum Co., und andere steinreiche Frauen gearbeitet zu haben; aber seit dem Streit mit den Patiños im Mai 1941 habe sie nicht mehr regelmäßig arbeiten können, da ihre Gesundheit und ihre Nerven gelitten hätten.

Der Streit im Waldorf Astoria entstand laut Mrs. Appiato an dem Tag, als sie ihre Stellung kündigte, weil bei einer Panamareise der Millionäre „Mrs. Patiño mir nur $ 1,50 pro Tag als Verpflegungsgeld gab, womit ich nicht auskam, denn dort ist alles sehr teuer". An jenem Tag kehrte das Mädchen, nachdem sie die Zimmer aufgeräumt hatte,

sige, schwere Oberlippe lastet auf dem breiten Froschmund. Die Wangenhaut hängt über die Kinnbacken herab und bildet ein Doppelkinn, würdevoll wie bei einem Preisbullen. Unbekannte Kommentatoren behaupten, er sei nicht so schwarz, wie er auf dem Foto aussieht, sondern nur halbbrünett mit einem Stich ins Violette, besonders um die außerordentlich großporige Nase herum. Der Hinterkopf ist allerdings schwarz und borstig, typisch für Indianer, die es zum Fettansatz gebracht haben, obwohl sie einer von Natur aus kümmerlichen Rasse angehören. Und er besitzt auch den launischen, unverschämten Ausdruck des dicken Mestizen, wie ein Bär, der sich viele Pelzmäntel leisten kann.

Wenn er in den Zeitungen auftaucht, vermutet das europäische oder nordamerikanische Publikum, dieser Herr könnte ein indischer Maharadscha sein, von der Sorte, die jährlich ihr Gewicht in Gold einkassiert, ein japanischer Magnat aus der Mitsui-Sippe, ein exotischer Stammeshäuptling in europäischer Kleidung oder ein unheimlicher Tyrann aus Süd- oder Mittelamerika, der ein wenig an ein Bison erinnert.

in ihr zu dem Appartement der Patiños gehörendes Dienstbotenzimmer zurück und überraschte ihre Brotgeber beim Durchsuchen ihrer Habseligkeiten. Auf ihre Frage beschuldigte Mrs. Patiño sie, sie hätte eine Uhr verschwinden lassen, ergriff den Koffer des Dienstmädchens und sagte, den werde sie mitnehmen. Die Appiato sagte daraufhin, sie werde die Polizei rufen, worauf Señor Patiño erwiderte, das kümmere ihn nicht, da er die Rechte eines bolivianischen Diplomaten (Gesandter in Vichy mit Wohnsitz in New York) genieße. Daraufhin schloß die Appiato die Tür ab und wollte ans Telefon gehen, und um das zu verhindern, hielten die Eheleute sie fest, wo sie nur konnten, beschimpften sie unflätig und zerrissen ihr die Kleider, bis sie ihr nach erbittertem Kampf den Schlüssel abnahmen und die Tür öffneten, vor der sich der Manager und zahlreiche Angestellte des Hotels versammelt hatten.

Dieser Bericht erschien mit leichten Abwandlungen und illustriert auch in anderen Zeitungen New Yorks. Das sensible Dienstmädchen erreichte, daß das Schwurgericht die Patiños zur Zahlung von 6000 Dollar Entschädigung verurteilte.

In Wahrheit ist er von alledem etwas, aber bolivianischer Nationalität. Die geschilderten Merkmale körperlicher Grobschlächtigkeit und „rassischer Minderwertigkeit“ haben nicht verhindert, daß ihm makellose englische Tories, deutsche Junker, nordamerikanische Magnaten und bolivianische Staatsmänner aus der Zeit vor der Revolution ihre Aufwartung machten. Oft hat er sie in seinem Vorzimmer warten und ihnen dann ausrichten lassen, er habe keine Lust, jemand zu empfangen.

Eine Zuneigung ohnegleichen hegten für ihn vor allem spanische und französische Adlige. Eine Herzogin, eine sehr nahe Verwandte des Königs Alfons XIII., nannte ihn „Pappi“, und nicht im Scherz, denn sie wurde wirklich seine Schwiegertochter. Ein spanischer Marquis wurde sein Schwiegersohn, und ebenso ein französischer Graf, der ihn gezwungenermaßen spanisch anreden mußte, da der Übermensch auf der Photographie, wenn er auch dreißig Jahre lang Gesandter seines Landes in Europa und den Vereinigten Staaten war, nie eine andere Sprache lernte als das Ketschua, die Muttersprache der Indianer, die noch heute in Ekuador, Peru und Mittelbolivien lebendig ist.

Er ist in Wahrheit auch ein König, Herr eines ganzen Landes und Gründer eines unzusammenhängenden Reiches aus Bergwerken, Gießereien, Banken, Gruben und Landsitzen, alle über verschiedene Gegenden Europas, Amerikas und des Fernen Ostens verteilt. Wozu braucht er all die Sprachen der Länder seines Reiches zu sprechen, wenn es ihm genügt, sie nach der tauben und stummen Formel des Zinns zu konjugieren?

1942 kamen zwei bolivianische Minister, die von ihm Trinkgeld bezogen, nach New York. Entzückt nahmen sie die Einladung zu einem Bankett an, das der majestätische Bolivianer ihnen zu Ehren gab; dieser aber bezahlte das Bankett und nahm selbst nicht daran teil, sondern betraute einen seiner Kammerdiener damit, den Vorsitz bei der Festlichkeit zu übernehmen und den Trinkspruch auszubringen.

Das Recht, so mit seinen Handlangern umzuspringen, geben ihm die Statistiken, die ihm die fünfte oder sechste Stelle unter den ersten Millionären der Welt zusprechen. Die fünfte oder sechste Stelle – es lohnt nicht, um ein paar Millionen mehr oder weniger zu streiten. Andere Statistiken wiederum, welche die Länder Indoamerikas in „reich", „mittel", „arm" und „sehr arm" eingeteilt haben, stufen Bolivien in die Kategorie „sehr arm" ein. Es lohnt auch nicht, darüber zu streiten, ob ihm vielleicht nur die Bezeichnung „arm" zukomme.

Sicher ist jedenfalls, daß sich sogar im Laufe des zweiten Weltkriegs in den Spalten der Zeitungen, die mit Nachrichten über die Landung der alliierten Truppen in Afrika vollgestopft waren, das Bildnis des bolivianischen Potentaten durchsetzte und in der Presse der Vereinigten Staaten immer öfter auftauchte. Schnappschüsse zeigten ihn wie einen Menschenaffen im Käfig einer Spalte neben Dienstmädchen, Bankiers oder Backfischen. Sie zeigten ihn auch, als sie berichteten, daß in seinen bolivianischen Gruben ein Streik ausgebrochen sei, bei dem glücklicherweise nur dreihundert Arbeiter, Männer und Frauen, im Maschinengewehrfeuer umgekommen seien.

Die Haltung des Magnaten zu diesem Zwischenfall, der dem natürlichen Lauf der kapitalistischen Produktion entspricht, ist nicht bekannt. Seine Verdauung hat bereits einen solchen Zustand der Vollendung erreicht, daß er noch aus zehntausend Kilometern Entfernung die Stoffe assimiliert, welche die Indianer seines Landes mit Hilfe ausländischer Technik den Eingeweiden einer aufgebrochenen Erde entreißen. Sein Alter und sein Reichtum haben ihm beinahe den Rang eines lebenden Buddhas verliehen, und Priester in Jackett und gestreiften Hosen speisen ihn mit den Kräften, die sie durch magische Künste in seinen Machtbereich lenken, ohne daß er aktiveren Anteil am Leben nähme – er läßt lediglich ein besorgtes Grunzen hören, wenn einer von denen im Jackett ihn in Trance wähnt und, von der Versuchung übermannt, die Hand nach den Opfergaben ausstreckt.

Weiter nichts, denn dieser braune König lebt nicht mehr. Man kann ihn nicht mehr in sein eigenes Leben, auch nicht in das Leben seines Volkes zurückrufen, ihm eine Seele geben, ihm Empfindung und menschliches Wesen einflößen. Man kann ihn nur noch im Roman zum Leben erwecken.

Zu diesem beinahe lästerlichen Zweck müssen wir wieder zur Erde hinabsteigen und das filmische Mittel der Rückblende anwenden, rasch die Gestalt und das betäubende Panorama der Gegenwart auslöschen und über Wolkenkratzer, Ozeane und Gebirge hinweg zurückfliegen, bis wir uns in der ländlichen Stille Boliviens im Jahre 1890 wiederfinden.

Talklima

„Das Maultier mit dem Gold ist in den Fluß gefallen."

Dieser Satz aus Wasser und Gold senkte sich eines Nachmittags in das Unterbewußtsein des halbwüchsigen Zenón Omonte, um noch lange Zeit wie eine heimliche Stimme in seinem Ohr zu klingen.

„Das Maultier mit dem Gold ist in den Fluß gefallen" ... Er hörte den Satz vor allem an den langen Nachmittagen dörflichen Müßiggangs, wenn er an den flachen Ufern des Flusses umherschweifte, den zwei Reihen sehr roter Berge einschlossen. Den Hang eines dieser Berge kletterte das Dörfchen Karasa mit seinen Lehmsteinmauern und Strohdächern empor wie ein zwischen Molle- und Johannisbrotbäumen gebautes Nest. Oben, an dem kleinen Marktplatz, ragte der flache, spitze Glockenturm der Kirche auf. Die Gäßchen stürzten sich steil zum Flußufer hinab, das jäh über dem steinigen Strand abbrach, wo die Strömung im Winter so sanft dahinschlich, daß ein hufeisenförmiger Pfad das Flußbett mühelos durchquerte. Den in der Sonne weißleuchtenden Strand kreuzten Esel und Maultiere und machten sich kaum die Füße naß. Sie sahen winzig aus in dieser stillen und weiten Welt aus Stein und Sand, die zwischen den zwei roten Bergkarawanen ruhte. Ab und zu überquerte auch eine Postkutsche den Fluß.

Aber in der Regenzeit schwoll das Wasser an und setzte wie ein Horizont im Vormarsch den ganzen Strand unter Wasser. Trübe, ockergelb, mit rauhem Gebrüll leckte die Flut bis zu den Hängen beider Bergketten hinauf und bedrohte das Dorf. Manchmal wälzte sich nicht nur das Wasser heran und füllte das ganze Flußtal aus, sondern auch der Schlamm der Erdrutsche aus den Bergschluchten. Das Erdreich rollte an wie ein langsam vorrückendes Erdbeben, das Bäume und Felsbrocken auf dem Rücken trägt, als wären es leichte Blätter.

Da Karasa auf halbem Wege zwischen der Hochebene von Oruro und dem Tal von Cochabamba lag, mußte man, um nach Cochabamba zu kommen, den Fluß überschreiten. Aber wenn die Flut stieg, benutzte man einen längeren Weg, der am Ufer entlangführte und dem Verlauf der Berghänge folgte.

In der Regenzeit kam einmal aus Oruro ein Zug Lasttiere mit Maschinen, Ballen und einer Kiste, die eine Geldsendung in Pfund Sterling enthielt, wie Don Rigoberto Rengel erklärte, ein Angestellter der Firma Bottger, der die Treiber begleitete. Er wollte rasch nach Cochabamba kommen und hielt den Fluß für passierbar, der nach der ersten Flut etwas gefallen war; deshalb entschloß er sich, ihn zu überschreiten und nicht den anderen Weg einzuschlagen. Die Treiber krempelten die Hosen hoch, nahmen die Maultiere beim Halfter und stiegen ins Wasser, tauchten unter und wieder auf, je nachdem sie in die Löcher oder auf die Felsen des Flußbettes traten. Die bedrohliche Strömung peitschte mit ihrem Wellenschlag auf die Maultiere ein.

Nun, da erwiesen war, daß sich der Fluß noch durchwaten ließ, führte man das Maultier hinein, das die Holzkiste mit dem Gold trug, und unglücklicherweise stolperte, rutschte und stürzte gerade dieses. Das Wasser schlug über ihm zusammen und riß es in dem trüben Wirbel aus Steinen und Strudeln ein kurzes Stück mit fort. Die Treiber, die sich wie Frösche an die Felsblöcke klammerten, sahen die Last vom Rücken des Tieres gleiten und im reißenden Strom verschwinden.

Bottgers Angestellter stand am Ufer und schrie, mit den Armen fuchtelnd, in das Getöse des Flusses hinein.

„Das Maultier mit dem Gold, es ist das Maultier mit dem Gold!“ brüllte er und stieg mit allen Kleidern ins Wasser.

Das seiner Last entledigte Maultier konnte schlammbedeckt das andere Ufer erreichen. Nun mußte man das Sinken der Flut abwarten, um die Kiste zu suchen.

„Sie war zu schwer, um mitgerissen zu werden“, sagte der Begleiter der Geldsendung. „Sie war auch noch mit Metallbändern gesichert, so daß sie den Stößen sicher widerstanden hat und nicht aufgegangen ist.“

Die Suche dauerte zwei Tage. Das ganze Dorf versammelte sich am Ufer. Tata Morató, der Priester der Gemeinde, brachte Don Rigoberto Rengel in seinem Haus unter. Er gab ihm Ratschläge und stellte ihm seinen Neffen, den jungen Zenón Omonte, zur Verfügung, der ein paar Indianer zusammentrommelte. Unter seiner Führung verteilten sie sich nackt im Fluß und tasteten mit Füßen und Händen in der trüben Flut umher.

Allmählich sank das Wasser, und der Schlamm auf den auftauchenden Steinen wurde beim Trocknen weiß. Am zweiten Tag um zwei Uhr nachmittags, unter einer Sonne, die die Luft glühen machte, schrie Zenón auf und winkte. Sie eilten zu ihm. Die aufgequollene Kiste lugte, zwischen zwei Steinen eingeklemmt und von Schlamm und Wasserpflanzen beinahe verdeckt, mit einer Kante hervor. Sie holten sie unversehrt heraus.

Rengel tanzte vor Freude. Er entlohnte die Indianer und steckte dem Burschen für das Finden ein Extratrinkgeld zu. Dann reiste er nach Cochabamba weiter.

Seit jener Zeit war es Zenón an bestimmten heißen Nachmittagen, wenn die Luft über dem Strand flimmerte, als höre er jenen geheimnisvollen Satz: „Das Maultier mit dem Gold ist in den Fluß gefallen.“

„Jacu, jacu, ripuna Tapacarita . . .“

Ein paar Mollebäume reckten ihre Kronen über dem Sand und den Steinen des Ufers empor; als der Fluß austrocknete, lagen ihre Wurzeln frei. In ihrem Schatten saß Zenón, lauerte mit einer Schleuder den Vögeln auf und pfiff volkstümliche Liedchen.

Es herrschte Stille, und warme Luft lag über dem breiten Strand. Zwischen den Steinen funkelte der Wasserfaden in der Sonne. Die regungslosen Nachmittage verstrichen ohne größere Unterbrechung als den Flügelschlag der Ringeltauben. Dem Frieden des Dorfes verlieh der Strand einen fernen Abglanz der Ewigkeit, und die Erdberge des anderen Ufers vertieften dieses Bild mit ihrer rötlichen und ockerbraunen, nur durch kleine Gerstenfelder unterbrochenen Einförmigkeit, die sich über Gipfel und Gipfel bis in blaue Fernen erstreckte.

Die beschauliche Haltung Omontes veränderte sich jäh wie ein vereister Sturzbach im Frühling, als Teresita, die Tochter eines der Pächter Dr. Guzmáns – eines im Dorf ansässigen Haziendabesitzers und Rechtsanwalts – am Fluß auftauchte, um zu waschen. Unter der Sonne, die das weiße Ufer glühend heiß machte, zerbarst die Nachmittagsstille im Klatschen der Wäsche, die Teresita heftig gegen einen Stein schlug, das Gesicht im Schatten des weißen Hutes verborgen. Omonte verfolgte ihre Bewegungen. Zum Waschen hatte die Imilla, die die Farbe eines rotbraunen Apfels hatte, Umhang und Tuch abgelegt, so daß den Oberkörper nur das Hemd aus grobem Nessel bedeckte, das sich über den festen Brüsten blähte und die braunen, rundlichen Arme freiließ.

„Jacu, jacu, ripuna Tapacarita ..."

Da die Indianerin tat, als hätte sie nichts bemerkt, schlenderte Zenón langsam näher, warf Steinchen in das Wasser und dann auf die Frau selbst, die das Manöver wohl wahrgenommen hatte, jedoch unnahbare Gleichgültigkeit heuchelte. Aber als die Steinchen ihr Ziel trafen, wandte die Imilla dem Manne das Gesicht zu und schimpfte in Ketschua auf ihn ein: „Khara*, was fällt dir ein, mich mit Steinen zu schmeißen? Faulpelz, denkst du denn, ich bin ein Schaf?"

„Auf dich ziele ich ja gar nicht, sondern aufs Wasser."

„Weißt du keinen anderen Platz, Vagabund? Laß mich waschen!"

„Kannst meine gelben Unterhosen waschen ..."

* Es ist sehr schade, daß der Dialog auf spanisch weitergeht, denn in Ketschua ist er saftiger. Wenigstens ist das die Meinung des Autors.

„Hol dich der Teufel!“

Mit starken Armen und nassen, vom Waschen rosigen Händen wusch Teresita hitzig weiter. Pfeifend stieß Omonte mit dem Fuß Kieselsteine vor sich her, kam noch näher und sprach zu ihr, aber die Imilla antwortete nicht und hob auch nicht den Blick; sie blieb über die stahlfarbene Strömung gebeugt.

Die Arbeit der Wäscherin war zu Ende. Mit schweißglänzendem Gesicht sammelte sie die Wäschestücke ein, die zum Trocknen auf den Felsen ausgebreitet lagen, und bückte sich, um sie in ein Umhängetuch zu wickeln. Diesen Augenblick machte sich Omonte zunutze, um sie tätlich zu bestürmen, und steckte die Hände zwischen ihre Brüste, die sie schützte, indem sie den Kopf auf sie herabsenkte und sie mit den Unterarmen bedeckte. Der Schatten der Berge malte riesige Dreiecke auf den Strand und stieg am Kirchturm empor. Teresita schritt schneller aus und wandte sich auf einem Pfad unter den Uferbäumen nach oben. Aber wieder griff ihr Omonte von hinten um den Leib und schob ihr eine Hand in den Ausschnitt.

„Laß mich gehen, Lump! Wer hat dir gesagt, daß ich deine Frau bin? Ach! Ach! Ich schreie, Bandit! Die Wäsche! Hol dich der Teufel! Die Wäsche wird dreckig! Du wirst sie nachher waschen, Khara, Bandit!“

Der Schatten der Berge strich bereits über das Dorf hinaus und kletterte an den jenseitigen Bergen empor. Mit vorgestelltem Bein warf Omonte die Indianerin auf den Sand unter einem Mollebaum. Allmählich gingen Teresitas Proteste und Schmähreden auf Ketschua in eine gleichmäßige Folge stöhnender Laute über.

Ein Maultier mit Gold besaß der Tata Morató nicht, aber eine kleine Truhe mit Silber. Zenón entdeckte das, als er einmal seinen Onkel dabei überraschte, wie er die Soutane hochraffte und aus der Hosentasche die Schlüssel für das Schloß herausholte, das den eisernen Bügel des Lederkastens versperrte, es öffnete und die Tostones, Tomines und halben Bolivianos oder andere Silbermünzen hineinlegte, die er durch seine Arbeit angesammelt hatte, die darin bestand, die Sakramente zu spenden und den Festen seiner Gemeinde vorzustehen. Diese Gemeinde erstreckte sich über Felder, Berge und Täler bis zu den fernen Indianerdörfern und Gütern, wo die Indianer seiner apostolischen Dienste harrten.

Der Priester Morató hatte eine erotische und politische Vergangenheit, die sich über verschiedene Dörfer verteilte, wo er in seiner Jugend mit seinen Lachsalven und Ketschuaaussprüchen einen Ruf errungen und außerdem einige Kinder zurückgelassen hatte. Aber nachdem er das Greisenalter erreicht hatte, begnügte er sich damit, täglich von halb drei Uhr nachmittags, der „Stunde des ersten Schusses", bis um fünf, wenn er sich zum Essen ins Pfarrhaus zurückzog, zusammen mit einigen dem Irdischen verhafteten Nachbarn ein paar Gläser Chicha zu trinken.

Hager und sehnig, ähnelte er mit seiner schwarzen Soutane, seinem langen, grüngelben Gesicht und seinem schallenden Gelächter einer großen, dunklen Glasflasche voll fröhlichen Meßweins. Er setzte sich Zenón gegenüber an den rohen Tisch, bekreuzigte sich flüchtig und fing an zu essen. Er prüfte Omonte in den Lese- und Schreibaufgaben, die er ihm morgens gegeben hatte, und als dieser älter wurde, fragte er ihn nach den im Ort umlaufenden politischen Meinungen aus.

Zenón gegenüber hegte er eine Zuneigung, die sich nicht in Worten oder Handlungen ausdrückte. Zenón war der natürliche Sohn eines seiner Brüder und einer Frau aus dem Dorf. Der Vater hatte ihn mit der Mutter zusammen im Stich gelassen, die starb, als er zehn Jahre alt war. Der Junge trug den Familiennamen seiner Mutter. In der Erwartung, daß der Vater ihn eines Tages abholen werde, nahm ihn der Onkel Pfarrer in seine Obhut. Aber der Vater holte ihn nie und heiratete in Cochabamba, wo er weitere Söhne bekam.

Und so blieb Zenón für immer bei seinem Onkel, dem Priester, und im Dorf erzählte man sich unter anderen Anekdoten über den Tata Morató, daß einmal der Bischof Granado zu einem Hirtenbesuch gekommen und im Pfarrhaus abgestiegen sei und, als ihm der Junge vorgestellt wurde, gefragt habe: „Ihr kleiner Neffe, Herr Pfarrer?“ Darauf habe Tata Morató erwidert: „Nein, hochwürdigster Herr. Mein legitimer Sohn!“

Der Neffe diente ihm als Gehilfe, Gefährte, Sakristan und Laufbursche. Er hütete das Gärtchen, das sein Onkel im Dorf besaß, läutete die Glocken in dem kleinen Lehmsteinturm der Kirche und führte Buch über die Taufen. Dafür gab ihm der Priester zu essen, schenkte ihm einmal im Jahr einen Anzug aus derbem Drell und harte, nach dicken Sohlen riechende Schuhe aus Korduanleder und überließ ihn hinsichtlich seines übrigen Auskommens der eigenen Initiative. Die eigene Initiative bestand darin, daß sich der Bursche einen Nachschlüssel besorgte, mit dem er in Abwesenheit des Priesters den Lederkasten öffnete und gewissenhaft jeder der Rollen zu fünfzig Stück einen Zehner entnahm.

So entschädigte er sich selbst für seine Arbeit. Diese war gelegentlich recht unterhaltend, wenn er den Priester auf seinen Ausflügen in die Dörfchen und auf die Güter begleitete, wo die Indianer in regelmäßigen Zeitabständen die religiösen Feste feierten, denen der Tata vorstand.

Wenn eines dieser Feste nahte, schlossen sie die Kirche ab und bestiegen ihre Maultiere: der Priester mit Panamahut und einem Staubmantel aus Drell, hochaufgerichtet und kupferfarben, mit großer, gebogener Nase und riesigen Zähnen, die ebenso wie Hut und Staubmantel von seiner dunklen Haut abstachen, trat die Reise durch die Berge an. Zum Hochland hinaufklettern. Ins Tal hinabsteigen. Ihm folgte auf einem anderen Maultier der Neffe, über dessen Leibesfülle das apfelrote Gesicht und die kleinen, beinahe wimpern- und brauenlosen, ölfarbigen Augen auf eine unbestimmte Mischung vom Typ des Mestizen hinwiesen.

Wenn sie zum Festort kamen, stiegen sie in irgendeiner Hütte ab, und am nächsten Tag leiteten sie die Feierlichkeiten mit Messe, Prozession, Responsorien, Eheschließungen und Taufen. Die Indianer fügten ihr heidnisches Brauchtum in den Festablauf ein und machten barocke Zeremonien daraus, bei denen der Tata im Ornat, von den Indianern gefolgt, im Prozessionszug die mit Blumen und buntem Papier geschmückte Statue eines Heiligen umhertrug.

Nach einigen Tagen, wenn sie die Gebühren für die Sakramente entgegengenommen und die eingesammelten, in derbe, bunte Tücher gewickelten Münzen in ihren Reisesäcken verstaut hatten, bestiegen der Priester und sein Neffe ihre Maultiere und kehrten nach Karasa zurück.

An einem Nachmittag mit sanftem Licht und milder Wärme ertönte im Pfarrhaus nicht mehr die laute Stimme des Priesters, sondern das schrille Geschrei von Indianerinnen im Gefolge einer Gruppe Indianer, die in einer als Trage dienenden Decke den Tata Morató brachten. Eine halbe Meile vor dem Dorf hatte ihn das Maultier auf dem Weg abgeworfen. Es schritt sanftmütig hinter seinem Opfer her, das einen Schädelbruch hatte.

Die langen Beine des Priesters hingen über den Rand der Decke herab, baumelten bei jedem Schritt hin und her und ließen die Schuhe ohne Socken sehen. Auf der Seite, auf die er gestürzt war, war sein Gesicht unkenntlich, geschwollen und purpurrot angelaufen. Nur die zwei Reihen seiner großen, so lebensfroh blitzenden Zähne öffneten sich, als sich das Röcheln des Todes zwischen ihnen hindurchpreßte. Drei Stunden später starb er inmitten der bestürzten Nachbarn.

Der Bruder des Priesters, Don Nicasio Morató, der ihm sehr ähnlich sah, kam eine Woche nach der Beerdigung aus Cochabamba herauf und öffnete die Räume, die von der Behörde versiegelt worden waren. Omonte schaute zu, wie Don Nicasio den Lederkasten an sich nahm, ohne das Wort an ihn zu richten. Er wickelte rasch die gesetzlichen Formalitäten ab, um die Erbschaft anzutreten, und wenige Tage später stellte er einen Zug Lasttiere zusammen und brachte den Lederkasten und Zenón nach Cochabamba, indem er dem alten Weg die Berghänge entlang folgte.

Beim Abstieg weitete sich die Schlucht allmählich, die Berge traten auseinander, und die Talsohle wurde breiter, grüner und belebte sich immer mehr mit Geräuschen und Blattwerk. Bäume und Maisfelder füllten die Ebenen und stiegen noch an den Hängen empor, bis sie mit dem Blau der Berge verschmolzen, die in weitem Kreis das Tal von Cochabamba umgaben. Ewiger Schatten liebkoste den Boden, und über den Bäumen wölbte sich ein träumerisches, gelassenes Himmelblau.

Es war Februar; die über dem Weg brütende Hitze war gesättigt mit dem Duft frischen Obstes, der für Zenóns Augen und Hände in den Pfirsichen Gestalt annahm, die hinter den niedrigen Mauern der Obstgärten herüberlachten, oder in den Trauben, die von hohen, an Mollebäumen emporgerankten Weinstöcken herabhingen, einer endlosen Parade grüner Gestalten, die beim Vorwärtsschreiten der Maultiere an ihnen vorüberzogen.

Plötzlich tauchte am Wegesrand ein Häuschen aus Lehmsteinen auf, das die Bäume fast verbargen und von dem ein sehr hohes Rohr aufragte, von dessen Spitze ein weißes Tuch herabwehte. Das war der Accallantu, das Wahrzeichen des Chichaausschanks. Zwei kleine Jungen, der eine mit einem kurzen Hemd und der andere nur mit einem Wams bekleidet, balgten sich vor der Tür im Staub.

„Halten wir hier ein Weilchen“, befahl Don Nicasio, „es ist sehr heiß. Wir können einen Becher vertragen.“

Er stieg ab und setzte sich auf einen Mauersockel, trocknete den Schweiß von Stirn und Hals, trank die herbe Chicha des Lokals und stellte seine Betrachtungen an: „Diese Hitze! Zenón, trink auch eine Chicha gegen den Durst. Wenn man schwitzt, ist Wassertrinken lebensgefährlich.“ Und aus einer Gedankenassoziation heraus: „Es heißt, daß deine Mutter an Lungenentzündung gestorben ist. Ich habe sie nicht gekannt. Dein Schuft von Vater hat dich vor Jahren verlassen. Deshalb heißt du nur nach deiner Mutter. Jetzt ist auch der Priester gestorben. Armer Bruder! Ich bin der Ältere, aber was ist da zu machen! Jetzt wirst du bei mir arbeiten. Du sollst mir auf dem Gut helfen, ja, auf dem Gut."

Er zahlte, stand auf und befahl: „Also los, bring dem Maultier den Gurt in Ordnung."

„Ja, Don Nicasio."

Als sie aufgesessen waren und ihren Weg fortsetzten, wobei sie ein drittes Maultier mittrieben, das die kleine Geldtruhe Tata Moratós trug, übermannte Don Nicasio plötzlich eine Rührung, die nicht ganz frei von Gewissensbissen war. Er wandte sich zu Zenón um und sagte: „Du darfst mich nicht ‚Don Nicasio' nennen. Bin ich denn ein Fremder? Du mußt immer ‚Onkel' zu mir sagen."

Jahrelang hörte Omonte das hohle Klicken, das immer dieselbe lose Fliese vor Don Nicasios Haus unter den Schritten der Passanten ertönen ließ, im Hausflur widerhallen.

In dem Städtchen Cochabamba wuchs Gras zwischen den Pflastersteinen der Straßen, die infolge ihrer Leere breit wirkten. Die Ziegeldächer zeichneten ihre wellenförmigen Schatten auf die eintönig gipsweißen Flächen der Häusermauern. Manchmal war das Rollen eines Landauers zu hören, das die Kinder in Scharen herbeilockte, oder der kurze Pfiff eines Indianers, der mit Luzerne beladene Esel antrieb.

Don Nicasio Morató gehörte zur wohlhabenden Schicht. Er hatte in Europa viel Geld verschwendet, besaß aber noch ein Landgut in der Provinz Quillacollo, eines in Cliza und ein Haus in der Stadt.

Er baute Huillcaparu-Mais an, aus dem die Chicha gewonnen wird, das aus Urzeiten überlieferte Nationalgetränk der einheimischen Bevölkerung, und führte wegen Grenz- und Bewässerungsstreitigkeiten Prozesse mit seinen Nachbarn, womit er ebenfalls der uralten Tradition Cochabambas folgte. Diese Prozesse zogen ihrerseits weitere wegen Raubes, Körperverletzung und sogar Mordversuchs nach sich, und dadurch war er gezwungen, eine lebhafte Verbindung zwischen Gut und Stadt, zwischen Ackerbau und Justiz aufrechtzuerhalten.

Auf Zenón entfiel von dem bescheidenen Erbe des Priesters nichts, weil er kein legitimer Verwandter war. Don Nicasio teilte es mit Zenóns Vater, einem schweigsamen Menschen, der sich auf sein Gut oben in Tiraque zurückgezogen hatte, und stellte seinen Neffen dazu an, Fracht zum Markt von Cochabamba zu bringen und Schriftsätze oder Beschlüsse bei den Gerichten abzugeben oder abzuholen.

Auf den Straßen Staub und Sonne, im Justizpalast Fliegen, in Moratós großem Haus die Unterkunft in einem Parterrezimmer mit Ziegelfußboden, das vollkommen leer war bis auf die Schlafpritsche, einen Nagel in der Wand, um den Anzug aus grobem, dunklem Leinenzeug aufhängen zu können, und einen Stuhl mit löcherigem Rohrsitz, auf dem die Waschschüssel aus Email stand. Die Wände waren mit Zeitungen tapeziert, die man mit Reißzwecken befestigt hatte.

Erst lange nach seiner Übersiedelung nach Cochabamba und durch Zufall wurde Zenón an ein und demselben Tag seinen Brüdern vorgestellt. Er war mit seinem Onkel Nicasio auf den Kartoffelmarkt gegangen und handelte gerade auf dem Platz, der in Sonne und Staub erstickte, inmitten einer dichten Menge Indianer den Preis einer Lieferung aus. Ein junger Mann zu Pferde kam vorüber, sagte: „Guten Tag, Onkel Nicasio!" und zügelte das Pferd.

„Hallo, hallo, Joaquín", sagte dieser. „Was gibt es Neues von deinem Vater?"

„Nichts, Onkel. Sie wissen ja, er will sich nicht vom Gut wegrühren."

„Und was machst du? Studierst du immer noch Jura? Hat dein Vater immer noch die fixe Idee, einen Khelkeri aus dir zu machen?"

„Ja, Onkel, so ist es."

Plötzlich erinnerte sich Señor Morató Omontes.

„Kennst du ihn denn nicht?" fragte er den jungen Mann auf dem Pferd. „Das ist doch Zenón, dein Bruder."

Die Blicke von oben nach unten und von unten nach oben trafen sich. Zenón, dem das Blut ins Gesicht gestiegen war, ein plumper, vierschrötiger Mensch, grob gekleidet, das Hemd mit einem Knopf geschlossen, aber ohne Kragen und Krawatte, die struppigen, fettigen Haare vom Hut in die Stirn gedrückt, Zenón war für die Eitelkeit eines Jurastudenten kein befriedigender Bruder.

„Ja, ja ... nein, nein ... ich kannte ihn noch nicht ...", murmelte er.

Don Nicasio drängte hartnäckig: „Also, jetzt kennst du ihn! Gebt euch die Hand. Brüder sind Brüder, auch wenn dein Vater nichts davon wissen will!"

Joaquín reichte Zenón vom Pferd herab die Hand.

„Sehr angenehm. Ich muß jetzt gehen, Onkel. Guten Tag!"

Er wandte das Pferd und verlor sich in der Staubwolke der Indianer, während Don Nicasio murmelte: „Gottverdammich, Hochmut und nichts dahinter. Dabei sind wir alle aus demselben Dreck gemacht ..."

Am selben Tag wurde Zenón seinem anderen Bruder vorgestellt. Er ließ den Kartoffelmarkt hinter sich und ging zum Kornplatz hinüber, wo kein einziger Baum stand. Dort in der Gluthitze wogte ein Reigen weißer Hüte, bunter Ponchos und Frauenröcke hin und her. In der grellen Sonne waren die Gesichter ausgelöscht, vom Schatten verschluckt. Die weißen, von Rohrgestellen getragenen Planen schwebten wie Segel im Sonnenmeer und bildeten ein einheitliches geometrisches Muster, unter dem die Händler Nesselstoff, Garn, Knöpfe, Kleidungsstücke, Schafwollhüte, Reis, Farben, Erdnüsse, Apfelsinen und große Brezeln mit weißer Zuckerglasur verkauften.

Der andere Bruder, José-Pepe, der älter war als Joaquín, behandelte Zenón höflicher. In der Nähe des Marktes tranken sie einen Krug Chicha miteinander, und José-Pepe sagte ihm, wenn er eine Petroleumlampe brauche, würde er sie ihm bei der Firma Gerdes, wo er arbeitete, zum Einkaufspreis ablassen.

Zenón fühlte sich etwas gedemütigt, aber sie trennten sich in aller Freundschaft. Señor Morató suchte ein Gasthaus in der Calle Calama auf, um zu Mittag zu essen, und Omonte sah nach den Lasttieren, mit denen man die Erzeugnisse des Gutes herangeschafft hatte.

In der Nähe des Kornmarktes standen die Lasttiere inmitten wahrer Fliegenwolken unter einigen Eukalyptusbäumen und schlugen mit den Schwänzen, während Treiber und Händler neben ihnen auf dem Mist saßen oder lagen und sie bewachten. An der Ecke hielten Straßenhändlerinnen duftende, scharfgewürzte Speisen auf Tontellern feil. Omonte, ein abgesetzter Marktinspektor und zwei junge Viehhändler, Arispe und Jordán, aßen stehend an einem der Stände zu Mittag. Sie nahmen Hühnerviertel und Kartoffeln in die Hände, wobei sich ihre Finger rot färbten. Von dem scharfen, roten Gericht schwollen ihnen im Nu die Lippen an. Aus einem im Schatten stehenden Krug füllte die Verkäuferin die Becher mit Chicha, und die Gäste leerten sie in einem Zug.

Omonte, der an diesem Vormittag außer dem Geld, das seinem Onkel zukam, noch einen privaten Gewinn eingestrichen hatte, bezahlte für die vier Teller und die vier Becher acht Reales. Daraufhin schlugen Arispe und Jordán vor, in einem renommierten Chichaausschank noch einen Schluck zu trinken.

„Hier gibt es eine besonders gute Chicha."

In der Schenke ging eine lärmende Menge ein und aus. Sie setzten sich auf eine Bank, leerten Glas um Glas und unterhielten sich dabei in einem Dialekt, in dem Ketschua und Spanisch sich mischten.

Die zwei Händler waren bis Oruro gekommen.

„Da gibt's überhaupt keine Dachziegel! Zinkdächer, weiter nichts. Bäume gibt's auch nicht. Fünf Tage steigt man bergauf, dann kommt man auf die offene Pampa. Kein Baum und kein Garnichts. Nur Kälte."

„Und ist Oruro groß?"

„Oh, groß und hübsch! Viele Gringos. Und die Eisenbahn . . . die Eisenbahn . . . das ist was . . . eine schwarze Schlange, lang, lang. Das muß man sehen, wie die rast und schwarzen und weißen Rauch spuckt! Und proppevoll mit Leuten, drinnen hinter den Fenstern."

Omonte und der abgesetzte Aufseher lauschten selbstvergessen.

„Und so lang, wie sie ist, kann sie rasen? Warum ist sie so lang?"

Arispe kam mit einem unwiderlegbaren Argument: „So ist das immer. Das muß eben so sein. Zwanzig, dreißig Wagen, das schleppt die Lokomotive alles. In den Wagen drinnen, meine Herrn, da essen die Gringos an Tischen, besser als im Hotel, und rauchen ihre Pfeifen. Die kommen aus Chile in die Gruben."

„In den Gruben", fügte Jordán hinzu, „ist nur Gold in Umlauf. Geldscheine zerreißen sie. Im Karneval schmeißen sie die Pfundnoten mit vollen Händen auf die Straße raus, für die Kinder."

„Dürfen nur Gringos in die Eisenbahn einsteigen?" fragte der Aufseher.

„Sei doch nicht blöd", sagte Omonte. „Wenn du Geld hast, steigst du ein wie jeder andere."

„Klar", fügte Arispe hinzu. „Kaufst eine Fahrkarte, und wenn der Zug schon fährt, kommt der Schaffner und verlangt die Fahrkarte von dir. Wenn du keine gekauft hast, schmeißen sie dich aus dem fahrenden Zug, und wenn du dir den Schädel brichst."

Sie bestellten noch einen Krug. Zu essen bekamen sie umsonst, weil man dort nur für das Getränk kassierte. Dann ergriff der Aufseher eine Gitarre und fing an, monoton auf ihr zu klimpern, bis Omonte allmählich einnickte.

Er erwachte von einer Erschütterung, die wie eine Naturgewalt über ihn hereinbrach, und sah die Gestalt Don Nicasios riesengroß von der Decke herab auf sich zukommen. Dieser zerrte ihn am Kragen auf die Straße hinaus, versetzte ihm einen Tritt und tobte: „Besoffenes Stück! Das Maultier haben sie gestohlen! Such jetzt das Maultier, Himmelkreuz!"

Er wollte ihm noch einen Fußtritt geben, aber Omonte war jetzt ganz wach, drückte sich den Hut bis auf die Augenbrauen herab und gab zurück: „Jetzt reicht's mir, Onkel! Ich bin nicht Ihr Diener. Besinnen Sie sich."

Obwohl auch Don Nicasio angetrunken war, hielt er ein, brachte aber immer noch Beschuldigungen vor: „Weißt, daß du unter Spitzbuben bist, und besäufst dich!"

Auf dem jetzt menschenleeren Platz warteten nur noch die Lasttiere Señor Moratós. Ein Maultier fehlte. Señor Morató hatte den Indianer, der die Herde bewachte, bereits verprügelt, und verpaßte ihm noch einmal zwei Kopfstücke. Omonte saß auf und machte sich auf die Suche. Auf den dämmerigen Wegen, die aus der Stadt hinausführten, zogen in bläulichen Staubwolken Männer und Frauen zu Pferde, auf Eseln und Maultieren dahin und schmückten das Land wie festliche Girlanden.

Das Maultier tauchte nicht auf. Don Nicasio ritt in kurzem, schnellem Trab auf seinem Pferd voraus nach seinem Gut. Omonte folgte mit dem Indianer, der die Esel trieb. An einer Wegbiegung zwischen kahlen, spärlich mit Baumgruppen gesprenkelten Feldern trotteten langsam zwei unbewachte Maultiere dahin. Omonte befahl dem Indianer, die Herde hinter diese Maultiere zu dirigieren, und trieb sie dann unauffällig mit, so daß er, als er auf Don Nicasios Gut eintraf, statt eines Maultieres zuwenig ein Maultier zuviel hatte.

Er bedachte den Fall und lieferte Don Nicasio nur ein Maultier ab, als Ersatz für das verlorengegangene. Das andere verbarg er im Stall eines Indianers, der auf dem Gut wohnte. Zwei Wochen später entfernte er dem Tier sein Brandzeichen, färbte ihm das Fell, verkaufte es auf dem Jahrmarkt in Cliza und verwahrte das Geld.

Ein fast greifbarer sinnlicher Hauch heftete sich klebrig süß wie Fliegen an die Mauern der Häuser. Draußen erzitterte die Luft über den Luzernefeldern vom Gewieher der Fohlen. Nachts zerriß der grölende Gesang der Betrunkenen die Stille der Straßen.

Im Laufe des Frühlings und des Sommers setzte sich der Schweiß auf den Leibern der Männer und Frauen fest. Es gab nur wenig Wasser und nur zum Trinken, Wasser, das die indianischen Kinder, Mädchen und Knechte in Tonkrügen an bestimmten Straßenecken von den öffentlichen Brunnen holten, wo sie in der Sonnenglut durstigen Bienenschwärmen glichen. Dort summte und brummte es von Ketschuaworten, dort stritt man um das Recht, den Krug unter den Wasserhahn zu stellen. Eine Auseinandersetzung folgte der anderen, und das Wasser der Gefäße und des Brunnentroges stand in Pfützen auf der Straße.

Aber es kam die Regenzeit.

„Komm mit zum Fluß, Zenón!"

„Gehen wir zum Fluß . . ."

Es war ein Volksfest. In der Regenzeit führte der Fluß Rocha, der an der Stadt vorbeifloß, große Wassermassen; er überschwemmte die Stadt, und die Stadtbewohner überschwemmten den Fluß und suchten sich in dem lehmigen Wasser flache Stellen. Omonte liebte diese paradiesischen, warmen Nachmittage, wenn unter den Weiden am Flußufer die vollständig nackten Männer, die Scham mit den Händen bedeckend, den Frauen zuschauten, die sich, um ins Wasser zu steigen, in eine Decke hüllten, welche ihnen die Gefährtinnen dann vom Ufer aus abnahmen. Die Männer zogen die Hände weg und sprangen ebenfalls in die von Sonnenlicht und Schatten gesprenkelte Strömung.

Halbnackte Männer in Hemden, die ihnen bis zum Nabel reichten, streiften zwischen den Bäumen an dem schattigen Ufer umher und versuchten, heimliche Blicke auf Hinterbacken und Brüste zu erhaschen. Einige Halbwüchsige, die das sinnliche Streicheln der lauen Luft und die flüchtigen Bilder weiblicher Nacktheit zwischen Laub und Wasser erregt hatten, schlichen beiseite, hinüber zu den Maisfeldern oder in den Schatten der Feigenbäume, und gaben sich gemeinschaftlich der Selbstbefriedigung hin.

Zwischen dem Laub leuchteten wie Blüten die Sonnenschirme der Kreolinnen. Unter einem Schirm erschien schwarzgekleidet Doña Clotilde Obando, Don Clements Schwester, mit seinen kleinen Kindern. Ihr folgten die Jesusita, eine Chota mit einem Gesicht wie eine fleischige Frucht zwischen schwarzen Zöpfen, die als Haustochter diente, sowie eine zahlreiche Dienerschaft, die aus großen und kleinen indianischen Mädchen bestand.

Sie lagerten am Flußufer an einer Stelle, die durch Weiden und Rohrbüschel geschützt war. Dann überwachte die Jungfer die Waschung, an der mit Ausnahme ihrer selbst alle teilnahmen.

„Deck dich zu, Ferkel!"

Während sich Jesusita entkleidete, hatte ihr ein Windstoß das Hemd bis zum Gürtel hochgehoben. Omonte und seine Freunde, im Rohr verborgen, sahen ihre Hinterbacken, die rosig waren wie die einer Talnymphe.

Über dem Gras der Straßen und unter den Ziegeldächern verstrichen heiße Sommer, verstrichen warme Winter. Zenón befaßte sich damit, die landwirtschaftlichen Erzeugnisse bei Großhandelsfirmen abzusetzen, die sie nach Oruro weiterleiteten. Außerdem erwarb er große Erfahrung in Rechtsdingen, indem er sich um die Prozesse seines Onkels Nicasio kümmerte, der allmählich alt wurde.

Statt des Anzugs aus grobem Leinen trug er jetzt einen aus schwarzem Kaschmir, einen Strohhut und orangefarbene Schuhe, die bei jedem seiner Schritte aufleuchteten. Als er eines Nachmittags in diesem Aufzug an der Ecke des Klubs seinen Bruder Joaquín beinahe mit dem Ärmel streifte, tat dieser, als sähe er ihn nicht, und begann ein lebhaftes Gespräch mit einigen „besseren jungen Männern".

Diese besseren jungen Leute stritten sich mit den Cholos um den Besitz der Cholas in den Chichaschenken. Damals hatte den besten Ruf unter diesen Schenken das Lokal der „Tustun-siqui". In ihren jungen Jahren war sie die Chola des Obersten Lozada gewesen, den Melgarejo hatte erschießen lassen.

Omonte besuchte dieses Lokal in Gesellschaft seiner Freunde. Das waren Trinidad Quiroga, ein gewisser Nemesio Cadima, der nur zur Zeit der Wahlen außerordentliche Bedeutung erlangte und Geld besaß, ferner „Jusccu-ppuñu" und „Roson-simi", der einen mächtigen Schnurrbart trug, Gitarre spielte und mit Falsettstimme sang.

Sie überquerten einen Hof, auf dem Wasserlachen standen, und betraten einen großen Raum, wo sich mit Decken belegte Holzbänke, ein Sofa und ein Klavier längs der Wände gruppierten. Schmutzige Papiergirlanden hingen von der Decke herab, und farbige Lithographien des bolivianischen Wappens, des Befreiers Bolívar und des Generals Camacho schmückten die Wände. Die Helden wirkten durch den Fliegendreck sommersprossig.

„Dort ist Josefa ..."

Im Lokal tranken mehrere Herren. Einer tanzte zum Klavier eine Cueca, wobei er mit dem wehenden Taschentuch den Kopf Josefas umwedelte, deren Röcke sich wie ein Kreisel aus Moiré drehten. Die hübsche Chola mit den kohlschwarzen Augen wurde von ihren Neiderinnen „Usappahuachi" genannt.

„Die ist stolz", behauptete Cadima, „weil sie das uneheliche Kind von Doktor Ustarez und der Köchin ist."

Sie war tatsächlich sehr stolz auf ihre Herkunft, gab sich deshalb nur mit Herren ab und verachtete die Mulatten.

Beleibte Caballeros und Handwerker kamen durch den wärmenden Schnaps und den Zauber der Lieder „Rosonsimis" in Stimmung. Omonte machte sich behutsam an die Schöne heran und sagte ihr eine Schmeichelei, erhielt aber die von einer abfälligen Gebärde begleitete Antwort: „He, Don Sowieso, was bildest du dir ein?"

Der Wohnsitz der Familie Obando in der Calle Santo Domingo war zweistöckig, prunkte mit einem mächtigen Tor, das dem eines Feudalschlosses glich, und einer Kutsche, die mit herabgelassener Schere vor dem Tor stand und den hohen Rang ihrer Besitzer verriet.

Als der Nachmittag sich neigte, trat Jesuita schnellen Schrittes aus dem kleinen Durchlaßpförtchen des Herrenhauses und durchpflügte die Straße mit ihren in das Mieder gepreßten Brüsten. Ein kurzer schwarzer Umhang verhüllte sie kaum. Von einem indianischen Mädchen mit einem Korb gefolgt, schritt sie den halben Straßenblock hinab und bog an der Ecke zu einem Kramladen ein, wo sie Brot und Petroleum kaufte. Doña Clotilde folgte ihr vom Balkon aus mit dem Blick. Aber als die Chota um die Ecke bog, konnte Doña Clotilde nicht mehr sehen, daß in der Nebenstraße Omonte dem Mädel den Weg zu verlegen suchte, das, um ihm auszuweichen, vom Gehsteig auf die Straße hinabtrat. Zenón bemühte sich mit spitzbübischen Augen, halbem Lächeln und beiden Händen, sie aufzuhalten.

„Nein, nein ... lassen Sie mich! Der Herr wird es erfahren ... die gnädige Frau steht auf dem Balkon."

Andere Male wieder mußte die Chota den indianischen Knecht zum Wasserholen an den öffentlichen Brunnen begleiten, um das Recht auf seinen Platz in der Reihe zu wahren; denn diesen machte man ihm in der Regel streitig, indem man seine Dummheit ausnutzte. Der Brunnen war „der Mädchen Verderb", denn während diese warteten, redeten ihnen die Satyrn des Ortes die Ohren voll und machten ihnen schlimme Anträge.

Einen Monat später abends um neun Uhr, im schützenden Schatten der Haustür, die das Licht der Straßenbeleuchtung (einer an der Mauer angebrachten Laterne mit einer Kerze) nicht erreichte, ließ die Chota, die sich am Brunnen hatte überreden lassen, rot vor Scham Omonte ein, der geduckt hinter der auf der Straße schlafenden vornehmen Kutsche hervorschlich.

Durch das halboffene Pförtchen drang er in die Vorhalle ein und zog Jesusita mit, die es verhindern wollte, aber unterlag. In der dunklen Vorhalle, die der dichtbelaubte, den Hof überschattende Pacaebaum noch dunkler machte, widersetzte sich Jesusita, weigerte sich flüsternd, wobei sie sicher vor Scham noch stärker errötete. Das konnte Omonte jedoch nicht erkennen – wenn er es nicht durch die Berührung merkte, mit der er die brennende Hitze der Haut des halbwüchsigen Weibes maß.

An der Ecke der Obandos zögerte Zenón. Er war im Auftrag seines Onkels unterwegs, der ihm zweihundert Bolivianos übergeben hatte, um noch am selben Abend eine Schuld zu bezahlen. Aber Jesusita kam nach vier Monaten glühender Begegnungen plötzlich nicht mehr zum Stelldichein. Sie ging auch nachmittags nicht aus. Beunruhigt hielt Omonte an, strich am Haus der Familie Obando vorbei. Er glaubte auf dem dunklen Balkon des ersten Stocks die furchteinflößende Gestalt des vornehmen Herrn zu sehen. Vorsichtshalber ging er um den Block herum und stellte sich beobachtend an die Ecke, aber als er sich beruhigt hatte, schlich er erneut auf das Haus zu.

In diesem Augenblick erschien Jesusita in der Tür. Omonte ging entzückt auf sie zu, während die Chota ihm Zeichen machte. Er hatte sich ihr bis auf wenige Meter genähert, als Jesusita überraschend verschwand und an ihrer Stelle Obando senior erschien, dem Obando junior, der ältere Sohn, folgte.

Omonte erkannte, daß er in eine Falle gegangen war.

Er machte kehrt und beschleunigte den Schritt, aber die zwei Herren folgten ihm. „He, verkommener Cholo, stehenbleiben, verdammt noch mal!“

Er blieb stehen und wandte sich um, der Katastrophe ins Auge zu sehen, die sich in Señor Obandos zornig gesträubtem Schnurrbart und seinem Stock verkörperte. Eine Schar indianischer Knechte nahm ihn in die Mitte, während der alte Obando ihn mit einer Hand am Kragen packte.

„Indianerbengel! Ich werde Ihn lehren, sich an diesem Haus zu vergreifen! Mit Tritten zeige ich es Ihm!“

Er zeigte es ihm nicht mit Tritten, versetzte ihm aber zwei Stockschläge. Da es einfach nicht anging, den Angriff eines vornehmen Herrn zu erwidern, brach Omonte zwischen den Dienern durch und rannte davon, gefolgt von Obando junior, der ihn mit Fußtritten traktierte und schrie: „Haltet ihn! Haltet ihn!“

Das Geschrei und die eilenden Schritte weckten ein ungeheures Echo. Glücklicherweise fiel der Verfolger in ein Loch, während Omonte um die Ecke bog und die Flucht fortsetzte. Dabei verlor er seinen Hut, den die Obandos als Kriegsbeute mitnahmen.

Schwitzend und erschöpft ging er weiter, um die Schuld Don Nicasios zu bezahlen, als er auf Jusccu-ppuñu und Cadima stieß. Diese spielten in dem menschenleeren Gäßchen, in das sich der blasse Lichtschein aus der Taverne der Tustunsiqui ergoß, Gitarre und Charango. Die Kerle zogen ihn hinein. Ein paar fröhliche Cholas, unter denen Josefa besonders auffiel, feierten den Geburtstag von Josefas Bruder. In einer Ecke sprachen ein paar Cholos durcheinander und versuchten einen massigen, schielenden Schuster, der sich lautstark über abstrakte Themen verbreitete, zu beruhigen. Cadima sang und begleitete sich dabei mit der Gitarre:

„Um ein Haar hätt ich dich geliebt,
um ein Haar hättst du mich geliebt.
Wäre nicht, ach, das ‚um ein Haar‘,
führt um ein Haar ich dich zum Altar.“

Mittlerweile war Omonte durch die Chicha und die Erinnerung an die Beleidigung, die ihm die Obandos mit ihren Fußtritten zugefügt hatten, in Wut geraten. Plötzlich fielen ihm die zweihundert Bolivianos seines Onkels ein. Er zog zwanzig heraus. In dem Bestreben, Josefas Aufmerksamkeit zu erregen, sagte er: „Bringen Sie zwei Krüge Cliceña!“ und bezahlte.

Cadima machte sich die Situation zunutze und wollte weitere zwanzig geborgt haben. Zenón blieb nichts weiter übrig, als sie ihm zu geben.

Der schielende Schuster stieß ein paar heisere Laute aus und ließ Alonso hochleben. Da niemand darauf einging, baute er sich vor Cadima auf und schleuderte ihm seine Fäuste und seine Hochrufe entgegen: „Hoch lebe Alonso, sag ich, verdammt noch mal! Er lebe hoch, sag ich!"

Aber Cadima war ein Liberaler; er bot ihm die Stirn und erwiderte: „Hoch lebe Pando, verflucht!"

Mit einem Faustschlag warf der Schuster den Anhänger Pandos über eine Bank. Die Cholas kreischten, es hagelte Püffe und Stöße. Der Schuhmacher seinerseits wurde durch einen Hieb Omontes zu Boden geschleudert; er war so betrunken, daß er neben einem Krug liegend weiterschlief.

Im unpassendsten Augenblick mischte sich die betrunkene Josefa zugunsten des Gestürzten ein, indem sie unverhohlen eine jähe Antipathie gegen Zenón zu erkennen gab. Ihr reizender Mund stieß gellende Schmähreden aus: „So ist er immer, immer ist er frech, dieser ‚Tinta-chaqui', der vorlaute!"

Zenón erboste der feindselige Ausdruck in den Augen der Schönen, und er antwortete: „Du ... halt du bloß den Mund, Madam Usa-ppahuachi ..."

Heftig pendelten die Ohrgehänge der zornroten Josefa. „Was hast du gesagt? Was haben Sie gesagt?"

Mit verrutschtem Hut, eine Hand in die Hüfte gestemmt und in der anderen ein Glas Chicha, brach sie sich Bahn. Sie stellte sich vor Omonte hin, und – platsch! schüttete sie ihm die ganze Chicha ins Gesicht.

Gleichzeitig stürzte Josefas Bruder vor, drückte den Brustkorb heraus und brüllte: „Wer ist Usa-ppahuachi, verflucht, wer ist das?"

Ohne eine Antwort abzuwarten, trat er Omonte in den Magen und schlug dann mit den Fäusten auf ihn ein. Von dem Guß geblendet, wich der Angegriffene bis zum anderen Ende des Raumes zurück. Das Gekreisch der Cholas steigerte das erregte Stimmengewirr der Anwesenden zu tosendem Lärm.

Omonte wischte sich mit dem Handrücken die Nase und trat an den Angreifer heran. „Hören Sie mal, Sie Schweinehund: Sie haben mich heimtückisch überfallen. Kommen Sie mit hinaus, wenn Sie ein Mann sind!"

„Ich komme!"

Durch einen Tumult von Stimmen und Püffen gingen sie auf die Straße hinaus, die vom Licht des Lokals nur spärlich erhellt wurde. Sie stellten sich voreinander auf und begannen damit, sich Fußtritte zu versetzen. Dann verschmolzen sie zu einem einzigen Schatten, keuchten laut, zerrten einander hin und her, um sich dann wieder zu trennen und Schläge zu wechseln, bis Omonte fehltrat und vor einem vergitterten Fenster zu Boden fiel. Da trat ihn sein Gegner zweimal in die Rippen.

„Nicht den am Boden, Schwein!"

Über sich sah er Cadima mit den Cholas kämpfen, die mit Steinen in der Hand vorpreschten. Omonte gelang es aufzustehen, er hielt sich mit einer Hand am Gitter fest und trat seinen Gegner mit voller Kraft in die Hoden.

Der Cholo brüllte einmal auf und stürzte hin, als wäre er vom Dach gefallen.

Man holte eine Kerze aus der Schenke. In ihrem Schein erregte das gelbe Gesicht des Gefallenen das furchtbarste Entsetzen.

„Er sieht aus wie tot! Hilfe!"

„Jesus, Maria und Josef! Hilfe!"

Mit einem Stoß schleuderte Cadima Josefa beiseite, die an Omontes Weste hing und nur heiser murmelte: „Mörder! Mörder!"

„Verschwinde bloß, komm hier lang!"

Schon waren die Pfeifsignale der „Käppis" und das Hufgetrappel der berittenen Polizeipatrouille zu hören.

„Bruder, dort lang! Du hast den Hahn kastriert. Mindestens ein Monat Krankenhaus und ein Strafprozeß, bestimmt."

Omonte rannte schwitzend, blutend, mit zerrissenem Hemd, Kragen und Jackett eine Straße entlang, bog in eine andere ein und erreichte im Laufschritt das Haus Don Nicasios.

Dort machte er beim Licht einer Kerze Inventur über seinen persönlichen Besitz und seine Verletzungen. Der zerrissene Anzug, der Verlust seines Hutes und die verschleuderten vierzig Bolivianos seines Onkels schmerzten ihn tief. Aber er reagierte schnell: „Wenn schon, denn schon. Vierzig oder zweihundert, bin sowieso dran. Außerdem hat er sich ja die Geldtruhe geschnappt."

Cochabamba: eine keusche, heitere Frau auf grünem Luzernelager. Natur voller Frieden, unveränderlich und zärtlich wie eine Mutter.

Oruro: die Verlockung einer geschmückten Dirne. Oruro . . . Oruro . . .

Zenón Omonte kaufte bei der Firma Gerdes Ledergamaschen, Mundvorrat, Sardinendosen, ein Halstuch, einen Hut, einen wasserdichten Poncho, ein Taschenmesser, alles Dinge, die sein Bruder José-Pepe zum Selbstkostenpreis erhielt, und trat drei Tage nach den geschilderten Ereignissen mit einer Treiberkarawane, die Gummi beförderte, am frühen Morgen auf seinem Maultier den Weg nach Oruro an.

Als die Sonne aufging, sah der blaue Berg Tunari mit dem weißen Fleck auf dem Gipfel ihn über seine Hänge dahinziehen, mitten durch das Gewoge des grünen Laubes, in dem die Januarvögel sangen.

3

Die Göttin aus Metall

„In jenem Jahr (1575), als sie den ungeheuer reichen Erzgang Centenos verfolgten und eine seiner Gruben weiter vortrieben, entdeckten sie in 140 Estados Tiefe ein Standbild, das aus verschiedenen Metallen bestand und eindreiviertel Ellen groß war. Es hatte ein sehr schönes Antlitz, obwohl die Augen nicht wohlgeschnitten waren, und zwar aus purem Silber; die Brust bis zum Gürtel bestand aus Silberglanz; die Arme aus verschiedenen Legierungen; die Figur besaß keine Beine, sondern verjüngte sich vom Gürtel abwärts und lief in eine Spitze aus, die aus Polybasit bestand."

Im bolivianischen Hochland hat die Erde den Charakter und die Ausmaße des Himmels. Fern der Meeresküste, fern von allem, nehmen sie beide, Himmel und Erde, bei viertausend Meter Höhe über dem Meeresspiegel am Horizont ihren Anfang, um niemals in die schwingenden Linien der Weite auszulaufen, wo die Steppe wogt, sich in unzähligen Kuppen wiederholt und in der blauen Ferne endet.

Die Erde steigt in endlosen Stufen zum Himmel empor, schrumpft ein, senkt sich, stürzt ab, schwillt an, schließt sich zusammen, bricht auseinander, steigt erneut, wirft Falten, bildet Herden von Bergen, die Rücken an Rücken über den Horizont hinausfluten. Mit ihrer wilden geologischen Kahlheit scheint die entlang dem bolivianischen Westen aufgetürmte Kordillere Land von einem anderen Planeten zu sein, das Schwerkraft, Regen und Wind mit der Hochebene zu einer Einheit verschmolzen haben und das in seinen kosmischen Massen das Schweigen und die Erinnerung an ferne Urgestirne bewahrt.

In den Eingeweiden dieser Ozeane ungeheurer Gebilde, dieser Kordillerenwogen, nistet die Erzgöttin. Hexe oder Göttin? Aus Silber, aus Gold, aus Kupfer oder aus Zinn?

Sie ist ein gestaltloses Wesen, das aus dem Mittelpunkt des Planeten aufsteigt. Die Einheitlichkeit ihrer Materie hat etliche Veränderungen erlitten bei der Flucht aus den Felsspalten, in denen ihre rasenden Atome eingeschlossen wurden, die sich aus der Haft in der Tiefe befreien wollen, wie eine unterirdische Nebelwolke, die verlorene Wege sucht.

In den tiefen Regionen zerfetzt die gestaltlose Hexe ihren kolossalen, unzusammenhängenden Leib, da sie zwischen den Basaltsäulen und den Porphyrgeschossen des Erdinnern dahingleitet, sich in Eruptivschächte stürzt, auf Schiefersand lagert oder, an die Granitplatten geklammert, bis zur Erdoberfläche klettert, wo sie den Erzschürfer belauert, der die regungslose, versteinerte Welt durchstreift.

In ihr Reich führen unsichtbare Pfade über harten Gebirgsgrund, den kaum das zähe Gras bedeckt, an dem der Wind sich die Füße wundscheuert. Das endlose Ödland, die leere Hochebene und die Bergsphinxe bewachen in steinernem Rund oder horizontweitem Kreis die unberührte Einsamkeit des Hexenreiches.

Auf der Erdoberfläche triumphiert Pachamama, die wohltätige Göttin, die mittels der kristallklaren Luft das Grün und die Farbe der Berge hervorbringt. In der Tiefe nährt die unheimliche Göttin der anorganischen Welt, die hinterhältig, bösartig und unzuverlässig ist, von ihren Schlupfwinkeln aus ihren Haß gegen die Sonne und zermürbt die Seelen der Menschengeschlechter. Sie nährt sich von Blut. Die Liebe kennt sie nicht, aber sie besitzt das Geheimnis der Atomzahlen, das man kennen muß, um die verschiedenen Metalle zusammenzusetzen.

Ihre Brüste sind aus Silber, die Brustwarzen aus topasfarbenem Silberglanz. In einer Nacht des Jahres 1545 weckte sie der Indianer Huanca im kalten Berg Potosí, und das Silber dreier Jahrhunderte in seinen verschiedenen natürlichen Formen: dem Silberglanz, dem Rotgiltigerz, dem Sprödglaserz, dem Polybasit, dem Hornsilber, dem Kupfersilberglanz, und in seinen bearbeiteten Formen: dem Geld, dem Schmuck, den Barren, dem Geschirr, den Geräten und den Altären, entquoll den Brüsten der Hexe durch die fünftausend Schächte des Berges Potosí. Sie spendete es dem spanischen Weltreich im Tausch gegen das Blut von acht Millionen Indianern, die als Opfergabe für die Dürstende den Tod fanden.

Ihr Haupt ist von Gold. Die Flut ihres blonden Haares ergießt sich zwischen das Sedimentgestein der hochgelegenen Bergketten, fällt in Flechten über grüne Matten und wellt dann in den Flüssen der tropischen Wälder Boliviens aus. Seit undenklicher Zeit rissen ihr die Inkas diese goldenen Strähnen aus und errichteten daraus Altäre für den Sonnenanbetungskult, mit dem sie jenes goldene unterirdische Feuer von seiner Schuld erlösten. Aber die spanischen Konquistadoren kehrten zu dem unheilvollen Kult zurück, schmolzen Altäre und Götterbilder mit Blut vermischt ein und würfelten um die Goldene Sonne des Inti-Tempels.

Die Söhne der Sonne warfen die spanischen Eindringlinge hinaus. Die Hexe entschlummerte inmitten Tausender verlassener Stollen, deren Mundlöcher inmitten einer steinernen Unendlichkeit wie Grabnischen klafften. Aber die Mestizen ließen sich wiederum durch die schwarze Kunst des vielfältig durchlöcherten, finsteren Reiches verführen, wo die ewige Zauberin mit Augen wie goldene Schalen, Armen aus Antimon, kupfernen Flanken und zinnernem Bauch lauert. Der weiße Teufel einer neuen Mestizengeneration stürzte sich auf der Suche nach ihr in die Tiefe und brachte ihr als

Menschenopfer die Indianer dar, dem höllischen Zwang gehorchend, mit dem die verderbenbringende Göttin an sich zieht, was sie braucht, denn sie nährt sich von Blut und Knochen und liefert dafür der Industrie Metalle und dem Satan Seelen.

Der habgierige Mensch will sie sich gefügig machen und versucht, sie mit einer Kabbala von huldigenden Anrufungen einzulullen. Er gibt ihr romantische Namen: „Die Ersehnte", „Hoffnung", „Wohlgefunden", „Die Begehrte", „Die Glückliche", „Wunder"; überschüttet sie mit überschwenglichen Lobesworten: „Die Fabelhafte", „Good Hope", „Die Auserwählte", „Unterpfand", „Die Retterin"; ehrt sie mit Ortsbezeichnungen, die nach Gold und Silber klingen: „Colquechaca", „Chuquiatu", „Colquiri", „Antawara"; verleiht ihr Frauen- und Heiligennamen: „María de la Luz", „Prinzessin Christine", „Blanca", „Santa Rosa", „Santa María vom Golde"; manchmal aber nennt er sie grollend auch: „Die Gesuchte", „Die Versteckte".

Geheimnisumwittert, ohne Maß und Gestalt, unersättlich und allem Finsteren zugeneigt, strömt die finstere Göttin des Minerals den Magnetismus tellurischer Kräfte aus, um die Menschen, die für sie ätherische Wesen sind, wieder dem Chaos zu überantworten. Sie liegt im Erdinnern ausgestreckt, erschüttert die Stollen und zermalmt die Bergarbeiter oder vergiftet sie mit ihrem Atem, der die Tuberkulose und die Staublunge ausbrütet.

Die unheimliche Gefangene lebt von der Dunkelheit, vom Ehrgeiz, vom Kapitalismus und von der Schwindsucht.

Ist sie aus Gold, aus Silber oder aus Zinn?

Das also war Oruro? Kein Baum, kein Blatt. Ein Berg, streng und kalt wie ein Götze, senkte sich breit auf das Dorf nieder. Die Häuser waren größtenteils einstöckig und mit Stroh gedeckt, die Türen der Spelunken klafften wie traurige Münder, aus den Fassaden schoben sich verglaste Balkone hervor, „Laternen" genannt. Es gab einige Zinkdächer, auf denen der Wind ausglitt, und bei diesem Anblick war der Seele zumute, als wäre auch sie hohles Blech.

Vermummte Menschen, denen von der stecknadelscharfen Brise die Augen tränten; Karawanen von Lamas, deren hohe Hälse von den mit lang herabwallender Wolle bedeckten Rümpfen aufstiegen zu dem einzigen Zweck, die schwarzen Diamanten der großen Augen zu tragen; schmutzige Hotels voller Weißer und Mestizen in Stiefeln, dicken Leder- oder Wolljacken oder Ponchos aus Vikunjawolle; an dem kahlen Marktplatz aus kaltem Stein eine Bar mit Glastüren, durch die Omonte blitzende, in Spiegeln vielfach gebrochene Tische sah und ein paar Gringos, die mit Herrscherallüren sonderbare Sachen tranken.

Ein andermal lernte er den Zug kennen, der aus Antofagasta kam. Ein Gewühl dunkler, geschwärzter, rotnasiger Menschen in Umschlagetüchern oder Ponchos empfing ihn als eine stets neue Sensation. Die Gringos im Zug rauchten ihre Pfeifen und betrachteten mit der Verachtung blonder Konquistadoren vom Fenster aus diese immer wieder verblüffte kupferfarbige Rotte, in deren Mitte Omonte, zitternd vor Kälte, die Hände in den Taschen und die Schultern hochgezogen, versunken alle Handlungen der Gringos verfolgte, wie sie dem Zug entstiegen und sich durch die dichte Menge der Indianer drängten, die Gepäckträger hinter sich, während die Lokomotive unsichtbare Rauchplatten ausklopfte.

Trotz des unterschiedlichen Klimas und der andersartigen Umgebung, die Oruro zum natürlichen Gegensatz Cochabambas machten, besaßen beide Städte, was gewisse Bräuche und architektonische Eigenheiten betraf, ein gemeinsames Gepräge. Dies verriet den Einfluß, den die Cochabambiner auf Oruro ausgeübt hatten, indem sie in jenem eisigen Klima eine baumlose Neufassung ihres Lebens im heißen Tal schufen.

„Zenón, willst du mitkommen?"

Im Wirtshaus, einem Gasthof für Treiber und indianische Landarbeiter, nahm Zenón den Schweißgeruch wahr, der dick und kalt den Stiefeln seiner Zimmergenossen Trinidad Quiroga und Juancho Calama entquoll.

„Nein, ich will eine Stellung in einem Handelshaus."

Draußen im Korridor türmten sich Haferlasten und Pferdegeschirre.

„Wohin gehst du morgen?"

„Wir bringen Fracht nach Alantaña in Poopó."

„Ist das eine Grube?"

„Keine Grube, nur ein Werk."

„Nur ein Werk?"

„Das ist nämlich so", erklärte Juancho Calama, „die Erze, die sie aus den Gruben in der Nähe herausholen, bringen sie zur Läuterung dorthin. Es gibt massenhaft Gruben. Auf dieser Seite liegen Marieta, Candelaria und Huanuni. Dann kommt man über Challapata nach Uncía, und dahinter liegt Llallagua. Mit der Eisenbahn kommt man nach Uyuni und von da nach Huanchaca, das ist die reichste. Dort holen sie das Silber raus. Die Arbeiter verstecken das Silber, verstecken es sogar in ihrem Leib, sie formen eine Art Wurst daraus. Und weißt du, was die Grubenbesitzer dann machen? Oha! Am Stollenausgang ist in dieser Höhe eine Stange waagerecht angebracht, da müssen sie sich nacheinander mit den Armen anhängen und die Beine anziehen. Dabei entspannen sie sich, und peng! fliegt der Barren auf den Boden."

Juancho und Trinidad zogen wieder los. Kehrten zurück. Brachen wieder auf. Zenón bezog ein Zimmer in einem geduckten, strohgedeckten Haus mit geräumigem Innenhof. Dort wohnten auch zwei elegante Cholas in prächtigen Filzröcken. Gewisse gutbezahlte Bergwerksangestellte besuchten sie, um mit ihnen hinter verschlossenen Türen zu trinken und dadurch der nächtlichen Kälte zu entgehen, die draußen auf den Steinen glitzerte.

Eines Abends lauschte Omonte gelangweilt dem gedämpften Lärm der Worte und der Gitarre aus dem Zimmer der Cholas. Wenn sich gelegentlich die Tür jenes Zimmers öffnete, erkannte man in einem Rauchnebel Frauen und Männer in Stiefeln, die eng aneinandergedrängt tranken und tanzten. Plötzlich entstand ein Tumult, ein Mensch kam herausgerannt, von einem anderen verfolgt, und die Cholas kreischten: „Er bringt ihn um, er bringt ihn um!"

Omonte lief auf den Hof hinaus und packte den Verfolger von hinten bei den Armen, während der andere auf die Straße floh.

„Loslassen! Loslassen!"

„Ich lasse Sie schon los, ich lasse Sie schon los!"

Er ließ ihn los. Die Cholas und die Männer umringten sie.

„Jetzt ist schon alles in Ordnung. Gehen wir hinein. Sie auch, Señor. Trinken Sie ein Gläschen mit uns. Entschuldigen Sie, daß wir Ihnen eine so unruhige Nacht bereiten."

Alle traten in das Zimmer zurück, in dem gefeiert wurde, und die Leute drängten sich wieder in dem halbdunklen, von einer Petroleumlampe beleuchteten Raum.

Ein breitschultriger, blonder Herr war dort ganz ruhig sitzengeblieben. Seine strenge Haltung straften die Konfettistückchen Lügen, die in seinem Schnurrbart und in seinen Haaren hingen.

„Haben Sie das gesehen? Er hat mich an der Lippe verletzt."

Der blonde Herr sagte: „Nun, nicht so schlimm. So ein unverschämter Laffe! Hallo, ein Glas Schnaps! Das kuriert man mit einem bißchen Schnaps äußerlich", er befeuchtete ein Taschentuch und drückte es auf die kleine Wunde seines Gesprächspartners, „und noch einem bißchen innerlich." Er setzte ihm das Glas an die Lippen und ließ es ihn auf einen Zug leeren.

Eine der Cholas rief vermittelnd: „Jetzt ist er fort, er ist ausgerückt. Aber Sie haben ihn selber mitgebracht. Wir empfangen nicht so ohne weiteres irgend jemand! Aber jetzt prost! Prost, mein Freund, auf Ihr Wohl!"

Die andere Chola wandte sich an Omonte: „Die haben den jungen Mann gereizt. Er war aber ganz schön stark. Sie müssen uns entschuldigen. Die haben viel getrunken, weil Don Rigo Geburtstag hat. Bedienen Sie sich doch, Don . . ."

Und sie bot ihm ein Glas Bier an. Omonte nahm es und faßte den blonden Herrn ins Auge. War das nicht der, der im Fluß bei Karasa das Maultier mit dem Gold verloren hatte? Derselbe! Schon etwas grauhaarig und mit noch längerem Schnurrbart, der wie zwei Flammenzungen zu den Augen hochloderte. Er beobachtete ihn noch, als der Herr sich ihm zuwandte. Mit der Rechten, an der ein schöner Ring glänzte, strich er sich den Bart und sprach ihn sehr höflich an: „Na, junger Mann, greifen Sie zu, greifen Sie zu!"

„Danke, Don Rigo."

Aber Don Rigo überhörte diesen Wink. Nach mancherlei Abschweifungen und bedeutungsvollen Pausen gab er zu verstehen, daß er Don Rigoberto Rengel sei (ebender!), ein Erzaufkäufer; er habe im Hotel seinen Geburtstag gefeiert, fern von seiner Familie, die in Sucre wohne, und seine Freunde aus dem Hotel hätten ihn hierhergeschleppt, und vereint seien sie den braven Mädchen ins Haus gefallen.

Als das Gelage nun wieder in vollem Gange war, ergriff ein Bergbeamter die Gitarre, während eine Chola sang und die andere mit Don Rigo und dann mit Omonte eine Cueca tanzte. Der eine der mit Konfetti bestreuten Tische war völlig mit Wein-, Schnaps- und Bierflaschen bedeckt.

Nachdem er die Cueca getanzt hatte, wandte sich Omonte an Don Rigo und fragte ihn: „Ich wette, Sie haben mich nicht erkannt, oder doch? Erinnern Sie sich an Karasa, Señor?"

Don Rigo gab vor, sich zu erinnern, zwirbelte den Schnurrbart und sagte: „Karasa. Karasa, ja, ja. Sie sind aus Karasa? Mal sehen, geben Sie mir einen Tip. Ich bin ein bißchen vergeßlich."

Lächelnd fragte Omonte weiter: „Erinnern Sie sich an das Maultier mit dem Gold? An Tata Morató?"

Da leuchtete das Gesicht Don Rigos auf, er riß die Augen weit auf und schrie: „Oh, oh, oh! Genug! Sie sind der Bursche, der mir geholfen hat, die Kiste wiederzufinden. Mensch, kommen Sie an meine Brust! Wer hätte das gedacht! Es ist, es ist – warten Sie mal –, es ist mindestens zehn Jahre her. Los, einen

Schluck für meinen alten Freund, der ein Mann geworden ist. Hat schon einen Schnurrbart, Donnerwetter!"

Die Erinnerung an das Ereignis am Fluß bei Karasa war der Anlaß, noch mehr zu trinken. Don Rigo zog Omonte in eine Ecke des Zimmers unter einen Farbdruck Kaiser Franz Josefs I., erzählte ihm Episoden aus seinem Leben und seinem Beruf und erbot sich, ihm in Uyuni Arbeit zu verschaffen. Omonte richtete indessen seine ganze Aufmerksamkeit auf den Farbdruck.

Die Männer und Frauen suchten häufig zum Austreten den Hof auf. Omonte, der ebenfalls hinausging in die eisige Nacht, sah eine der Frauen auf den Fliesen kauern. Als die Chola sich erhob, stieg unter dem frostigen Mond eine Dampfwolke auf in die kristallklare Luft. Dieser Anblick erregte eine eigenartige Empfindung in ihm.

Don Rigo bewies, daß er ein gutgestellter Mann war, denn obwohl er bereits berauscht war, befahl er, man solle ins Hotel gehen und auf seine Karte ein paar Flaschen Champagner verlangen. Aber das verhinderten seine Freunde und nahmen ihn mit.

Omonte ging mit ihm hinaus und hatte die Ehre, den betrunkenen Don Rigo mit seinem Arm zu stützen.

„Bis morgen, Señor."

Die Stimmen verloren sich in der Straße, und im Haus wurde es still. Omonte ging, ebenfalls betrunken, in sein Zimmer, um sich im Dunkeln hinzulegen. Aber dann folgte er einem Impuls und ging in das Zimmer der Cholas zurück. Er öffnete die Tür, durch die zugleich mit ihm der Widerschein des Mondes im Hof hineinglitt, und bemerkte, daß sie in tiefem Rausch schliefen. Er tastete sich durch das Halbdunkel und versuchte, eine der Frauen zu wecken. Der Kopf der Chola schwankte auf dem Kissen von einer Seite zur anderen. Er schüttelte sie und schob dann die Hände unter ihre warmen Röcke. Die Chola leistete keinen Widerstand und murmelte nur ein paar abgerissene Silben, als Omonte sich auf sie warf.

Er kehrte in sein Zimmer zurück und legte sich nieder. Bevor er in tiefen Schlaf fiel, merkte er, wie in seinem Gehirn neue und nie gehörte Worte widerhallten: Alantaña, Schlich, Aufbereitungswerk, Uyuni, und er sah die Gesichter Franz Josefs I. und Don Rigos mit Konfetti bestreut in der Tiefe seines Traumes zwischen zerbrochenem Glas auseinanderfließen.

Auf Empfehlung Don Rigo Rengels erhielt Omonte Arbeit im Laden der Firma Bottger. Der Chef, Don Arnoldo Bottger, ein Österreicher, war ein magerer Mann mit langem Hals, einem Mittelscheitel und zu beiden Seiten in die Stirn fallenden Locken. Vom Kneifer hing ihm ein schwarzseidenes Band bis zum Knopfloch des ebenfalls schwarzen Jackettaufschlags herab. Als er 1870 nach Bolivien gekommen war, hatte er als einer der ersten Angestellten der Gesellschaft Colquechaca im Bergbau gearbeitet, aber später widmete er sich ausschließlich dem Handel mit allem, was mit dem Bergbau zusammenhing. Er gründete eine Firma in Oruro und eine Zweigstelle in Uyuni.

Omonte bekam ein Zimmer im Geschäftshaus als Quartier zugewiesen und aß in einem Gasthaus, das eine Chola aus Cochabamba führte. Er stand um fünf Uhr morgens auf, um unter der Anleitung eines älteren, kurz angebundenen Mannes mit roten Augen und starrem Schnurrbart, Don Nepomuceno Ramos, die Frachten auf den Weg zu bringen.

In der Kälte Oruros, die seine Wangen, die Wangen eines gesunden Talbewohners, noch stärker rötete, gab Omonte mit ungekämmtem kurzem Haar und von der scharfen Luft tränenden wimperlosen Äuglein vor Sonnenaufgang die Fracht aus und hakte die Begleitscheine ab.

„Colquechaca, Leiter des Magazins: eine Kiste Kerzen; zwanzig Lasten Dörrfleisch; eine Kiste Sardinenbüchsen; zwanzig Zentner Mehl. Beeilt euch mit dem Aufladen . . .“

Die Indianer in ihren kurzen schwarzen Ponchos und bis zum Knie reichenden schwarzen Hosen, welche die Unterschenkel bloß ließen und an ein spanisches Kleidungsstück aus der Kolonialzeit erinnerten, beluden Lamas und Esel und machten sich auf den Weg durch die Pampa. Wie winzige Ameisen bewegten sie sich unter dem ungeheuren blauen Rund der Hochebene langsam auf die geheimnisvollen, zwischen den fernen Bergen verborgenen Regionen zu, die Bergwerke.

Mit geröteten, an den Knöcheln aufgesprungenen Händen notierte Omonte weiter. „Huanchaca, Magazinverwalter: vier Kisten Dynamit, zwanzig Spitzhacken, vier Steinbohrer; zehn Ballen Nessel; zwanzig Lasten Brennholz. Das geht zu den Karren ...“

Schon ging die Sonne groß über der Hochebene auf. Nach der Beförderung im Karren wurde alles an der Station in die Eisenbahn umgeladen. Eisenbahn und Lasttierkarawanen brachten dafür Säckchen mit Erz. Die Indianer luden die Säckchen, die sie auf ihren Lamas brachten, im Schuppen des Bottgerschen Geschäftes ab – Ziegelmauern und Zinkdach, in der Mitte ein großer, zinkbeschlagener Ladentisch. Omonte räumte die kleinen, schweren Säckchen ein, stapelte sie auf und zählte sie. Manchmal öffneten sie welche.

„Wie hoch wird hier der Feingehalt sein?“

Don Nepomuceno kratzte sich den Hinterkopf und nahm ein bißchen schwärzlichen Sand zwischen die Finger.

„Dieses hat fünfundfünfzig Prozent. Silber, wird wohl zwei Prozent haben.“

So stellte man durch einfaches Betrachten und Betasten den Feingehalt des Erzes fest, das sämtlich mit der Eisenbahn nach dem Seehafen Antofagasta versandt wurde. Für diesen schwärzlichen Sand trafen Überweisungen und Wechsel ein, die Señor Bottger in Empfang nahm, in englische Sovereigns umtauschte und diese unter dem verstohlenen Seitenblick Omontes in einer Stahlkassette im „Büro“ an der Hofseite des Hauses verwahrte, wo er mit einem Franzosen und einem Chilenen arbeitete.

Die Firma Bottger war ein Versorgungskontor für Bergwerksmaschinen und -werkzeuge, ein Sprengstoffmagazin, ein

Kaufladen für Bedarfs- und Luxusartikel; ein Erzaufkauf- und -lagerbetrieb; eine Bank- und Handelszentrale, welche die kleineren Bergbauunternehmer finanzierte, indem sie ihnen Geld für ihre Arbeiten auslieh.

„Señor Bottger da?"

Ein Mann mit zerschlissenem Umschlagetuch, speckigem Hut, schmierigem Hemd, verwildertem Bart und roter Nase war in den Laden eingetreten.

„Ist nicht da. Nach Uyuni gereist."

„Dann werde ich ihn dort treffen, weil ich morgen auch hinfahre. Ich nehme ihn am besten mit."

„Wen?" fragte Ramos.

„Diesen Indianer. Ein großartiger Schürfer!"

„Dieser hier?"

„Genau dieser. Der folgt einem Erzgang besser als jeder Ingenieur."

„Haben Sie Muster?"

Mit umständlicher Selbstgefälligkeit stellte der Mann auf der Handfläche einen metallhaltigen Klumpen zur Schau, erntete aber nur eine abfällige Bemerkung Ramos': „Das hier ist Erz ..."

Und Ramos öffnete eine Schublade, holte einen Mineralklumpen heraus und zeigte ihn mit entzückter Gebärde herum. „Das hier, das ist was wert. Reines Kassiterit."

„Wo gibt's das?"

„Haha ... das soll ich Ihnen wohl sagen? Das Geheimnis ist Millionen wert!"

Später kam der dürre Udaeta aus Potosí in den Laden. Er hatte früher Geld besessen und es verloren, weil sein sehr reicher Erzgang versackt war. Nun suchte er ihn und gab dafür alles aus, was er als Schreiber im Bergamt verdiente.

Omonte roch seinen Schnapsatem.

„Ich lasse jetzt zwei Leute einen Fünfzehn-Ellen-Schacht anlegen. Von zehn Ellen ab kann ich den Gang anschneiden."

„Helf dir Gott", sagte Ramos ironisch.

Udaeta wandte sich an Omonte: „Aber besser wäre es, weiter oben einen Anschnitt zu machen. Hör mal, du verfaulst doch hier hinter dem Ladentisch. Zieh doch dem Alten eine Anleihe aus der Nase."

„Dem Alten?"

„Na, Bottger. Wir tun uns zusammen, oder, wenn er will, kann er sich auch beteiligen. In einem Jahr, ich schwör's dir, fahren wir nach Europa!"

„Señor Bottger will von Gruben nichts mehr wissen."

„Und wenn er das hier sieht?"

Udaeta öffnete den zerlumpten Mantel und zog aus der Jackentasche ein Muster hervor.

„Mindestens zweitausend Mark pro Kiste. Zinn ist auch dabei."

„Aber das Zinn", sagte Omonte, „ist gar nichts wert. Reiner Abfall."

„Etwas ist es doch wert, mein Lieber. Hier zahlen sie zehn Pesos pro Zentner. In Antofagasta ein Pfund. Ich wollte, Bottger würde die Grube mal sehen. Eine großartige Grube! Einen einzigen Schnitt, um die taube Schicht wegzuräumen, und ein Jahr später mindestens eine Million."

Ramos unterbrach ihn brüsk: „Du, Dürrer, kümmre dich um Frau und Kinder, die können deine Geschichten nicht essen."

„Geschichten, die erzählst du! Außerdem geht dich das gar nichts an, verdammt noch mal!"

„Wie, verdammt noch mal?"

Omonte trat dazwischen. Udaeta verließ zögernd den Laden, und dann erzählte Ramos, daß Udaetas Frau und Kinder hungerten. Die Frau stelle Pasteten her, die sie heimlich durch das Dienstmädchen in den Straßen und auf dem Bahnhof verkaufen lasse. Aber ihr Mann tröste sie und erzähle ihr, in welch kurzer Zeit sie Millionäre sein würden.

Alle wollten binnen vierundzwanzig Stunden ihr Glück machen, und diese Hoffnung nährten sie ein ganzes armseliges Leben lang.

Der Franzose Goubin, ein Ingenieur, der auf der Pariser Weltausstellung von 1889 für eine Erfindung preisgekrönt worden und mit diesem Ruhm nach Bolivien gekommen war, war jetzt ein alter Mann mit ungepflegtem Bart und zerschlissenem Anzug. Er kaute Koka wie die Indianer, schnupfte Tabak, machte in den Kantinen die Runde, ließ sich von Freunden und von Unbekannten mit Schnaps traktieren, aber sagte stets: „Meine Grube heißt nicht umsonst ‚Die Überraschung'. Bloß tausend Bolivianos, um loszulegen, nicht mehr, und in einem Monat – peng!"

Die Erzschürfer verfolgten das Glück mit magischen Beschwörungen, ließen ihrer Phantasie freien Lauf, boten Beteiligungen an fabelhaften Funden an, immer auf der Basis von Darlehen in Geld oder Ware.

Der Fall der Grube „Die Faulenzerin" war eines der ermutigenden Beispiele, die unter den kleinen Schürfern die Hoffnung neu entfachten.

Die Witwe Rendón besaß einen Kramladen für Brot, Koka und Backwerk und verkaufte den Indianern Frühstück. Ihr Mann hatte ihr seine Anteile an der Gesellschaft hinterlassen, die er mit einigen Jugoslawen gegründet hatte, um „Die Faulenzerin" auszubeuten. Plötzlich wurde die Grube fündig, und die Witwe, über Nacht reich geworden, kaufte sich ein zweistöckiges Haus. An ihrem Geburtstag ließ sie die ganze Front ihres Hauses mit bunten Tüchern behängen, die mit Silbermünzen dicht bestickt waren, und gab einen großartigen Empfang. Nachmittags trat sie auf den Balkon hinaus, und als sie auf der Straße eine große Menge Indianer und Cholos sah, füllte sie ein Becken mit Silbermünzen und schüttete sie über die Leute aus.

„Reiche Frau, reiche Frau!" schrien die Indianerkinder und balgten sich um die Münzen.

Und die Witwe hob die dicken, reifengeschmückten Arme und streute erneut ein Becken voll Silber in die Menge.

Täglich hörte Omonte im Laden, in den windgepeitschten Straßen, in den Kantinen und Chichaschenken die Habgierigen und die Schwärmer von Millionen sprechen und nach dem kleinen Grundkapital suchen, das sie im Erdinnern auf magische Weise vervielfachen wollten. Sie versuchten jedermann in das Geschäft einer systematischen Suche einzubeziehen.

Die Rechtsanwälte Oruros, die in eisigen Büros praktizierten, wo sie beim Schreiben die Kälte des Stempelpapiers an der Hand spürten, förderten all diese Bestrebungen.

Dr. Zenobio Loza, ein dunkler, magerer junger Mann mit eingesunkenen Wangen (weil ihm Backenzähne fehlten), legte Mutungen ein, focht Verleihungen an und ließ sich manchmal, selbst berauscht vom Hoffnungstaumel seiner Umgebung, dazu hinreißen, die Formalitäten kostenlos zu erledigen, indem er als Teilhaber in das Unternehmen der Antragsteller eintrat. Dazu legte er phantastische Schriftsätze mit Klauseln über flüssiges Vermögen, eingezahlte Aktien und so weiter an, in denen ein Kapitalgeber mit erbärmlich niedrigem Kapital, ein geschäftsführender Gesellschafter, der die Grube bearbeitete, und der Rechtsanwalt eine Rolle spielten.

Und in der Ferne kauerte der Schürfer, der die Konzession erhalten und die Gesellschaft gegründet hatte, mit seinem Indianer an einer wilden, einsamen Stelle der Kordillere unter einem Felsbrocken, zitterte vor Kälte in dem Regen, der auf die Erde herabströmte, und wartete auf dessen Nachlassen, um seinen Weg zu den Schätzen der Göttin fortsetzen zu können.

Die Schürfer bildeten eine ganze Fauna einzeln lebender Wesen, die in dem riesigen Gebiet von Oruro, Porco, Chayanta, Huanuni, Lipez verstreut waren und die Berge der bolivianischen Einöde durchstreiften. Sie stellten eine Kolonie weit voneinander entfernter Atome dar, die dennoch eine geheimnisvolle Einheit waren, verbunden durch ein gleiches Ziel. Dutzende Meilen lagen zwischen einem Dorf und dem anderen, zwischen einer Grube und der anderen. Das ganze trostlose Gebiet dehnte sich hin wie eine von Insekten angenagte Unendlichkeit. Besessene und verlorene Männer durchstreiften alle Landstriche, wo Gerüchte oder

Tatsachen auf Erzvorkommen hindeuteten, und stiegen auf Berge, wo es außer ihnen selbst keine Spur von Leben gab.

Eines regnerischen Nachmittags rief Señor Bottger Omonte zu sich in das „Büro“ und schickte ihn mit einem Auftrag fort. Bei seiner Rückkehr fand Omonte Ramos im Gespräch mit zwei Männern vor, die Ponchos aus Vikunjawolle trugen und Stiefel, aus denen die Zehen hervorschauten. Durch das Prasseln des Regens auf dem Zinkblech des Schuppens hindurch verstand er: „Oporto – Sáenz – Llallagua.“

„Kommen Sie nächste Woche wieder, ich werde mit Señor Bottger reden“, sagte Ramos, als er die finsteren Gestalten verabschiedete.

Als sie fort waren, strich er sich den Schnurrbart, starrte Omonte an und murmelte: „Ich hab es doch gleich gesagt. Genau dort war es. Komm mal näher heran.“

Er öffnete eine Schublade und holte eine Mineralprobe heraus.

„Erinnerst du dich an das hier? Habe ich nicht gesagt, daß dieses Geheimnis Millionen wert ist?“

„Ja . . .“

„Na, das stammt von derselben Stelle, von der diese Kerle kommen. Sie liegt zwischen den Grubenfeldern der Sáenz und der Oportos in Llallagua. Und jetzt . . . tja . . . willst du mitmachen? Ich würde mich mit jedem Millionär zusammentun, aber der würde mich auffressen.“

Omonte rieb sich nervös die Hände, aber Ramos’ blutunterlaufener Blick gab den Ausschlag.

„Ich hab bloß kein Geld . . .“

„Laß dir von Bottger einen Vorschuß geben, sag aber nicht, wofür. Ich habe schon die Mutung aufgesetzt. Man muß die Gebühren bezahlen und mit dem Schürfen anfangen. In einem Jahr wird . . . wird . . .“

Es fehlten ihm die Worte, seine künftige Größe zu schildern.

Omonte bekam von Bottger Geld geliehen und wurde Nepomuceno Ramos’ Teilhaber an dem hundert Hektar großen Grubenfeld „Montecristo" im Bergbaudistrikt Chayanta auf dem Gebirgsrücken von Llallagua.

Ramos reiste zu der Grube. Omonte rührte sich nicht aus dem Bottgerschen Laden hinaus. Die wichtigsten Silbergruben stellten den Betrieb ein. Man suchte andere Metalle. Man wußte, daß fern im Nordwesten die Brasilianer gegen die Bolivianer Krieg führten, um sich des Kautschuks zu bemächtigen. Omonte rührte sich nicht aus Oruro fort, bis zwei Männer auftauchten: der Spanier Don José Centeno, ein Kunde der Firma, der in Pulacayo gewohnt hatte, und Severino Huachipondo, ein Indianer und Lamatreiber, der Fracht in die Chayantagegend beförderte. Sie verleiteten Omonte, der eine mit funkelndem Redeschwall und der andere mit stiller Hartnäckigkeit, sich die geheimnisvollen Pfade zeigen zu lassen, die in das Fabelreich der im Gebirge verborgenen Göttin des Minerals führten, deren Rufe der mit Metallpartikelchen durchsetzte, auf Oruro einpeitschende Wind heranzutragen schien.

Dem Severino Huachipondo lief das Glück nur in einer Nacht über den Weg. Er war ein Aimaráindianer, dessen Dasein so geendet hätte, wie es begonnen hatte: indem er nämlich auf den Feldern seiner Dorfgemeinschaft in Sicasica gearbeitet oder als Knecht gedient hätte, wenn nicht das Hufgetrappel der von Pando entfesselten Revolution in seine bäuerliche Ruhe eingebrochen wäre.

Auf den Ruf des Mestizen mit der weißen Haut und dem schwarzen Bart verließen die Indianer ihre Dorfgemeinschaften und Feldparzellen. Sie strömten aus ungeheuren Entfernungen wie unter dem Einfluß einer Zentripetalkraft zusammen und bildeten Horden, die den Truppen der aristokratischen Regierung zu schaffen machten.

Nach der Schlacht am Kreuzweg bei Oruro flohen die überlebenden Chuquisacaner vor den Indianern her über die Hochebene. Manche flüchteten zu Pferde, vom weiten Kreis des Horizonts umschlossen, der ringsumher die Feinde verbarg, die Indianer, entfesselte Söhne dieser Erde, die nicht mehr der Partei Pandos gehorchten, sondern in der Revolution nur eine Gelegenheit sahen, Weiße umzubringen. Andere flüchteten zu Fuß durch die deckungslose Unermeßlichkeit. Das wunderbar helle Licht der Hochebene begleitete den Flüchtling in der himmlischen, fast unkörperlichen Transparenz der dünnen Luft wie ein Fluch. Auf der kahlen Bergebene ohne Bodenwellen und Bäume, die nirgendwo Zuflucht bot, marschierte der waffenlose und durstige Flüchtling auf die windgepeitschten Berge zu.

Er marschierte, marschierte wie ein Atom durch die uferlose Zeit. Aber wenn er sich umwandte, sah er in der Ferne die Umrisse der Indianer wie Tagessterne in der grauen Ferne des Horizonts aufsteigen.

Und vor ihm erschienen weitere Indianer wie bunte Pünktchen auf den Bergen. Sie wuchsen unmerklich; die Ponchos und die schrillen Schreie kamen mit qualvoller, todbringender Langsamkeit näher und vervielfachten sich dabei, bis der Flüchtling die abgerissenen Rufe hörte, die kupferroten Gesichter und die immer größer über dem Boden aufwachsenden Augen erkennen konnte, in denen die schlummernde Wildheit der eroberten Erde erwacht war.

Ein Wirbel aus Farben, Schlägen und Geheul verschlang den Weißen, der die letzten Schritte machte, der angesichts der grenzenlosen Gleichgültigkeit des klaren Himmels zu seinem letzten Lauf ansetzte und stürzte, um von Steinwürfen und Knüppelhieben, die ihm den Kopf zwischen dem harten Berggras in den Boden drückten, zermalmt zu werden.

Dann blieb der Tote auf der Hochebene liegen, deren Weiten wie ein See die Farbe wechselten, und nun war es die rächende Horde, die aus der Ferne die Leiche wie von der Erde verschlungen verschwinden sah, dieses kleine, nackte Gestirn, diesen niedergemetzelten Weißen.

Einige Tage nach der Schlacht am Kreuzweg kehrte Huachipondo, der es satt hatte, den Revolutionären unentgeltlich als

Botengänger zu dienen, auf sein Feld zurück. Die anderen Indianer waren noch nicht heimgekehrt, und aus den Hütten seines Dorfes, die Hunderte Meter voneinander entfernt über die Steppe verstreut lagen, bellte ihn kaum einmal ein halbverhungerter Hund an.

Am späten Nachmittag fielen die Strahlen der untergehenden Sonne auf die Hütte und hüllten sie in rote Glut. Als der Himmel erlosch und eine aschgraue Kälte sich auf die Hochebene herabsenkte, sammelte Huachipondo dürres Gras auf, entzündete ein Feuer, setzte sich davor und begann Koka zu kauen; er dachte nichts, er käute nur wieder.

Er kaute unter dem Sternenhimmel. Aber die Sterne verdunkelten sich durch einen Schatten. Er hob den Kopf und sah vor sich wie vom Himmel gefallen einen Mann, einen Weißen, ohne Hut und zitternd vor Kälte und Furcht. In der Ferne ertönte ein Geheul, als hätte man ihn gesehen. Huachipondo blickte ihn an. Zum ersten Mal fühlte er sich einem Weißen gegenüber stark. Er erhob sich.

Der Weiße suchte sich gestikulierend verständlich zu machen. „Tata, sie werden mich umbringen. Rufe nicht! Bist du allein? Ich gebe dir Geld. Scheine! Hier ist das Geld!"

Unter seiner Jacke holte er eine Handvoll Geldscheine hervor. Dann steckte er den Kopf durch die schwarze Türöffnung der Hütte und schaute hinein.

„Komm, Tata", sagte er.

Der Schein des Feuers fiel in die Hütte.

„Tausend Bolivianos, tausend Bolivianos für dich! Verstehst du? Ich will, daß du mich nach Oruro bringst, ohne daß mich jemand sieht. Du nach Oruro, ich dir geben Geld. Verstehst du?"

Zum ersten Mal sprach Huachipondo. „Oruro? Ja, ich dich bringen."

Der Weiße setzte sich auf ein paar Lehmsteine.

„Essen, essen", sagte er. „Ich dir geben Geld. Nimm."

Und er drückte ihm ein Bündel Scheine in die Hand.

„Dann ich dir geben das alles, ja?"

Der Indianer wickelte aus einem schmutzigen Lappen ein paar Eier aus. Er setzte Wasser auf, kochte sie ab und gab sie dann dem Weißen, der sie gierig verschlang.

„Du mir deinen Poncho und deine Mütze geben, und jetzt wir gehen nach Oruro, nicht?"

Huachipondo band seine Schuhe mit einem Lappen fest. Er holte einen uralten Poncho hervor und gab ihn dem Weißen, der zog ihn über, und sie setzten sich in Marsch. Die Schritte hallten auf der Erde, die sich unveränderlich und schwarz weithin ausdehnte, bis sie gegen die Mauer des gestirnten Himmels prallte. Sie wanderten mehrere Stunden, dann wurden die Sterne, die sie vor sich sahen, von einer Hütte verdeckt, an der sie stehenblieben. Ein Hund bellte. Huachipondo trat in die Hütte und sprach mit anderen Indianern.

Der Weiße dachte an Flucht, aber der schwarze Himmel machte ihn blind. Plötzlich sah er einen Schatten neben sich.

„Gehen wir?" sagte er demütig.

Aber es war nicht Huachipondo, sondern ein anderer Indianer, der nicht antwortete. Noch ein Schatten erschien.

„Oh, ich geben euch Geld! Oruro! Oruro! Mein Gott!"

Wütende Umklammerung, weggleitende Füße, etwas wie das Gebrüll eines verwundeten Tieres und dann die aufgeregten, abgehackten Aimaráworte der Indianer, während am Horizont das Profil der immer noch schwarzen Erde sich gegen den graugrünen Himmel abzeichnete, der später rosig und dann karminrot wurde, so karminrot wie das Blut des mit Messerstichen und Steinschlägen niedergemachten weißen Mannes.

Auf diese Weise kam Severino Huachipondo in den Besitz eines kleinen Vermögens. Nachdem er die Geldscheine mit seinen Genossen geteilt hatte, verbarg er die seinen unter dem Hemd, das er früher einmal im Jahr gewechselt hatte, jetzt aber nicht einmal zum Heiraten ablegte. Er kaufte in der Umgebung Ayoayos ein Feld, baute Gerste an und hielt Gänse.

Aber zwei Jahre darauf, als die Regierung, der die Indianer geholfen hatten, fest im Sattel saß, begannen Weiße und Mestizen die Verfolgung der Indianer, die an dem Gemetzel teilgenommen hatten, und sandten Strafexpeditionen aus. Berittene Truppen suchten die Dörfer heim, steckten die Felder in Brand, vernichteten die Ernten.

Die Indianer flohen. Die Soldaten nahmen die Frauen und Kinder als Geiseln mit, unter ihnen die Frau und das Kind Huachipondos. Von einem Berg aus sah Huachipondo eine Rauchwolke über seiner Hütte aufsteigen, welche die Soldaten angezündet hatten. Diese waren selbst Indianer und standen unter dem Befehl von Mestizen, die ihrerseits wieder jene Weißen rächten, die vor zwei Jahren gesteinigt worden waren – auf der Hochebene, die wie ein Meer im Sturm aufgebrandet war, um dann wieder still, eben und unveränderlich dazuliegen mit ihrem unvergänglichen Streifenmuster unerreichbar zarter Farben.

Huachipondo durchzog das Bergland von Inquisivi, bis er in den Bergbaugebieten Oruros hängenblieb. Er besaß noch einige Geldscheine, mit denen kaufte er einen Zug Lamas. Er wurde Treiber, brachte landwirtschaftliche Erzeugnisse in die Bergwerke oder holte dort Säckchen mit Erz ab, wobei er den metallhaltigen Boden zwischen Colquechaca, Chayanta, Uncía und Oruro in beiden Richtungen überquerte.

In den Bergen weidete die Lamaherde oft tagelang an einigen Stellen, wo Gras oder Gerste stand. Huachipondo überließ sie der Aufsicht seines Gehilfen und suchte auf den Höhen die seit der Kolonialzeit verlassenen Gruben*, von

* Zu Beginn des 19. Jahrhunderts waren die bolivianischen Bergwerke in folgendem Umfang stillgelegt: in Potosí 25 Gruben in Betrieb und mehr als 1800 verödet; in Porco 35 in Betrieb und 1519 stillgelegt; in Chichas 22 in Betrieb und 650 verlassen; in Lipez 2 in Betrieb und 750 stillgelegt; in Oruro 11 in Betrieb und 1215 verlassen; in Poopó 15 und 316; in Carangas 4 und 285; in Sicasica 9 und 320; in Inquisivi 5 und 160; in Sorasora 4 Goldgruben in Betrieb und mehr als 500 verlassen. Die Aufbereitungswerke Oruros wurden von den Royalisten verbrannt und verwüstet, und die 90 Aufbereitungswerke Potosís schrumpften auf 13 zusammen.

denen die Indianer durch Überlieferung wußten, oder spaltete die über Tage liegenden Felsen, um funkelnde Steinbrocken, die bei den Weißen Erstaunen erregten, in die Ortschaften mitzunehmen.

Stärker funkelten indes die Geschichten des spanischen Händlers Don José Centeno. Seine Phantasie verwandelte den Wortschatz der gewöhnlichen Habgier, mit dem die Bergleute den Reichtum zu beschwören suchten. Er steckte voller Legenden und Sagen, die zwar keinen praktischen Nutzen brachten, dafür aber um so faszinierender waren.

Er war von Pulacayo gekommen, um sich in Oruro niederzulassen, und Omonte traf ihn oft in der „Barcelona-Bar", wo sie Cocktails tranken. Er war klein, bis auf die weißen Haare an den Schläfen kahl und hatte eine so große Oberlippe, daß man den Eindruck gewann, sein Mund öffne sich unterm Kinn. In Omonte hatte er sogleich einen eifrigen und unwissenden Zuhörer gefunden, den er belehren konnte.

Er erzählte ihm, daß er 1875 mit Don Gregorio Pacheco nach Bolivien gekommen sei, um die Gesellschaft Guadalupe zu gründen. „Großartige Gesellschaft, aber einer der Direktoren war ein, na, eben ein richtiger Gauner, er intrigierte gegen mich, und um ihm keine Ohrfeigen geben zu müssen, verließ ich das Unternehmen, wohlgemerkt im besten Einvernehmen mit Don Gregorio."

Seither hatte er sich dem legalen und auch illegalen Handel gewidmet, mit allen Waren, die mit dem Bergbau zusammenhängen.

„Die Lage verschlechtert sich ständig", erklärte er Omonte. „Jetzt lohnt es sich nicht mehr, Silber zu schmuggeln. Früher war das ein Geschäft. Für ein Pfund Koka gab ein Häuer zehn Unzen Silber. Aber jetzt paßt die Gesellschaft zu sehr auf. In Pulacayo wollten sie mir einen Silberbarren beschlagnahmen, weil ich ihn angeblich gestohlen hätte! So wahr Gott lebt, ich habe ihn einem Häuer abgekauft! Jetzt kaufe ich lieber Waren, die die Arbeiter aus dem Magazin beziehen, um sie weiterzuverkaufen und ihnen dafür Alkohol und Schnaps zu verkaufen. Man muß leben. Wissen Sie, ich habe eine Frau und die Nichte meiner Frau, die sozusagen wie meine eigene Tochter ist."

Unterdessen trat der dürre Udaeta mit Dr. Zenobio Loza heran. Es war kalt in der Bar.

„Tee mit Schnaps, aber recht heiß."

„Für mich dasselbe."

„Ich erst einmal einen Schnaps ..."

„Gehen Sie nach Pulacayo zurück, Don José?"

„Nein, Mensch, nein; das geht ein, genau wie Potosí."

„Ein englischer Ingenieur hat einen Artikel geschrieben, darin sagt er, man müßte den ganzen Potosíberg abtragen, weil seine ganze Basis aus reinem Silber besteht."

„Große Neuigkeit!" meinte Centeno. „Fest steht, daß jetzt bloß noch Huanchaca übrigbleibt. Ich kann das beurteilen, ich habe ganz Bolivien bereist und weiß mit Gruben Bescheid. Colquechaca ist versackt. Aber Huanchaca ist noch immer die zweitgrößte Grube der Welt. Die einzige noch ergiebigere ist die von Brooken Hill in Australien."

„Argandoña hat sie entdeckt, nicht wahr?" fragte Dr. Loza.

„Nein, Don Aniceto Arce", erwiderte Udaeta.

„Halt, halt!" unterbrach Centeno. „Diese Grube wurde irgendwann in grauer Vorzeit entdeckt. Sie müssen nämlich wissen, daß den Indianern die Gruben bereits bekannt waren, die die Spanier später ‚wiederentdeckten'. Von Huanchaca ist bekannt, daß der Gang im achtzehnten Jahrhundert bis zum Unabhängigkeitskrieg ausgebeutet wurde; dann erst wurde die Arbeit eingestellt. Und es heißt, zur Zeit des Marschalls Santa Cruz hatte man die Absicht, ihn wieder zu bearbeiten. Das weiß ich nicht genau. Viele Jahre später wollte ein Indianer sich aus irgendeinem Grunde einem Schürfer, einem Mestizen namens Argandoña, dankbar erweisen und erbot sich, ihm die Lagerstätte eines Schatzes zu zeigen, dessen Geheimnis bei den Indianern vom Vater auf den Sohn überliefert wurde. Er führte ihn quer über die schreckliche Hochsteppe von

Porco. Es war kein von Menschenhand vergrabener, sondern ein Schatz, den Gott selber Argandoña vorbehalten hatte. Man stelle sich vor, in weniger als dreißig Jahren wurden dort 4520 Tonnen Silber herausgeholt. Zigarette?"

Sie beeilten sich, ihm eine anzubieten und Feuer zu geben.

„Denn", fuhr der Spanier fort, „die Sache offenbarte so deutlich die Hand der Vorsehung, daß Argandoña, ein ungebildeter, einfacher Mensch, den Vatikan besuchte und mit dem Fürstentitel zurückkam. Der ‚Príncipe de la Glorieta'!"

„Und Don Aniceto Arce?" fragte Loza.

„Ja, Don Aniceto! Das steht auf einem anderen Blatt. Argandoña konnte nicht allein arbeiten und tat sich mit Don Aniceto zusammen, der Bergmann war und Präsident, alle Wetter!, ein Mann mit Fäusten und hellem Kopf. Dann gründete Don Aniceto 1873 die Gesellschaft Huanchaca; damals war ich noch nicht in Bolivien. Ich habe ihn später kennengelernt. Er war Präsident und weihte die Eisenbahnlinie nach Antofagasta ein. Er hatte Kinnbacken wie eine Dogge, ein Paar steinharte graue Augen und einen riesigen Backenbart. Man muß bloß mal gesehen haben, welche Furcht er einflößte, dabei war er klein, nur so groß. Deshalb nannte man ihn ‚Monolo'."

Er hob die Hand eine Spanne hoch über den Tisch.

„Argandoña müßte man sein!" seufzte Udaeta.

Und er bestellte noch eine Lage Tee mit Schnaps.

Eines Sonntags lud Centeno Omonte ein, ihn zu besuchen. In seinem Haus befand sich auch der Laden, in den man nur mit eingezogenem Kopf eintreten konnte. Auf den gekalkten Wänden hatten Rauch und Fliegen dunkle, wolkige Flecken hinterlassen. Centeno stellte seine Frau vor, eine füllige, sehr gesetzte Chola. Er rief auch seine Nichte: „Antoñita, komm, ich will dir meinen Freund Omonte vorstellen."

Aus dem Hintergrund des Raumes, an den sich ein anderer Raum anschloß, trat ein schwarzgekleidetes Mädchen mit langen Zöpfen. Das Tageslicht betonte die Blässe ihres Gesichts, das ein bißchen sommersprossig war, an den Schläfen schmal und über den Wangenknochen sehr breit. Die kleinen, sehr eng beieinander stehenden schwarzen Augen liefen zu den Schläfen hin schräg aus, und die starke Unterlippe verlieh ihrem Mund einen sinnlichen Reiz. Die spitze Nase war stark gepudert.

„Antonia Centeno. Zu Ihren Diensten!“ sagte sie schnippisch und wandte ihm dann den Rücken zu.

Sie aßen gemeinsam. Später zogen sich Antoñita und ihre Tante zurück, und Omonte blieb mit Centeno in dem kleinen Besuchszimmer sitzen, in dem alte Sessel standen und ein Ecktisch mit der Statue eines schlummernden Prager Jesuskindleins.

„Das hier ist ein ganz vorzüglicher Pisco aus Cinti“, sagte der Spanier, als er eine Flasche Schnaps öffnete. Und dann fing er wieder mit seinen Geschichten an: „Wissen Sie, der Weinanbau in Cinti ist auf den Einfluß Potosís zurückzuführen. Die Spanier konnten es nicht erwarten, bis Wein aus Spanien ankam, und bauten ihn gleich dort an. Dazu mußten sie von den eisigen Regionen in die Täler hinabsteigen. Die Spanier, das sagt man so hin. Die Indianer machten ja alles. Zum Beispiel, was die Gruben angeht. Es gibt keine neuen Gruben in diesem Land. Wo Sie auch hinschauen, sehen Sie die Spur der Inkas. Es gibt Kanäle zum Goldwaschen, die von den Inkas angelegt wurden und zwanzig Meilen lang sind. Die Schächte verliefen senkrecht, von oben nach unten. Man kann sie überall sehen, eng, sehr eng und tief, für die Goldgewinnung angelegt. Ausschließlich für Gold. Nehmen Sie eine Zigarette!“

Omonte steckte sie an.

„Dann“, fuhr Centeno fort, „hol's der Teufel! kamen die Spanier. Die Jesuiten unter ihnen waren geschäftig und fleißig wie die Ameisen. Von den Indianern geführt, entdeckten sie die Gruben und trieben horizontale Stollen in den Berg, der ‚zur Sonne hin‘ aufgerissen wurde, von unten nach oben, indem man ihn von innen her mit einem Schnitt bis zur Oberfläche spaltete. Ich habe solche Berge gesehen, die ein ganz dünner Einschnitt teilt. Aber das ging nicht alles so glatt: Gold fördern und in die Tasche stecken. Die Indianer gehorchten manchmal, aber manchmal leisteten sie auch Widerstand. In Vilaque können Sie im Fluß das Blei der Kugeln finden, mit denen die Spanier ihre Gefechte mit den Indianern austrugen. Sie finden in den Vertiefungen des Flußbettes auch noch das Quecksilber, das sie für die Amalgamation benutzten; und gegenüber der Stollenmündung auf dem Hof des Aufbereitungswerkes den steinernen Galgen, das Symbol unserer Herrschaft, an dem man die Indianer henkte, zum Teufel!"

Ganz in seine Erzählung vertieft, ließ der Spanier seine Phantasie durch sagenhafte Räume und Zeiten schweifen.

„Sie henkten nicht alle, das ist wahr! Denn ohne die Indianer hätte man in den peruanischen Gebieten niemals Gold oder Silber schürfen können. Ich bin Spanier, das walte Gott!, und das betone ich. Aber den Potosíberg hat ein Indianer entdeckt. Haben Sie ihn mal gesehen?"

„Den Indianer? Nie . . ."

„Den Berg, Mensch, den Berg! Der Indianer ist seit drei Jahrhunderten tot. Es ist ein Berg von besonderer Färbung, ein regelrechter Kegel. Er hat aus seinen fünftausend Mundlöchern so viel Silber ausgespuckt, daß der ärmste seiner 80 000 reichsten Bewohner – stellen Sie sich das vor, Zenón – immer noch drei- bis vierhunderttausend Pesos besaß. Der König von Spanien hat von 1545, als der Centenogang entdeckt wurde, ja, Centeno wie ich, bis 1661 3240 Millionen Silberpesos an Steuern bezogen. Das war der fünfte Teil des Reichtums, den die Grube spendete, nicht berücksichtigt die heimliche Ausfuhr, ebensowenig das Silber, aus dem man Geschirr, Truhen, Rahmen, Platten, Statuen herstellte, wie man sie heute noch in den alten Häusern und Kirchen in Potosí, Chuquisaca und ganz Bolivien sieht, und natürlich auch alles das nicht mitgerechnet, was gestohlen wurde und dadurch nicht in die Rechnung einging. Ich erzähle Ihnen kein

Märchen: das Silber, das in Potosí gewonnen wurde, hätte ausgereicht, um eine Brücke von einer Elle Breite zu bauen und mit ihr diese ‚Indias' mit Spanien zu verbinden."

„Was für Indias?"

„Zenón, diese Gebiete hier hießen ‚die Indias' ... Eine Brücke aus Silber, jawohl, aber parallel dazu hätte man noch eine Brücke aus Gebeinen bauen können, so lang wie die vorige, aus den Gebeinen der Mitayindianer, die in den Gruben umkamen. Prosit!"

Sie tranken einen Schluck des aromatischen Branntweins.

„Dem Indianer", fuhr Centeno fort, „gefiel eine solche Arbeit nicht, die er nach seinem Glauben für verflucht hielt. Das Gold schürften die Inkas nur, um ihre Altäre oder sich selbst damit zu schmücken, nicht, um Geld daraus zu machen wie die Weißen. Aber die Weißen zwangen die Indianer mit Kreuz und Schwert an diese Arbeit, die Berge zu zerlöchern. Wissen Sie, was alles geschah? Ich will Ihnen sagen, was die Jesuiten einmal gemacht haben."

Er schob den winzigen Stummel seiner Zigarette unter die große Lippe, zog den Rauch ein und fuhr fort: „Vor zehn Jahren war ich in Inquisivi. Dort liegen die Gruben, die von den Jesuiten ausgebeutet wurden. Da ist auch der berühmte Sacambayaschatz verborgen, in der Nähe der gleichnamigen Grube, wo die Jesuiten ihn vor ihrer Austreibung verscharrten, weil sie die angesammelten Reichtümer nicht transportieren konnten. Als der Schatz sicher in seinem Versteck lag, brachten die Jesuiten die Indianer, die ihnen geholfen hatten, seelenruhig um, damit keine Mitwisser ihres Geheimnisses zurückblieben."

Omonte starrte den Spanier mit seinen kleinen, halbverschleierten Augen sprachlos an. Dieser sprach angeregt weiter: „Aber in einer anderen legendären Grube der gleichen Gegend, von den Indianern wird sie Chuquicarcamiri und von den Iberern San Juan Bautista genannt, empörten sich im Jahre 1666 die versklavten eingeborenen Indianer, köpften und steinigten die Spanier und verwischten dann jede Spur der Grube. Sie verließen die Gegend. Drei Jahrhunderte lang hat sich niemand dort hinwagen können, denn es gibt keinen Indianer, der ihn führen würde, keine Wege, keinen Richtungsweiser. Diese phantastischen Goldgruben sind verloren ...“

„Wäre schön, sie zu finden, nicht?“

„Dummes Zeug, Träume ... Wozu an das Gold denken? Wozu an das Silber denken? Jetzt sollte man sich für das Zinn interessieren.“

Aus dem Nebenzimmer ertönte die Stimme der Frau: „Josecito, wie lange willst du noch reden? Es muß schon Mitternacht sein. Don Omonte muß morgen arbeiten ...“

„Ach, Don Zenón! Diesmal habe ich sie bestimmt gefunden ...“

Gierig hielt Omonte die Kristalle, die Huachipondo ihm vorwies, dicht an die Augen.

„Wo?“

„Dort, wo ich dir sagte, im alten Schacht am Berg San Juan.“

„Und Ramos' Grube, unsere Grube?“

„Sie liegt ganz dicht daneben, glaube ich.“

Omonte nahm die Kristalle wieder auf.

„Was willst du jetzt mit deiner Grube machen?“

„Ich bin hergekommen, um die Gebühr für sechs Monate zu zahlen.“

Omonte kratzte sich den Kopf.

„Neben unserer Grube, wie? Hast du geschürft?“

„Nein, ich habe nur aus dem Schutt aufgesammelt.“

„Auf welcher Seite?“

Huachipondo winkte mit der Hand ab. „Das mußt du sehen. Ich will mit Señor Bottger sprechen.“

„Ist zwecklos!“

„Wenn das alles Silber ist ...“

Aber es war kein Silber. Die jahrelange Übung hatte in Omontes Augen das empfindliche Spektroskop ausgebildet, mit dem die Kenner das Licht der metallischen Schwingungen im Silbererz messen und dabei Silberglanz, Rotgiltigerz, Sprödglaserz, Polybasit, Hornsilber und Kupfersilberglanz unterscheiden. Und sie erkennen das Zinn in seinen Zusammensetzungen, in seinen kristallinischen Formen und in seinen verschiedenen Farben: im Kassiterit mit Amarantton, im Schwarzbraun, im Mahagoni, im Diamantweiß. Das Muster war von dunkler Mahagonifarbe.

„Ach, Don Zenón, diesmal habe ich sie bestimmt gefunden!"

„Für dich allein? Diesmal gehen wir zusammen los, Indio, Bandit!"

Und Omonte ließ seine Arbeit im Stich und folgte Huachipondo auf der Suche nach der Göttin.

4

Die blinden Maultiere

„Besagter Pater, der bei zwei Gelegenheiten dort vorbeiging, sah beim ersten Mal, daß viele Indianer fröhlich tanzten, und mit ihnen im Kreis die Teufel in der Gestalt von Indianern. Beim zweiten Mal sah er jene höllischen Geister wie schlafend vor den Türen der Chichaschenken ausgestreckt."

Zu der Zeit, da Omonte in Oruro lebte, arbeiteten in Pulacayo zwei Leute, die später in seinem Leben eine Rolle spielen sollten: Lorenzo Estrada und Francisco Tajuara, kurz Cisco genannt.

Sie gehörten verschiedenen sozialen Schichten an: Estrada war abwechselnd Vorarbeiter, Werkschutzmann und Werber, Tajuara war bloß ein indianischer Häuer. Er lernte Estrada auf wenig angenehme Art kennen.

Pulacayo war ein Indianerdorf, das in 4200 Meter Höhe rings um die von Centeno erwähnten Gruben gewachsen war. Zwischen den Schluchten des Berglandes reckte das Wohnlager der Bergleute seine Schornsteine in die Höhe. Ihm schlossen sich andere Hütten am Abhang an, übereinandergetürmt und vor Entsetzen erstarrt angesichts ihres durch ein Wunder verhüteten Absturzes. Die regellosen Gassen Pulacayos liefen in die Tiefe, als hätte ein furchtbares Erdbeben den Ort erschüttert.

Die Hunde bellten von den Dächern herab. Die übereinandergeschachtelten Häuser waren durch Stein- oder Lehmziegelstufen oder Holztreppen mit den gewundenen, sich kreuzenden Gassen verbunden. Die Türen der Hütten glichen den Augen- oder Mundhöhlen von Totenschädeln. Der Regen hatte gelbliche, langgestreckte Figuren an die gekalkten Mauern gemalt, Zeichen des Schwammes, der an den Häusern fraß. Die verwitterten Mauern wirkten wie eine natürliche Fortsetzung der Erdoberfläche und ihre Dächer wie eine natürlich gewachsene Lage des harten Berggrases. Das staubige und gelbliche Dorf machte den Eindruck, als hätte man es alle Stadien der Verwesung durchlaufen lassen und es dann ausgegraben, um seine Gebeine, seine weißen Haare und die unheimlichen zahnlosen Mundhöhlen seiner Häuser zur Schau zu stellen.

Im Winter schneite es, und im Sommer erhob sich die Erde in Wirbeln und verbreitete einen unangenehmen Geruch nach Chemikalien. Aus der Tiefe der Gruben sickerten schweflige Dämpfe durch die Erde herauf. Wenn der Wind aus jener Richtung wehte, trieb er den Schornsteinrauch und die Dämpfe von den Glühöfen in das Dorf.

Die Menschen lebten in dieser schmutzigen und schwefligen Atmosphäre mit dem unbewußten Gefühl, in den Öfen des Aufbereitungswerkes würden Leichen verbrannt. Dorf und Lager gehörten in das Reich der Gräber. Nur die Kälte gab einem in Pulacayo das Bewußtsein, noch am Leben zu sein. Sonst war oben, unten und ringsum alles Loch, Höhle, Nische. Die Häuser glichen unheimlichen Stollenmündungen, und die Mundlöcher der Stollen glichen Häusern aus einem Alptraum. Der Wind fegte über die Gräber, machte die Menschen alt und schminkte sie mit Metallstaub und Kälte.

Dem Dorf gegenüber lag die eigentliche Grube und vor ihr der große Hof und das Aufbereitungswerk, wo Männer, Frauen und Kinder, mit den verschiedensten Arbeiten beschäftigt, umherwimmelten. Der Berg spie durch das Mundloch die durchgekauten gräulichen, bräunlichen und schwarzen Brocken aus, die seine Eingeweide absonderten und die sich an einigen ebenen Stellen des Berges zu Haufen türmten, um in einer Folge verschiedener Verdauungsprozesse aufbereitet zu werden. Das geschah in Anlagen, die teils aus Holz oder Eisen, teils aus Kalk oder Stein bestanden und an einem der Berghänge zwischen Haufen abgetragener Erde ein System übereinandergestufter Bauten bildeten.

Die Neigung des Berghanges bestimmte die aufeinanderfolgenden Prozesse, die das Erz von oben nach unten durchlief, dem Gefälle des Wassers entsprechend. Das gelbliche, bewegte Wasser war das wundertätige Element, das die Moleküle des gemahlenen Erzes durchdrang, sie sortierte und wusch, wozu all die verschiedenen Formen seiner Dynamik eingesetzt wurden.

Auf dem Hof, wo das geförderte Erz an dem strengen Berg lagerte, sah Tajuara täglich, wenn er aus dem Stollen kam, die Palliri Dolores, die Frau Mariano Colques, mit ihrem schwarzen Hut und in einem Umhang aus karmesinrotem Flanell gebückt dastehen, eine kleingewachsene Frau mit einem Gesicht wie gebrannter Ton, mit harten Wangenknochen und mongolischen Augen. Sie gehörte zu einer Gruppe Frauen, die das Erz sortierten. Einige zerschlugen die Steinblöcke mit dem Hammer, andere trennten die kieselerdigen Begleitstoffe und das Rhyolit, indem sie die Brocken heraussuchten, die durch ihr Gewicht und ihre Farbe auf Metallgehalt hindeuteten. Das unbrauchbare taube Gestein brachten diese Palliris in Tragtüchern bis zur nächstliegenden Schlucht, in die sie es hinabschütteten, und das Erz trugen sie auf die Hüfte gestützt zum Aufbereitungswerk. Manche Palliris schleppten das Erz in den Armen und trugen auf dem Rücken ihre kleinen Kinder.

Das war das Zerschlagen und Sortieren. Im Werk wurde das Erz in den „Quimbaletes“ erneut zerkleinert oder zermahlen und dann in den „Ppurmuchinas“ mit rhythmisch rüttelnder Bewegung gesiebt; anschließend wusch man es in den „Maritatas“, wo das Wasser mit seiner Zentrifugalkraft wirksam wurde. In einer anderen Abteilung des Werkes saßen die Palliris entlang einer Wasserrinne und fischten mit einem besenähnlichen Gerät die Metallteilchen heraus.

Nach dem Wasser kam das Feuer. Das schwefelhaltige Erz wurde in Öfen geglüht, und durch deren hohe, an den Berg geheftete Schornsteine atmete die Erde bei Tage Rauch und bei Nacht Feuer aus. Mariano Colque und die anderen Heizer der mit Holz gespeisten Öfen huschten dort drinnen wie Teufel inmitten der Schwefeldämpfe umher, die ihnen die Haut beleckten und ihren giftigen, krätzeerregenden Speichel auf ihr zurückließen. Die Hitze des Holzfeuers und des geglühten Erzes glühte auch sie aus, und auf dem schwarzen Leib Mariano Colques erinnerte die Krätze an Schmutzspritzer auf Kohle.

Estrada schätzte die geschickte Häuerarbeit Tajuaras. Der Indianer hatte sich jene intuitive Kenntnis der Trigonometrie angeeignet, die es den Häuern möglich machte, aus der Lage der sichtbaren Kante unter Berücksichtigung der Gesteinsformation nahezu haargenau auf die unsichtbaren Kanten der Felsmasse zu schließen, welche bei der Zündung des Dynamits losgesprengt werden sollte. Indem er seinen Sprenglöchern mit dem Meißelbohrer bestimmte Richtungen gab und mit einem einzigen Blick eine wahre geometrische Analyse vornahm, nutzte er bei paralleler wie bei gekreuzter Struktur die Gewalt des Dynamits maximal aus.

Er arbeitete auf dem Grund der alten Grube. Das Blut vieler Generationen hatte im Berg gekreist und sich seine Adern selbst geschaffen. In die Masse aus Granit und Porphyr, zwischen deren Ablagerungen sich die metallführenden Gänge, vermischt mit Greywake und Rhyolit, in einem Jahrmillionen dauernden eruptiven Prozeß eingeschoben hatten, war auch der Mensch mit seiner Arbeit wie ein vulkanisches Geschehen eingebrochen und hatte sich einen Bienenstock von Tunneln eröffnet. Um an seinen Arbeitsplatz zu gelangen, mußte Tajuara Holzleitern hinabsteigen, die alle zehn Meter auf Absätzen in Aussparungen der Schachtwände abgestützt waren und als eine Art zickzackförmiger Treppe in die schwindelerregende Tiefe führten.

Die Leitern endeten, aber nicht der Schacht. Die Temperatur stieg. Die Arbeiter mußten sich in einer Art Grotte nackt ausziehen und sich, in einem überdimensionalen Eimer balancierend, noch tiefer hinablassen. Dieser Eimer hing an einem Kabel, das über eine Scheibe lief.

Die nackten Männer sanken wie längliche Nägel in den dunklen Schlund hinab, auf dessen Grund der zornige, laute Atem des schwefligen Wassers gurgelte.

„Uhhhhhhh ...“, stieg von unten der dunkle Schrei empor.

„Jahhhhh ...“, stürzte von oben die Antwort hinab.

Es sollte ein Entwässerungsstollen angelegt werden, den die Ingenieure berechnet hatten. Das Sickerwasser bedrohte eine ganze Förderstrecke. In der 300-Meter-Sohle reichte es fast bis an die Knie. Die Hitze wallte in dampfenden Schwaden auf und hüllte die Arbeiter gleichsam in feuchtheiße Umschläge. Sie wischten sich die Stirn mit den Händen, um den Druck loszuwerden. Eine Atmosphäre wie in einem Druckkessel umgab Tajuara und die nackten Arbeiter, deren Leiber in der dantesdchen Finsternis ächzten. Die Temperatur dieses geologischen Strudels ließ menschliches Leben nur dank der erwähnten großen Eimer zu, die sich mit frischem, durch Rohrleitungen von der Oberfläche des Berges herangeleitetem Wasser herabsenkten. Damit konnten sich die Arbeiter übergießen, um sich dann erneut in den Dunst zu stürzen, der sie blendete und brühte wie geschlachtete Hühner.

Mit gestaltlosen Händen entquoll der Dampf dem Sumpf der Grube von Pulacayo, erfaßte Tajuara, kroch an den Felswänden entlang, drang in die tieferen Stollen ein und breitete eine Epidemie unaufhaltsamen feuchten Fiebers aus, einem verborgenen unterirdischen Ungeheuer gleich, das nackte Gnomen aufgeweckt haben und entsetzt wieder einzusperren versuchen.

Estrada war ein hochgewachsener Mann mit Adlerprofil, an dem die gelbe Brille besonders auffiel. Die Bergleute hielten ihn für unempfindlich gegen eigenen und fremden Schmerz.

Es hieß, er habe in Tupiza einen Mann umgebracht. Schroff und kalt leitete er als Kontraktunternehmer die Arbeiten.

Tajuara lernte ihn auf wenig angenehme Art kennen. Als er eines Nachmittags als letzter zu Tage fuhr, kam er zu spät und erhielt seinen Lohn nicht mehr. Er beschwerte sich bei Estrada, und der sagte, er solle ihn vor dem Verwaltungsgebäude erwarten, er käme gleich wieder. Aber Estrada kehrte nicht zurück. Es war Feiertag, und Tajuara verspürte brennende Lust auf einen Schluck. Er trug einen wollenen Anzug mit einem Halstuch und grobe, gewaltige Rindslederstiefel, die er sich selbst genäht hatte. Seine Hütte lag weit entfernt über den Schluchten des Berges, und er wollte sich noch umziehen, um bei dem Fest mitzumachen. Als er das Warten satt hatte, stieg er an dem Flüßchen mit dem schmutzigen, schwefligen Wasser bergab, überschritt es und stolperte durch eine Gasse zu Estradas Wohnung im Lager. Er klopfte an die Zinktür, klopfte wieder.

„Herein", hörte er sagen. Er öffnete die Tür und erblickte Estrada auf dem Bett liegend.

„Was ist?"

„Ich ... Tata, du hast gesagt, du wolltest das in Ordnung bringen ..."

Er sah, wie Estrada sich aufrichtete und dann mit einem Sprung einen großen Tonkrug vom Boden aufhob.

„Und deshalb kommst du und weckst mich? Da!"

Er sah den Krug mit mörderischer Gewalt auf seinen Kopf zufliegen. Er bückte sich, und der Krug zersprang am Türrahmen. Tajuara floh.

Tajuara hatte recht. Er mußte trinken. Fünfzehn Tage waren seit dem letzten Mal vergangen. Er arbeitete zwölf Stunden am Tag, wie die Frauen und Kinder, wie alle unter und über Tage, und manchmal arbeitete er, um mehr zu verdienen, vierundzwanzig Stunden ohne Ablösung.

Er mußte trinken und nahe bei Dolores Colque sein, die sicher im Sonntagsputz mit ihrem Mann Mariano in einer bestimmten Chichaschenke am Bahnhof sitzen würde. Tajuara löste sein Geldproblem: er nahm sein Kreditheft für das Magazin und versetzte es bei einem Dorfkrämer gegen zwei Flaschen Sprit.

Das Werk lag verlassen. Aber der Feiertag brodelte in dem Dorf aus Totenschädeln, das sich belebte, als träten Legionen berauschter Würmer aus den zahnlosen Mundhöhlen der Hütten, kröchen durch die Gassen und stiegen die Bergpfade hinab. Überall tauchten betrunkene Arbeiter auf. In den Türrahmen und auf dem Sand der gelben Schluchten lagen schlafende Tagelöhner mit Flaschen in den Händen. Auf ihren Gesichtern trocknete ein Speichelfaden in der brennenden Sonne der Hochebene.

Es war der zweite Nachmittag des allgemeinen Trinkgelages. Die Musik der Charangos und das Gekreisch der Frauen wechselten ab mit dem Rhythmus der Pauke, die aus dem Talgrund von Pulacayo heraufdröhnte.

Die Indianer stiegen in bunten Reihen die Berghänge hinauf und hinab und tanzten in das Dorf hinein, sich unermüdlich um sich selber drehend. In einer Chichaschenke in der Calle Presidente Arce tanzte eine Gruppe angetrunkener Bergleute in gestickten Jacken mit den Frauen in farbigen Röcken. Tajuara saß stammelnd neben Dolores Colque, die unnahbar und hart war wie ein Götzenbild. Sie tranken verdünnten Sprit.

Mariano Colque verprügelte seine Frau, und Cisco Tajuara wollte Colque verprügeln, aber dieser fiel von selbst schnarchend in eine Ecke auf den mit Chicha getränkten Boden, während die Indianer einen schwermütigen Tanz stampften und Dolores weinte.

Die Stunden vergingen. In der Ferne dröhnte die Pauke. Es wurde schon dunkel, als sie zu dritt den Weg zu ihren Wohnungen antraten, den Pfad bergauf, aus dem Dorf hinaus. Mariano Colque schwankte, prallte in den Gassen gegen die Mauern und dann auf dem Berg gegen die Felsen, immer bergauf, bis er lang hinschlug und wieder einschlief.

In der Dunkelheit schüttelte ihn Dolores. Sie versuchte, ihn dadurch aufzurichten, daß sie ihn an den Haaren emporzog. Der Indianer grunzte. Cisco hob den Hut hoch, der der Indianerin vom Kopf gefallen war, setzte ihn ihr auf und sagte: „Laß ihn. Komm, wir gehen . . .“

Und er packte sie beim Umhang und zog sie auf dem unsichtbaren Pfad den steilen Hang hinauf. Die Berge waren im Dunkel versunken, und Tajuara nahm, berauscht wie er war, in Dolores’ Umrissen nur den Teufel des Ehebruchs wahr.

Er packte sie wieder beim Umhang und umarmte sie. Aber die Indianerin wehrte sich hartnäckig. „Nicht, nicht . . .“ Plötzlich schrie Dolores: „Später . . . Bring ihn erst um, bring ihn erst um!“ Und dann war sie es, die Tajuara heftig bei seinen Kleidern packte und ihn bergab zog. Tajuara wehrte sich, sie rangen miteinander und stießen sich, fast ohne einander zu sehen. Dolores riß sich los, tastete auf der Erde nach einem Stein, hob ihn auf und rannte auf die Stelle zu, wo ihr Mann zurückgeblieben war. Tajuara lief hinterher, stolperte und fiel. Er hörte das dumpfe Geräusch rollender Erde, hörte einen Aufschrei und schlief sogleich wie der steinerne Berg.

Am nächsten Tag wurde die Leiche der Indianerin Dolores vom Grund der Schlucht heraufgeholt. Oben schlief Mariano Colque neben dem Pfad, ein Stück weiter lag Cisco Tajuara. Bei der Beerdigung betranken sie sich, wurden eingesperrt und kehrten beide nach vierzehn Tagen zurück, der eine an die Öfen und der andere unter Tage als Mitglied einer von Estrada angeheuerten Brigade.

Als Tajuara wieder einfuhr, bekreuzigte er sich vor der Kapelle, einer Grotte, die wenige Schritte vom Mundloch entfernt in einer der Tunnelwände ausgehauen war. Dort nahm eine von zahllosen Kerzen beleuchtete und mit buntem Papier geschmückte Statue die Gebete zweier Blinder entgegen, die auf den Hacken kauerten, Koka kauten und beteten.

Sie kauten Koka für den Heiligen, dem Votivbrauch gemäß, nach dem die Bergleute in Stellvertretung des Heiligen aßen und tranken, der das nicht konnte. Dicht neben den Blinden kniete Mariano und bat um Vergebung für die Seele seiner Frau, die, wie es allgemein hieß, der Teufel in die Schlucht hinabgestürzt hatte.

Tajuara ging vorbei und betrat den Stollen. Die Grube nahm erneut sein Wesen in Besitz, drang in ihn ein, kam ihm entgegen, um ihn in ihr Dunkel einzuhüllen, als übertrüge sich das steinerne Gewicht des Berges auf die Luft der engen Gewölbe.

Mit Estrada zusammen fuhren Tajuara und zwei Zimmerhäuer in den Schacht ein, von dem alle dreißig Meter die Strecken abzweigten. In den tieferen Sohlen wurde die fast kompakte Luft vor Ort zusammengepreßt und beengte die Bergleute mit einem alptraumähnlichen Druck. Nur die Talglichter trugen eine letzte Ahnung des Lebens im Freien in diese Todesphantasie der Erde, die sich stumm vor ihren Schritten zusammenschloß.

„Hier ist dicke Luft", sagte Estrada vor sich hin, und in der Tat konnte man hier kaum atmen.

Die Sohle 300 erstreckte sich über mehr als zwei Kilometer. Stellenweise wurde sie so niedrig, daß sie die Bergleute fast erdrückte; an anderen Stellen dagegen hob sich ihr Gewölbe wieder. Sie krochen in der Strecke vorwärts, die sich lang hindehnte wie eine Erinnerung, und stießen auf einen halbnackten, ebenfalls kriechenden Mann.

„Ave María Purísima . . ."

„. . . sin pecado concebida", gab Estrada dem Ritual gemäß zur Antwort.

Beim Lichterschein wurden die bösartigen Eingeweide der Felsen sichtbar. Die Männer drangen weiter vor und krümmten sich unter dem Bauch eines endlosen Ungeheuers ohne Kopf, dessen Schatten ihren Atem stocken ließ. Vor Ort bewegten sich rauchige Lichtchen wie in einem fernen, verborgenen Land.

Dort hielten sich Wesen auf, die scheinbar seit undenklichen Zeiten nicht aus dem Erdinnern hervorgekommen waren. Ihre zerbrechlichen, mit dünner Haut überzogenen Körper glitten unverletzt umher und irrten durch die greulichen Schneckenwindungen aus gelbem Porphyr, auf denen die Erde ruhte. In diesem seltsamen Planeten des Erdinnern hatten die kupferroten Leichen hinter den Grabsteinen eine zweite Existenz angenommen und wichen in die unheimliche Welt des versteinerten Schattens zurück, die sie, gegen die schroffen Mauern gestemmt, anbohrten. Die Bergleute tasteten sich in dem ungeheuren anorganischen Reich durch die verwundete Nacht und pochten bedächtig, drangen dabei, vom Felsen bedroht und fast verschlungen, immer tiefer hinab, als wäre ihnen die Rückkehr verwehrt und als hätten sie nur den Ausweg durch die Tiefe der Erde, durch die dichtgeschlossene Wand des Waldes steinerner Bäume mit ihren verflochtenen Zweigen, die im Laufe von Jahrmillionen ein undurchdringliches, vielfältig verschränktes Laubwerk gebildet hatten, wo die Stimmen erstarben und der Schatten dreihundert Meter dick war.

Die nackten Leichen erreichten diese verborgene Stelle, nachdem sie tausend Jahre lang eingefahren waren, um die Farbe, die Gestalt und die Bewegung zu erlangen, die ihnen der Schimmer der Lampe verlieh, als er sie aus dem unendlichen Schattenreich herausholte. Von den Talglichtern stieg die übelriechende Seele des Rauches auf und breitete sich in dem Stollen aus, der mit seinem zerfressenen Gebiß auf der Lauer lag und durch die zerfetzten Wundhöhlen des Erzganges das schwarze Blut des Minerals und das gelbe Blut der Sulfide verströmte.

„Hier ist dicke Luft“, wiederholte Estrada.

Dort blieb Tajuara sechs Monate lang als Häuer. Es atmete sich schwer hier. Die verborgenen Kräfte wirkten durch die beklemmende Atmosphäre des Entsetzens und des Begrabenseins auf die Bergleute ein und gaben ihren Bewegungen die Langsamkeit eines Alpdrucks. Schweigend, ergeben, als wüßten sie nichts von ihrem vergangenen Leben, mit ausgeglühten und staubigen Knochen, mit hohlen Augen, ohne Verzweiflung, ohne Zorn schlugen die Männer mit ihren stählernen Keilhauen auf den Fels ein. Andere trugen die Brocken zusammen und zerrten sie in Säcken fort. Stunden um Stunden, Tage und Jahre hackten und zerrten sie die schwarze Unermeßlichkeit der Millionen Tonnen Staub, in denen sie begraben waren.

In den erdgrauen Gesichtern dieser zweibeinigen Ratten spritzte aus den Mündern ein grüner Strahl: die Koka, die sie wiederkäuten. Die Koka, blattförmiger irdischer Traum für Wesen, die das Unterirdische erträumt hatte.

Diese dem Leben bereits entrückten Lohnarbeiter hatten Kinder, die als „Chivatos" dienten, Kinder, die Förderwagen durch die Strecken schoben oder Werkzeug zutrugen, wie kupferfarbene Elfen die Schächte hinabflitzten, die Zimmerung einiger Streckenabschnitte bekritzelten oder sich auf dem Erzschutt balgten.

Die Chivatos hatten auch die kleinen Tonbilder geformt, die wie Wächter vor bestimmten verlassenen Streckenabschnitten standen. Die gehörnten Gestalten stellten den „Tiu" dar, einen bösen, unterirdischen, allgegenwärtigen Geist, der sich in Scharen über die Strecke verteilte und dort Felsbrocken löste, die den Bergleuten den Kopf zerschmetterten, Einstürze verursachte, Erzgänge versteckte, Kabel schwanken ließ, Wände zerkratzte, an den Felswänden Gesichter herausmeißelte und vor allem den eingeschlafenen Bergleuten die Seele raubte und sie mitnahm in sein dunkles Reich der dritten Dimension.

Im Fels hallte Tajuaras Verdammungsurteil wider. Die Dunkelheit breitete sich von ihm nach allen Seiten aus. Das Licht der Lampe glitt an seinem schwitzenden Leib ab, an dem mit einem Lappen umwickelten Kopf und an den erdverkrusteten Schamhaaren. Unter seinen Füßen knirschten die Steinchen.

In der Finsternis drang plötzlich noch ein Geräusch von rutschenden Steinchen aus der Tiefe des Abbaus. Tajuara lauschte. Das Geräusch nahm in gleichmäßigem und bedächtigem Rhythmus an Lautstärke zu. Tajuara hob die Lampe und sah in ihrem Schein ein riesiges Gesicht, schwarz und haarig, mit langen Ohren. Er heulte auf und floh in der Richtung des Schachtes, wobei er hinfiel und sich Kopf und Knie aufschlug. „Der Tiu, der Tiu!"

Andere Bergleute hörten ihn und wurden von derselben Panik ergriffen. Am Rand des Schachtes verlangten sie schreiend nach dem Förderkorb, um zu fliehen. Ein Grubenaufseher eilte mit einem Ingenieur herbei. Beide betraten die Strecke. In diesem Augenblick erschien seelenruhig ein Chivato. „Es ist eins von den blinden Maultieren . . ."

Man ging es suchen. Es war tatsächlich eins der Maultiere, die man zum Ziehen der Förderwagen benutzte und deren Augenlicht in der ewigen Finsternis erlosch, ehe sie in der Grube eingingen.

„Es muß durch einen verlassenen Querschlag herausgekommen sein . . ."

Aber Tajuara wollte nicht mehr in der Grube von Pulacayo arbeiten. „Wie konnte dieses blinde Maultier bis zum Abbau herunterkommen? Es ist Dolores' Seele."

Er verließ die Grube. Draußen strahlte hell die Sonne, und das fleckenlose Blau des Himmels blickte auf die schmutzige und aufgewühlte Oberfläche des Berges, das Aufbereitungswerk und das Dorf herab. Auf dem Grubenhof schaukelten die Säuglinge auf dem Rücken der Mütter, vom Wind zerzaust, von der Bergkrankheit und Tuberkulose befallen.*

* Die Schwindsucht und die furchtbaren Bedingungen, die noch immer in den Bergwerken Pulacayos herrschen, tragen zum Wohlstand Mauricio Hochschilds bei, eines gebürtigen Deutschen und naturalisierten Argentiniers, des Direktors bolivianischer Gruben und Eisenbahnen mit Verwaltungsräten in Chile und Dividenden in den Vereinigten Staaten. Vor kurzem verurteilten die bolivianischen Behörden Hochschild, dem Schatzamt sechs Millionen Bolivianos zurückzuzahlen, die er im Chacokrieg auf der Strecke Atocha-Villazón zuviel vereinnahmt hatte, und zwar für den Transport von Soldaten, deren Anzahl er, von Patriotismus beflügelt, verdoppelt hatte.

5

Der Tote gibt Zeichen

„‚O mein Gott‘, rief er aus, ‚und wieviel Spanier ihr in der Hölle habt!‘“

„Señor Bottger, hier bin ich wieder.“

Der alte Österreicher hob den Kopf, den das schwarze Band seines Kneifers an den Kragenaufschlag kettete. Mit verwildertem Bart, in Poncho und Stiefeln, Nase und Backenknochen sonnenverbrannt, sah Omonte ganz wie ein Mann aus den Gruben aus.

„Oh, Zenón, das ist nett. Ich habe deinen Brief bekommen. Setz dich, setz dich. Wie die Zeit vergangen ist! Wo bist du denn gewesen?“

„Ich habe das ganze Chayantagebiet bereist, bin über Uncía zurückgekommen.“

„Und?“

„Es gibt da viel reiches Erz – aber man braucht Geld.“

„Geld, o ja, Geld. Und deine Frau? Und dein Junge?“

„Ich sehe sie endlich wieder, Señor.“

„Nicht ‚Señor‘. Gevatter. Vergiß nicht, daß ich den Jungen über die Taufe gehalten habe. Na, du bekommst hier dieselbe Arbeit wie vorher.“

„Ja, Don Arnoldo – Gevatter, danke.“

Omonte bezog mit seiner Frau Antonia Centeno, der Adoptivnichte Don Josés, zwei Zimmerchen und arbeitete wieder bei der Firma Bottger. In den kalten Nächten Oruros hatte er neben sich die Gefährtin, die ihm ihre Wärme mitteilte, während er mit offenen Augen grübelte und sich an seine Schürfarbeiten im Gebirgsland von Llallagua erinnerte, besonders am Berg San Juan del Yermo, wo Huachipondo ihm den verlassenen Stollen gezeigt hatte, aus dem heißer Dunst hervorquoll.

Er lag ausgestreckt auf dem Bett, über ihm wölbte sich die Dunkelheit, und während draußen der eiskalte Wind heulte, wog er im Geist seine Kapitalauslagen und seine Verluste ab. Er hatte gestohlenes Erz gekauft und zu einem guten Preis losgeschlagen, aber ... dreihundert Bolivianos Betriebskostenzuschuß für eine Grube in Amayapampa, zu deren Ausbeutung er mit dem Kontraktunternehmer Tumiri eine Gesellschaft gegründet hatte! Schlechtes Geschäft. Alles verloren.

Zweihundert Bolivianos für Mutung, Verleihung und Vermessung des Grubenfeldes „Vorsehung" zwischen „Montecristo" und dem Feld Huachipondos. Ihm fehlte Geld, um die Arbeit zu beginnen, und da lag nun die „Vorsehung" und war von der Freierklärung wegen Nichtbetriebes bedroht. Man mußte Geld machen! Die Heirat, das Kind, die Stellung ... Wenn das Geschäft mit dem Kontraktunternehmer Tumiri sich bezahlt gemacht hätte ... Im Schatten tauchte im dunklen Gewölbe seiner Schlaflosigkeit hier und da wie in phosphoreszierendem Licht das braune Gesicht Tumiris auf, wie es ausgesehen hatte, als er das Geld in Empfang nahm. An seinen Lippen hatten Tabakskrümel gehangen. Und dann veränderte sich das Gesicht, und Omonte sah es in eine blutige Masse verwandelt, während ein Stimmengewirr murmelnd wiederholte: „Das gefrorene Dynamit! Das gefrorene Dynamit!" Dreihundert Bolivianos waren verloren, weil mit Tumiri keinerlei schriftliche Abmachung bestand, und als ihm das gefrorene Dynamit explodierte, erbte seine Witwe alles: die verstümmelte Leiche und das Geld.

Weitere hundert Bolivianos für die gemeinsam mit Ramos vorgenommene Mutung. Wie war es möglich, daß ein gewisser Arteche frühere Rechte auf diese gottverlassene Stelle geltend machte, wie man ihm aus Potosí schrieb? Dagegen standen Huachipondos vier Hektar außerhalb jeglicher Erörterung. Wie war dieser Indianer darauf verfallen, sie an genau die Stelle zu legen, durch deren Anblick sich Omonte hatte verführen lassen?

Windstöße drangen von der Straße her unter das Zinkdach und peitschten rhythmisch auf die Zwischendecke aus Nesselstoff ein. Omonte sah in der Einheit, die sein Gehirn und der dunkle Raum bildeten, den eigenartigen Umriß eines Berges mit zwei Gipfeln auftauchen, violett von fern, dunkelbronze in der Nähe. Diesen Berg umgaben bis zur halben Höhe senkrechte Felsen, überragt von halbkugelförmigen Wölbungen, die wie zwei steinerne Brüste aussahen. Hundertfünfzig Meter unter den Gipfeln öffnete sich der Stollen wie eine begrabene Erinnerung in der Einsamkeit der Berge, die sich zu allen Seiten auftürmten. Das war die Grube, die Huachipondo gemutet hatte: vier Hektar vom Stollen an aufwärts. Genau daneben mutete er selbst fünfzig Hektar.

Die Frau bewegte sich und jammerte leise im Traum.

Das war alles, was er in den Jahren, seit er Cochabamba verließ, erreicht hatte. Jetzt war noch ein Kind in Aussicht und Señor Bottgers Ladentisch, Schlich aufladen und abladen. Eine Grube ausbeuten – Omonte sah sich mit seinen Maultieren und seinen Indianern den Berg erklimmen. Er sah sich einen Stollen anlegen ... aber nein. Man müßte Huachipondo das Besitzrecht abkaufen und denselben Stollen in nördlicher Richtung vortreiben ... Überdies sprach etwas in dem Schattenwirbel, wo die Ideen langsam und sacht kreisten, für diese Absicht, als trüge ihn ein Strom durch die Luft und weise ihm den Weg, als wäre sein Hirn der Berg selbst und er spürte den Erzgang in der Tiefe seiner Gedanken. Ja, Huachipondos Stollen, von Süden nach Norden ...

Als der Morgen gekommen war, stand er auf, ging in den Laden. In dem verlassenen Stollen, in Huachipondos Grubenfeld ... Wie lange würde diese Besessenheit noch anhalten, die ihn mit dem metallischen Magnetismus der Erde durchströmte, auf der die behexten Bergleute umherirrten?

Omonte fühlte sich im Schuppen der Firma Bottger gefangen. Er wog die Erze auf der Waage und in der Hand, als wären es seine eigenen. Er verfolgte den Instanzenweg der Mutung auf die „Vorsehung“ in Potosí und drängte den kleinen Dr. Zenobio Loza täglich, zu schreiben und ihm die Verleihungsurkunde zu sichern. Man konnte sie ihm absprechen, und dann blieben nur noch die vier Hektar Huachipondos. Der Indianer war verschwunden.

In seiner Mestizenseele ließ ein verborgener Schneckengang die unerwünschten Worte verstummen, um nur die Stimme Huachipondos zu bewahren. Aus seiner Armut quoll wie aus einem kleinen Lampendocht die gewaltige Rauchwolke von Phantasiebildern auf, die seine Träume so berauschend machten. Omonte haßte die Arbeit als Untergebener Bottgers. Er hämmerte mit der Faust auf das Zink des Ladentisches und schmiedete Pläne.

Es waren nur noch zweihundert Bolivianos aus der Gesellschaft mit Ramos übrig. Zweihundert! Fünfhundert konnte Bottger borgen. Wenn sein Feld nichts brachte ... Tatsächlich war es Huachipondos Feld, das wie eine im Felsen eröffnete Verheißung Hoffnungen erweckte. Man müßte sich mit diesem Indio zusammentun, der bloß dazu taugte, Erz zu befördern. Wo steckte der verdammte Indio bloß?

„Ich würde Tagelöhner finden, würde Dynamit, Vorräte, Geld mitnehmen. Und im Stollen würden wir einen Querschlag nach Norden treiben ...“ Er unterbrach sich. Er hob den Kopf, um nach dem Gipfel zu sehen, aber der Gipfel war nicht da, war weit weg, über Uncía. Der Wind wirbelte Staubkörnchen, vielleicht Metallpartikelchen, zur Ladentür herein. „Wo steckt der verdammte Indianer bloß?“

In diesem Augenblick traten Huachipondo und ein anderer Indianer in den Laden.

Sie nahmen die Wollhüte ab und behielten die Mützen mit den ausgeblichenen Arabesken auf, die ihre Ohren bedeckten. Huachipondo war alt, seine bartlose Indianerhaut faltig, dunkel und rissig.

„Guten Tag, Don Zenón.“

„Wann bist du angekommen, Severino?"

„Gerade eben. Bin die ganze Nacht gelaufen."

„Hast du Fracht gebracht?"

„Ich brachte welche, aber ich habe sie liegenlassen. Ich will mit Don Arnoldo sprechen."

„Er ist nicht da. Setz dich. Warum hast du die Fracht liegenlassen?"

Der Indianer setzte sich auf einen Sack Kartoffeln, und Omonte ging um den Ladentisch herum und setzte sich ebenfalls auf einen Sack. In dem leeren Schuppen versanken die Warenstapel im Schatten der Winkel.

„Drei Lamas hat der Blitz getötet", sagte der Indianer. „Mit der Fracht sind sie zu Silber geworden."

„Sie sind zu Silber geworden? Wie?"

„Der Blitz hat das Erz geschmolzen, und ein Lama glänzt, als ob es aus Silber wäre."

„Hmm . . . und bist du wieder beim Stollen gewesen?"

„Ja, Tata, bin dagewesen."

„Hast du was herausgeholt?"

„Bloß das."

Er holte unter dem Poncho ein Wollsäckchen hervor und schüttete es auf dem Boden aus. Ein paar Steinbrocken rollten heraus. Omonte hockte sich auf die Erde und schätzte sie mit sachverständigem Blick ab. Sie waren schwer, sahen unwirklich aus, wie von einem gelblichen Stern herabgefallen.

„Das ist bloß Zinn", sagte er. „Hast du es herausgeholt?"

„Ich, mit dem hier . . ."

Omonte sah den anderen an. „Wie heißt du?"

„Cisco Tajuara, Señor."

„Hast du den Gang gesucht?"

„Nein, das hier stammt aus dem Schutt, von weiter drin. Wir suchen den Gang nicht mehr."

„Warum?"

„Ich grub in dem Schutt herum, und da habe ich mit dem Licht einen Toten gesehen."

„Einen Toten, Severino?"

„Einen Toten. Jetzt will ich die Grube Don Arnoldo verkaufen, weil der Tote spukt. Der Verdammte bewacht die Grube."

„Sei doch nicht blöd. Hast du mit Don Arnoldo gesprochen?"

„Jetzt will ich sprechen. Ich schulde ihm zweihundert Pesos. Soll er dafür die Grube nehmen. Der Tote ist schuld, daß die Lamas umgekommen sind."

Ramos war nicht da. Der Wind schleuderte Fäuste voll Sand gegen die Zinkplatten des Schuppens. Omonte sah mit flimmernden Äuglein die Indianer an, fuhr sich mit der Zunge über die Lippen und sagte nach langer Pause in verändertem Ton: „Du frierst sicherlich. Komm, gehn wir einen Schnaps trinken."

Er rief einen Angestellten heraus und ließ den Laden in seiner Obhut. Mit Huachipondo und Tajuara trat er auf die Straße hinaus, durch die der Wind Staubwolken trieb und die durch die Zinkblechdächer so trostlos wirkte. Ein betrunkener Gringo unterhielt sich schreiend mit sich selbst und urinierte mitten in der breiten Straße gegen den Wind. Nach wenigen Schritten traten sie in einen Kramladen ein. Die Wirtin begrüßte Omonte: „Wo bleibst du denn, Don Zenón? Wie geht es dem Mädchen Antonia?"

„Na, gut. Bring uns Schnaps."

Sie setzten sich in einer Ecke des Ladens hinter ein sehr niedriges Tischchen auf eine Bank, über der eine Decke hing.

„Prost", begann Omonte. „Wieviel schuldest du Señor Bottger?"

„Zweihundert Pesos."

„Kannst du ihn nicht bezahlen?"

„Mit der Grube werde ich ihn bezahlen."

„Na, nimm noch einen Schluck. Es ist kalt. Weißt du was? Don Arnoldo will keine Gruben. Verkauf sie mir. Zweihundert, sagst du, nicht? Ich gebe dir zweihundertzwanzig. Einverstanden? Er wird Geld von dir verlangen. Er kann dich ins Gefängnis bringen."

Der Indianer antwortete nicht.

„Na, prost! Ich gebe dir zwanzig Bolivianos und zahle die zweihundert an Don Arnoldo: macht zweihundertzwanzig. Wenn du an ihn für zweihundert verkaufst, bleibt dir nichts übrig. Verstehst du? Zeig doch mal die Papiere von der Grube her."

Unter dem Poncho holte der Indianer ein paar schmierige, in einen Lappen eingebundene Papiere hervor. Sie waren in Ordnung.

„Nimm noch einen Schluck. Wir gehen hier weg, ich hole von zu Hause das Geld und gebe dir die zwanzig. Ist dir das recht? Was willst du in einer Grube mit einem Toten drin anfangen? Trink doch, trink!"

„Gib mir wenigstens dreißig."

Huachipondo und Tajuara waren schon betrunken, als sie mit Omonte hinausgingen. Sie kämpften sich durch den Wind zum Haus des Rechtsanwalts hin. Der saß in seinem an der Straße liegenden Büro hinter einem Tisch der Tür gegenüber.

„Dr. Loza, diesen kleinen Vertrag jetzt sofort, weil der Indianer morgen fortmuß."

Sie unterschrieben die Übertragung. Es blieb noch Zeit, das Notariat zu erreichen, ebenfalls eine erbärmliche Hütte. Omonte ging rasch und sprach ununterbrochen auf den Indianer ein, der nicht Schritt halten konnte: „Jetzt ist alles klar. Wenn ich erst arbeite, wirst du mir mit deinen Lamas helfen. Diesen Tajuara nehme ich mit. Sag nur Don Arnoldo nichts. Ich werde ihn bezahlen. Ramos auch nicht. Ich will ihn überraschen, beide Gruben vereinigen. Eine Grube mit einem Toten drin! O du gerissener Indio!"

Man war genötigt, dem Notar fünf Pesos Trinkgeld zu geben und dem Schreiber zwei.

„Jetzt unterschreib hier. Er kann doch unterschreiben?"

„Ja, kann er."

„Das Geld?"

„Hier ist es. Es sind zwanzig Pesos. Ich habe die Schuld von zweihundert Pesos an Señor Bottger anerkannt und übernommen. Eine nette kleine Grube, mal sehen, was dabei herauskommt ..."

Severino Huachipondo nahm die Münzen und band sie in ein schmutziges Taschentuch ein. Er kehrte zu seinen Lamas zurück und trieb sie wieder durch die opalisierenden, rötlichen, mit hartem Gras bedeckten Landschaften, wo er und sein Zug Lasttiere, winzig in der Unendlichkeit, sich in der Ebene verloren, die von so fernen Bergen umgeben war, daß sie gleichsam Erde und Luft in einem waren. Er trieb weiter Lamas von Uncía nach Uyuni und von Uyuni nach Potosí, wo er Jahre später im Spital starb.

Unter seinem Kissen fand man ein Säckchen voll dunkler Steinbrocken mit funkelnden Stellen darin, als wären sie mit Sternenpartikeln beschossen worden.

Die Erde strebte mit violetten, in der Nähe rötlichen, schroffen Gipfeln himmelwärts. Berge verbargen die Ebene vor dem Blick, und in stetiger Aufeinanderfolge brandeten die ockerfarbenen Flanken der geologischen Wellen auf. Bergrudel wuchsen empor, deren Profil der Wind gleichförmig gestaltet hatte, aber zwischen den Bergketten aus Absatzgestein ragten aus dem Grund der Erde dunkel und geheimnisvoll die Gipfel des Eruptivgesteins auf. In ihrer rasenden Himmelfahrt aufgehalten, schoben sich die Felsen auf ihrer atemlosen Flucht zu den Wolken zwischen die Berge und durchbrachen deren kühlen und gelassenen Linienzug. Himmel und Erde schliefen, versunken in eine Unendlichkeit öden Gesteins.

Der Wind peitschte mit ewigem, unsichtbarem Wellenschlag auf das Dorf Uncía und den Berg San Juan del Yermo ein.

Omonte traf mit fünf Tagelöhnern dort ein, darunter Cisco Tajuara. Zwei hatten ihre Frauen bei sich. Sie schleppten Dynamit, Kerzen, Lampen und die Vorräte an Dörrfleisch, Salz, Lunten, Mehl, Sprit, Zigaretten und Streichhölzern auf dem Rücken mit sich. Töpfe, Spitzhacken, eine Keilhaue, Bohrer, Brennholz und vier lange Stangen hatten sie auf Lamas geladen. Zum Schlafen Schafhäute. Omonte und die Tagelöhner trugen alle Ponchos.

„Das Dynamit muß man auf dem Bauch tragen“, verkündete Omonte. Aber die Indianer wußten selbst: die einzige Art, zu vermeiden, daß es bei einem einfachen Stoß explodierte, war, es zwischen Hemd und Bauch bei Körperwärme zu erhalten.

„Wir müssen die Bergwand ein bißchen ausschachten, um das Lager zu machen“, befahl er.

Aber die Indianer öffneten bereits neben dem Stollen eine rechteckige Höhle und fügten Steine ohne Mörtel zu einer Mauer übereinander, die die Unterkunft abschloß, dann bauten sie aus ein paar mit Stroh belegten Stangen ein Dach.

Sie errichteten zwei Unterkünfte: in der einen schliefen auf Schafhäuten drei Indianer und zwei Frauen, in der anderen Omonte und zwei Indianer, ebenfalls auf Schafhäuten. Nach wenigen Tagen war er verlaust.

Der seit Jahrhunderten verlassene Stollen verlief mehr als zwanzig Meter weit in horizontaler Richtung. Die Indianer taten keinen Handschlag daran, bevor sie nicht die grünlichen Gebeine des Toten herausgeholt und draußen bestattet hatten. Anschließend tauften sie die Grube in einer Zeremonie, die sie ganz unter sich abhielten. Omonte sah, daß sie am Eingang des Stollens einen Tonteller mit verdünntem Sprit, Süßigkeiten, Schmalz und Brot aufbauten und die ganze Nacht über stehenließen, um den Appetit des Grubendämons zu stillen.

Am nächsten Tag begannen sie den Schutt aus der Tiefe des Stollens herauszuholen, und als er ans Tageslicht gebracht wurde, analysierte Omonte ihn mit dem Blick und dem Tastsinn. Es waren Erzbrocken dabei, die sicherlich zehn Prozent Zinn enthielten. Rücklings in dem Stollen liegend, erforschten sie die Anatomie der Erde und suchten den Gang. Sie bohrten in der Tiefe und sprengten. Aus dem Schutt gewannen sie das gleiche magere Erz.

Hier hat man Silber gesucht, dachte Omonte, und keines gefunden. Aber es sind Zinngänge da.

Er beschloß, den Schutt zu zermahlen und auszuwaschen, um das Zinnerz anzureichern, bis es mindestens fünfzig Prozent enthielt. Man mußte ein Pochwerk und eine Schlämmanlage einrichten, für die das Wasser von einer benachbarten Schlucht durch einen Graben hergeleitet wurde. Die Tagelöhner ließen von der Berghöhe einen geeigneten Stein herabrollen, den ein Steinmetz in die notwendige Form brachte. Ein daraufliegender halbrunder Stein, in dessen Enden man zwei Löcher gebohrt hatte, vervollständigte die steinzeitliche Vorrichtung. Zwei Indianer packten die Stangen, die man in diese Löcher gesteckt hatte, und bewegten einen Stein auf dem anderen. Dabei wurde das Erz zermahlen, das man dann in Holzbehältern wusch und siebte. Omonte brachte ein paar Zentner des so angereicherten Erzes nach Huanuni. Dort lernte er Lorenzo Estrada kennen, der Pulacayo verlassen hatte.

„Das ist nichts wert", sagte ihm Estrada.

„Aber hier fördern sie Zinn von fünfzehn Prozent!"

„Weil sie das Werk haben, wo sie es anreichern, bis sie Schlich von sechzig Prozent herausholen. Mensch, was man machen könnte – es an das Werk verkaufen!"

Estrada, der einen Kontrakt zu erfüllen hatte, besorgte den Verkauf, aber zu einem Preis, der kaum die Kosten deckte. Omonte beschloß, auf dem Grubenfeld, das er mit Ramos gemeinsam besaß, noch einen Stollen anzulegen und Huachipondos Stollen liegenzulassen.

Die Regenzeit kam ... das Wasser glitt in breiter Fläche die Bergflanken hinab und bildete Bäche und kleine Wasserfälle. Die frischgewaschenen Gipfel zeigten nachmittags, wenn sich in der dunklen Wolkenmasse eine Lichtbresche öffnete, metallische Reflexe. Dann wieder wandelten sie ihre Gestalt zwischen den Nebelschwaden, die an den Hängen hinabrollten und den ganzen Horizont mit weißen Toren versperrten.

Die Regenfäden ertränkten alle Empfindungen, wie die Seiten eines verworrenen Buches. Der neue Stollen wurde angelegt. Zwei Tagelöhner wanderten nach Chayanta, um Brennholz und Bauholz zu holen, damit das Pochwerk ein Dach erhielt. Ein dritter lag krank in seiner Hütte aus aufeinandergeschichteten Steinen, und Tajuara arbeitete im Tunnel. Omonte saß auf einem Stein im Hütteneingang, dessen Oberschwelle von dem niedrigen Dach gebildet wurde, wartete ab und blickte in den Regen hinaus. Stundenlang blickte er in den Regen hinaus, einsam inmitten einer verlassenen Natur in Wolkenhöhe, und verfolgte die zahllosen Tropfenspiele auf den schwärzlichen Steinplatten, auf den runden Steinchen, auf dem harten Gras, das einer ungeheuren Menge zornig erregter Schöpfe glich. Die Bächlein bildeten auf dem finsteren Berg kristallene Netze und eilten, sich in den Nebelseen der Schluchten zu verlieren. Kein Baum. Kein Tier.

In der feuchten Einsamkeit voller Wasseradern blickte er in den Nebel hinaus, rauchte seine Zigarette und kaute Koka. Nichts weiter existierte: Zenón Omonte, die Mündung des Stollens und der Regen im Gebirge.

Die Tage vergingen, der Himmel wurde wieder blau und ließ die Profile der Berge scharf hervortreten. Der neue Stollen hatte bis zu zwanzig Metern Tiefe nichts gebracht, die ungeheure Bergmasse blieb stumm. Der Bauch des Berges war auf dieser Seite gegen die Sprengungen unempfindlich und gab sie wie Kanonenschüsse aus der Stollenmündung zurück.

Omonte beschloß, den alten Stollen tieferzutreiben, in dem man diesmal nach zwei Sprengungen eine dünne Ader fand, die Erz mit einem etwas höheren Feingehalt als dem des Schutts brachte. Das Mineral aus der dünnen Ader und das des Schuttes wurden in dem Pochwerk zerkleinert, dann sortiert und gewaschen, nach Oruro gebracht und verkauft.

Die Ausgaben wuchsen. Die Frau wollte versorgt sein, die in Oruro ihr zweites Kind bekommen hatte. Sie schrieb ihm, ohne von ihren Sorgen zu sprechen, und er antwortete mit Bleistift und gab ihr Anweisungen, wie der Anfechtungsprozeß zu führen sei, den der Gegenspieler angestrengt hatte, nachdem Omonte von der „Vorsehung“ Besitz ergriffen hatte.

Das Besitzrecht auf das Grubenfeld, das er Huachipondo abgekauft hatte, wurde nicht angefochten, aber als er die fünfzig Hektar des danebenliegenden Feldes vermaß, stellte sich ein Cholo mit schwarzem Hut, einem Poncho aus Vikunjawolle und den Allüren eines Hausdieners ein, der im Namen eines Señors Arteche ältere Rechte geltend machte und einige Papiere vorlegte. Die Grenze wurde also zunächst nur für das alte Feld Huachipondos abgesteckt. Die Entscheidung über das übrige Gebiet mußte vor der Bergbehörde erkämpft werden.

In der vulkanischen Gipfelwüste mehrten sich allmählich solche Vorfälle. Eines Morgens tauchten auf einem der Gipfel ein paar Männer auf. Cisco Tajuara war in den Stollen eingefahren, und zwei Indianer bedienten das Pochwerk. Omonte beobachtete die Gestalten der Unbekannten, bis sie verschwanden.

Nachmittags griff er sich eine Hacke und kletterte hinauf, um die Grenzen seines Grubenfeldes zu besichtigen. Der Markstein aus Steinen und Lehm war zerstört. Er kniete nieder und fing an, ihn wieder aufzurichten. Bald fielen Schatten auf die Steine, die er gerade aufhäufte. Er wandte sich um und sah zwei Männer in Stiefeln, Lederjacken und Jockeymützen den Hang herunterkommen, einer davon bärtig, beide mit Pistolen im Gürtel. Sie traten näher und blickten ihm ins Gesicht. Omonte richtete sich schwitzend auf und sagte: „Guten Tag. Der Grenzstein war –“

„Ja, er ist zerstört. Aber lassen Sie ihn ruhig so.“

An der Sprechweise erkannte er, daß es ein Chilene war.

„Wieso?“

„Ihr Grenzstein ist nichts wert. Wissen Sie nicht, daß ein Prozeß läuft?“

„Wegen dem anderen Feld, aber nicht wegen diesem.“

Er bückte sich, um einen Steinbrocken aufzuheben und ihn auf den Markstein zu legen. Einer der Kerle starrte ihn an, stand breitbeinig da, die Hände in die Seiten gestemmt; der andere legte ihm eine Hand auf die Schulter und sagte: „Weg hier! Sie stellen hier nichts auf. Und ich sage Ihnen jetzt schon, daß Sie aus dem Stollen da unten verschwinden müssen. Sie müssen hier weg."

„Ich? Warum?"

„Weil wir gekommen sind, darum! Stellen Sie sich nicht so dumm!"

Sie schwiegen wieder, Omonte hob mit beiden Händen den Stein auf, schaute sie an und rief: „Ich will keinen Streit, aber ich gehe nicht fort, denn das hier gehört mir."

Im selben Augenblick lag er am Boden und rollte ein paar Schritt weit. Der Gefährte seines Gesprächspartners hatte ihm einen Faustschlag hinter das Ohr versetzt.

„Gehen Sie jetzt immer noch nicht?"

„Verfluchter Dreckskerl, wirst du wohl wie ein Mann kämpfen!" schrie Omonte, stand auf und kletterte das Stück bergan, das ihn von dem Bärtigen trennte, aber die Steine des Abhangs gerieten ins Rollen, und er fiel vornüber. Liegend sah er hoch im blauen Himmel die Männer, die ihn mit den Füßen in die Rippen traten. Er rollte wieder, doch diesmal erreichte er, als er zum Stillstand kam, seine Hacke und nahm sie in die Hand. Daraufhin flohen die Unbekannten nach oben, rissen aber dabei die Pistolen heraus und schossen auf ihn, während sich Omonte, die Hacke in der Hand, ebenfalls zurückzog.

„Bolivianischer Dreckscholo, komm doch . . . deine Mutter!"

Im Schutze ihrer Waffen versetzten sie dem Grenzstein Fußtritte und schossen noch weiter in Richtung auf Omonte in die Luft. Dieser zog mit geschwollenem Ohr ab. Das Herz klopfte ihm rhythmisch und schnell im Halse.

Die Abenddämmerung, auf der Hochebene voll großartiger Schwermut, wenn die enthaupteten Wolken verbluteten, um sich langsam in ihre eigenen bleifarbenen Schatten zu verwandeln, wirkte in den Häusern Oruros trübe und bedrückend.

Sie kam zögernd durch die Wohnungstür hereingeschlichen, sammelte sich in den Ecken, bedeckte den Fußboden, verschlang die Zimmerdecke und ließ nur ein Stück des Bettes unverdunkelt, wo der Schatten einer Frau neben einem Kinde lag. Der Schatten richtete sich auf und glitt in eine Ecke, wo er ein Streichholz entzündete und mit dem Streichholz eine Kerze. Diese stellte er vor einen Glassturz, in dem das Prager Jesuskind zwischen künstlichen Blumen zur Welt kam.

Das Kerzenlicht machte die ungewisse Dämmerung zur Nacht, einer weiteren Nacht, die damit verbracht werden mußte, den ältesten Sohn zu pflegen, der an den schwarzen Blattern litt.

Beim Licht der Kerze raffte sich Señora Antonia endlich zum Schreiben auf und teilte ihrem Mann mit: „Arnoldo hatte die Blattern. Es geht ihm wieder besser, obwohl ich dachte, daß er es nicht überstehen würde. Das arme Kind hat jetzt das Gesicht voll Narben, denn es waren die schwarzen Blattern. Gottlob hat Tino sich nicht angesteckt, weil Señora Ramos ihn zu sich genommen hat. Aber ich mache mir um Arnoldo Sorgen. Wie wird er sich mit den Narben abfinden? Er sieht jetzt mit den abgeschilferten Pocken wie eine Maus aus. Ich bete zur Heiligen Jungfrau, daß die schlechten Zeiten vorübergehen, und mir macht auch Sorgen, daß du in dieser verfluchten Grube allein bist. Ich mußte ein paar Sachen verkaufen und die Ohrringe versetzen, um 200 Pesos zu bekommen, die bis zum letzten Centavo für Medizin draufgegangen sind. Deshalb habe ich gedacht, daß du hier einen Posten als Marktaufseher annehmen könntest, der gerade frei ist. Señor Bottger hat mir gesagt, daß er von deinem Geschäft mit Huachipondo erfahren hat und daß es ein Betrug ist."

Eine Woche später erhielt sie von ihrem Mann Antwort: „Sage Don Nepomuceno, daß er für die 30 Zentner Schlich, die ich ihm schicke, wenigstens 200 Bolivianos herausschlagen soll und daß die Grube langsam besser wird. Für diese 200 kaufst du Dynamit, Schmalz und Koka, entsprechend der Liste. Und auch ein Gewehr."

Als Arnoldo wieder gesund war, kaufte Antonia das Remingtongewehr eines ehemaligen Revolutionsfreiwilligen und die Vorräte und reiste mit einer Karre nach Machacamarca.

Dort erwartete sie Omonte. Die Frau war mager und sommersprossig, aber ihre volle Unterlippe war noch immer verführerisch. Sie saß auf einem Maultier, die zwei Kinder in den Tragkörben eines Esels, auf dem anderen Maultier Omonte. Eine Matratze, das Remingtongewehr und die Vorräte hatte man Eseln aufgeladen, und so brach die Familie von Machacamarca zur Grube auf. Das eben genesene Kind betrachtete sprachlos und mit der besonders starken Aufnahmefähigkeit eines vom Tode auferstandenen Menschen die kolossalen Felsen, die sich unmerklich immer höher auftürmten, während das langsame Eselchen über den ansteigenden Grund kletterte. Die dahinziehende Gruppe fühlte sich allmählich von einem neuen Kosmos aufgesogen, der um sie herum in einer rauschhaften Entfaltung irdischer Formenvielfalt emporwuchs, bis sie fern in der Höhe ein paar Strohdächer unterschieden.

„Dort ist es, sieh mal. Dort ist der Stollen. Siehst du ihn? Fast hinter dieser Zacke, dort, ein winziges Loch. Siehst du ihn?"

Hinter einer Biegung erschien, einem Bergrücken angeheftet, das Dorf Llallagua. Von fern sah es mit seinen Strohhäuschen, die Herden haariger Eselchen glichen, wie eine kleine Erhebung aus, ein Werk der Natur und nicht des Menschen.

Sie umgingen die Berge und gelangten nach Uncía, und von dort aus stiegen sie zum Lager hinauf.

Und ein neues Ereignis war es, daß man die Steinhütte erweiterte, daß Antonia im Freien einen Herd aufbaute, auf dem sie für ihren Mann und ihren Sohn kochte, und außerdem die Verteilung der Koka und der Lebensmittel an die Arbeiter übernahm. Der ältere Sohn spürte die Kälte nicht und tobte barfuß zwischen dem Stollen und der Hütte umher, während der andere, der noch nicht laufen konnte, von der Mutter nach Eingeborenenart auf dem Rücken getragen wurde oder zwischen dem Mehlsack und der Dynamitkiste schlief.

In der Hütte mußte man sich gebückt bewegen, weil sie aus übereinandergeschichteten Steinen errichtet war und diese Bauweise keine hohen Mauern zuließ. Sie trieben den Stollen immer tiefer, immer in horizontaler Richtung. Einen Schacht nach unten zu öffnen, war schwierig, weil eine Winde fehlte, um die Erde herauszuholen. Ein Häuer hackte ein Loch in den Felsen, gab dem Vorarbeiter und Omonte Bescheid, der in den Stollen kam und die notwendige Menge Dynamit ausgab. Dann gingen alle hinaus und harrten in atemloser Erwartung.

Kaum war das Gebrüll der Sprengung verklungen, rannte Omonte hinein. An vier Stellen sammelte er die abgesprengten Felsbrocken in ein Packtuch und trug sie ans Tageslicht hinaus, um sie Stück für Stück zu untersuchen.

„Diese auch, Tata", sagte Tajuara zu ihm und wies auf einige Brocken.

Er drehte sie in den Händen, zerschlug sie mit dem Hammer, schätzte ihr Gewicht ab, suchte glänzende Stellen.

„Dasselbe. Höchstens zehn Prozent."

Eine neue Enttäuschung überflutete ihn und trieb ihn auf den Berg oder in den anderen Schacht hinein, wo er, die Kerze in der Hand, das Innere des verstummten Berges ausforschte, der seine schweigende Trostlosigkeit auf ihn übertrug. Sein grobes, starres Haar schien aus harten Schiefergraten zu bestehen, sein schütterer Bart glich dem Berggras, und seine gerötete Nase und die vom Wind aufgesprungenen Wangen waren wie der Sandstein des Berges.

Alle gingen in Lumpen, erstarrten im Schatten vor Kälte und verbrannten in der Sonne. Arnoldo, der nach den Pocken so rot gewesen war, war ganz dunkel geworden, nachdem er sich in der Höhenluft geschält hatte. Tino hustete, und seine Mutter behandelte ihn, indem sie ihm die Brust mit Schmalz einrieb und ihm als einzige Medizin einen Aufguß aus Kokablättern einflößte.

Keilhaue und Dynamit. Die letzten Bestellungen auf Vorräte und Sprengstoff verschlangen das ganze Geld. Der Metallfaden des Ganges glänzte in der Höhle, aus der die Tagelöhner nach jeder Schicht verbissen und bedrückt heraustraten.

„Cisco, wird der Gang besser?"

„Nein, Tata. Der Tote versteckt ..."

„Wenn wir den anderen Stollen weitertrieben ..."

„Nein, Tata. Die Ader ist hier."

Der Tag war erloschen und hüllte die finstere Landschaft dunkler Berge in ein mattes, gräuliches, windfarbenes Licht.

Zwei Tagelöhner sind weg. Es sind bloß noch drei Dynamitpatronen übrig. Und dann? Wieder haben sich die Gestalten der drohenden Männer auf dem Berg sehen lassen. Aber jetzt ist es anders. Hier habe ich die Frau, die Kinder und ein Gewehr. Was hat der Kleine bloß, daß er die Brust nicht will und immerzu weint?

Den verschwimmenden Bergen gegenüber saß Omonte auf einem Stein vor seiner Hütte und starrte in die Schatten. Nachdem die Sonne erloschen war, erwachte die eisige Truppe des Windes, die pfeifend und heulend in die Schlucht drang und um die Berge sauste. Die Frau war schlafen gegangen. Nun war es finstere Nacht, und in der Dunkelheit, die die Berge zu einer einzigen tosenden Masse vereinigte, strich der Wind über das Wimmern des Kindes hin, das weinte, bis es heiser war.

Am nächsten Nachmittag um zwei Uhr zogen sich die Schatten unter der Sonne aus blauem Stahl widerwillig in die Risse der leuchtenden Felsen zurück. Nur ein Berg in der Ferne, auf den der Schatten einer Wolke fiel, nahm auf dem Gipfel einen violetten Farbton an, während der Rest ockergelb blieb, als wäre er vor dem indigoblauen Hintergrund des Himmels erst halb bemalt.

Tajuara hatte den Vormittag über in der Tiefe des Stollens zwei zusammenlaufende Löcher gebohrt. Er kam heraus, um von Omonte die Erlaubnis zur Verwendung von Dynamit zu erhalten, denn der Sprengstoff wurde sorgsam eingeteilt. Aber Omonte war unten, an die zweihundert Meter tiefer, und brachte jahrhundertealtes taubes Gestein an den Rand der Schlucht. Auf dem Pfad am Fuße des Gipfels, in dem die Stollenmündung gähnte, stand Tajuara, rief und machte Zeichen, aber weder Omonte noch der ihn begleitende Indianer, die beide gebückt standen, hoben den Kopf.

Tajuara ging ein paar Schritte weiter und setzte sich in die Sonne, aber dann kehrte er in den Stollen zurück und legte sich einige Meter vom Eingang auf die Erde, um auszuruhen. Wie er so im Dunkeln auf dem Rücken lag, glitt sein Blick über das Relief des zerrissenen Gewölbes, an dem die Helligkeit von draußen hängenblieb, zurückgeworfen wurde, abprallte und Umrisse und Vorsprünge des Felsens hervorhob. An einer Stelle rechts des Ganges zeigte der Felsen eine dunklere Farbe. In einer bestimmten Schicht verdichtete sich der dunkle Farbton wie in einem Sonnenspektrum. Täglich war er beim Einfahren dort vorübergekommen, aber jetzt hatten sich Tajuaras Augen an die Dunkelheit gewöhnt und konnten eine Besonderheit feststellen, die er vorher nicht bemerkt hatte. Die Kerze stand wenige Schritt entfernt. Er steckte sie an und näherte sie dem Gewölbe und der Wand, die ihn anblickten wie eine Wunde den Arzt. Er kniete nieder und klopfte das Gestein ab, und der Aufprall des Hammers leitete einen geheimnisvollen Strom durch seinen Arm ins Gehirn. Er klopfte weiter. Der Felsen ließ sich nicht zerbrechen. Er nahm den Bohrer, stützte ihn schräg gegen eine Fläche und fing fast automatisch zu bohren an. Ein Riß im Innern erleichterte ihm die Arbeit. Er dachte nicht mehr an Omonte. Er suchte unter seinem Hemd, auf dem Bauch, eine Dynamitpatrone. Er nahm die Zündkapsel, legte die Lunte ein, drückte sie mit einem Biß fest und führte die Zündkapsel in das Dynamit ein. Rasch! Das Dynamit glitt in das Bohrloch. Mit einem Stock schob er es tiefer hinein. Dann verkeilte er es mit Steinchen und verschloß das Loch. Die Lunte ragte wie ein Wurzelfaden heraus. Er wickelte den Hammer und die Lampe in den Poncho, auf dem er gelegen hatte, und trug alles mit dem Bohrer zusammen hinaus. Er ging wieder hinein, entzündete die Lunte und rannte gebückt ins Freie.

Die Sonne blendete ihn einen Augenblick lang. Gleich darauf erkannte er unten die winzigen Gestalten Omontes und des Indianers zwischen den Erdhaufen. Dort glänzten zwei Steine auf und zerschnitten die Luft wie Blitze. Einige Meter vom Schacht entfernt lehnte er sich gegen den Berg und wartete.

Es vergingen einige Sekunden. Plötzlich brüllte das Mundloch des Stollens rauh und zornig auf und besudelte die reine Luft, die das Gebrüll durch die teilnahmslosen Berge trug, daß es wie eine Glocke über Omonte stürzte und ihm den Kopf hochriß.

Ein Unfall, denkt Omonte sofort, weil die Explosion so unerwartet kam. Dicht vor dem Indianer klettert er auf Händen und Füßen bergan, bis er den Pfad erreicht.

„Was hat es gegeben?“ schreit er.

Tajuara betritt, ohne zu antworten, den Stollen. In der Nähe taucht der andere Tagelöhner auf, und aus der Hütte kommen seine Frau und seine Kinder herausgerannt. Es ist alles unbegreiflich.

„Was hat es gegeben?“ wiederholt Omonte.

Endlich erreicht er den Stollen. Er wartet, bis der Staub sich gesetzt hat. Noch immer verblüfft, tritt er ein. Der Indianer sammelt beim Licht der Kerze die Brocken auf, die das Dynamit losgerissen hat.

„Ader, Tata, Ader“, murmelt er.

Schweigend hebt Omonte ein paar Brocken auf und geht mit ihnen ins Tageslicht hinaus. Sie blitzen schwarz und glänzend in der Sonne. Nervös holt er noch mehr Steine heraus. Ein Lächeln und zugleich ein Ausdruck des Entsetzens verzerrt seinen Mund und läßt ihm den Atem stocken. All die Felsbrocken, dunkel und schimmernd, mit sternenartigem Feuer, werden jedes Mal schwerer, brennen wie Meteore, übertragen Zenón Omontes Händen eine blendende, überwältigende Gewißheit: der Indianer Cisco Tajuara hat die reichste Zinnader der Welt angeschnitten.

6

Der Erzgang

„1546. In diesem Jahr wurde die Gründung der Stadt fortgesetzt und die Gewinnung der reichen Erze in dem großen Berg ... dessen Ruhm sich über das ganze Reich Perú ausbreitete ... und dieses Monstrum an Reichtum begann die Menschen zu bereichern."

Ist die Göttin aus Gold, aus Silber oder aus Zinn?

Sie besteht aus Boden mit 75 Prozent Zinngehalt.

Omonte zeigte Estrada die Grube. Er bückte sich und hob einen Brocken des Erzes auf, das die Tagelöhner aus dem Stollen holten.

„Das hier hat vierzig Prozent. Aber im weiteren Verlauf des Ganges bringt es bis zu fünfundsiebzig. Hier braucht man nur noch einzusacken. Der Rest wird zermahlen und bringt ohne Konzentration sechzig bis vierzig Prozent."

„Unglaublich!"

„Alle Proben, die ich nach Oruro mitgenommen habe, ergeben diesen Feingehalt."

„Wie breit ist der Gang?"

„Breit? Haha – ein und eine viertel Elle breit! Kommen Sie, schauen Sie es sich an."

Sie betraten die Grube, und beim Laternenschein betrachtete Estrada durch seine gelbe Brille den aufgerissenen Felsen.

„Sehen Sie? Das ist nicht bloß ein Nest. Geht immer weiter. Wir sind fast parallel nebenhergelaufen, als wir diesem anderen wertlosen Gang folgten."

Sie traten hinaus und sprachen weiter: „Die Neuigkeit hat sich herumgesprochen. Was wir jetzt machen müssen, ist, den Transport organisieren und den Prozeß ins reine bringen. Klar, dieser Arteche glaubt, ein Gang von mehr als einer Elle Breite muß auf jeden Fall ihm gehören. Wir müssen die Grube verteidigen, ich in Oruro und Sie hier."

„Hier mit Kugeln."

„Richtig. Deshalb hat mich Centeno an Sie verwiesen. Wir werden uns stark machen. Morgen bekomme ich sechs Gewehre geliefert."

„Wie teuer?"

„Sehr teuer – fünfzig Pesos das Stück."

„Ich habe auch ein Remingtongewehr."

Estrada blieb als Verwalter der Grube zurück. Antonia und ihre Kinder richteten sich in Uncía ein, und Omonte reiste nach Oruro. In der Grube erwachte mit einem Schlage lebhafte Tätigkeit. In Chayanta wurden Häuer und Palliris verpflichtet, denen man günstige Bedingungen versprach und die man hinterher zwang, die Bedingungen Estradas, der sie bei anderen Unternehmen abwarb, wohl oder übel anzunehmen.

Es entstanden weitere Hütten, und in einer der geräumigsten richtete sich das Magazin ein: eine Waage, Mehl- und Reissäcke, Schnapsflaschen, Dörrfleisch und Mais in Säcken, Sardinendosen, Koka, Dynamit und Zigaretten.

War das außerordentlich reiche Erz erst einmal zermahlen, wurde es tatsächlich „am Stolleneingang eingesackt". Der weniger gehaltvolle Teil wurde im Pochwerk zerkleinert, das vierundzwanzig Stunden täglich in Betrieb war, und ebenfalls sofort eingesackt. Der Nachschub an Säckchen wurde ein Problem, aber da die Kunde von dem Fund Omontes Kredit in Oruro wiederhergestellt hatte, konnte er alles Notwendige beschaffen.

Als man den Bau eines Kanals in Angriff nahm, um eine größere Wassermenge heranzuleiten, kehrten eines Tages die Tagelöhner verprügelt zurück.

„Gringos haben uns verhauen, Tata, dort oben."

Von nun an bewachte Estrada, mit einem Gewehr bewaffnet, die Ausschachtungsarbeiten. Wenn man einen der Gipfel erstieg, sah man, daß hinter dem Berg gen Osten ebenfalls ein kleines Lager entstanden war, wo sich die Umrisse der Arbeiter hin und her bewegten.

Ein andermal, als Estrada im Hause einer Chola aus Uncía ein paar Gläschen trank, brachte ihm ein Indianer die Nachricht: „Sie besetzen den alten Stollen."

Estrada brauchte eine Stunde, um den Stollen zu erreichen, in dem Omonte seit Monaten nicht mehr arbeiten ließ. Dort fand er mehrere Männer vor. Er stellte sich vor sie hin. „Was gibt's?"

Da tauchten der bärtige Chilene und ein dicker Gringo auf, der am Gürtel einen Revolver im Futteral trug.

„Das gehört der Gesellschaft ‚Fortschritt'."

„Mit wem kann man hier verhandeln? Mit dem" – auf den Bärtigen weisend – „oder mit Ihnen?" fragte Estrada.

„Mit mir", erwiderte der Gringo.

„Gut, also mit Ihnen. Ziehen Sie Ihren Revolver und schießen Sie, denn sonst ziehe ich ihn. Eins, zwei und drei!"

Der Gringo zog den Revolver nicht. Da trat Estrada an ihn heran, in seinen Händen lag plötzlich ein Colt, den er dem Gringo zwischen die Augen hielt.

„Hören Sie zu", sagte er. „Ich will nicht, daß sich die Arbeiter gegenseitig umbringen. Wenn Sie unter Männern etwas wollen, wenden Sie sich an mich allein, verstanden?"

Er verteilte unter den Indianern ein paar Fußtritte, und unterdessen erschien auf dem Pfad ein Trupp Arbeiter der „Vorsehung", bewaffnet mit Gewehren, Spitzhacken und Keilhauen. Die Abgesandten der „Fortschritt" zogen ab.

Einige Tage darauf wurde unterwegs eine Erzladung überfallen. Ein paar unbekannte Subjekte verjagten die indianischen Treiber.

„Dieses Erz ist gestohlen, denn die Grube gehört Señor Arteche", sagten sie, um sich vor den Treibern zu rechtfertigen.

Omonte kehrte zur Grube zurück und brachte zwei übelbeleumdete Männer aus Cochabamba mit, die wegen eines Mordes in Cliza eine Gefängnisstrafe abgesessen hatten. Centeno hatte sie in Pulacayo angeheuert und mit einer kurzen Entschuldigung empfohlen: „Es sind Raufbolde, und sie werden den Juckreiz im Abzugsfinger nicht los. Im übrigen jucken ihnen alle Finger, sich fremdes Eigentum anzueignen."

Nach dem Erzdiebstahl mußte er wieder nach Oruro reisen, um vor der Behörde Arteche als Urheber der Zwischenfälle anzuklagen.

In Oruro war die Nachricht über den Fund der Ader mit phantastischen Einzelheiten kursiert und hatte Arteche angespornt, Druck hinter die Rückforderung der Rechte auf die fünfzig Hektar der „Vorsehung" zu setzen und überdies mittels einer abweichenden Auslegung der Lage der Grubenfelder eine Forderung auf die vier Hektar Huachipondos geltend zu machen.

Arteche, ein Weißer mit Einfluß bei der Behörde, setzte eine Verfügung durch, daß die Grube einem Inspektor zu übergeben sei. Omonte trank gerade mit guten Freunden in einer Bar, als ihn ein Gerichtsdiener überraschte, der ihm vor Zeugen den Beschluß verkündete. Er weigerte sich zu unterschreiben.

„Das ist eine Schweinerei, Herrgott noch mal! Dieser Arteche kauft sich die Richter. Aber wir werden schon sehen."

In der Bar hieß es: „Seien Sie vorsichtig. Er erzählt überall, daß er die Grube mit Gewalt räumen lassen wird, daß alles, was Sie herausgeholt haben, ihm gehört."

„Ihm gehört? Wer hat so an dem Berg herumgekratzt wie ich? Jetzt, wo sich's lohnt, jetzt gehört sie ihm, dem Don Arteche, was? Er soll bloß kommen, verflucht noch mal!"

Und Omonte geriet vor seinen Gesprächspartnern in Wut, als wären sie es, die ihm die Grube wegnehmen wollten. Die Schnäpse hatten ihn in Hitze gebracht, und er stieß wilde Drohungen aus.

Um drei Uhr morgens in eisiger Kälte trat Arteche seine Expedition von Uncía aus an. Er hatte die Aufsichtsverfügung in Händen und brachte den Inspektor mit, den man ausgewählt hatte, weil er ein Gegner Omontes war, außerdem seinen Geschäftsführer, vier uniformierte Polizeisoldaten und dreißig in Chayanta und Uncía angeworbene Männer, alle auf Maultieren, die in der Obhut von Arbeitern zurückblieben, bevor die Schar den Berg umrundete. Als die Sonne aufging, bestieg der bewaffnete Trupp den Berg San Juan del Yermo und rückte langsam gegen die Grube vor.

„Sie kommen herauf, sie kommen herauf!"

Aber in der Grube wußte man schon Bescheid.

Estrada befahl den Männern aus Cliza: „Nehmt zwei Arbeiter mit. Wenn sie an der Wegbiegung auftauchen, schießt ihr."

Eine andere Gruppe besetzte den Gipfel. Estrada verschanzte sich mit Omonte im Lager hinter einigen Felsen, die als Brustwehr dienten und von denen aus der ganze Berghang zu übersehen war. Sie erwarteten die Angreifer, aber es erschienen nur vier Personen: ein Bevollmächtigter des Richters, der Geschäftsführer und zwei uniformierte Soldaten. Zaghaft sagten sie: „Wir kommen, diesen Gerichtsbeschluß zu vollstrecken."

Omonte nahm die Papiere entgegen. Seine Äuglein blinzelten, und eine aschgraue Blässe lag über seinem Gesicht.

„Die Sache ist noch nicht entschieden, denn mein Anwalt hat bei der Präfektur in Potosí Einspruch erhoben. Das hier ist ein reiner Überfall."

„Hören Sie mal", warf Estrada dazwischen, „wo ist denn der Inspektor? Und der Schweinehund, der ihn schickt? Die sollen mal herkommen."

„Ich bringe Ihnen zur Kenntnis", sagte der Rechtsverdreher, „daß Anweisung besteht, den Beschluß notfalls mit Gewalt zu vollstrecken."

„Gut", sagte Estrada, „sagen Sie diesem Arteche, er soll selbst herkommen und nicht seine Kreaturen schicken."

Die vier zogen ab. Bald darauf war Geschrei zu hören. Die Angreifer, die betrunken waren, rückten vor. Die Verteidiger waren ebenfalls betrunken, so daß im Nu die Schießerei begann. Die Schüsse klangen wie das Vibrieren gespannter Drähte und klatschten gegen die Felsen: ein Dynamitschlag explodierte über dem Lager.

„Sie werfen mit der Schleuder“, bemerkte Estrada. „Man muß einen liquidieren, damit sie sehen, daß es keine Spielerei ist.“

Er rannte den Hang entlang bis zu einem Felsvorsprung. Das Gewehr schräg übergehängt, kletterte er hinauf, hinter sich drei Arbeiter, die nicht wußten, ob sie die Gewehre oder die Flaschen liegenlassen sollten. Auf dem ebenen Gipfel der Felszacke warf er sich auf den Bauch und wies den Arbeitern ihren Platz an. Sie hoben den Kopf und beobachteten in zweihundert Meter Entfernung, wie ein paar Männer Zeichen gaben und zwischen den Felsen hin und her sprangen.

„Genau zielen!“ befahl er. „Eins – zwei – Feuer!“

Drei aufeinanderfolgende Salven warfen mehrere zu Boden. Estrada stand auf, winkte und schrie: „Jetzt alle heraus! Feuer! Feuer!“

In der nächsten Gruppe tauchten die Strolche aus Cliza auf, rückten unaufhaltsam wie eine Lawine auf dem Pfad vor und schossen stehend und kniend. Wie eine vom Blitz zerstreute Ziegenherde rannten die Angreifer den Berg hinab. Unter Kolbenhieben und Ohrfeigen wurden ein paar Gefangene gemacht.

Omonte schoß immer noch wütend auf die kleinen Gestalten, die sich jenseits der Schlucht auf den fernen Hängen verloren.

„Hat man so was schon gesehen! Der hat wohl gedacht, wir würden uns ergeben!“

Er blutete am Ohr.

„Es ist nichts“, sagte er und wischte das Blut mit der Hand ab. „Das war ein Steinbrocken, als die Kugel gegen den Felsen geprallt ist.“

Einer der Angreifer lag tot in der Schlucht. Weitere wurden als Verletzte geborgen, einer von ihnen starb noch in derselben Nacht in einer der Höhlen.

Omonte und Estrada kehrten eine Zeitlang nicht nach Oruro zurück, weil Arteche ihnen ein Strafverfahren wegen vorsätzlichen Mordes an Arbeitern, Widerstandes gegen die Staatsgewalt und gewaltsamer Aneignung von Grubenbesitz angehängt und den Erlaß eines Haftbefehls gegen sie durchgesetzt hatte. Aber nach zwei Monaten bewirkte das siebzigprozentige Zinnerz, das immer weiter hervorquoll, als sei dem Berg die Schlagader durchschnitten worden, daß man den Haftbefehl und die Aufsichtsverfügung zurückzog und daß Omonte überdies die Grubenfelder Arteches besetzen konnte, der seinerseits wegen Erzdiebstahls und bewaffneten Überfalls belangt wurde.

Auf einer Felskuppe stand Estrada mit seiner gelben Brille und seinem Adlerprofil und schaute von oben den Arbeitern zu, die ein Mahlwerk aufstellten. Es bestand aus einem großen, flachen Stein, auf dem zwei eisenbeschlagene Steinräder, durch eine horizontale Achse miteinander verbunden, parallel zu dem Kreis liefen, den zwei Maultiere um den Stein herum zurücklegten. Die Vorrichtung wurde „chilenische Mühle“ genannt.

Auf der Höhe des Stolleneingangs, wo Omontes erste Hütte neben dem Stollen gestanden hatte, war ein dreizimmeriges Haus aus Lehmsteinen entstanden. Es hieß hochtrabend „Verwaltungsgebäude“, und hier wohnte Estrada und logierte Omonte, wenn er aus Oruro heraufkam.

Weiter unten erhoben sich ein paar strohgedeckte Häuschen aus Lehmsteinen: das Magazin und das Wohnlager für etwa hundert Tagelöhner.

Die Grube lieferte im Verlauf des Erzganges ein Gestein mit siebzig Prozent. Der Rest mit niedrigerem Feingehalt wurde im Aufbereitungswerk angereichert. Fünf handbetriebene Pochwerke standen unter Strohdächern stufenweise untereinander am Berghang. Das Erz wurde zerkleinert und mit Schaufeln über große, viereckige, schräg aufgestellte Siebe geworfen. Das gesiebte Erz kam zum Schlämmen in eine Batterie „Maritatas", wo das schwerere Metall zurückblieb, und der Abfall wurde mittels einer Wasserrinne wieder in runde „Buddles" mit leicht konischer Gestalt und rotierender Bewegung geleitet, wo sich das Material je nach Dichte und Gewicht von innen nach außen schichtweise verteilte, wobei der Schlich in die Mitte fiel. Andere Abfälle wurden weiter unten in Wasserrinnen geworfen, wo man mit Bürsten die Erde entfernte und den Metallstaub zurückbehielt.

Diesen ganzen Arbeitsablauf leiteten fachkundige Indianer, die aus Potosí gekommen waren und all die empirisch entwickelten Anreicherungsprozesse kannten, mit einem Blick den Feingehalt und die Qualität der gewonnenen Schliche abschätzten und die Akkordarbeiten bewerteten. Die Wirtschaftsführung der Grube beruhte auf dem landesüblichen System, das eine Mischung zwischen Akkord- und Zeitlohnarbeit und zwischen Lohnauszahlung in bar und in Waren darstellte.

Die Häuer, die Transportarbeiter, die Chivatos und die Palliris wurden mit Ware aus dem Magazin bezahlt und erhielten insgesamt zwanzig Centavos bis einen Peso täglich.

Der angesammelte Schlich wurde eingesackt und auf Lamas bis zur Eisenbahn transportiert.

Das leitende Personal nahm an Zahl zu. Gemeinsam mit Estrada prüfte ein schweizerischer Ingenieur aus Oruro die Erzgänge, nahm Messungen vor und arbeitete ein Projekt aus, in dem alten Stollen einen senkrechten Schacht zu bohren und die alte Förderstrecke um weitere hundert Meter zu verlängern und mit Querschlägen zu versehen.

Über einer Haustür in Oruro hing ein Schild, auf dem in Ölfarbe auf holzumrahmter Leinwand stand: „Grube Omonte". Hier befanden sich Büro und Lager. Das Büro hatte die Aufgabe, Arbeiter anzuwerben und die Prozesse zu führen: den gegen Arteche wegen der fünfzig Hektar und einen neuen gegen Ramos, der seinen Anteil an der Grube forderte. Omonte hatte sich gedrückt, bis Ramos ihn belangte.

Die „Grube Omonte“, die zunächst ihr Erz den Aufkäufern überlassen hatte, und zwar zu Preisen, die von 20 Bolivianos je Zentner sechzigprozentigen Erzes auf 40 Bolivianos gestiegen waren, trat dann direkt mit den Großeinkäufern in Antofagasta in Verbindung. Sie führte monatlich 8000 Zentner Erz aus, von denen 4000 keiner Aufbereitung bedurften, weil sie mit einem Feingehalt von 65 Prozent direkt vom Erzgang in die Säckchen kamen.

Der Zinnpreis stieg. Der schweizerische Ingenieur teilte mit, daß er von £ 63 binnen zehn Jahren auf £ 200 gestiegen war. Letztere Notierung erreichte das Zinn gerade 1906, im Jahr des großen Fundes.

Omonte ging sehr sorgfältig gekleidet; er trug einen steifen Hut, dunkle Jacke, Vatermörder, Beinkleider aus englischem Tuch und Lackschuhe. Die gestärkten Manschetten ließen die Knöpfe aus englischen Sovereigns sehen, wenn er mit seiner sorgfältig gemalten Unterschrift die erhaltenen Wechsel girierte, um sie in Gold umzutauschen.

Wozu diente das Zinn? Der Ingenieur sagte, die Gringos in England und Deutschland kauften es. Um Geschoßhülsen herzustellen? Um Maschinen herzustellen? Sollte es in die Stahl-, Kupfer- oder Eisenlegierung der Maschinen eingehen, die mit der Eisenbahn kamen?

Im Austausch gegen einige Zentner Zinn sollte aus Europa eine Drahtseilbahn kommen, wie der Ingenieur sagte. Drahtseilbahn! Aus Eisen? Aus Zinn?

Dummes Zeug – Omonte beschäftigten andere Dinge. Einen Stein mit Silberbeschlag für das Grab des Spaniers Centeno bestellen. Und dann den dritten Sprößling taufen, ein Mädchen. Der Präsident der Republik konnte Pate stehen. Warum nicht? Bei der Taufe würde der Sekt in Strömen fließen, und wenn nötig, würde man das Silber schüsselweise auf die Straße werfen.

Eine anglo-chilenische Gesellschaft nahm auf der anderen Seite des Berges San Juan del Yermo, auf Sáenz' Grubenfeld „Fortschritt", die Arbeit auf. Sie stellte hundert Tagelöhner ein, die ihre Hütten errichteten. Zwischen ihnen hob sich das Wohnhaus der Ingenieure durch sein Zinkdach hervor, dessen Blinken bis zum Gipfel der „Vorsehung" hin die klare blaue Luft durchschnitt. Sie begannen mit der Aufschließung, und nach kurzer Zeit staffelten sich die Schutzdächer des Aufbereitungswerkes den Hang hinab.

Die Konflikte zwischen beiden Gruben fingen damit an, daß die Tagelöhner sich gegenseitig abwarben. Um sie zu halten, wurden ihnen Warenvorschüsse gewährt. Aber nach Eröffnung der anderen Grube gingen die Schuldner dorthin und prellten die Firma. In gleicher Weise liefen sie von der anderen Grube zu dieser über.

Später gab es unterwegs Feindseligkeiten, wenn die Erzlieferungen nach Oruro gebracht wurden. Die anglo-chilenische Gesellschaft begünstigte den Diebstahl der Säckchen, indem sie diese Omontes Arbeitern abkaufte. Sie förderte auch den Erzdiebstahl, indem sie durch illegale Aufkäufer ambulante Agenturen einrichten ließ. Bei den Zusammenstößen kam es zu Prügeleien und sogar zu Schüssen, und manches Lama fiel einer Kugel zum Opfer.

Dann eröffneten die von der Grube „Fortschritt" auf ihrem Gebiet ein Magazin, an der Wegkreuzung, wo sich die Pfade zu den beiden Gruben gabelten. Als Krämer wurde ein ehemaliger französischer Zuchthäusler eingesetzt, der spottbilligen Sprit ausschenkte. Damit zog er Omontes Arbeiter an, die Brennholz stahlen und sogar Bauholz und Zinkblech aus dem Wohnlager mitnahmen, um sie an den Franzosen zu verkaufen.

Estrada berichtete Omonte in Oruro von diesen Vorfällen.

„Wir haben ihn schon verwarnt, aber er hat geschworen, daß er nicht geht, nicht einmal, wenn man Dynamit legt."

„Nicht mal, wenn sie ihn in die Luft jagen, was? Großartige Idee! Und dieser Kerl läßt sein Magazin nie allein?"

„Ich weiß nicht. Ich werde ihn beobachten lassen."

Omonte zog den Kopf zwischen die Schultern, schob die Unterlippe vor und grübelte. Dann sagte er: „Nein. Man muß ihn durch einen Indianer rufen lassen, im Auftrag der Gringos. Wenn er draußen ist, Dynamit in das Magazin legen!"

Die Falle wurde vorbereitet. Aber da der Franzose witterte, daß an der Bestellung etwas faul war, zögerte Estrada mit den zwei Kerlen aus Cliza nicht länger. Er trat in den Laden und stellte die vier Indianer zur Rede, die drinnen tranken.

„Aha, du Indioschuft", sagte er zu dem einen. „Du warst bei mir in Arbeit. Jetzt kommst du in die Grube zurück, verdammt noch mal. Und ihr auch!"

Und er versetzte den Tagelöhnern Fußtritte. Den Franzosen hatten die beiden Schläger aus Cliza schon gepackt und hinausgestoßen, und als er sich losriß, brannte Estrada ihm mit zwei Schüssen das Haarbüschel ab, das ihm noch auf der Glatze stand. Der Franzose floh und stieß von weitem Flüche und Drohungen aus.

Dann packten die Kerle aus Cliza den Indianern auf, soviel sie konnten, und gossen Sprit und Petroleum über den ganzen Kramladen, sogar über das Bett des Franzosen. Anschließend gruben sie ein Loch in den Boden und häuften Gegenstände über zwei Dynamitpatronen, entzündeten die Lunten und rannten auf dem Pfad bergauf. Als sie hundert Meter weit gekommen waren, erdröhnte der Boden und fegten die Zinkbleche wie fliegende Hüte durch die Luft, während aus den Trümmern Feuer aufloderte.

Und mit den vier „zurückgeworbenen" Indianern kehrten Estrada und die Schläger aus Cliza zur „Vorsehung" zurück.

Damit war jedoch noch nicht alles zu Ende. In seinem Haus in Oruro erwartete Señor Omonte den Dr. Loza. Er schritt in dem großartigen Empfangssalon auf und ab, wo alle Stühle an den Wänden entlang aufgereiht standen und ein paar Marmorkonsolen, einige trübe Spiegel und in einer Ecke unter einem Glassturz die Statue des Prager Jesuskindes prangten.

Er war eben von einer Klage in Kenntnis gesetzt worden, welche die Gesellschaft wegen angeblicher Übergriffe bei der Ausbeutung der Grube erhoben hatte.

Dr. Zenobio Loza mit seinem kleinen kaffeebraunen Kopf trat verfroren in den Salon und rieb sich die Hände. Er legte seine speckige Melone auf einen Stuhl und las die Klageschrift vor: „Das Grubenfeld Severino Huachipondos, das auf Don Zenón Omonte übertragen wurde, ist im Norden durch eine imaginäre Linie zu begrenzen, die von dem 100 Meter in gerader Linie von dem Gipfel Orko-Suntiña gelegenen Grenzstein in nordöstlicher Richtung verläuft ..."

„Hm!" sagte er. „Sie verlangen eine Untersuchung durch Sachverständige und beantragen, die Einstellung der Arbeit zu verfügen. In Wirklichkeit wollen sie sicher bloß unsere Geduld erschöpfen, um sich dann bequem mit uns verbinden zu können ..."

„Sollen sie mit ihrer Großmutter machen! Nicht mal im Notfall würde ich mich darauf einlassen. Jetzt wollen diese Strauchdiebe mit ihren vier Reales *die* Gruben des Landes in die Hand kriegen!"

Loza hatte die Daumen in die Ärmellöcher der Weste gehakt und sagte: „Darüber braucht man sich keine Sorgen zu machen, wenn man Geld hat. Wir können den Prozeß zwanzig Jahre hinziehen. Aber diese Biester können auch Geld hineinstecken. Es heißt, daß in dieser Gesellschaft ein ausländischer Minister mit im Spiel ist."

„Schöne Konkurrenz, die ich da habe!"

„Im Bergbau ist eben nicht alles Spitzhacke und Keilhaue, sondern Geld und Einfluß. Die ‚Fortschritt' hat ihn durch ihre Gringos in La Paz."

„Verdammt! Was tun wir da?"

Loza zündete eine Zigarette an, die in einer langen Spitze steckte.

„Ganz einfach: man muß sich mit der Regierung gut stellen. Bieten Sie dem Senatskandidaten Ihre Unterstützung an und legen Sie sich einen eigenen Abgeordneten zu. Bringen Sie

Ihre Arbeiter zum Wählen nach Uncía. Bieten Sie den Kandidaten ein Darlehen an."

Omonte kratzte sich die Nase und stieß einen Pfiff aus.

„Sie glauben wohl auch, daß ich im Geld schwimme? Sie wissen ja gar nicht, was die Grube kostet. Schauen Sie sich die Projekte des Ingenieurs an: man muß Pochwerke aus Metall heranschaffen, Dampfmaschinen, elektrische Stoßbohrmaschinen von Siemens, einer französischen Firma, glaube ich, und eine Drahtseilbahn von zweitausend Meter Länge verlegen. Ein Geldstrom!"

„Donnerwetter! Was bedeuten bei solchen Ausgaben ein paar Pesos mehr, um sich den Rücken zu decken!"

„Gut, Sie wären der Abgeordnete, nicht? Und wenn der Gegenkandidat Sie besiegt?"

Im Brustton der Überzeugung versicherte Dr. Loza: „Gegen die Bergarbeiter gewinnt nicht mal Simón Bolívar!"*

Einige Tage vor den Wahlen fand in Uncía eine politische Versammlung statt, auf der Dr. Loza eine Rede hielt. Er verkündete, der Industrielle Omonte sei von dem fortschrittlichen Programm der Liberalen Partei begeistert und habe sich entschlossen, ihr getreuer Anhänger zu werden. Er erhielt Beifall.

Als Dr. Iturrizaga, der Kandidat für den Senatsposten, eintraf, lud ihn Omonte auf ein paar Gläschen in sein Haus. Er wagte nicht, Iturrizaga Geld anzubieten, der an der Expedition ins Acregebiet teilgenommen hatte und ein in den Diensten des Landes ergrauter Apostel war. Aber der Apostel kam ihm zuvor und bat ihn um ein Darlehen, erhielt auch seine tausend Pesos ohne Sicherheiten oder Zinsen.

Am Wahlsonntag kamen aus dem Bergwerk hundert von Estrada belehrte Arbeiter nach Uncía und tranken vom frühen Vormittag an Schnaps.

„Es lebe General Montes!"

* Das weiß der Autor, Abgeordneter für die Bergbaudistrikte Uncía, Llallagua, Catavi und Chayanta.

Manchmal irrten sie sich. „Es lebe General Omonte!“

Zur Wahlstunde versammelten sich die Wähler in Gruppen vor den Tischen, die auf dem Platz aufgestellt waren. An jedem Tisch entstand hin und wieder ein Gemurmel, das anschwoll und jäh wieder abbrach, um der Stimme eines einzigen Sprechers Raum zu geben, der verkündete: „Diese Stimme muß annulliert werden!“

Die Anhänger wiederholten im Chor: „Annullieren!“

Und wieder entstand Unruhe.

Zwei Tische brachten der Regierung einen knappen Sieg. Das Ergebnis am dritten, wo sich die Auszählung durch die Streitigkeiten verzögerte, erschien ungewiß, denn die Gegner hatten ihn sich gesichert, indem sie dort ihre sämtlichen Anhänger eingetragen hatten, um sich für die Niederlage an den beiden anderen Tischen entschädigen zu können.

Als die Auszählung der Stimmen begann, traten etwa zwanzig Bergleute aus einer Kneipe heraus, wo sie Schnaps getrunken hatten. An ihrer Spitze ging einer der stämmigen Schläger aus Cliza, dessen Gesicht unter dem breitkrempigen Hut rot angelaufen war. Er lahmte, stützte sich auf einen Stock und trug in der Rechten eine Pistole. Von der Kneipe bis zum Tisch waren es nur fünfzig Schritt. Sie rückten vor und brüllten: „Hoch lebe Montes! Nieder die Weißhemden!“

Einstimmig und rauh erschallte die Antwort: „Nieder!“, von harten, herausfordernden Gesichtern mit Schnapsatem hervorgestoßen.

Die Männer, die den Tisch umstanden, blickten sich zu der Gruppe um, in der der Rotangelaufene, schon etwas näher, wieder schrie: „Nieder die Weißhemden! Häuer, vorwärts!“

Inmitten der Rufe und Schreie schritt er vorwärts und löste seelenruhig die fünf Schuß seiner Pistole aus, über die Köpfe hinweg. Dann griffen die Häuer die Anhänger der Opposition an. Diese gerieten in Verwirrung, wurden rasch niedergeschrien, gaben fluchtartig den Tisch frei und ließen ihre herabgefallenen Hüte auf dem Boden liegen. Zettel flatterten durch die Luft, und die Wahlurne wurde in einem Wirbel von Leibern, Schreien, Pfiffen und Staub auf die Erde geworfen und mit Fußtritten fast zertrampelt.

Der Trupp, dem sich noch Bergleute hinzugesellt hatten, veranstaltete einen Marsch und schrie im Takt: „Hoch lebe der Sieg!"

Die auseinandergesprengten, blutenden Gegner flüchteten sich in die Häuser, was man ausnutzte, um die Urne wieder aufzubauen und die Auszählung unter ausschließlicher Beteiligung der Regierungsanhänger wunschgemäß abzuschließen. Die Bergleute streiften randalierend und trinkend durch die Straßen. Einige warfen Dynamitpatronen in die Luft.

Vor der Tür einer Schenke entstand ein Tumult.

„Ach, ach!" kreischten die Cholas. „Die ganze Hand hat es ihm abgerissen!"

Einem Häuer war eine Patrone in der Hand explodiert.

Inzwischen feierte man um fünf Uhr nachmittags das Ereignis bei Bier und Schnaps, in einem Hof, wo der Schatten einer Wand und die Sonne den Boden in zwei Stücke teilten, ein weißes und ein schwarzes. Als Omonte eintrat, wurde er mit lärmender Freude begrüßt. Der gewählte Senator umarmte ihn inmitten der kupferroten Versammlung und hielt ihm zu Ehren eine Rede.

„Señor Omonte weiß, daß auch ich Bergmann bin", rief er, und seine Ohren waren vor Kälte blaurot angelaufen. „Trinken wir auf den großen Industriellen."

Da es nun einmal unmöglich war, den gewählten Senator sofort abzulösen, brachten die Cholos einen vielverheißenden Hochruf aus: „Hoch lebe unser Abgeordneter Dr. Loza! Hoch lebe der zukünftige Senator Dr. Omonte!"

In der Nacht weckte Omonte, der etwas beschwipst nach Hause kam, seine Frau, um ihr zu sagen: „Die Grube verkaufen wir noch nicht."

Als die Frau sich aufrichtete, warf das Licht der Petroleumlampe den Schatten ihrer Adlernase an die Wand.

„Wir kaufen kein Gut in Cochabamba?"

„Ja, ein Gut, später! In einem Jahr verkaufen wir die Grube."

„Gottes Wille geschehe!"

„Weißt du was? Der Präsident ist mir sehr dankbar."

Omonte schaute wie ein Konquistador von den Balkonen seines Hauses über dem winddurchfegten Platz auf Oruro hinab.

Alle Vorübergehenden blickten zu ihm auf. „Der Millionär", sagten sie und ließen das Zauberwort genießerisch auf der Zunge zergehen. Er hatte sich sehr verändert, hatte einen hochmütigen Gang und eine argwöhnische Sprechweise angenommen. Er besaß alles: das beste Haus mit einem Salon, in dem ein dicker Teppich lag und zwei Klaviere standen, ein schwarzes und noch eines, das er hatte vergolden lassen, damit es zu den Möbeln paßte. An den Wänden hingen die Photographien hoher Persönlichkeiten, darunter die der zwei Präsidentschaftskandidaten mit Widmungen an den „kühnen Industriellen".

Seiner zahlreichen indianischen Dienerschaft stand ein Kammerdiener aus Cochabamba vor, der mit chilenischem Akzent sprach, weil er lange in Hotels an der Küste gearbeitet hatte.

Señora Antonia fuhr in einer von zwei struppigen Pferden gezogenen Kutsche spazieren. Sie kleidete sich schwarz und umgab sich mit Verwandten, die plötzlich erschienen waren, um ihr das Leben angenehm zu machen.

Arnoldo, der ältere Sohn, ging noch nicht zur Schule. Er trug wadenlange Hosen und einen Gummikragen, der sein braunes, pockennarbiges Köpfchen grausam einzwängte. Er tyrannisierte seine Mutter vor allen Besuchern und verlangte Geld von ihr. Der Kleinere trug nach der damaligen Mode noch Kleidchen und langes Haar. Das dritte Kind wuchs in den Armen der indianischen Dienerinnen auf.

Der Millionär spürte die Last seines Reichtums; er brachte Sorgen mit sich, die aus der heimlichen Furcht geboren waren, ihn wieder zu verlieren.

Er besaß zwei geschworene Feinde: Arteche und Nepomuceno Ramos. Dieser Arteche! Nicht damit zufrieden, ihn vor die Gerichte zu zerren, griff er ihn auch noch in der Presse und in Broschüren an, gegen die Omonte mit Geld ankämpfen mußte. Ramos seinerseits hatte sich mit einem Gringo, Peach, zusammengetan, einem Erzaufkäufer und Geschäftsmann in Oruro, der das Kapital lieferte, um den Kampf fortzusetzen.

Er mußte sich zwei der bekanntesten Rechtsanwälte sichern: Dr. Claudio Dávalos aus La Paz und Dr. Valentín Bascon aus Oruro, der seine Praxis auflöste, um sich ausschließlich seinen Diensten zu widmen. Besagte Rechtsanwälte erachteten es für notwendig, auf Grund eines auf dem Gesetz und der Topographie aufgebauten Schlachtplanes eine juristische Offensive zu entfesseln. Sie studierten mit Dr. Loza die von den Vermessungssachverständigen angelegte Karte des Grubengebietes. Die Operation begann in dem Grubenfeld „Montecristo", das an Arteches Feld angrenzte. Dieses hundert Hektar umfassende Grubenfeld war ursprünglich Nepomuceno Ramos und Omonte gemeinsam verliehen worden. Omonte verwaltete es im Namen der Gesellschaft, ließ aber nicht zu, daß Ramos seinerseits entsprechend der zwischen ihnen getroffenen Vereinbarung an der „Vorsehung" partizipierte.

„Ist das schriftlich festgelegt, Don Zenón?" fragte Dávalos.

„Nein, nur mündlich."

„Dann ist es nicht festgelegt."

Gleichzeitig mutete Omonte dasselbe Grubenfeld, als wäre es freies Land, und beantragte die Verleihung unter dem Namen „Azul". Nachdem die Formalitäten eingeleitet waren, ließ er Ramos anbieten, ihm seine Rechte abzukaufen, aber dieser weigerte sich. „Ich gehe jetzt von hier" – er hielt die Hand in Brusthöhe – „nach dort!", und er wies auf den Gipfel des Oruroberges.

Einige nächtliche Besuche Dr. Lozas in den Privatwohnungen des Sekretärs, des Notars und des Vorstehers der Bergbehörde, bei denen er ein paar in Zeitungspapier gewickelte Päckchen mitbrachte und ohne sie herauskam, führten sehr schnell einen Verleihungsentscheid zugunsten Omontes herbei. Ramos erhob Einspruch. Das Unternehmen Omonte, das bereits im Besitz der Grube war, schlug ihm erneut den Kauf vor.

„Kauf?“ sagte Ramos. „Ich nehme an: eine Million Pfund.“

Man bot ihm fünfzigtausend Bolivianos, und Ramos setzte den Prozeß fort und verausgabte seine letzten Centavos in allerlei Büros, für Anwälte, vor Schiedsgerichten und Gerichtshöfen.

Als er entdeckte, daß im Gegensatz zu der Schnelligkeit, mit der die Verleihung an Omonte herausgegangen war, der Instanzenweg des Einspruchs über ein Jahr erforderte, bebte ihm vor Wut der Schnurrbart. In den Kneipen Oruros brüllte er: „Ich lasse mich nicht mehr so einfach bestehlen! Ich schwöre feierlich, daß ich dem Omonte fünf Kugeln aufbrenne, und wenn er zehnmal Gevatter des Präsidenten ist!“

Aber Omonte befand sich gerade in Chile, wo er in Begleitung eines Sachverständigen seine Reederei in Antofagasta einrichtete.

Als er aus Chile zurückkehrte, wurde der zweite Teil des Planes in die Tat umgesetzt. Von dem Grubenfeld „Montecristo“ ausgehend, das der Kreuzpunkt zwischen den Gruben „Vorsehung“ und „Fortschritt“ war, machte die Firma Omonte geltend, daß ihr Grubenfeld „Azul“, also dasselbe „Montecristo“, in der Richtung 15° NO zu lokalisieren sei, was bedeutete, daß es sich auf der Achse des Ausgangspunktes verschob und über das Feld „Orko–Suntiña“ zu liegen kam, das Arteche beanspruchte.

Die Richter erkannten diese Auslegung an, nicht aber die der Anwälte Arteches und Ramos’, die argumentierten, daß in diesem Falle, wenn also „Azul“ über „Orko-Suntiña“ verliefe, die Hektar von „Montecristo“ wieder offenblieben, die Ramos gehörten und in seinem Prozeß gegen Omonte eindeutig lokalisiert worden seien.

Das Wunderfeld „Azul“ besaß die Fähigkeit, sich zu verlagern und dennoch an derselben Stelle zu bleiben, indem es sich im Dienste der Herrschaftsansprüche Omontes entfaltete, ausbreitete und jedes Eigentumsrecht auslöschte, das ihm im Wege war.

„Jetzt“, so teilte später Dr. Loza Omonte mit, „bleiben noch ein paar ‚Überhänge‘ an freiem Land zwischen ‚Orko-Suntiña‘, das schon vom Grubenfeld ‚Azul‘ abgelöst ist, und der ‚Vorsehung‘. Arteche beansprucht sie als sein Eigentum.“

„So ein ehrgeiziger Mensch! Wir müssen etwas unternehmen, damit wir ihn nicht in der Mitte haben.“

„Ist schon geschehen. Wir werden diese ‚Überhänge‘ muten, die neben der ‚Vorsehung‘ liegen, indem wir geltend machen, daß sie vorzugsweise dem Anlieger gehören.“

„Wer ist dieser Anlieger?“

„Na, Sie selbst, dem die ‚Vorsehung‘ gehört!“

Omonte machte weitere zehntausend Bolivianos für den Vorsteher und den Ressortrichter der Bergbehörde locker.

„Mal sehen, was sie jetzt sagen“, meinte er.

Arteche veröffentlichte noch eine Broschüre. Als dagegen Ramos erfuhr, daß sein Grubenfeld „Montecristo“, das nun „Azul“ hieß, nicht nur dem juristisch-topographischen Manöver gedient hatte, Arteche herauszudrängen, sondern auch einen außerordentlich reichen Erzgang barg, den Omonte auszubeuten begann, schwor er wieder, ihn umzubringen – ein schwieriges Vorhaben, denn eine goldene Aureole des Glücks beschützte Zenón Omonte.

Das Zinn ... Es verwandelte sich in Gold, das die inländischen Banken gar nicht mehr aufnehmen konnten. Omonte begann in Chile, in Paris und London Konten einzurichten. Sein Nacken quoll immer kräftiger aus dem Kragen hervor, der Ausdruck wohlbeleibter Sicherheit, und mit geringschätzigem und ironischem Blick las Omonte die Briefe, die der Staatspräsident und die Minister an ihn richteten.

Er fuhr erneut nach Chile und kehrte noch hochmütiger und mißtrauischer zurück. Er brachte ein paar Rassepferde mit, die mit Ausnahme eines einzigen, das er dem Staatspräsidenten als Geschenk übersandte, in Oruro eingingen.

Er brachte auch eine hochgewachsene, kräftige Frau mit, blauäugig, aber nicht so gesund wie die bekannteren ortsansässigen Cholas, mit denen sich der Grubenherr vorher amüsiert hatte.

Doña Antonia führte den Vorsitz einer Gesellschaft zum Bau eines Spitals. Anläßlich des Abbruchs der diplomatischen Beziehungen zwischen Bolivien einerseits und Argentinien und Perú andererseits erbot sich Omonte, zweihundert Pferde für die Armee zu stiften. Glücklicherweise regelte sich der Konflikt, ohne daß er seine Verpflichtung einlösen mußte.

Die metallische Göttin mit ihren zwei steinernen Brüsten, den runden Kuppen des Berges San Juan del Yermo, blieb ihm treu und verhielt sich immer freigebiger.

7

Heimatliebe

„Er wurde ein höllischer Wolf, der die Schätze verschlang."

In Cochabamba sog der Millionär für einen Augenblick den Duft alter Zeiten ein. Er war auf dem Lande, um ein Gut zu besichtigen, das man ihm zum Kauf angeboten hatte. Der Wagen hielt auf dem staubigen Weg, den prächtige Weiden beschatteten, und Omonte, Dr. Dávalos, der Anwalt der Bank und der Besitzer des Gutes stiegen aus, um einen Pfad zwischen Weizenfeldern entlangzugehen. Die Sonne des späten Vormittags brannte senkrecht auf das blonde Feld herab und betonte die Umrisse der Feigenbäume und der schwarzgekleideten Männer. Unter einem Baum am Rande des Pfades rastete ein Indianer. Als das Gefolge vorüberschritt, grüßte er: „Guten Tag, Tata. Guten Tag, Tata."

Hitze. Ein Stückchen weiter vorn bog der Pfad ab und drang in ein Wäldchen alter, bläulicher Mollebäume ein, deren Schatten auf eine dichte, geheimnisvolle Rasendecke fiel. Stille und dunkles Grün. Zwischen den Kräutern rann ein Wasserlauf. Unter dem Dach der Baumkronen stieg Waldduft auf, ein Duft aus Schatten und Laub gemischt.

Duft nach Minze und Waldjasmin! Duft der geheimen Pflanzenchemie Vintos und Calacalas ...

Eine jähe Gemütsbewegung, ein grünstrahlendes, blitzschnelles, wunderbares Wiedererwachen der Zeit auf dem Lande! Sein Geruchssinn ließ Omonte die Vergangenheit zur Gegenwart werden. Oh, die Raubzüge unter den Pfirsichbäumen ... Oh, das Baden im Rocha ...

Aber das war nur ein Augenblick.

„Minze, nicht wahr?“ sagte er.

„Ja, Señor, Minze“, erwiderten sie im Chor.

Er wischte sich mit einem Taschentuch den Schweiß vom Hals und setzte den Weg zum Gutshaus fort. Von hier aus betrachteten sie das Tal, das seine grünblauen Falten vor ihnen ausbreitete.

„Ich würde das Gut kaufen“, sagte er, „wenn Sie um fünftausend Bolivianos heruntergehen.“

Man quartierte ihn in einem großen, zweistöckigen Haus ein, dessen Innenhof auf allen vier Seiten teppichbelegte Gänge umgaben. Von einem dieser Gänge gelangte man in einen dunklen Salon mit marmornen Ecktischen und Barockspiegeln in vergoldeten Rahmen.

Vom Salon aus trat man direkt in das Schlafzimmer, wo ein hohes Bett trotz der Hitze bis zur Hälfte mit einer Vikunjadecke bedeckt war und auf der anderen Hälfte die Laken mit dem gestickten Überschlag sehen ließ.

Nachdem Omonte den Duft der alten Zeiten eingesogen hatte, stand er in dem luxuriösen Stadthaus Qualen aus, denn an hygienischen Einrichtungen besaß es außer dem Verschlag im Freien nur ein Klosett mit einem Holzsitz über einer Grube, aus der trotz der hineingestreuten Asche ein fast greifbarer Gestank aufstieg.

Für die Nacht stand unter dem Bett ein großer Porzellantopf mit glasiertem Deckel bereit, der eine Girlande aus himmelblauen Blumen trug und mit dem Wasserkrug und der Schüssel auf dem marmornen Waschtisch harmonierte.

In den Straßen klapperten die losen Steinplatten. Als Señor Omonte eine Schule einweihte, für die er fünfhundert Bolivianos gestiftet hatte, und an der Spitze eines festlich gekleideten Bürgerkomitees neben dem Bischof dahinschritt, trat er auf eine wacklige Platte des Gehsteigs, und schlammiges Wasser spritzte hoch auf wie eine Scherzfontäne.

Der Bürgermeister, der Vorsitzende und der Bischof mußten die Taschentücher ziehen und einander das Vorrecht streitig machen, Omontes Hosen zu säubern.

Ein paar Tage später konnte der Millionär beobachten, daß die Straßen, wenn die Sonne sie trocknete, dennoch feucht blieben, wenn auch nicht so feucht wie beim Regen, weil nämlich die Indianerinnen einfach ihre weiten Röcke ausbreiteten und sich in aller Unschuld und Harmlosigkeit mitten auf der Straße hinkauerten.

Sein Bruder Joaquín war bis zum Bahnhof Vinto gekommen, um ihn zu begrüßen. Er ähnelte Omonte in seiner fleischigen Leiblichkeit mit den vollblütigen Wangen und dem starren Haar, besaß aber nicht den robusten, anmaßenden Hals und die mürrischen Augen des Millionärs.

„Weißt du, Zenón", erklärte er, „wir hätten dich gern zu Hause aufgenommen. Aber es geht leider nicht. Morgen kommt die Frau mit den Mädels, dich zu begrüßen."

„Ja, ja. Freut mich sehr. Wieviel Kinder hast du?"

„Fünf, Zenón. Darin ist Gott sehr großzügig gewesen, aber in sonst nichts. Ich habe dir voriges Jahr geschrieben, und deine Antwort war ärgerlich, ich weiß nicht, warum."

„Weil du eben nicht weißt", erwiderte Omonte in überlegenem Ton, „daß es Sachen gibt, die man in Briefen nicht sagen darf, weil die Sekretäre sie lesen. Wenn ich alle Briefe selber lesen müßte, hätte ich für nichts mehr Zeit. Aber ich werde etwas für euch tun. Eines deiner Mädels ist mein Patenkind, nicht?"

„Zwei sind deine Patenkinder, Zenón."

Diesem Bruder ließ Omonte durch die Bank die angelaufenen Zinsen einer Schuld von viertausend Bolivianos überschreiben und veranlaßte, daß er Buchhalter bei der Elektrizitätsgesellschaft wurde, von der er ein Drittel der Aktien kaufte.

Der andere Bruder, José-Pepe, suchte ihn am nächsten Tage auf. Mit eingefallenen Wangen, gitarrenförmigem Gesicht, zähneblitzendem, lautem Lachen und rauher Stimme umarmte er ihn und sagte: „Ich komme gerade vom Land herein. Warum sagst du nicht Bescheid, Mann? Du bist aber ganz schön dick. Du hast dich sehr rausgemacht mit deinem ganzen Geld."

Omonte roch den kräftigen Chichahauch und fand, er sei dem Tata Morató sehr ähnlich.

„Und wie geht's dir, was macht das Gut?"

„Fabelhaft. Du mußt es bloß mal sehen: würdest es seit Onkel Nicasios Zeiten nicht wiedererkennen. Großartige Sache! Aber wie gut es dir geht, Mensch! Warum hast du Antonia und die Kinder nicht mitgebracht? Wirst sie in Europa erziehen lassen wollen, nicht? Das will ich meinen! Und könnte man denn nicht ein paar europäische Auswanderer für das Gut kriegen? Diese Indianer taugen zu gar nichts. Ich will mit einem großen Angeber, einem Italiener, eine Pflanzung von Maulbeerbäumen für Seidenraupen anlegen. Warum kommst du nicht für immer her, Mensch?"

„Mein Wunsch ist das schon. Aber die Geschäfte ... Und die Erziehung der Kinder ..."

„Papperlapapp, Erziehung, bei dem Geld, das sie haben! Und wenn sie nicht mal lesen könnten, mein Bester! Sage mir, wieviel du hast, und ich sage dir, wer du bist. Hier reden sie gegen dich und sagen, du hättest den Größenwahn, deine Stiftung von fünfhundert Bolivianos an die Omonteschule sei einfach lächerlich, und sie tun wunder wie stolz. Stolz mit Löchern in der Hose! Es heißt, sie wollen dir einen Dämpfer aufsetzen. Hahahaha!" Er lachte bellend. „Das sagen sie, und dabei gehen sie mir um den Bart, weil ich Omontes Bruder bin. Sie wollen mich sogar zum Abgeordneten machen. Hast du schon Chicha getrunken?"

„Ja, ja, schmeckt immer noch gut."

„Tatsache ist, daß es kein Champagner mit einer guten Toteña aufnehmen kann."

Der Millionär rückte mit einem geheimen Kummer heraus.

„Ja. Sie sagen, ich tue nichts für Cochabamba. Sie fordern immer bloß ..."

„Als wenn du ein Füllhorn wärst", ergänzte José-Pepe.

„Sie wollen Straßen, Eisenbahnen, Siedlungen, Wasser, Bewässerungsanlagen, als ob es nur heißt: gesagt, getan. Ich würde eine Straße zum Chapare bauen."

„Großartige Sache, Menschenskind. Damit drehen wir La Paz eine lange Nase."

„Diese großartige Sache wollte ich machen, und wenn ich vorschlage, sie sollen mir Ländereien an der Straße geben, blaffen sie mich an. Wie kann man es den Cochabambinern recht machen?"

Don José-Pepe entschied: „Pfeif drauf, Bruder, bau die Straße halt, ohne Ländereien zu verlangen."

„Das ist nicht möglich. Die Straße würde zehn Millionen kosten . . ."

„Zehn Millionen? Das ist ja fürchterlich! Dann tu's eben nicht. So sind sie gelackmeiert."

„Gut", schloß Omonte. „Wir werden uns nicht noch einmal unterhalten können. Sag mir, was du brauchst."

José-Pepe wurde ernst.

„Nichts, nichts, mein Lieber. Danke. Mir geht's gut."

„Aber", drängte Omonte, „ich möchte dich nach Europa mitnehmen. Das muß man doch kennen! Du lernst es kennen und begleitest mich, denn sonst habe ich nur Strolche um mich."

„Ich nach Europa? Eine Kuh auf dem Dach, Junge. Wie soll ich die ttalu-siquis allein lassen? Ich würde vor Kummer eingehen."

„Aber ich will Güter kaufen. Ich möchte einen Vertrauensmann hier zurücklassen, der mich nicht bestiehlt. Du könntest sie verwalten, würdest mir einen Gefallen tun . . ."

Wieder erklang das bellende Gelächter, das an Tata Morató erinnerte. „Das ja, weil es sich um meine Branche handelt, wie man so sagt. José-Pepe Morató erweist Omonte einen Gefallen, hahahaha!"

Diesem Bruder überließ Omonte die Verwaltung der Güter, die er am nächsten Tag unter Beistand seines Rechtsanwalts und Dr. Dávalos' kaufte.

„Im Klub ein Fest für Omonte? Können wir nicht zulassen – er ist doch nicht Mitglied!“

„Dieses Subjekt denkt, es wird durch sein Geld gesellschaftsfähig.“

Cochabambas bessere Herren, die „mit Löchern in der Hose“, boykottierten die Ehrung, die Omontes Anwälte und der Bischof – der sich für die Stiftung einer Statue des heiligen Isidor an die Kathedrale erkenntlich zeigte – zu Ehren des geldschweren Mannes vorbereiteten. Das Fest mußte in einer Villa in Calacala stattfinden, anwesend waren Angestellte der Elektrizitätsgesellschaft, der Bürgermeister, der Präfekt, liberale Politiker, Angestellte und einige Schuldner der Bank.

Im Garten setzten sich alle unter einem großen Pacaebaum am Rande eines Lupinenfeldes vor die lange Tafel. Die Glaskrüge mit der gelben Chicha und die Tellerchen mit roten und kupferfarbenen Ajipfefferschoten hoben sich kräftig von dem weißen Tischtuch ab. Omonte saß schwarzgekleidet mit heller Weste auf dem Ehrenplatz. Sein breiter Schädel mit dem kurzgeschnittenen Haar flößte Respekt ein, aber seine fleischigen, vom Blutandrang flammend geröteten Wangen glichen sehr denen verschiedener anderer Anwesender, die von der Chicha und den scharfen Speisen dunkel angelaufen waren.

Zu Anfang, solange man noch den Braten verschlang, hörte man nur das Geklapper der Gabeln und Messer. Nur die Stimmen, die hier und da an der Tafel aufklangen, unterbrachen dieses Geräusch.

„Prosit.“

„Prosit.“

Später wurde das Stimmengewirr etwas dichter, aber es wich tiefer Stille, als der Anwalt der Bank sich erhob und eine Rede hielt. Er gestikulierte dabei so wild, daß es aussah, als erteile er dem Ehrengast einen strengen Verweis.

„Die gesamte Bürgerschaft, die hier zu diesem hehren Fest versammelt ist, betrachtet Euch mit patriotischem Stolz, Euch, Sohn der Heimaterde, der dank seines Talents und seiner Energie im alten Frankreich, dem Mutterland der Kultur, zu glanzvollen Höhen aufsteigen und dem Namen Cochabambas im Ausland, dort, wo die Kunst, die Wissenschaft und das Recht der Göttin Zivilisation ihre Hymnen darbringen, zu hohem Ansehen verhelfen wird. Welche Ehre bedeutet es für Cochabamba, daß einer seiner Söhne heute allen Potentaten Südamerikas den ersten Rang streitig zu machen vermag!" Beifall. „Dieses Verdienst, das die Heuchler leugnen möchten, erstrahlt wie die schöne Sonne in unserem Wappen, wie das cochabambinische Herz dieser fruchtbaren und weiten, heroischen und kühnen Erde, die sich rühmen kann, einen Omonte hervorgebracht zu haben!"

Nachdem die Tafel aufgehoben worden war, nahm der Bischof Abschied, und nun bildeten sich plaudernde Gruppen. Den Potentaten umringten einige Wagemutige, die trotz der Chicha nur gehemmt mit ihm sprachen, als trenne sie Bergkristall. In diesem Augenblick tauchte schwitzend und dick ein gewisser Cadima mit einer Rettichnase und starkem, graumeliertem Schnurrbart wie ein alter Dorfpan zwischen den Bäumen auf. Mit lauter Stimme brach er sich Bahn, drückte den Hut in einer Hand zusammen, umarmte Omonte und duzte und siezte ihn abwechselnd: „Zenón, alter Junge, so bist du endlich gekommen. Erinnerst du dich: Nemesio Cadima aus Curtiduría? Als du bei Don Nicasio wohntest? Du erinnerst dich doch an dein Strafverfahren?"

„Ja, ich erinnere mich", erwiderte der Millionär etwas beunruhigt, als er daran dachte, wie Cadima ihn nach seiner Schlägerei in der Schenke der „Tustun-siqui" vor der Polizei fliehen hieß. „Und wie ist es dir ergangen?"

„Immer soso! Sind eben gelackmeiert! Wenn man Sie sieht, das große Tier, das du geworden bist, und dazu noch immer Cochabambiner. Oha!"

„Ja, ja, immer Cochabambiner. Hallo, gebt Nemesio ein Glas!"

„Auf dein Wohl, alter Junge, Zenónchen. Die Freunde sind auch hier. Sie sind alle unverändert, aber immer eisern. Es lebe unser erster großer Millionär Omonte!"

Man drängte ihn diskret ab und führte ihn beiseite, aber Cadima, der reichlich angetrunken war, fing an, sich vor einer Gruppe Angestellter seiner Freundschaft mit Omonte zu rühmen.

„Na, hier ist er nun, der Millionär, wie sie sagen. So ist das Leben. Ich habe ihn noch gekannt, wie er als Diener beim Dr. Morató barfuß herumlief. Ich weiß doch Bescheid! Mich macht keiner dumm. Und dieser andere Cholo vom „Zerbrochenen Krug", der strotzt auch von Geld. Und ich habe sie mit Fußtritten traktiert."

„Wen?" fragte jemand.

„Wen? Na, wen schon – wen ich sage! Jawohl, wir sind Zenóns Kumpel, seit er Fracht an die Postkutsche fuhr. Glück, was, Doktorchen?"

Um durch diese Vertraulichkeiten nicht kompromittiert zu werden, mieden die Anwesenden Nemesio. Der Direktor der Bank sagte zornentbrannt: „Wie ist dieser Mensch hier hereingekommen? Man muß ihn hinauswerfen!"

„Wer wirft ihn hinaus? Das ist ein ganz ordinärer Cholo, der ist imstande und beleidigt Don Zenón."

„Dann gebt ihm mehr zu trinken!"

Da Cadima fortfuhr, in seinen Erinnerungen zu schwelgen, rief ihn Don José-Pepe zu sich, schob ihm einen Zwanzigerschein zwischen die Finger und verabschiedete ihn mit den Worten: „Don Zenón sagt, du sollst mit deinen Freunden ein Glas auf sein Wohl trinken."

Und er schob ihn zur Tür und auf die Straße hinaus, wo sich Cadima weiterhin über die einstige Armut Omontes und die Geringfügigkeit der Spende verbreitete.

Ein Orchester, das aus einem Harmonium, hinter dem die schwarze Brille des Pianisten auftauchte, zwei Gitarristen und zwei Akkordeonspielern bestand, spielte Märsche, Tänze und Indianerweisen und unterbrach sein Spiel nur, um aus einem Porzellankrug Chicha zu trinken.

Als der Nachmittag sich neigte, ergoß sich ein goldener Strom über den Westhimmel, breitete sich aus und drang schräg durch die Bäume des Gartens. Hier wob er goldene Spinnennetze, in denen sich die Gestalten der schwarzgekleideten Männer verwickelten, wenn sie aus dem Schatten heraustraten.

Die Gläser mit Chicha waren Balsam für Zenón Omontes Herz.

„Ich habe viel gearbeitet. Hier wissen das wenige. Und wenn ich etwas habe, so ist es für meine Kinder und auch für mein Land, das ist klar!"

Die goldenen Netze lösten sich im Schatten der Pacaebäume auf, und Vogelgezwitscher stieg zum Himmel empor, der sanft leuchtete wie ein gläserner Lampenschirm von der gleichen Farbe wie die Früchte, die in der Chicha schwammen. Ein zarter Duft löste sich von der Erde, als hätte die Natur, von der indiskreten Gegenwart der Sonne befreit, sich entblößt und böte ihre grüne Haut dem Streicheln der Luft dar. Dieser Duft durchdrang den Grubenherrn aus Cochabamba zusammen mit dem Produkt dieser Erde, der Chicha, die kriegerische und sinnliche Wünsche im Blut weckt und auch ein melancholischer Vergessenstrunk ist.

„Alles für mein Land!" wiederholte er heiser, das Glas in der Hand. „Ich möchte meine Knochen hier lassen. Aber sie sollen auch anerkennen, was ich geschaffen habe, alles mit diesen meinen Händen. Woanders achten sie mich. In meinem eigenen Land mußte es passieren, daß man mir sagt, ich bin ein Cholo ... Je, je, je ... eines Tages werden sie das noch bereuen."

Die Dunkelheit verbarg die zwei chichafarbenen Tröpfchen, die sich in Señor Omontes Augen sammelten. Betroffen tröstete ihn der Vorsitzende der Liberalen Partei: „Solche Sachen kommen hier vor, Dr. Omonte. Aber es gibt auch Leute hier, die Ihren wahren Wert zu schätzen wissen!"

Am nächsten Tag gaben die Herren, die nicht an dem Fest teilgenommen hatten, unter einer schattenspendenden Terebinthe auf dem Marktplatz ihre Kommentare ab.

„Es soll eine mordsmäßige Sauferei gewesen sein..."

„Sie sind dann zur Oso gegangen. Haben den Eintritt für das breite Publikum gesperrt."

„Dort hat Omonte Champagner spendiert..."

„Ein halbes Dutzend Flaschen... Als das zweite halbe Dutzend kam, mimte Omonte den Schlafenden, und sie mußten es zurückgeben..."

Plötzlich schwiegen alle. Sie wandten den Blick und sahen den Millionär im Jackettanzug, sein Gefolge hinter sich, unter den Kolonnaden entlanggehen.

„Er geht die Bankangelegenheit regeln..."

Tatsächlich erwartete ihn in seinem Quartier eine Abordnung der Grundbesitzer, die der Bank Geld schuldeten. Diese hatte mit gerichtlicher Vollstreckung gedroht.

Unter ihnen befand sich, das Gesicht gefaltet wie ein Balg, sehr sauber, wenn auch Hosenboden, Rücken und Ellbogen des Jacketts glänzten, Señor Obando junior, in dem Omonte mit seinem Elefantengedächtnis den Mann erkannte, der ihn vor siebzehn Jahren zur Strafe für Jesusitas Verführung mit Fußtritten verfolgt hatte.

„Dr. Omonte, Sie wissen, wie sehr uns Ihre Ankunft in der Heimat freut. Die Politik der Hypothekenbank, von der Sie ein großes Aktienpaket besitzen, schnürt Cochabamba die Luft ab. Wir Grundbesitzer können kein Geld bekommen, um unsere Schulden abzutragen, und laufen Gefahr, unsere Güter für ein Butterbrot loszuwerden. Man verweigert uns neue Kredite, die Ernten sind schlecht, und das Geld ist sehr teuer."

Der Millionär fächelte sich Luft zu und schwitzte die Chicha aus, die er am Vorabend getrunken hatte. Er erbot sich, seinen Einfluß auf die anderen Aktionäre auszuüben, um die gewünschte Stundung zu erwirken.

Als die Abordnung ging, fragte er den Anwalt: „Was hat dieser Obando für ein Gut? Wieviel schuldet er?"

„Das ist die ‚Maica', hundertdreißig Hektar, er schuldet zwölftausend Bolivianos."

„Die müssen hier erst mal arbeiten lernen. Es sind Faulenzer, die von geborgtem Geld leben. Ein fauler Trick, damit dann Omonte kommt und alles in Ordnung bringt. Aber so blöd bin ich nicht. Sie müssen eben unter den Hammer, und vor allem Obandos Gütchen. Dr. Dávalos wird Ihnen Instruktionen übermitteln."

Die Instruktionen lauteten dahin: da keine Offerten für eine Versteigerung vorlägen, weil niemand Geld habe, solle man warten, bis die zwei Zehntel der Katastersteuer erlassen würden, und dann die Güter über Strohmänner aufkaufen.

Das Gut Obandos ging in Omontes Besitz über, zusammen mit acht weiteren Gütern in den Provinzen Cercado, Quillacollo und Valle.

Aber Omonte erlebte das nicht mehr mit, weil er inzwischen in einer Postkutsche nach Oruro zurückreiste. Die grünen Zweige der Landschaft peitschten unter dem blauen Blick des Tunari auf die Fenster des Gefährts ein.

8

Paris im Lichterglanz

Südamerikaner, geht nach Paris! Dies raten euch Dichter, Chronisten, Politiker und Globetrotter, die von dort aus Postkarten versenden, auf denen eine Frau ihre Cancan-Unterwäsche zeigt.

Paris ist in dem Universum, das der Südamerikaner des Jahres 1912 überschauen kann, der alles überstrahlende Stern. Die übrigen Hauptstädte sind Kuriositäten: London, unerträglich mit seinen mürrischen anglikanischen Engländern und ihren Frauen mit dem niedrigen Sexualkoeffizienten; Berlin, Bierlokale und unförmige deutsche Frauen; New York, „fünfzigstöckige Häuser, Millionen Beschnittener". Paris dagegen verkörpert das natürliche und verständliche Ideal, nach dem der „Latinismus" der ungeschliffenen Südamerikaner streben kann.

Geht nach Paris, ihr Dichter und Schriftsteller, die ihr nach Gemütsbewegungen und verschwenderischem Licht verlangt!

Geht nach Paris, ihr Expräsidenten der Republiken; reist in das goldene Exil, aus dem ihr Briefe schreibt, damit eure Anhänger die Version verbreiten können, ihr studiertet gewichtige europäische Probleme, auch wenn ihr in Wirklichkeit bummeln geht und Midinetten nachstellt!

Geht nach Paris, ihr gutsituierten Herren, mit dem rostigen Geld eurer Truhen, in denen die Silbertostones, die Goldpfunde, die Perlenschnüre, die Smaragdgehänge und die Hypothekenpfandbriefe schlummern!

Und ihr, bolivianische Grubenherren, ihr Argandoñas, Pachecos, Aramayos, Patiños, verlaßt eure geduckten indianisch-spanischen Bergdörfer aus Luftziegeln, Mörtel oder unregelmäßig zusammengefügten jahrhundertealten Steinmauern, wo die Nächte eng und leer sind und ohne Leben, abgesehen vielleicht von einem Hund oder einem über die Straße taumelnden Betrunkenen, wo eine erleuchtete Türöffnung sich sogleich verrät und eine gleißende Wunde in das finstere Pflaster reißt, zwischen dessen runden Katzenköpfen Gras wächst, wenn das Dorf im Tal liegt, und sich Rauhreif ansammelt, wenn es ein Hochgebirgsdorf ist!

Paul Fort spricht eigene Verse; Mounet-Sully bringt die Bühne an der Porte Saint-Martin zum Erdröhnen; die Réjane trägt schreiend aus Bernsteins Werken vor, und die Pariser diskutieren unter Stockhieben die Premiere von „Chantecler". Aber nicht, um das zu erleben, werdet ihr eingeladen, sondern um eure Kinder zu bilden und zugleich die Fesseln der Moral aus der kolonialen Vergangenheit eurer Heimatorte abzustreifen, wo die Ehe ernst genommen wird und wo Klosterfrieden eure Begierden, die Begierden sinnlicher Mestizen, im Zaume hält.

Geht nach Paris, das ist Balsam für Leib und Seele! Die französische Hauptstadt besitzt das unbestrittene Monopol auf die Sünde. Lernt in Paris die großartigen Dinge kennen, die die Gringos in Zusammenarbeit mit dem Teufel hervorgebracht haben: den Eiffelturm, die Fabriken, die Banken und die Kabaretts, wo wunderschöne weiße Frauen nackt, nur mit einem Federbusch auf dem Kopf, tanzen und zu sinnverwirrenden Abenteuern herausfordern.

Im Jahre 1912 nach Paris reisen heißt ein Zauberreich betreten, heißt seine Persönlichkeit wandeln und zu einem Menschen zukünftiger Epochen werden, um ein Jahrhundert dem kolonialen Amerika voraus sein, das von Raum, undurchdringlichen Wäldern, weiten Steppen und wundervollen, trostlosen Gruben strotzt.

„Jetzt sind wir in Paris, Zenón ..."

Ja, jetzt sind wir da. Die Fauna der Neureichen schlendert unter den Sonnendächern der Boulevards dahin, betrachtet Schaufenster, Basare, Bäume, Autobusse, Radfahrer.

Omonte ist dick und hat einen schweren Gang. Nasenflügel und Wangenknochen verraten seine Vollblütigkeit. Er hat eine rauhe Stimme bekommen und atmet schnaufend durch den massigen Hals. Auf seiner Plastronkrawatte blitzt ein großer Brillant. In der Hand trägt er einen Stock mit Goldknauf. Es ist ziemlich heiß, und er fächelt sich mit dem steifen Hut Luft zu. In dem harten Schopf fallen über der Stirn einige graue Haare auf. Nach der von den Friseuren jener Zeit vorgeschriebenen Mode trägt er eine Frisur „in Bürstenform", im feisten Nacken und an den muskulösen Schläfen kurzgeschoren, zweifellos der günstigste Schnitt für den starren Haarwuchs, der seinen breiten Schädel überzieht. Die Lider über den kleinen, bräunlichen Augen ohne erkennbare Wimpern und Brauen sind schwerer geworden und von Fältchen umgeben.

Neben ihm Señora Antonia. Zwischen den straffen, maskenhaften Wangen verfolgen ihre Adlernase und ihre lebhaften Äuglein in ständiger, ihrem Kommentar gleichlaufender Bewegung hurtig alle Dinge, die ihre Neugier erregen.

Voraus gehen die Kleine mit dem Kindermädchen und daneben, Hand in Hand, die zwei älteren Brüder, die auf dem hellhäutigen Boulevard sehr braun wirken. In der Touristengruppe fehlt nur Cicilia, deren schwierige Persönlichkeit das reine Glück der Familie in Europa etwas getrübt hat.

Doña Antonia war es unglücklicherweise eingefallen, ihre Lieblingsdienerin Cicilia, eine Indianerin aus Sicasica, die bei ihnen in Oruro Zimmermädchen war, nach Paris mitzunehmen, um einer treuen Bediensteten sicher zu sein.

„Ich habe den ausländischen Dienstboten nicht getraut, und jetzt ist dieses Indianermädel die Ausländerin", so kennzeichnete Doña Antonia die Unfähigkeit der Indianerin, sich der zivilisierten Welt anzupassen.

Seit man sie ihrer indianischen Tracht beraubt hatte, um ihr dafür die Kleidung der Europäerin anzulegen, verschloß sie sich in schroffer Ablehnung gegen ihre Umgebung. Sie sprach nicht, sie wollte nichts tun. Schon auf dem Schiff war sie in ihrer Kabine zweiter Klasse fast verhungert, weil sie sich weigerte, in den Speisesaal zu gehen und sich von den Stewards bedienen zu lassen. Die Omontes wurden davon in Kenntnis gesetzt. Señora Antonia mußte ihr eigenhändig belegte Brote und Kuchen in die Kabine bringen.

Cicilia sah in der europäischen Kleidung wie eine Vogelscheuche aus. Bestürzt, beklommen und schweigend betrachtete sie alles und wollte die Kinder keinen Augenblick von sich lassen, besonders die Jüngste nicht, Antuca, für die sie eine mütterliche Zuneigung empfand.

In dem großen Haus auf den Champs-Elysées fühlte sie sich von den europäischen Dienstboten verdrängt und verachtet und kam nicht aus ihrem Zimmer heraus, wo der Schmutz sich häufte und wo sie Stunden um Stunden schweigend auf dem Boden saß. Sie lebte nur auf, wenn man ihr das kleine Mädchen brachte. Dann überflutete eine rote Welle ihr braunes Gesicht, und sie trug das Kind auf ihren Armen in dem weiträumigen Schlafzimmer oder im Garten spazieren, wo die bräunlichen Knospen den Frühling ankündigten.

Eines Tages nahm Doña Antonia sie mit den Kindern zu einer Ausfahrt mit, um sie aufzumuntern. Man wollte auf den Eiffelturm hinauffahren, und dort überraschte sie Cicilias starre Weigerung. Die Eintrittskarten in der Hand, wandten sie sich unter Führung des Kutschers zum Fahrstuhl, als Cicilia störrisch stehenblieb.

„Was ist los? Willst du nicht von oben herabsehen?"

„Nein, Kind. Nein, niemals", erwiderte sie und senkte den Kopf auf die Brust. Die Leute fingen an, für die Szene Interesse zu zeigen. Die schamrote Doña Antonia mußte umkehren, weil man Cicilia nicht allein stehenlassen konnte. Zu Hause trieb sie Cicilia mit Püffen in ihr Zimmer, wobei sie darauf achtete, daß niemand es sah.

„Blöde Indianerin, habe ich dich dafür städtisch angezogen? Indianerin wirst du dein Leben lang bleiben. Auf der Stelle zieh ich dir wieder den Indianerrock an!"

Gleich darauf fuhr sie wieder in dem Landauer, den der spanische Kutscher lenkte, mit den Kindern aus. Die Bäume, die Schaufensterscheiben, die Menschenmenge, der Frühling, alles machte einen heiteren Eindruck. Die Kinder jauchzten, ließen den Wagen immer wieder anhalten und baten ihre Mutter, Einkäufe zu machen. Sie fuhren durch die Rue de la Paix, wo sie Uhren kaufte, und blieben unter dem Schutz des spanischen Kutschers eine Stunde lang im Bon-Marché. Mit Paketen beladen kamen sie nach Hause zurück. Doña Antonia öffnete sie in Gegenwart ihres Mannes und äußerte eine optimistische Theorie über die Preise.

„Dieses Buddha-Halsband zwölftausend Francs. Und dieses Korsett aus dem Bon Marché zwanzig Francs. Billig, nicht? In Bolivien kostet das alles doppelt soviel, mehr als doppelt soviel."

„Trotzdem", meinte Omonte und kratzte sich den Nacken, „muß man aufpassen. Das sind richtige Strauchdiebe hier."

„Ja, das sind sie", bestätigte der Kutscher, der noch mehr Pakete aus dem Wagen hereinbrachte.

„Sie sind Spanier, nicht wahr?"

„Durch und durch, Madame."

„Ich auch ... mein Vater war Spanier."

Und sie gab ihm ein Trinkgeld wie einem Mietkutscher.

Der Ruhm der Omonteschen Millionen lenkte in das an der Avenue des Champs-Elysées gemietete Haus einen brasilianischen Potentaten, in dessen Orang-Utan-Fingern sich die Kaffeebohnen in Diamanten verwandelt hatten; die Familie Dr. Iturburus, eines argentinischen Rinderzüchters, dessen Herden die Pampa überzogen, als wüchsen statt Gras Hörner auf ihr; einen kubanischen Zuckerkönig, der erzählte, er könne vierundzwanzig Stunden lang reiten, ohne seine unermeßlich riesigen raschelnden Zuckerrohrfelder zu durchmessen; und einen venezolanischen General, der gern daran zurückdachte, wie er in seiner Heimat neben dem Säbel einen Beutel mit Gold am Gürtel trug, um bei seinen tropischen Festgelagen die Marimbaspieler mit Goldstücken zu überschütten – obwohl er in den Pariser Kabaretts diese Geste nie wiederholte.

Daneben gab es noch ein paar arme bolivianische Reiche in Paris, die in bescheidenen Pensionen wohnten, im Theater auf dem obersten Rang saßen und in billigen Restaurants aßen. Ihnen galt die Verachtung eines gewissen echten, aus Bolivien gebürtigen Millionärs, der den Spleen hatte, seine Kinder in Oxford erziehen zu lassen und sich selbst für einen echten Engländer zu halten.

Einer der in Paris ansässigen Bolivianer, Don Pantaleón Urcullo, dessen fast weißes Haar das glatte Gesicht und die kohlschwarzen Augenbrauen noch jugendlicher machte und der stets weiße Gamaschen und schillernde Westen trug, war mit dem erwähnten Millionär befreundet, wie Omonte eines Abends erfuhr, als er ihn zum Essen einlud.

„Ich habe Pech, Señor Omonte“, antwortete ihm Urcullo. „Ausgerechnet heute abend bin ich in die Oper eingeladen, in die Loge Don Félix Avelino Aramayos*. Er kommt selten nach Paris, und diesmal kann ich ihm einfach nicht absagen.“

Ein andermal aber konnte Urcullo mit verschiedenen anderen bolivianischen Persönlichkeiten und deren Gattinnen der Einladung Omontes in ein Luxusrestaurant der Rue de Rivoli Folge leisten.

Urcullo sezierte mit bissigen Kommentaren die diplomatische Vertretung Boliviens in Frankreich. Er war vor Jahren Legationssekretär gewesen. „Jetzt“, so sagte er, „erinnert die Gesandtschaft eher an einen Kramladen aus dem San-Roque-Viertel. Oh, als Argandoña noch Botschafter war!“

* Dieser Herr, Vater des Grubenmillionärs Don Carlos V. Aramayo, war der Sohn eines der Pioniere der bolivianischen Industrie, Avelino Aramayos, der in seinen Memoiren mit anerkennenswerter Ehrlichkeit erklärt, daß er bis zum Alter von fünfzehn Jahren weder lesen noch schreiben gelernt hatte, weil ihn seine Arbeit als Maultierhüter bei den Treibern, denen er diente, völlig in Anspruch nahm. Dieses stolze Bekenntnis übergeht Adolfo Costa du Rels in seiner aristokratischen Biographie Don Félix Avelinos, vermutlich, weil er es für wenig „vornehm“ hält.

Höfliche und geschniegelte Kellner, erstklassige Speisen, Orchester, Spitzenweine; dekolletierte Frauen, Männer mit weißen Hemdbrüsten. Señor Omonte rülpste vorschriftsmäßig und ließ eine Weile den Zahnstocher an den Lippen spielen. Die Rechnung wurde vorgelegt, und er griff zur Brieftasche, als Urcullo gleichzeitig dieselbe Bewegung machte.

„Wollen Sie bezahlen?“ fragte Omonte ironisch.

„Nein, wenn Sie es tun ...“

„Wieviel?“

„Trois cents quarante-cinq francs, monsieur.“

„Wie?“

Omonte nahm die Rechnung und las, dann reichte er dem Ober drei Scheine zu hundert und einen zu fünfzig Francs. Als man das restliche Geld brachte, ließ er nur das als Trinkgeld liegen. Er hatte die verächtliche Geste des Obers nicht bemerkt, aber Urcullo mischte sich ein: „Einen Augenblick, da ich schon einmal die Brieftasche draußen habe!“ und legte einen Fünfzig-Francs-Schein auf das Tablett.

Das Gesicht des Kellners hellte sich auf, und das Omontes umwölkte sich.

„Hören Sie mal ...“, murmelte er mit rauher Stimme, und vor seinen verblüfften Gästen zog er einen Fünfhundert-Francs-Schein heraus und gab ihn dem Ober.

Sie gingen. Auf der Straße hielt Urcullo Omonte an.

„Sie werden entschuldigen, geschätzter Landsmann, aber Sie sind neu hier. Die Leute hier sind auf das Trinkgeld scharf. Das Trinkgeld ist das Geheimnis der französischen Mentalität. Aber ein derartiges Geschenk hätten Sie diesem Flegel auch nicht zu machen brauchen.“

Der Palast vibrierte mit all seinem Kristall, seinem Tafelgeschirr und seiner Dienerschaft in Vorbereitung des intimen Gabelfrühstücks, das die Eheleute Omonte gaben. Sie hatten die Señores Solórzano und Antequera mit ihren Gattinnen, die ledige Schwägerin Dr. Iturburus und den venezolanischen General zu einem Essen nach bolivianischer Art eingeladen.

Emsige Tätigkeit herrschte vom frühen Morgen an, als Doña Antonia die Küche besetzte, um mit Cicilias Hilfe die scharfgewürzten südamerikanischen Gerichte zuzubereiten. Den Ajipfeffer dazu hatte man aus Bolivien kommen lassen. Sie trug ein luxuriöses Negligé, und um es bewundern zu lassen, empfing sie darin die Eingeladenen unter dem Vorwand, daß sie alle „Vertraute“ seien. Ihre Ohren, ihr Hals und ihre Finger sprühten Blitze. Der venezolanische General belegte eine Flasche Cognac Napoléon, die auf einem Marmortisch stand, mit Beschlag und leerte sie allmählich und unauffällig.

Sie setzten sich zu Tisch. Alle begrüßten begeistert das rote Gericht, in dem Kartoffeln und Hühnerstücke schwammen.

„Man möchte sich alle Finger danach ablecken ...“

„Greifen Sie ruhig zu, genieren Sie sich nicht. Das ißt man mit den Fingern, weil man mit einer Gabel nicht zurechtkommt.“

Nach kurzer Zeit waren alle Servietten rotfleckig.

„Wein ... Eigentlich spült man das mit Chicha hinunter, aber was soll man machen! Ein Rheinwein wird auch nicht schlecht sein“, sagte Omonte.

Der Haushofmeister, die Diener und das Mädchen machten in der Küche ihre Bemerkungen.

„Rheinwein ... wenn sie ihn nur zu schätzen wüßten! Schenkt ruhig den aus, der für die Dienerschaft bestimmt ist.“

Die Diener hatten leere Flaschen von Spitzenweinen aufbewahrt, die sie mit drittklassigen Weinen füllten und an Omontes Tisch ausschenkten.

„Was essen sie?“

Der Koch: „Etwas Gräßliches, ein Gericht der mexikanischen Indianer, es schmeckt nach allen Teufeln, nach Kannibalen.“

Der Haushofmeister: „Es sind richtige Wilde, aber sie haben eine Masse Geld.“

Der Kammerdiener hielt sich mit Daumen und Zeigefinger die Nase zu. „Wenn der Herr schlafen geht, steckt er seine

Socken tief in die Schuhe hinein, und am nächsten Tag verlangt er sie von mir. Er besteht darauf, mit Unterhemd und Unterhosen zu schlafen."

Der Kutscher: „Diese scheußlichen gelben Autos, die sie gekauft haben!"

Das Mädchen: „Und sie wollen nicht baden, sind nicht dazu zu bewegen."

Im Speisezimmer ließ Señora Antonia mit gutgespielter Natürlichkeit kleine Bemerkungen über ihren Reichtum fallen: „Wir wollen ein Haus in der Avenue Huysmans kaufen ..."

„Aber das ist kein – sagen wir, aristokratisches Viertel", warnte Señora Solórzano.

„Warum nicht? In der Nähe steht das Chalet des Marquis de l'Eterell, und im nächsten Block ist eine Botschaft untergebracht, ich glaube, die portugiesische. Ich war – wir waren, Zenón und ich, neulich abend beim Bankett des bolivianischen Gesandten, und der Bruder dieses Gesandten sagte uns, wir würden seine Nachbarn sein."

„Oh ..."

„Ja, wir bekommen viele Häuser angeboten. Vorige Woche wollten sie uns das Haus eines Fürsten verkaufen ... Zenón bot 840 000 Francs, aber sie wollten 850 000, und ich sagte ihm, er solle nicht nachgeben. Es ging nicht um die Zehntausend mehr, sondern weil wir uns nicht ausnehmen lassen wollen ..."

Sie unterbrach sich jäh, als sie den glattrasierten Kammerdiener ihres Mannes sah. Bei dem Zimmermädchen mit dem weißen Häubchen, dem deutschen Kindermädchen, dem schnurrbärtigen Haushofmeister und der ganzen ausländischen Dienerschaft hatte Doña Antonia das instinktive Gefühl, daß sie sich über ihr Benehmen und ihre Worte lustig machten.

„Es gibt sehr hübsche Häuser, zum Aussuchen."

„Oh, Paris! So ein Unterschied gegen Bolivien, nicht?"

„Oh, Bolivien ist sehr arm ... dort gibt es gar nichts."

„Pflegen Sie“, hatte Urcullo eines Tages zu Omonte gesagt, „nicht allzu enge Beziehungen zu dieser bolivianischen Kolonie, die sind nur so lala. In Bolivien gelten sie als große Herren, und hier sind sie letzte Garnitur. Die kennen keinen Menschen. Ich habe erfahren, daß Solórzano und Antequera Sie neulich abend ins ‚Garron' geführt, sich dann auf Ihre Kosten den Bauch vollgeschlagen und Ihnen im Verein mit ein paar Tänzerinnen eine horrende Rechnung bereitet haben. So nicht! Sie müssen sich selbst höher einstufen, sehr viel höher! Fürs erste werde ich Ihnen die besseren Sachen zeigen. Kennen Sie Monsieur de Baudry-Leroi? Ein großer Diplomat, Weltmann, Journalist. Ich werde Sie mit ihm bekannt machen.“

Omonte, Monsieur de Baudry-Leroi und Señor Urcullo, alle drei im Frack, besuchten ein Haus, wo ein livrierter Türhüter sie empfing und in einen großen Salon wies, der mit einem dicken blauen Teppich, weißen Vorhängen und einem Kronleuchter aus Baccaratkristall ausgestattet war. In schwerem Samt und mit pendelnden Halsketten erschien eine vollschlanke, vollendet höfliche und kultivierte Dame mit dem Benehmen einer Großherzogin. Ihr folgten später gleitenden Schrittes und in weiche Seide gehüllt jüngere Damen mit Wespentaillen und blondem Haar, deren Mündchen Französisch plapperten, und schwarzäugige Damen mit gefärbtem, in zwei Fragezeichen über den Wangen auslaufendem Haar, deren Mündchen ein Spanisch mit vielen Lispellauten sprachen.

Man trank Champagner.

„Welche gefällt Ihnen, Omonte?“

Omonte betrachtete die Frauen mit seinen boshaften Äuglein und überlegte. Die Braunen sprachen spanisch, und man konnte sich mit ihnen verständigen, aber diese kleine Französin mit dem Leberfleck neben dem Nasenflügel ...

„Die Blonde dort“, sagte er.

Sofort begann die Blonde, sein starres Haar zu streicheln, das die Pomaden der Friseure nicht zu bändigen vermochten. Sie sprach französisch auf ihn ein, und während sie auf seinen

Knien saß, betrachtete Omonte sie mit stillem Lächeln und kannte sich selbst nicht mehr, als vernichtete die Französin, indem sie sich in ihm spiegelte, seine Mestizenpersönlichkeit, um sie auf magische Weise durch ein anderes Wesen zu ersetzen, das würdig wäre, ihr Partner zu sein.

Für einen Ausnahmepreis entkleideten sich die Mädchen, die Göttinnen glichen, und zeigten in einem Innenkabinett erotische Übungen.

„Es sind alles Jungfrauen", bemerkte Urcullo, „aber in der Schule haben sie im Aretino lesen gelernt."

In einem der Zimmer, deren Balkone auf die Avenue hinausblickten, unterrichtete ein Professor den älteren Sohn. Der Professor hängte seinen Hut und seinen alten Überzieher auf und ließ die Jalousien herab, damit das Kind nicht abgelenkt wurde. Daraufhin unterhielt sich Arnoldo, in dessen Gesichtchen die Augen zwischen all den Pockennarben nur wie zwei weitere Grübchen wirkten, indem er mit dem Blick die Einzelheiten eines großen Gemäldes an der Wand untersuchte, das Alfons XIII. darstellte und zu der gemieteten Einrichtung gehörte. Er fand es unglaublich, daß es tatsächlich einen Herrn mit derart vielen Orden und derart dicken Kinnbacken geben sollte.

Der zweite Sohn Tino erhielt keinen Unterricht, weil er immer krank zu Bett lag oder aber wie ein blutarmes Gespenst hinter den Dienstmädchen herstrich. Die Jüngste, Tuca, war noch zu klein und hatte Cicilia lieber als das deutsche Kindermädchen.

Doña Antonia bemühte sich mit Geduld und Eifer, gemeinsam mit ihren Kindern Französisch zu lernen, und nahm in dem Empiresalon Stunden, wo sie, immer in Samt gekleidet, hurtig umherschritt.

Aber Omonte besaß nicht die gleiche Geduld. Kurz nachdem er sich in Paris niedergelassen hatte, verpflichtete er als Französischlehrer einen Alten mit weißem Kinnbart und fadenscheinigem Überrock, der ihn jedoch langweilte. Deshalb bestimmte er, der Mann solle seine Frau und seine Kinder unterrichten.

Für sich selbst nahm er einen anderen: Monsieur Richet, einen Herrn mit Musketierschnurrbart und dem Gehabe eines Tragöden. Dieser faßte sich bei Omontes stockender Aussprache an den Kopf.

„Nein, nein, nein ... Derrière, degier ... comme ça: deguier.“

„Derrier ...“

„Oh, nein, nein ... De-gguier, comme ça.“

Bis sich Señor Omonte empörte: „Hören Sie mal, weder comme ça noch comme ci! Sie können einem überhaupt nichts beibringen. Holen Sie Ihr Honorar ab und gehen Sie!“ Und er verließ wutschnaubend als erster das Zimmer. „Wer mit mir sprechen will, soll Spanisch lernen.“

Er stellte einen Dolmetscher und einen französisch-spanischen Sekretär ein. Mit diesem ging er morgens zeitig an die Arbeit, so spät er auch immer schlafen gegangen sein mochte: Berichte aus Bolivien und von der chilenischen Agentur; Gegenzeichnung der Bestellungen auf Maschinen, die man von der Grube aus beantragte; das Projekt der Gründung einer Privatbank in Oruro.

„Lesen Sie doch noch einmal den Absatz über den Schrottkauf in Pulacayo vor ... Genehmigt, sollen kaufen.“

„Was ist das? Ein Armband fünftausend Francs? Das gleiche hat letzten Monat an derselben Stelle nur viertausendfünfhundert gekostet. Dieser ... steckt mit dem Juwelier und der Madame unter einer Decke, um mich zu bestehlen. Ich will das selbst untersuchen ...“

„Ich glaube, das mit den Aktien der Anglo-Chilenischen in Santiago ist nicht richtig übersetzt. Übersetzen Sie es noch einmal, aber klar verständlich. Schreiben Sie jetzt an Estrada, er soll im Magazin die Preise für Sekt, für Importschuhe und für Seidenhemden heraufsetzen, dort nehmen sie ja für französische Waren dasselbe wie hier. Das ist die Höhe! Auf die Weise gehen wir bankrott. Noch einen Brief an Estrada: man soll für die tinkka nicht mehr Schnaps an die Arbeiter ausgeben, sondern Sprit. Was die sich dort mit meinem Geld für einen Luxus erlauben! – An Loza schreiben Sie, der Vergleich, den Ramos vorschlägt, ist ein Witz: zweihunderttausend Bolivianos, dabei hat dieser Schlaumeier nicht mal eine Schaufel in die Grube eingebracht. Sie sollen ihm zwanzigtausend anbieten, dafür kann er mir auf Knien danken ...“

Vor dem Kamin, dessen Lichtschein seine Äuglein über den breiten Wangenknochen nicht erreichte, rieb er sich die Hände und setzte hinzu: „Ich glaube, der Ingenieur irrt sich, wenn er den neuen Gang nach Osten verfolgt. Sagen Sie ihm, ich erinnere mich, daß da ein tauber Gang in derselben Richtung verlief. Um den abzuschneiden, müssen sie also einen Knick machen. Das heißt, weiter rechts. Verstehen Sie? Natürlich verstehen Sie nicht. Ich werde den Brief selbst schreiben, ganz deutlich, damit sie sich nicht irren.“

Zwischen seinen Papieren zog er noch einen Brief hervor. Er blinzelte und schlug damit auf den Schreibtisch.

„Dieser Gauner! Schicken Sie Estrada ein Kabelgramm, daß man diesem Juancho Calama sofort den Speditionsvertrag kündigen soll. So eine Frechheit, zu sagen, daß er mir Geld gegeben hat, um die Grube zu entdecken! Er wird besoffen gewesen sein ... Besoffen oder nicht, sie sollen ihm den Vertrag kündigen.“

Am Geburtstag des Millionärs wurde in der großen Halle seines Hauses ein drei Meter hohes und zwei Meter breites Gemälde zur Schau gestellt, ein Werk Cecilio Plás. Die Gesandten Ekuadors und Guatemalas, die gewohnten bolivianischen Persönlichkeiten, ein kubanischer Journalist, der spanische Konsul und der brasilianische Kaffeepflanzer mit ihren Ehefrauen bewunderten an diesem Porträt Omontes die Sicherheit des Strichs, die ins Auge springende Makellosigkeit der neuen Kleidung, die ausgewogene Farbgebung. Die Handschuhe in der Linken, die auf dem Arm eines Louis-XV-Sessels ruhte, saß er da und blickte mit einem gleichzeitig strengen und gütigen Ausdruck geradeaus. Der Schnitt des Schnurrbarts war modernisiert, und ein weißes Atlashemd im Ausschnitt der Weste hob die Plastronkrawatte hervor, in der ein Brillant Funken sprühte. Neben ihm stand lächelnd Doña Antonia in preußischblauem Samt, eine beringte Hand hing lässig am Körper herab, und die andere hob leicht die dreireihige Perlenkette über der Brust.

„Fehlt nur noch, daß es spricht . . . Es ist wunderbar."

Der Maler hatte seine Qualitäten als Farbphotograph, Schneider und sogar Schuhputzer bewiesen, denn Omontes Schuhe glänzten auf dem Bild prächtig. Selbst der immer unzufriedene und ironische Urcullo lobte das Bild aufrichtig: „Der Kerl ist so imposant, daß er fast wie ein Caballero aussieht . . ."

Der Empfang an diesem Nachmittag war großartig in seinem Überfluß an Licht, Kaviar und Sekt. Der venezolanische General hatte so viele Flaschen Cognac Napoléon zur Verfügung, wie er nur wünschen konnte, und am Abend war er es, der auf den Einfall kam, sie sollten alle in ein Kabarett umziehen, was einstimmigen Beifall fand.

Sie bestiegen die Wagen, Omontes Auto und einige Taxen, die sie durch das Lichtermeer von Paris zum „Luzern" auf dem Montmartre brachten, wo über dem Eingang eine Kette bunter Lämpchen emporkletterte und wieder hinabsank.

In dichter Schar, mit spanischen Worten um sich werfend, betraten sie das Lokal und stiegen eine teppichbelegte Treppe hinab. Auf dem letzten Absatz stand der Maître und verkündete mit geringschätziger Höflichkeit, es seien keine Tische frei.

„Und die dort?"

„Oh, Monsieur, reserviert."

„Und eine Loge?"

„Alle reserviert."

„Sagen Sie ihm", wandte sich Omonte an den venezolanischen General, „daß ich jeden Preis zahle."

Sie berieten, vor sich den unerschütterlichen Maître.

„Das hat mit Geld nichts zu tun – es ist alles besetzt."

„Aber es ist doch Platz!" rief Doña Antonia. „Urcullo, lassen Sie den Besitzer holen. Was denken die sich?"

Die Gäste an den benachbarten Tischen wurden auf die Szene aufmerksam. In einer Loge erschien eine lärmende Gruppe Männer und halbnackter Frauen.

„Wo ist der Besitzer?"

„Ich vertrete den Besitzer."

„Wir möchten mit ihm sprechen . . ."

„Morgen, Señor, wenn er aufsteht."

„Morgen?" brüllte Omonte. „Sagen Sie diesem unverschämten Kerl, morgen werden er und der Besitzer auf den Knien zu mir gerutscht kommen!"

Am nächsten Tag ging das Kabarett mit Kellnern, Kassiererinnen, Tischen, Orchester, Apachen, Garderobe, Lampen, Treppe und Logen in den Besitz des Millionärs Omonte über, der es durch seinen Sekretär kaufen ließ. Omonte ordnete die Entlassung des Maître an, und als dieser erschien, um sich bei ihm zu entschuldigen, ließ er ihm antworten, wenn er ihm unter die Augen komme, werde er ihm „mit Fußtritten hinaushelfen".

Urcullo benutzte diese Stimmung, um ein Darlehen von fünftausend Francs zu erbitten, und Señor Omonte ließ ihm fünfhundert auszahlen. Er ist unverbesserlich geizig, dachte Urcullo, als er die Scheine durchzählte.

Das Geflecht seiner bolivianischen Geschäftsverbindungen breitete sich aus und wurde verwickelt wie ein chinesisches Geduldsspiel. Er reiste nach Italien und dann nach Deutschland, und von dort aus wurde er dringend nach Paris zurückgerufen.

„Du arbeitest zuviel", sagte seine Frau. „Was tun denn deine Angestellten, diese Faulenzer?"

„Man muß alles persönlich überwachen. Wenn nicht, bestehlen sie einen, und je mehr einer hat, desto mehr können sie stehlen."

Deshalb las er immer wieder die Berichte, schloß auf Umstände, die man ihm verschwieg, erließ widersprechende Anordnungen, schikanierte seine Angestellten. Er arbeitete viel, aber an jenem Juliabend des Jahres 1914 saß er unbeweglich und untätig hinter seinem Schreibtisch im Stil Napoleons I. Ihn bewegten zweierlei Gefühle. Das eine überschattete sein Haus wie eine dunkle Wolke: Cicilia war vor Heimweh nach ihren Bergen im Hôpital de la Pitié gestorben. Antonia und die Kinder waren untröstlich. Zu dieser Familientrauer, die er ein bißchen gewöhnlich fand, weil eine dumme Indianerin sie auslöste, kam noch ein ganz persönlicher, schleichender und stechender Schmerz: er hatte entdecken müssen, daß die „Madrileña", eine Italienerin mit einem Körper wie brennender Schnee, ihn mit einem Zuhälter betrog, den sie mit Omontes Geld unterhielt. Sie hatte ihm geschworen, daß das nicht wahr sei, aber Omonte ermittelte es durch seine Detektive.

Ein dunkler Groll, gemischt aus Zärtlichkeit und Gekränktheit, ergriff ihn, als er sich ins Gedächtnis zurückrief, mit welcher Unverschämtheit die durch Beweise überführte Frau ihn auf italienisch beschimpft, aus ihrem Boudoir hinausgeworfen und ihm seinen Hut nachgeschleudert hatte. Bei dieser Erinnerung wurde ihm das Arbeitszimmer unerträglich. Er entließ den Sekretär, von dem er einige Papiere verlangt hatte.

„Was wollen Sie mit diesen Papieren? Darf ich nicht einmal ausruhen? Ich brauche Sie nicht."

Omonte ging. Den Chauffeur schickte er fort und schlenderte zu Fuß durch die Avenue, wiegte sich in den breiten Schultern, schwenkte den Stock und verfolgte mit dem Blick die Lichter der vorüberkommenden Fahrzeuge.

Das goldene Karussell drehte sich schwindelerregend im Kreise, und er drehte sich mit, neben sich Unbekannte, immer Unbekannte: deutsche Kaufleute, die ihn in Berlin aufsuchten, um Zinn von ihm zu kaufen; englische Hüttenbesitzer, die ihn zum Essen einluden, um ihn festzunageln, ihnen sein ganzes Zinn zu verkaufen. Zinn, immer Zinn ... konnten sie von nichts anderem reden? Aber redete er selbst denn nicht immerzu vom Zinn?

Der Duft des Sommers durchwehte das nächtliche Paris. Die Außentische der Cafés auf dem Boulevard waren dicht mit Paaren besetzt. Er betrachtete die Schaufenster, als seien es beleuchtete Aquarien. Männer und Frauen schritten paarweise an den Auslagen vorbei, glitten einen Augenblick durch ihre Lichtdusche und verloren sich im Schatten der Bäume.

Wahrhaftig, nicht alles ließ sich mit Geld kaufen! Nicht die vornehme Abstammung, nicht die Ehrenlegion, nicht die Freundschaft der Fürstlichkeiten, die in den Zeitungen neben jenem englisch-bolivianischen Millionär mit dem Profil eines Ketschuaindianers, dem Freund Urcullos, abgebildet waren. Ihm war nur eine Art zwielichtiger Publizität vorbehalten, die er der schönen „Madrileña“ verdankte. Er hatte bei ihr die Nachfolge König Leopolds von Belgien angetreten, der jetzt mit der Tänzerin Cléo de Mérode turtelte. Aber während die Presse jene morganatischen Liebesabenteuer beim Namen nannte, spielte sie, wenn sie die „Madrileña“ erwähnte, nur auf einen „gewissen argentinischen Millionär“ an.

Die Öffentlichkeit nahm keine Notiz von dem fabelhaften Aufwand, den er trieb, nicht einmal, als er sich das gleiche Automodell zulegte, das der deutsche Kaiser fuhr. Er genoß nur Ansehen bei ein paar südamerikanischen Gesandten mit ewig rückständigem Gehalt; bei den Pariser Bankiers, die ihn bis an die Tür begleiteten und sich beim Abschied tief verneigten; bei den Geschäftsführern der Hotels, die persönlich auf den Bahnhof eilten, um ihn abzuholen; bei den Oberkellnern, die in den Kabaretts Tische für ihn reservierten; bei den teuersten Frauen, die für Geld zu haben waren.

Die vornehmen Herren der bolivianischen Kolonie mit Ausnahme Urcullos taten verächtlich und betonten in Paris den sozialen Unterschied genauso, wie sie es in Bolivien getan hätten.

Der gesellschaftliche Aufstieg blieb ihm verwehrt. In einem spiegelnden Schaufenster betrachtete er seine massige, schwere Erscheinung. In der lauen Nacht warfen die Kastanien der Pariser Avenue unter den Laternen eine Reihe Schatten, die Omontes Gestalt immer von neuem verschlangen und wieder freigaben und ihm einen vergessenen Pflanzenduft aus früherer Zeit zutrugen.

Es war die Zeit, da er davon träumte, fünftausend Pesos zu besitzen. Als er sie nach dem Fund des Erzganges besaß, waren sein nächstes Ziel fünfhunderttausend, der Preis, für den er die Grube verkaufen wollte, und er glitt an seinem Ziel vorbei, fast ohne es zu bemerken, wie an einer Bahnstation, wo der Zug nicht hält. Er wollte eine Million, um sich ein Gut in Cochabamba kaufen und von den Zinsen leben zu können. Aber als einmal die Schleusen des metallischen Stromes geöffnet waren, häufte sich das Geld in geometrischen Proportionen an. Es war unmöglich, aufzuhören.

Unmöglich? Zum Teufel mit Europa, wo die Millionen sein wahres Wesen verbargen, so wie ein preisgekröntes Pferd die Persönlichkeit seines Besitzers in den Schatten drängt!

Jäh überfiel ihn das Verlangen, der Pariser Flut künstlicher Lichter zu entfliehen, um wieder in der guten Sonne Cochabambas zu leben. Ein schönes Gut mit Viehwirtschaft am Hang des Tunari, mit einem Park im europäischen Stil, in dem eine Villa mit vielen Türmchen und Fenstern stehen müßte, davor ein Teich wie dieser, der gerade jetzt im Parque des Tuileries flimmernde Lichtreflexe aussandte, grünlichen Feen ähnlich, die mit ausgebreiteten Armen und fliegenden Mähnen den Schatten der Linden übersprangen ...

Über eine Stunde lang war er durch die Sommernacht geschlendert, in der alle Lichter von Paris strahlten. Er fühlte sich müde und nahm eine Taxe, um nach Hause zu kommen.

Menschenmassen ergießen sich durch Straßen und Avenuen auf die Place de l'Etoile. Menschenmassen ballen sich auf der

Place de la Concorde unter den Fahnen zusammen. Der Paukenschlag der Marseillaise dröhnt die ganze Avenue entlang. Krieg! Señor Omonte wäre beinahe in die unaufhaltsame Flut hineingezogen worden; er mußte sich an einem Baum festhalten, um nicht von der Menge mitgerissen zu werden.

Aber von der Menge der Industriellen, Finanzleute und Minister, die ihn mit sich ziehen, um mit Zinn den Krieg zu nähren, wird er sich nicht befreien können. Omonte vergißt die erbärmlichen Gedanken jener Friedensnacht, in der er einsam und sentimental auf der Avenue des Champs-Elysées spazierenging. Der kleingläubige Cholo, der den Millionen nicht die Macht zutrauen wollte, ihm Beachtung und Ruhm zu verschaffen, verbirgt sich in den Tiefen seines Gewissens.

Die „Times", keine geringere als die Londoner „Times", veröffentlicht sein Bild mit einer Notiz: „Die Versorgung mit dem wertvollen Metall sichert nicht nur die Produktion unserer Kolonien, sondern auch der Vertrag, den der südamerikanische Magnat Don Zenón Omonte soeben mit der Metallindustrie abgeschlossen hat. Danach liefert er monatlich 3000 Tonnen Zinn, die unsere Handelsmarine unter dem Geleitschutz von Kriegsschiffen aus Südamerika herüberholt, um so die deutsche Blockade zu durchbrechen, die zweifellos versuchen wird, eine für die Verteidigung von Zivilisation und Gerechtigkeit so unentbehrliche Versorgung zu behindern."

Die Zauberformel der Weißen, die die Vernichtung industrialisieren, bringt das weiße Blut des Mestizen in Wallung und verhilft ihm zu einem teuflischen Aufstieg in die Finanzwelt. Die krankhaften Zuckungen der Welt, die zwischen Ruhmestaumel und Grauen vor dem Sturz dahinschwankt, reißen ihn in einen Taifun von Banknoten.

Der Taifun trägt ihn nach London, wo vom Tage seiner Ankunft an Bankiers, Finanzleute, Hüttenbesitzer und Abgesandte des Foreign Office durch sein Hotel defilieren, um die Verträge zur Zinnlieferung unter Dach und Fach zu bringen.

Das Zinn! Endlich kann Zenón Omonte in den Hüttenwerken der Williams Harvey die letzten geheimen Prozesse kennenlernen, die das Erz aus seinen Gruben zu durchlaufen hat. Voller Stolz sieht er die Säckchen mit seinen Initialien Z. O., verfolgt die Veredelungsprozesse, bei denen es unter verschiedenen Temperaturen in Steinkohleöfen geschmolzen wird. Reporter und Techniker folgen ihm und erklären ihm (durch einen, der Spanisch spricht) die verschiedenen Vorgänge, die notwendig sind, um eine Reinheit von 99,99 Prozent zu erzielen. Als Omonte das geläuterte Erz sieht, erinnert er sich daran, wie Huachipondo ihm vor zehn Jahren erzählte, daß der Blitz die mit Schlich beladenen Lamas „versilbert" habe.

Zwischen Zementwänden, Ziegelschornsteinen und Feuertunnels, wo blonde Arbeiter mit Lederhandschuhen herumlaufen, stellt der Techniker fest: „Zinn wird in geringem Umfang zur Herstellung von Maschinengewehren, Kanonen und Lastwagen benötigt, aber wir müssen viele Lastwagen, Kanonen und Maschinengewehre herstellen. Die Blechwalzwerke brauchen Konservendosen für zehn Millionen Soldaten. Das Lagermetall der Friedensindustrie läßt sich nicht ersetzen."

Zinn, Zinn, Zinn! Die Gruben auf Malaya und in Niederländisch-Indien liegen im Kriegsgebiet, deutsche Unterseeboote versenken die Frachtschiffe. Aber da ist Mr. Omonte, er kommt aus einem außerordentlichen Land, das die Vorsehung unter allen Ländern Amerikas auserwählt hat, um Zinn in seinen Schoß zu legen, eine Reserve für die Verteidigung von Gerechtigkeit und Zivilisation. Mehr Zinn, Mr. Omonte! Zinnreserve! Die Regierungen, die Fabriken, die Flotten stehen zu seiner Verfügung, selbst die Festsetzung der Preise ist ihm überlassen.

Omonte bleibt in London und schickt die Schreckensbotschaft nach Bolivien: „In den Gruben 24 Stunden arbeiten!"

Jetzt blockieren die Deutschen auch den Atlantik. Um einem Zinnmangel vorzubeugen, werden die Vereinigten Staaten in New York die ersten Hüttenwerke zur Veredelung der Erze Omontes errichten. Er bekommt Aktien der Hüttenunternehmen zum Kauf angeboten. Kabelgramme kommen und gehen. Nach Paris, nach New York, nach Santiago de Chile, nach Oruro. „Yankee-Ingenieure abreisen zu neuer Untersuchung Ader Orko-Suntiña." – „Huanuni Untersuchung Wolframadern vornehmen."

Omonte arbeitet täglich zehn Stunden, weil er über alles auf dem laufenden bleiben will, und liest sehr langsam die spanischen Übersetzungen und Berichte. Nach sechs Monaten läßt er sich wieder in Paris nieder.

Rings um den Millionär bildete sich ein Stab von Beratern, Rechtsanwälten und Sekretären. Man konnte nicht mit ihnen allen in dem Haus auf den Champs-Elysées arbeiten, deshalb wurde für die Büroräume ein Stockwerk in einem Gebäude der Rue d'Elder gemietet. Am Eingang brachte man ein schönes Bronzeschild mit folgender Inschrift an:

ZENON OMONTE

Paris – London – New York – Santiago

So rasch und vergänglich, wie Feuer sich in Seidenpapier ausbreitet, drangen die Nachrichten von Spenden für das Vaterland in die Öffentlichkeit. „Le Temps", „Le Matin" und die Zeitschriften brachten Bilder Omontes mit dem gleichgültigen Gesicht, dem kurzen deutschen Haarschnitt, dem steifen Kragen, in dessen Öffnung das Doppelkinn ruhte, und dem imposanten Bauch mit einer goldenen Kette. Die mongoloiden Augen erweckten bei den Lesern den Eindruck, es handele sich um einen verbündeten asiatischen Exoten, aber der Text teilte ihnen mit, der Herr auf der Photographie sei ein lateinamerikanischer Millionär, der dem französischen Heer einen Sanitätszug und zwei Flugzeuge geschenkt habe.

Einem Besucher mit schwarzem Bart gelang es nach einer Woche vergeblichen Wartens im Vorzimmer, bis in sein Büro vorzudringen: mit lauter Stimme, die zur Sanftheit seiner hellen Augen im Widerspruch stand, zeigte er ihm ein paar

Nummern einer eleganten Zeitschrift und rühmte ihren Einfluß in den Kreisen der Politik und der großen Gesellschaft. Er schloß mit dem Vorschlag, eine kurze Biographie Omontes darin zu veröffentlichen, außerdem die Fotos seiner Gattin und seiner Tochter, und die Nummer der Zinnindustrie Boliviens zu widmen, das der Journalist für eine Antilleninsel hielt. Der Vorschlag wurde an den belgischen Sekretär weitergeleitet, dieser teilte die erforderlichen Daten mit, und dann veröffentlichte die Zeitschrift eine Fotoserie über Omonte, seine Familie, sein Palais in Paris und seine Villa in Biarritz. In der Biographie hieß es, Zenón Omonte stamme von einer gewissen Familie Omonte ab, adeligen Spaniern, die im sechzehnten Jahrhundert Peru eroberten.

Unter der Photographie der Villa stand, der bolivianische Magnat habe sie der französischen Regierung als Erholungsheim für Rekonvaleszenten jener Panik, die man „Kriegsangst" nannte, angeboten. Der belgische Sekretär hatte sich von der bolivianischen Gesandtschaft ein paar Bilder mit Ansichten aus ihrem Lande erbeten, aber die Gesandtschaft besaß nur eine an den Gesandten gerichtete Postkarte mit dem Bild des Regierungspalastes von La Paz, der so kläglich wirkte, daß man es vorzog, dieses Foto nicht an die Redaktion weiterzuleiten. Der Herausgeber erhielt fünftausend Francs, außerdem kaufte man ihm fünfhundert Exemplare der Zeitschrift ab.

Kurz vor Kriegsende kam aus Bolivien der Rechtsanwalt und Finanzexperte Dr. Claudio Dávalos, Generalbevollmächtigter Omontes. Dieser gab ihm zu Ehren ein intimes Essen in seinem Palais. Nur Doña Antonia, Omonte und der Gast waren anwesend. Es waren viele vertrauliche Dinge zu besprechen.

Dr. Dávalos' Haar, das zwischen Grau und Gelblich spielte, ließ sein schmales, tabakfarbenes Gesicht mit den dicken Lippen und den kleinen Augen dunkler wirken. Die Lider waren runzlig geworden und verdeckten das Weiß, so daß nur noch die wässerig-trübe Iris sichtbar war, die der Oberfläche eines aufgewühlten Sumpfes glich. Ein dünner gelblicher Schnurrbart ließ über den Lippen einen breiten Raum frei und senkte sich auf den Mund herab.

Die Señora saß in steifer, vornehmer Haltung, von Juwelen und Leberflecken übersät, am Tisch und erteilte den Bedienten mit hartem, gleichgültigem Blick ihre Befehle. Die Schminke konnte ihre Leberflecken nicht verdecken, und der allzu symmetrische Haaransatz verriet, daß sie die Stirn künstlich erhöhte. Sie versuchte sich menschlich zu geben und sprach von ihren Krankheiten.

„Es geht mir nicht gut. Zenón auch nicht. Immer das Herz. Diese Erschöpfungszustände ..."

Aber gleichzeitig bemühte sie sich, zum Unterschied von gewöhnlichen Kranken die besondere Würde auserlesener und unbekannter Krankheiten herauszustellen, die nur Leute befallen, die sie bezahlen können.

„Und Ihnen geht es gut, Doktor? Sie werden sehr gefroren haben ..."

„Furchtbar, meine liebe Señora Doña Antonia. Dieser Schnee ..."

„Aber hier spürt man es nicht – im Hause, meine ich."

„Wie sollte man es hier spüren! Hier ist alles so behaglich! Und vom Klima abgesehen, hier versteht man doch zu leben! Bolivien hinkt immer hinterher. Stellen Sie sich vor, Señora, erst jetzt bekommt La Paz ein vierstöckiges Haus, wenn es überhaupt je fertig wird! Und die Politik der Republikaner... täglich gewalttätiger! Sie machen vor nichts halt; nicht nur, daß sie uns die Mörder Pandos nennen, ‚La Razón' hat sogar den Senat als eine Herde alter Maultiere bezeichnet. Und eine furchtbare Grippeepidemie und keine Krankenhäuser. Die Regierung hat unter den vermögenden Leuten eine Sammlung veranstaltet. Die Firma hat natürlich zehntausend Bolivianos geben müssen. Sie haben es genehmigt, Don Zenón ..."

„Ja, ja."

„Aber nicht nur das. Die Regierung will ein Flugzeug kaufen, und wieder verlangt sie von der Öffentlichkeit Spenden. Sie hat sich daran gewöhnt, von Almosen zu leben, anstatt die vielen Nichtstuer zur Arbeit zu zwingen.“

„Ach, mein Gott“, unterbrach ihn Doña Antonia, „wann wird unser armes Land sich so entwickeln, daß wir von ihm sprechen können, ohne uns schämen zu müssen?“

Die Dienstboten glitten im Hintergrund durch den Schatten, still wie befrackte Gestalten in einem Spiegel.

Das Essen war zu Ende. Die Dame zog sich zurück, und Omonte und Dávalos gingen in das Arbeitszimmer, wo sie in die bequemen, breiten Sessel zurücksanken. Omonte mit dem Zahnstocher im Mund ähnelte einem Keiler und Dávalos einem alten Affen, der ihn nachahmte.

„Wie ist diese politische Angelegenheit ausgegangen?“

„Wir haben uns im Senat gut aus der Affäre gezogen. Sie waren neun und wir acht.“

„Und wie haben Sie Dr. de Cuellar überzeugt?“

„Wir haben ihm seinen Schuldschein über die Bankschuld von fünftausend Bolivianos annulliert zugestellt und ihm das Anwaltsbüro in La Paz angeboten. Und dann waren wir neun und sie acht. Wir haben das Kabinett gestürzt.“

„Aber der Skandal ... Sogar mich haben sie erwähnt!“

Dávalos ließ die Asche seiner Zigarette auf das Jackett fallen und erklärte: „Der Ehrgeiz Tellez Castros ... Ich habe ihn aufgesucht und ihm gesagt: ‚Beschimpfen wir uns, aber hinter verschlossenen Türen. Man muß seine schmutzige Wäsche nicht vor allen Leuten waschen.‘ Aber er hatte auch die Interessen seines Schwagers im Auge, und da ging ihm die Zunge durch. Er sagte vor versammeltem Senat, der wahre Grund für die Interpellation sei der Sprit in Omontes Gruben; er verteidige den Fiskus gegen eine Mehrheit, die von Paris aus gelenkt und von einem ehrgeizigen Mulatten beherrscht werde ...“

Er lachte und sprach mit nachlässiger Schwerfälligkeit weiter, als verwickelten sich die Worte, die zwischen seinen schadhaften Zähnen hervordrangen, in den Haaren des herabhängenden Schnurrbarts.

„So hat er mich genannt und hinzugefügt, dieser Mulatte strebe danach, Präsident der Republik zu werden. Der junge Senator Martín Guzmán, ein Kerl mit einem fabelhaften Mundwerk, erwiderte ihm, die Stellung Tellez Castros sei wohl noch zwielichtiger: Minister und gleichzeitig Schwiegersohn des Lieferanten!"

„Schönes Durcheinander!"

„Das Werk des Präsidenten, der uns im Stich gelassen hat! Und die Opposition lacht sich ins Fäustchen und sagt, das sei ein Streit unter Gevattern. Bei den nächsten Wahlen, Señor Don Zenón, muß man sich im Senat unter allen Umständen die absolute Mehrheit sichern. Wäre nicht Cuellars Bankschuld von fünftausend Pesos gewesen, hätten sie uns in die Luft gehen lassen."

Omonte hustete. Der Lichtschein des Kamins wurde schwächer. Er rief den Kammerdiener: „Mehr Holz – und Kognak!"

Der Kammerdiener rief einen anderen Diener herbei und gab den Befehl auf französisch weiter, während er Holz nachlegte. Omonte und Dávalos fühlten sich bei diesem fremden Gerede ein wenig unbehaglich. Als die Diener gegangen waren, setzten sie die Unterhaltung fort: „Wir müssen eine große Zeitung gründen, von der Firma aus. Dr. Iturrizaga hat einen solchen Plan."

„Noch ein Geldstrom", murmelte Omonte. „Zeitungen, Senatoren, alles muß der Omonte bezahlen, damit sie ihn seine kleine Grube bearbeiten lassen. Was würde uns dieser Senat kosten?"

„Oh – etwa fünfzig- bis sechzigtausend Bolivianos. Aber er gibt uns die Gewähr, daß uns nicht ein feindlich gesinnter Kongreß Millionensteuern aufbrummt. Wir müssen vorsichtig sein, denn in Bolivien heißt es, die Firma erziele phantastische Gewinne, nicht nur aus dem Zinn, sondern auch aus dem Wolfram."

„Hm ... und was sagen Sie zu dem Verkaufsabkommen für das Wolfram?"

„Ich habe auf der Herfahrt mit den Fachleuten in Chile und in den Vereinigten Staaten gesprochen. Sie sagen, wir sollen unterschreiben, weil der Krieg zu Ende geht. Mit dem Vertrag in der Hand können wir Kami und Huanuni kaufen, die nicht wissen werden, wo sie ihr Wolfram loswerden sollen. Wir müssen auch die Eisenbahn fertigstellen."

„Noch eine Million Pfund. Und die Umgestaltung der Gruben. Das sind alles Ausgaben!"

In diesem Augenblick erinnerte sich Omonte an Estrada. Er sah in der Ferne sein Adlerprofil.

„Er hat sich sehr gut gehalten. Hat alle Aufträge erfüllt."

„Ich will Ihnen aufrichtig sagen, Don Zenón, das war nicht er, das waren die Gringos. Er spricht immer abfällig von der Firma. Man muß einen ausländischen Direktor einsetzen, der die Dinge – wissenschaftlich behandelt."

„Ja, ja", wiederholte der Millionär. „Nichts geht über die Ausländer. Diese Yankees, diese Deutschen sind einfach phantastisch. Bloß als Rechtsanwälte sind die Bolivianer unentbehrlich."

„Und auch als Staatspräsidenten. Apropos ..."

Mit boshaften Äuglein und einem Lächeln, das seine untere Zahnreihe bloßlegte, sah Omonte Dávalos an. „Wir werden darüber sprechen, aber morgen. Wir müssen früh aufstehen."

Ein gellendes Geheul peitschte die Statuen, Vitrinen und Lampen der Halle: „Iiiiiihhhh!"

Überall wurden Türen aufgerissen, und Haushofmeister, Lakaien, Türhüter und Diener weckten mit ihren Schritten den Widerhall des Marmors.

Doña Antonia schrie: „Tino, Tino!"

Señor Omonte kam aus seinem Arbeitszimmer herunter und überschaute in der Halle die Schar der Dienstboten, die den Körper seines Kindes verdeckten.

„Einen Arzt, um Gottes willen einen Arzt!" schrie die Señora.

Ein paar Dienstboten stürzten zum Telefon, andere eilten hinaus, wieder andere hoben den Jungen auf und führten ihn in ein Schlafzimmer. Zwischen seinen blassen Lippen quoll etwas Blut hervor.

„Es ist das zweite Mal, Herr Doktor, daß ihm das passiert“, sagte Antonia dem bärtigen Arzt.

Der Dolmetscher wiederholte: „C'est la deuxième fois ...“

Der Arzt auskultierte, zog Tinos Augenlid herab. Er gab ihm eine Spritze. Das Kind schlief ein.

Dann erschien Dr. Menéndez, ein bolivianischer Arzt, den Omonte grob anfuhr: „Warum sind Sie nicht zu finden, wenn man Sie braucht! Man zahlt das viele Geld und kann dann hier sterben! Das Kind muß in das Sanatorium von Malmaison.“

Nach einer Woche war Tino wohlauf. Er streifte wieder unaufhörlich mit beinahe affenartiger Behendigkeit durchs Haus, blinzelte ständig und unterhielt sich den ganzen Tag damit, den Dienstmädchen Streiche zu spielen. Nicht nur den Dienstmädchen: wenn Doña Antonia in dem blauen Salon, wo ungeheure Kronleuchter aus prismatischen Kristallen schimmerten, Besuche empfing, schaute Tino durch die Tür und zeigte den Besuchern die Zunge.

Das Abbild Tinos huschte über alle Spiegel des Hauses, blutarm, sehr dunkel, mit starren und immer ungekämmten Haaren. Manchmal verbrachte er ganze Stunden wie Quecksilber zitternd vor einem Spiegel und schnitt sich selbst Grimassen. Er war dreizehn Jahre alt.

Namhafte Ärzte: La Chantre, Pädiater; Valian, Spezialist für Ernährungstherapie; Cochet, Psychiater; Margagnan, Spezialist für Bewegungstherapie, und Roullier, Physiotherapeut, erschienen nacheinander auf gegenseitige Empfehlung, studierten den Fall und verwarfen den Rat des bolivianischen Arztes, der empfohlen hatte, das Kind in Höhenluft zu bringen.

„Der Fall Ihres Jungen, Señor Omonte, erinnert uns an den des Sohnes des Maharadschas von Benares. Als er uns gebracht wurde, hatte man erst den starken Widerstand der englischen Kollegen überwinden müssen, die seinem Vater nicht gestatten wollten, ihn von den britischen Inseln fortzubringen, und es bestand wenig Hoffnung für die zukünftige Intelligenz dieses Prinzen. Und heute können Sie sehen, wie er seine Untertanen regiert. Lassen Sie Ihren Sohn in unseren Händen. Mit einer Ionenbehandlung, wobei durch Drüsenextrakte gewisse Wachstumsstörungen ausgeglichen werden, und unseren Thermalwässern . . ."

Señor Urcullo, der diese Prognosen mit angehört hatte, gab die seine unter vier Augen dem Dr. Menéndez ab: „Was heißt hier Kinästhesie und Hebephrenie! Es ist ganz einfach" – er senkte die Stimme – „he-re-di-tä-re Syphilis. Erinnern Sie sich, mein Lieber, an die Anzeige, die Omontes Zahnarzt in Santiago de Chile erstattete? Er behauptete, Omonte habe ihm das ganze Instrumentarium infiziert."

„Aber das war doch eine Erpressung. Der Zahnarzt verlangte fünfzigtausend Pesos für zwei Backenzähne, die er ihm plombiert hatte, und griff zu diesem ungehörigen Argument, um den Preis zu rechtfertigen, weil Señor Omonte einen Prozeß anstrengte. Natürlich mußte er sich eine Blutanalyse gefallen lassen . . ."

„Und wie fiel die aus?"

„Negativ, oh, negativ!"

Urcullo entzündete in seiner langen Spitze eine Zigarette, zog und blies den Rauch nach oben.

„Nun, lieber Doktor, ich bin kein Arzt. Das wird der Grund sein, weshalb ich nicht begreifen kann, wieso dieser Sproß eines jungen und robusten Volkes Defekte aufweist, die eher – aristokratisch sind. Donnerwetter, was die Millionen ausmachen! Man stelle sich bloß vor, da kommt dieser Indianerjunge, dieses Mestizenkind, mit einer Fürstenkrankheit an!"

9

Zinnblechpolitik

Bolivien durchlebte damals eine Periode höchster Aktivität, vergleichbar einem infektiösen Prozeß, dessen Brennpunkt die Gruben darstellten, zu denen die Menschen wie Bakterien strömten.

Die magnetische Kraft der Erze wirkte aus dem Erdinnern bis zu den Bergen hinauf und zog Tausende indianischer Bauern an, die zwischen Ernte und Saat ihre Äcker verließen und sich als Tagelöhner verdingten; Tausende Handwerker aus den Städten, die ihre Werkstätten verließen, um ihren Beruf in der Grube auszuüben; Hunderte junge und ältere Männer aus dem Mittelstand, die es aus den Städten trieb, wo die Arbeit knapp war und die Lebenshaltungskosten maßlos stiegen, und die in die Gruben kamen, um jede sich bietende Arbeit zu ergreifen: vom Häuer bis zum Nachtwächter, vom Buchhaltungsgehilfen bis zum Vorarbeiter.

Die Mestizen und Indianer zogen mit der ganzen Familie um; die Weißen brachen gewöhnlich zu einer ersten Erkundung der Arbeitsbedingungen allein auf, um festzustellen, ob sie später die Frau nachholen könnten. Allein kamen auch gewisse unternehmungslustige Frauen, die in den Bergwerksdörfern und Wohnlagern Kleinhandel, Schenken oder Speisehäuser betrieben. In den Lagern entstand ein soziales Gefüge, in dem das Unternehmen gleichsam die feudale Herrschaft und die Arbeiter und Abenteurer die Leibeigenen darstellten, die in wimmelnder Vielfalt ihre Tätigkeiten im Dienste der Obrigkeit verrichteten.

Der infektiöse Prozeß vervielfachte die Zahl der Mikroben, die über die gewaltigen Berge herfielen und die Temperatur der Erde erhöhten, bis sie fieberte. Das Grubenfieber: Händler, Spediteure, Aufkäufer, Kontraktunternehmer, Grubenarbeiter, Ingenieure, Cholas, Gringos, Dirnen. Das Grubenfieber, das die verschiedenen Mikroben mannigfaltigster Nationalitäten, mannigfaltigsten Alters, mannigfaltigster Schichten erregten, überfiel den nackten Leib der Berge, wo inmitten der ewigen, unberührten Größe der versteinerten Natur am Rande des Himmels Bauwerke und Wege sich abzeichneten und die Rauchwolken der Aufbereitungswerke und der primitiven Küchen aufquollen.

Fern dem Infektionsherd ließ die politische Oligarchie Boliviens nicht erkennen, daß sie etwas von seinen Symptomen bemerkt hätte. Nur als die Spritaffäre brennend wurde, flammte am Horizont der gelenkten Begriffsstutzigkeit ein kleiner Skandal wie ein kurzer Blitz auf.

Nicht in diesen Zirkel der Gedankenlosigkeit einbegriffen waren die an der freien Ausbeutung der Gruben, dem freien Export und der freien Spekulation mit bolivianischen Erzen Interessierten, die Handlanger Señor Omontes und anderer Firmen, die diese mit dicken Gehältern oder indirekter finanzieller Beteiligung bezahlten.

Die Firma Omonte brauchte einen ergebenen Senat, um sich eine geeignete Zusammensetzung des Obersten Gerichts zu sichern, bei dem alle die Interessen der Industrie betreffenden Prozesse gegen Einzelpersonen oder gegen den Senat in letzter Instanz landeten. Eine dieser Streitfragen betraf den Sprit, für dessen Import Omonte eine dreijährige Monopolkonzession erhalten hatte, um seine Gruben direkt zu versorgen und den Überschuß frei zu verkaufen.

Das Spritgeschäft war eine Goldgrube. Als Konkurrenz bildeten Regierungsanhänger eine nationale Gesellschaft, die Omontes Monopol ablösen sollte. Aber die Firma Omonte narrte die Erwartungen der einheimischen Alkoholproduzenten, denn als ihr Privileg abgelaufen war, hatte sie genug Sprit importiert, um die Indianer des Landes noch drei Jahre lang zu vergiften.

Der große Prozeß begann. Die unabhängigen Giftmischer, auf ihrer Seite der Finanzminister, der an dem Geschäft beteiligt war, setzten auf dem Verwaltungswege durch, daß die letzte Einfuhr von 180 000 Kanistern für betrügerisch und die Befreiung vom Einfuhrzoll, die das Unternehmen Omonte für sich beanspruchte, für ungültig erklärt wurde.

Die Anwälte Omontes wiederum hatten das Oberste Gericht in der Hand. Sie eröffneten den Kampf an zwei Fronten: vor dem Verwaltungsgerichtshof, wo sie einen weisen Beschluß zum Nachteil der neuen Alkoholproduzenten durchsetzten, und auf politischem Feld, wo sie die gegnerischen Minister stürzten, nachdem sie Dr. Gustavo Cuellar, einen angesehenen unparteiischen Apostel, bestochen hatten und so mit neun Senatoren die Mehrheit gegenüber den acht errungen hatten, die den Entscheid des Finanzministers unterstützten.

Allerdings wählte man nicht den Finanzminister als Ziel der parlamentarischen Interpellation, sondern den Premierminister, und nicht wegen der Kanisterangelegenheit, sondern weil er es unterlassen hatte, eine Höflichkeitsadresse abzugeben, um sein Fernbleiben von der Kongreßeröffnung zu entschuldigen.

Aber eine der führenden Persönlichkeiten der Regierung, Senator Velázquez, ein blendender Redner, ein sittenstrenger Mann und eine gute Seele, verfocht die Ansicht, diese Interpellation berühre geheiligte Grundsätze: die Unabhängigkeit der Gewalten, die anzutasten niemals Absicht der Regierung gewesen sei. In Unkenntnis des geheimen Grundes für den Konflikt appellierte er an alle Minister, solidarisch zusammenzustehen. Bei der parlamentarischen Auseinandersetzung prallten die Mehrheit des Senats und das gesamte Kabinett aufeinander.

„Unser republikanisches Leben stützt sich auf die Unabhängigkeit der Gewalten, welche nur Tyrannen vom Schlage Melgarejos verleugneten!“

„Das Blatt Papier, das Sie, Herr Minister, in den Straßenkot werfen, dieses Blatt Papier ist die Verfassung, ist unsere Fahne!“

„Wie die römischen Senatoren hüllen wir uns in den weißen Mantel der Parlamentsordnung! Möge die Exekutive ihre Schläge auf unsere Häupter, die Häupter der Väter des Vaterlandes, niedergehen lassen!“

Drei Tage lang schepperten im Senat die Blechkanister. Aber der ergrimmte Minister Tellez Castro hielt ein Streichholz an den feuergefährlichen Inhalt. „Die ehrenwerten Herren Anfragesteller geben vor, die parlamentarischen Vorrechte zu schützen. In Wahrheit schützen sie die 180 000 Kanister Sprit des Unternehmers Omonte, damit die Regierung keine Steuer destilliert ...“

Dem Kabinett wurde eine Rüge erteilt. Die Opposition, von dem Schauspiel des Gevatternstreites entzückt, forderte ein Kabinett der Nationalen Sammlung.

Dr. de Cuellar, ein hervorragender Finanzmann, genoß im Lande unter allen Senatoren wegen seiner Unabhängigkeit die größte Achtung. Er wurde Finanzminister. In dieser Eigenschaft erklärte er, die Exekutive respektiere stets die Unabhängigkeit der Gewalten und erkenne daher den Entscheid des Obersten Gerichts an, der die Spritrechte der Firma Omonte bestätigte. Der Parteiführer Dr. Martín Guzmán wurde Verkehrsminister.

Kurze Zeit herrschte Frieden.

Die führenden Blätter Boliviens, regierungstreue wie oppositionelle, rühmten einstimmig den fortschrittlichen Menschen Omonte:

INDUSTRIELLER MACHT BOLIVIEN EHRE

Ein Vertreter unserer höchsten Gesellschaftskreise, der soeben aus Chile eingetroffen ist, hat uns mitgeteilt, der Industrielle Señor Zenón Omonte plane den Ankauf neuer Zinn- und Wolframgruben in Bolivien. Señor Omonte – der in Paris durch seine hochherzigen Spenden an karitative Einrichtungen den Ruf unseres Landes sehr gehoben hat – dürfte diesen Entschluß gefaßt haben, um den kleinen Gruben beizustehen, die ohne den machtvollen Zustrom des Großkapitals unrentabel arbeiten. Durch den Ankauf geht Señor Omonte ein erhebliches Risiko ein, denn Zinn stand zwar zu gewissen Zeiten vielversprechend, ist jetzt jedoch wegen seiner Abhängigkeit von den Zufällen des Krieges kein verlockendes Geschäft mehr. Aber der große bolivianische Industrielle und Patriot weicht angesichts des Risikos nicht zurück, und es ist wahrhaft bewundernswert, daß er Kapitalien in unsichere Unternehmen fließen läßt. Nur Menschen dieser Art machen eine Nation groß ...

Eine Zeitung ließ gedämpftere Töne vernehmen:

HÖHERER EXPORT,
GRÖSSERE ARMUT DES STAATES

Unser Zinn steigt tagtäglich. Wir exportieren im Monat Tausende Tonnen. Wolfram notiert erfreulich, und auch davon sind ungeheure Mengen exportiert worden. Aber abgesehen von den glücklichen Erzproduzenten – die Rechtmäßigkeit ihrer Gewinne steht außer Frage – läßt sich keine merkliche Verbesserung der Wirtschaftslage von Staat und Volk erkennen. Im Gegenteil: die Teuerung ist unerträglich. Noch ist die Notverordnung in Kraft, durch welche die Gehälter der Regierungsangestellten um 30 % herabgesetzt und die Ausgaben für öffentliche Arbeiten und für das Heer im gleichen Verhältnis gesenkt wurden.

Der Grund für diese Verordnung war die durch den europäischen Krieg verursachte Wirtschaftskrise. Hat aber nicht gerade der europäische Krieg die Wirtschaft unseres Landes begünstigt, indem unsere Exporte gestiegen sind wie die keines anderen Landes in Südamerika?

Wir erklären uns dieses Paradoxon nicht, sind aber der Meinung, der Kongreß könnte zur Sanierung des Budgets sehr wohl eine Steuer oder Abgabe einführen, um dem Staat einen winzigen Anteil des Gewinnes zukommen zu lassen, den die Grubenbesitzer mit den beträchtlichen Erzmengen erzielen, die sie aus Bolivien herausholen, um sie im Ausland zu verkaufen.

Die Finanzexperten der Firma widerlegten diese Argumente und bewiesen einleuchtend, wie absurd es sei, Probleme des Welthandels und des Landesbudgets ohne Kenntnis der Statistiken, der Berechnungen, der Preislisten und vor allem der „Unkosten“ der Bergbauunternehmen abzuhandeln, um Behauptungen aufzustellen, die man nur „Großsprechern und Scharlatanen“ durchgehen lassen könne, „die sich erdreisten, über Volkswirtschaft zu schreiben“.

Niemand griff die Anregung des Blättchens auf. Nachdem der Spritbrand gelöscht war, konzentrierte sich die Aufmerksamkeit der Öffentlichkeit gänzlich auf die Anfrage der Oppositionselite an das Kabinett „wegen Veruntreuung staatlicher Gelder und nicht im Budget enthaltener Ausgaben“.

Die Veruntreuung bestand in der Anschaffung eines Automobils für den Gebrauch des Staatspräsidenten – der bis dahin mit der Straßenbahn gefahren war – und im Kauf neuer Gardinen für den Audienzsaal des Regierungspalastes.

Der schmächtige und strenge Oppositionschef griff das Kabinett in einer dreistündigen Rede vor dem Kongreß scharf an und hielt eine der besten Reden seiner politischen Laufbahn, bei der er seine umfassenden Kenntnisse in der Rechtsphilosophie und der Finanzwirtschaft vor seinen Hörern ausbreitete und seine Ironie spielen ließ.

„Wir sind uns wohl darüber einig, meine Herren Minister“, erklärte er mit dumpfer, getragener Stimme vor dem gedrängt vollen Halbrund und den Galerien, wo ihm die Leute begierig lauschten, „daß Bolivien zahllose Paradoxe bietet, die zweifellos in den Berichten eines Forschers eher am Platze wären als in den Annalen eines Staates. Vor wenigen Tagen wird ein Abgeordneter der Opposition in später Nachtstunde auf der Polizeiwache festgehalten. Da er in London erzogen wurde, wo die Würde der Persönlichkeit heilig ist, nicht nur die des Volksvertreters, sondern auch die jedes einfachen

Bürgers, vermutet er, nur ein formaler Irrtum wäre an dem Rechtsbruch schuld, und verlangt den Kommissar zu sprechen, der seine Verhaftung angeordnet hat und in dessen Büro er festgehalten wird. Nach einer Stunde kommt der Kommissar und fragt ihn: ‚Was wollen Sie?‘

Daraufhin beruft sich der ehrenwerte Abgeordnete auf seine parlamentarische Immunität und sagt: ‚Die Verfassung garantiert meine Immunität!‘ – Und was, meine Herren liberalen Minister, was erwidert der Kommissar, der Ihr Regime repräsentiert? Er antwortet zynisch: ‚Immunität um zwölf Uhr nachts? Steckt ihn in das Piqui huasi!‘“ (Sensation im Publikum.)

„In gleicher Weise“, fuhr der Parteiführer fort, „wie ein Laster den gesamten Organismus in Mitleidenschaft zieht und einer Verhaltensweise Vorschub leistet, bei der ein Laster dem nächsten den Boden bereitet, verletzt die liberale Regierung die Verfassung nicht nur hinsichtlich einzelner Personen, sie verletzt sie auch im Budget. Die durch den europäischen Krieg entstandene Wirtschaftskrise bringt Bolivien an den Rand des Bankrotts. Sie erfordert energische Sparmaßnahmen der öffentlichen Hand, die Einschränkung der Ausgaben. Wir sind ein armes Land, meine Herren Minister, und müssen ärmlich leben!“ (Starker Beifall.) „Aber was geschieht? In schlichten Worten: die Regierung verausgabt unter Mißachtung der Budgetregeln und der dreißigprozentigen Einsparung, die sie selbst angeordnet hat, eine beträchtliche Summe öffentlicher Gelder zum Kauf von Gardinen und für die Anschaffung eines Automobils, als wolle sie dem Land mit dem gleichen Zynismus wie der selbstherrliche Kommissar erwidern: ‚Einsparungen zu dieser Stunde? Kauft mir ein Automobil!‘“ (Unbeschreiblicher Beifall.)

Moralisch war das Kabinett mit dieser Rede vernichtet. Aber die Regierungsmehrheit der Kammer erklärte sich mit der Verschwendung solidarisch und stellte sich schützend vor die Minister. Das durch diese Haltung entstandene Ärgernis faßte der Oppositionschef in bewundernswerter Weise zusammen, als er seine gewohnte Gelassenheit ablegte und ein Manifest veröffentlichte, in dem er die Revolution forderte: „In einer Zeit, da der durch den europäischen Krieg hervorgerufene finanzielle Bankrott an unsere Türen klopft, verdienen es eine Regierung und eine Mehrheit, die unsere beschränkten öffentlichen Mittel verschwenden, mit Schwung hinweggefegt zu werden."

10

Die Grubenkrankheit

„Und sie gaben es derart verschwenderisch und leichtsinnig aus, daß sie, wenn sie am Sonntag morgen diesen Lohn bekamen, abends vier Reales borgen mußten, um essen zu können; und das gleiche geschieht heute mit dem geringen Lohn, den sie erhalten; und viele behaupten, dies sei das wahre Unglück oder die Geißel der Bergleute."

Die Gruben erhielten Anweisung, mit Hochdruck zu arbeiten.

In den dicht bei den Erzlagerstätten gelegenen Städten Oruro, Uyuni, Potosí, Uncía herrschte siedende Tätigkeit. Sie waren zu Zentren des Erzhandels, der Arbeitskräfteanwerbung und der Lustbarkeit geworden. In Oruro nahm Celso Ramos' abenteuerliche Laufbahn im Bergbau ihren Anfang. Dieser verkrachte Bergbauingenieurstudent war der Sohn des Nepomuceno Ramos.

Doch Nepomuceno arbeitete damals in den Negro-Pabellón-Gruben und bestritt das Studium seines Sohnes in Oruro. Dieser brachte die zwei ersten Jahre mit Erfolg hinter sich, aber zu Beginn des dritten hauchte ihn das Wohlleben der Bergwerksleute, das sich in den Freudenhäusern widerspiegelte, mit verdorrendem Atem an.

Olindas Bordell mit seiner glänzenden Lichtflut war das auffallendste Haus in der Calle de los Rieles. Innen besaß es einen vornehmen, teppichbelegten Salon, den große Spiegel schmückten, und ein Plafond, auf dem scheußliche Amoretten eine unsymmetrische Venus entkleideten. Hier lärmte allnächtlich das Publikum, Österreicher, Jugoslawen, Chilenen, Türken und Bolivianer; Kontraktunternehmer, Lieferanten, Aufkäufer, Fachleute, Notare, erfolgreiche Bergleute, die im Tanz ihre Stiefel mit den weiblichen Ballschuhen verflochten.

Eines Sonnabendnachts ließen zwei riesenhafte Österreicher in Lederjacken und Stiefeln allen Anwesenden Sekt kredenzen.

„Sie haben uns mit dem Feingehalt übers Ohr gehauen. Ein Waggon mit achtundsechzig Prozent, Analyse genau fünfzig Prozent ..."

Aber da sie trotz des Betruges der Aufkäufer* Geld hatten, verschleuderten sie es. Die dekolletierten Frauen in langen, bunten Kleidern machten abwechselnd, ein Tablett in den Händen, in dem Strudel ungekämmter und betrunkener Männer die Runde.

„Für die Musik, Jungchen!"

Geldscheine, Goldstücke, Witze. Wenn die Sammlung beendet war, wurde das Tablett hinter den Klavierdeckel entleert. Das Klavier, zwei Violinen, eine Flöte, eine Trommel und eine Harfe machten die Kapelle aus.

„Jetzt du, Marta", befahl die schmucküberladene Olinda, die wie ein Operntenor geschminkt war.

Die Chilenin Marta trug den kurzen Haarschopf wie einen zweiteiligen Lackhelm an den Kopf geklebt; sie war schlank und doch füllig, hatte schwarze, untermalte Augen und ein Mündchen wie ein Lacksiegel. Sie ergriff das Tablett und schritt durch den Salon wie eine Dompteuse zwischen Orang-Utans, wobei sie sich verstohlen in den großen Spiegeln betrachtete. Celso Ramos stützte sich auf die Bar, trank und unterhielt sich mit einem berühmten Fußballer aus Oruro. Daneben stand mit dem Rücken zu ihm ein betrunkener Jugoslawe, den Hut auf dem Kopf, lachte mit den grünen Augen und krakeelte inmitten einer Gruppe, die von ihm freigehalten wurde.

* Mit Analysen dieser Art begann der vorerwähnte Mauricio Hochschild sein Vermögen zu machen.

„Für die Musik!"

Der Gringo holte ein großes Bündel Geldscheine hervor.

„Oh, warum nicht! Das alles, aber nicht auf das Tablett, sondern hier ..."

Und er packte Marta am Hals und wollte ihr die Scheine in den Ausschnitt schieben. Marta wehrte sich, ließ das Tablett fallen. Ihre schwarzen Augen sprühten.

„Laß das! Sehen Sie, Olinda, er hat das Tablett ausgeschüttet."

„Macht doch nichts! Hier ist mehr."

Marta wandte ihm den Rücken zu und trat an Ramos heran, als der Gringo sie wieder am Arm packte. Bei dem Hin und Her wurde Ramos gegen die Bar gestoßen, sein Glas fiel um. Daraufhin faßte er den Gringo energisch bei den Unterarmen. „Hören Sie mal, seien Sie vernünftig! Lassen Sie das!"

Die Leute drängten heran, Worte schwirrten durch den Raum, es setzte Püffe und Stöße. Der Gringo stemmte die flache Hand gegen die Brust des jungen Mannes und stieß ihn zurück. Der Fußballer wiederum stemmte seine Hand gegen die Brust des Gringos. Und unterdessen warf Marta ein Glas, das am Kopf des Studenten landete und eine Beule hervorrief.

Der Urheber des Zwischenfalls wurde an das andere Ende des Salons geführt. Aber er drängte sich wieder durch die Menge heran, um sich zu entschuldigen: „Halbes Dutzend Champagner! Ich mich entschuldigen bei diesem Herrn!"

Das Orchester begann von neuem. Das Gelage ging weiter. Marta befeuchtete ein Taschentuch mit Whisky und strich damit über die Beule.

„Es war wirklich nichts ... Tanzen wir lieber."

„Cueca, Cueca! Jawohl! Eine Cueca, eine Cueca!"

Das Orchester wechselte die Noten und begann das Vorspiel zu einer Cueca. Marta stellte sich mit erhobenem Arm vor Celso auf und ließ das Taschentuch wehen. Im fließenden Takt der Musik näherten sie sich einander in Schlangenlinien und entfernten sich wieder, von den rhythmischen Impulsen des barocken Tanzes mitgerissen. Unter der karminroten Seide zeichneten sich Martas bebende Schenkel ab. Die Spiegel erzitterten von dem Chor der Frauen und dem Gebrüll der Männer.

„Jetzt!!!“

Während das Klavier wie rasend hämmerte und die Gesellschaft in die Hände klatschte, trommelten sie mit den Füßen auf den Boden, sie in der Mitte wie ein Magnet aus weißem Fleisch, er sie umtanzend wie ein brauner Harlekin, und vereinigten sich mit Blicken und den wehenden Kreisen der Taschentücher.

„Noch eine, noch eine!!!“

Aber Marta setzte sich.

„Nicht mehr, ich bin die Höhenluft nicht gewöhnt. Ich werde müde, Jungchen.“

Sie legte eine Hand auf die Brust und trank ein Glas Champagner.

„Sind Sie erst vor kurzem angekommen?“

„Vor kurzem, aus Valparaiso.“

„Gefällt Ihnen dieses Land hier?“

„Ja – ich weiß nicht ...“ Und als sie hörte, daß die Österreicher einen neuen Krawall anzettelten, indem sie Sektpfropfen in die Richtung der tanzenden, kreischenden und lachenden Frauen knallen ließen, sagte sie: „Diese verdammten Gringos! Der dort hat einen Pik auf mich, weil er an dem Abend, als ich ankam, in mein Zimmer kommen wollte, und ich habe ihn rausgeschmissen. Und gestern abend wieder. Was der sich einbildet!“

Celso lächelte. „Schmeißen Sie alle raus?“

Marta lächelte. „Je nachdem, Jungchen ...“

Anfangs ging er nur sonnabendabends hin. Er tanzte, trank und wartete darauf, daß Martas Dienst als „Haustochter“ im Salon um drei Uhr früh zu Ende ging. Um diese Zeit schlüpfte Marta in ihren Mantel, schlug ihren Freiern ein Schnippchen, überquerte den kalten Hof und verschwand in ihrem Zimmer, wo Ramos, der schon vorher aus dem Salon verschwunden war, sie im Bett erwartete.

Ramos war nicht mehr fähig zu studieren, sein ganzes Denken kreiste um den nackten Körper der Prostituierten, und wenn ihn der Gedanke folterte, sie betrüge ihn, suchte er im Bordell Zuflucht und blieb nachts dem Studenteninternat fern.

Einmal kam er unerwartet in dem Augenblick dazu, als ein Mann aus Oruro, der Sohn eines Österreichers, Marta auf dem Schoß hatte. Obwohl der Austro-Bolivianer kräftig war, brach Ramos einen Streit vom Zaun und besiegte ihn durch einen gutgezielten Fußtritt.

„Versteh doch, er bringt Geld, wie alle! Und du?" fauchte Olinda zornig.

Ein paar Nächte später traf er die Chilenin nicht an. Olinda hatte sie für eine Privatfeier leitender Angestellter der Firma Omonte ausgeliehen.

Celso faßte den Vorsatz, das Bordell zu meiden. Er nahm seine Studien wieder auf. Aber es waren noch keine zwei Sonnabende vergangen, da erschien er voller Verachtung wieder, um im Morgengrauen besiegt in die Arme seiner Freundin zu fallen.

Nach drei Monaten trat eine unerwartete Schwierigkeit auf. Sie lagen im Dunkeln und konnten bei dem Lärm der Cuecas, die das Orchester im Salon spielte, und dem Stampfen der Tanzenden nicht einschlafen. Plötzlich murmelte Marta: „Weißt du, Jungchen, ich gehe weg von hier."

Obwohl er gerade das ersehnt hatte, erfüllte dieser Vorschlag den Studenten mit einer gewissen Furcht.

„Besser ... ja, es ist besser."

„Olinda haßt uns. Sie sagt, du hinderst mich, Geschäfte zu machen."

„Was geht sie das an?"

„Sie sagt, du verscheuchst meine Freunde, ich bringe im Salon keinen Umsatz. Stell dir das vor! Dabei mache ich jede Nacht tausend Pesos mit Getränken. Keins von den Mädchen, nicht mal die Französin, holt aus diesen Gimpeln mehr Getränke heraus. Sie sagt, ich soll dich aufgeben."

Celso setzte sich heftig im Bett auf.

„Was hat dir die Alte Vorschriften zu machen! Wir gehen. Gleich morgen gehen wir in eine Pension."

„Es ist nur, ich habe Schulden bei ihr ..."

„Schulden? Wofür?"

„Die Herfahrt aus Chile, die Kleider, die sie mir gekauft hat, das Essen ..."

„Und was sie durch dich verdient hat?"

„Für sie ist das doch nichts. Deshalb will sie mich ja zurückhalten. Außerdem – ist da noch etwas."

„Was?"

„Ach, Liebster! Ich glaube, ich bin schwanger ..."

Celso durchzuckte ein unangenehmes Gefühl: ihm war, als entdecke er eine Treulosigkeit.

„Das ist ja fürchterlich!"

„Ja. Aber wir lassen es wegmachen. Ein im Bordell entstandenes Kind – niemals!"

Am nächsten Tag bekam der junge Mann Geld von zu Hause geschickt. Nachmittags sah er in der Barcelonabar Leute würfeln. Entschlossen ergriff er den Becher und gewann in einer Stunde 1500 Bolivianos. Abends gab er sie seiner Geliebten.

„Zahl die alte Stute aus, und dann gehen wir."

Olinda machte einen Skandal, aber sie zogen in eine Pension. Marta war nicht mehr „Haustochter" des Salons, und Celso war nicht mehr Bergbaustudent.

Monate später saßen ein paar Männer verbissen und schweigend in einem Hotelzimmer in Oruro und würfelten. Ramos verlor ständig. Er warf und saß sofort fest. „Das ist doch unmöglich. Ich weiß nicht, was mit mir los ist!" Er verlor sein Geld, einen Brillantring, eine Pistole.

Um zwei Uhr morgens trat er auf die eiskalte Straße hinaus. Den breiten Kragen des Wolljacketts hochgeklappt und die Hände in den Taschen vergraben, schlug er den Weg zu dem Hotel ein, wo er jetzt allein wohnte, seit Marta ihn verlassen hatte.

Er grübelte über die Verkettung unglücklicher Ereignisse nach, die einsetzten, nachdem die Chilenin die Abtreibung hatte vornehmen lassen. Seit dieser Zeit suchte ihn das Pech heim. Er geriet in Schulden, spielte und verlor. Schließlich fälschte er in einem Brief an einen Verwandten in Oruro, den er um Geld bat, die Unterschrift seines Vaters, und auch dieses Geld verspielte er.

Dann kam Marta, die sich inzwischen wieder erholt hatte, immer häufiger spät in die Pension zurück, und eines Abends war sie betrunken.

Celsos Augen glühten wie Flimmerblättchen, als er sie fragte: „Wo bist du gewesen?"

Zugerichtet und zerzaust, wie sie war – eine Haarsträhne fiel ihr immer wieder übers Auge –, versuchte Marta zu lächeln. Als ihr Lächeln keine Wirkung erzielte, nahm sie ihre Zuflucht zur Unverschämtheit und gab eine ordinäre Antwort. Im nächsten Augenblick warf die Ohrfeige, die er ihr versetzte, sie betäubt auf das Bett.

Am anderen Tag verließ ihn die Chilenin. Celso erfuhr, daß sie in Olindas Haus zurückgegangen und mit allgemeiner Freude aufgenommen worden sei. Er selbst betrat jenes Haus nicht wieder, hörte aber von einem jugoslawischen Kontraktunternehmer Harasic reden, der in Martas Gesellschaft Champagner soff wie ein Elefant.

Nachdem der erste Zorn verraucht war, erwartete Marta den jungen Mann wieder im Salon. Jeden Abend, wenn sie mit den Männern tanzte, schaute sie immer wieder zur Tür. Aber er kam nicht, und daraufhin betrank sie sich und stritt sich, eine Flasche in der Hand, mit Männern und Frauen herum.

Man hatte Celso davon erzählt, und alle diese Dinge kreisten in seinen Gedanken, als er an jenem Abend ins Hotel zurückging. Er fühlte sich von einem Strom schmerzlicher Geschehnisse mitgerissen, in dem er zu ertrinken drohte, weil er das rettende Ufer seines Studentenlebens nicht mehr zu erreichen vermochte. Er hob den Kopf. Weit hinten lockte der Lichtschein aus Olindas Haus. Jäh packte ihn ein wütender Durst, die Begierde nach Marta zerbrach seinen widerstrebenden Stolz, und er wandte sich dorthin.

Wie immer, wie allnächtlich stampften im Salon Klavier und Schlagzeug ihren durchdringenden Rhythmus. Sie war nicht im Salon. Mit geheuchelter Gleichgültigkeit blieb Celso stehen, um den Tanzenden zuzusehen.

„Oh, der verlorene Sohn! Schaut mal, wer da ist! Celso, Celsito, du lebst noch?“

Olinda thronte in ihrer ganzen Fülle hinter der Theke und begrüßte ihn: „Du hast dich ja so rar gemacht, Schatz! Bist sehr mager, Jungchen. Wir haben dich eine Ewigkeit nicht mehr gesehen. Willst du einen Punsch?“

„Klar, und einen für dich.“

„Und Marta?“

„Marta?“ wiederholte Celso. „Das frage ich dich.“

„Aber weißt du denn nicht?“

Olinda goß den Punsch hinunter, wälzte den Busen über die Theke und sagte: „Sie ist neulich abends ausgegangen, um sich von dir zu verabschieden, weil sie zu den Gruben gehen wollte. Harasic hat ihr Geld geschenkt, damit sie hinkommt. Da hat sie gesagt, erst würde sie mit dir sprechen, und wenn du weiter mit ihr gehen wolltest, würde sie bleiben. Wenn nicht, würde sie gehen. Na, sie ist ja gegangen . . .“

Eine metallische Kälte sank ihm wie ein Quecksilbertröpfchen durch den Schlund in den Magen.

„Gieß zwei Whiskys ein“, murmelte er. „Einen für dich. Und – wann ist sie gegangen?“

„Na, das sind so vierzehn Tage her. Prost. Jetzt wirst du wohl oft kommen, Schatz . . .“

Wie kläglich wirkte das Gelage, wie tolpatschig stampften die Bergleute dahin, umschlungen von betrunkenen Frauen in grellen Kleidern, deren Bild die Wandspiegel zurückwarfen!

Celso trank bis sechs Uhr früh mit zwei Kontraktunternehmern aus Llallagua und zwei Frauen. Eine nahm den sinnlos Betrunkenen zum Schlafen mit in ihr Zimmer.

„Das ZINNUNTERNEHMEN ZENÓN OMONTE
sucht 1000 Arbeiter für die Untertagearbeit in den Gruben, auch Ungelernte. Tagelöhner, Bohrhäuer, Palliris. Gute Löhne. Es werden auch Angestellte gesucht. Bewerbungen werden in den Geschäftsräumen der Firma in Oruro oder an Ort und Stelle in Uncía entgegengenommen."

Ich gehe, sagte sich Celso Ramos.

Er meldete sich in Oruro im Büro und fuhr dann mit der Bahn nach Machacamarca. An einem Tisch im Speisewagen lernte er William McNogan kennen, einen zweiundvierzigjährigen Ingenieur aus Illinois, USA, und seine Frau Marucha, die in Dallas geboren, aber mexikanischer Abstammung war.

In Machacamarca angekommen, erhielt das Ehepaar Platz im Fahrerhaus des Lastwagens. Celso fuhr mit mehreren neu eingestellten Indianern im Lastraum. Einer von ihnen war Juan de Dios Huachipondo, der Sohn Severinos, des Entdeckers der Grube „Vorsehung", den der Vater verlassen hatte, als er vor der Strafexpedition in der Hochebene fliehen mußte. Juan de Dios wuchs dort auf, bis er vor den Folgen einer Dürre in die Gruben davonlief.

Als sie in Uncía ankamen, ging jeder seiner Wege. Ramos meldete sich im Verwaltungsgebäude in der Nähe des Dorfes bei Lorenzo Estrada. Der Geschäftsführer schickte ihn zum Leiter des Magazins, und dieser wies ihm Quartier in einem Kämmerchen zu, das er mit noch einem Angestellten teilen mußte. Er ließ einen Indianer seinen Koffer dorthin tragen und erspähte im Halbdunkel der Kammer die Gestalt eines Schlafenden, der erwachte und sagte: „Nur herein!"

„Guten Tag. Hallo, mein Lieber!"

Es war auch ein Student, Josermo Lobatón, ein alter Schulfreund. Er half ihm seine Sachen unterbringen, lud ihn zu einer Tasse Tee ein, dann zog er sich an und schlug einen Spaziergang vor. Sie traten ins Freie und stiegen den Weg zwischen Abraumhalden hinab. Die Zinkdächer des Aufbereitungswerkes standen an einem Berghang übereinandergestaffelt.

„Das Firmengelände ist in drei Abschnitte aufgeteilt: hier die ‚Vorsehung', dort der Abschnitt Orko-Suntiña, um den seit Jahren ein gewisser Arteche prozessiert, und die Grube ‚Azul', aus der das Erz herausgeholt wird. Es gibt mehrere Wohnlager ... das dort ist das Zentrallager, da ist auch die Verwaltung untergebracht. Wir steigen jetzt ins Dorf hinab, das eigentlich ganz der Firma gehört."

Man konnte die abschüssigen Gäßchen des Dorfes Uncía erkennen. In weitgespannten Bogen liefen die Kabel der Drahtseilbahn vom Aufbereitungswerk bis zu den Stollen. Es wimmelte von Menschen.

„Dort drüben, auf der anderen Seite, liegt über Llallagua die Grube ‚Fortschritt' der Anglo-Chilenischen."

Lobatón erklärte weiter. Er selbst arbeitete in der Buchhaltung.

„Das ist eine besondere Buchhaltung: die Firma zwingt uns, die Abrechnungen mit den Arbeitern und Kontraktunternehmern zu fälschen. Wir müssen zehn Prozent von den Zeiten und zwanzig Prozent von den Wegstrecken abziehen, das ist Unterschlagung. Und wo wirst du arbeiten?"

„Im Magazin, hat Señor Estrada gesagt."

„Wenn er es gesagt hat, steht es fest. Er ist hier der Chef. Das Magazin ist auch so eine Sache. Auf der einen Seite macht die Firma die Konten der Arbeiter bewußt unübersichtlich. Diese wiederum entnehmen mehr, als sie brauchen, und verkaufen die Waren im Dorf. Sie arbeiten mit einer Handvoll Koka, und sonnabends versaufen sie den ganzen Wochenlohn. Es sind Taugenichtse."

Der Häuer Juan de Dios Huachipondo reihte sich unter die Taugenichtse ein. Der Lagerleiter gab ihm Quartier in einer der am Wegrand zusammengedrängten Hütten, deren niedrige Türen wie eine Reihe Nischen aussahen. Durch die Dächer zog der Wind herein. Auf dem Boden mischten sich Erde, Kartoffelschalen, Zwiebelschößlinge und andere Abfälle, die beim Kochen liegengeblieben waren. Der Raum war rauchgeschwärzt, das Bett bestand aus einem Rahmen von Lehmsteinen mit einem Schaffell. Huachipondo mußte nachts darauf schlafen und ein anderer Arbeiter am Tage, weil Quartiere knapp waren.

In dem Lager herrschte ein schmutziges und lärmendes Zigeunerleben. Allenthalben ertönte das Geschrei ungewaschener, halbnackter Indianerkinder, die im Abfall spielten, und die Stimmen der Frauen, die an den Herden kochten, schallten unter den alten Strohdächern hervor, die dem Wind in die Füße schnitten, so daß er laut aufheulte.

Huachipondo machte sich um fünf Uhr morgens auf den Weg nach dem Stollen „Vorsehung". Um sechs Uhr kam er dort an. Die Sonne flimmerte auf den Gipfeln, der Berg warf einen eisigen Schatten. Die fröstelnden, dunklen Gestalten der Arbeiter, Oberhäuer, Ingenieure, Häuer, Chivatos, Förderleute, Zimmerhäuer gingen an den Schaltern eines am Stolleneingang eingerichteten Büros vorbei und gaben ihre numerierten Marken ab.

Durch den gähnenden Schlund der Stollen fuhren Hunderte Arbeiter ein. Hunderte durch den Stollen „Vorsehung", Hunderte durch den „Azul", Hunderte durch den „Orko-Suntiña".

Huachipondo fuhr ein. Das Ebenbild seines Vaters betrat den alten Stollen, den man weitergetrieben und mit kilometerlangen Feldstrecken nach den Seiten verzweigt hatte. Die Fahrt begann in der elektrischen Grubenbahn. Wie ein Pünktchen blieb das Licht der runden Stollenmündung zurück, das ihnen eben noch auf den gleißenden Schienen hinterhergeeilt war. Die Bergleute entzündeten ihre Lampen. Am Ende der horizontalen Strecke öffnete sich der viereckige Schacht des Förderkorbes, eines an Drahtseilen hängenden Holzverschlages. Er nahm die Männer mit ihren Lampen und

Werkzeugen hinab in die Tiefe, während die Äderungen und Falten des Felsens nach oben zu gleiten schienen. An der Mündung jeder der waagerechten Sohlen strömten bei der Ankunft des Förderkorbes, die den Tagesanbruch anzeigte, die Arbeiter zusammen, welche die Nacht hindurch gearbeitet hatten.

Sohlenmündungen und senkrechte Schatten huschten nach oben, während der Käfig immer tiefer sank, bis 500 Meter unter der Erde die tiefste Sohle erreicht war. Die Letzten betraten festen Boden und läuteten eine Glocke, um den Korb mit den Arbeitern der Nachtschicht wieder hinaufziehen zu lassen.

McNogan betrat das Büro der Geschäftsleitung. Hier erwartete ihn Estrada, den Rücken einem großen Fenster mit schmutzigen, staubigen Scheiben zugewandt, schwarzgekleidet, einen Schal aus Vikunjawolle um den Hals. Er bat McNogan, Platz zu nehmen.

„Ich habe Anweisung, mindestens fünfzigtausend Zentner monatlich zu produzieren. Dazu habe ich zusätzlich fünfhundert Mann in die Grube geschickt, außer denen, die bei den Kontraktunternehmern arbeiten. Vor allem müssen Sie sich mit einigen hiesigen Gepflogenheiten bei der Förderung vertraut machen. Ein großer Teil der Grube wird direkt durch die Firma ausgebeutet, aber zehn Streckenabschnitte sind gegenwärtig zu erhöhtem Preis in Kontraktarbeit vergeben." McNogan hörte aufmerksam zu und kritzelte nickend Notizen in sein Büchlein.

„Einige Kontraktunternehmer werden nach laufenden Metern bezahlt, andere nach der geförderten Erzmenge. Aber diese Kontraktunternehmer machen, was sie wollen. Sie übergeben die Leitung der Arbeit einem Aufseher, einem Oberhäuer, und der läßt die Häuer dem Gang folgen und drauflosbohren, nach oben, nach unten, wie es gerade kommt, und die Blöcke im Ganzen herausholen, ohne Streben oder Pfeiler stehenzulassen. Die Firma stellt uns folgende Aufgabe: soviel

Erz wie möglich herausholen und dabei die Grube erhalten. – Sie werden ja sehen. Im Aufbereitungswerk geht dann die Hälfte an die Kontraktunternehmer. Die andere Hälfte wird im Werk gestohlen. Die Tagelöhner sind richtige Diebe."

McNogan rückte die Brille zurecht und begann die Zeichnungen zu prüfen. Estrada unterbrach ihn: „Ich verstehe nichts von Zeichnungen. Ich werde Ihnen das an Ort und Stelle zeigen. Wir gehen ins Revier ‚Contacto', wo ein gewisser Harasic, ein ganz unverschämter Kerl, ein paar Pfeiler hat sprengen lassen, die wir jetzt zimmern müssen. Diese Kontraktunternehmer sind richtige Diebe. Die Firma zahlt ihnen hundert Bolivianos für den laufenden Meter, sie zahlen dem Oberhäuer fünfzig, der Oberhäuer dem Häuer zehn und dem Tagelöhner einen Boliviano. Gehen wir zur Grube."

Sie traten ins Freie. McNogan mit schmaler, glänzender Brille, blond, sehr gut rasiert, noch jung; Estrada mit sehr dunkler Brille, zwei Tage altem Bart, fast alt, doch konnte McNogan seinen langen Schritten nicht folgen.

Sie fuhren in den Stollen ein und sanken im Korb bis zur Sohle 400 hinab. Hier betraten sie eine Strecke, deren hervorspringende Gesteinszacken sie im Licht der Karbidlampen mit wilden, spitzen Zähnen bedrohten. Eine grünliche, leichenhafte, gallige Farbe überzog den Stein. Dort wurde eine Feldstrecke angelegt. Die Astronomie der Karbidlampen beherrschte den unterirdischen Kosmos. Sterne erschienen und verschwanden in dem steinernen Universum. Sterne erstrahlten und verloschen in der endlosen granitenen Nacht, in der die bedrängten Männer hin und her glitten und zwischen den Gesteinsmolekülen hindurchschlüpften wie Blutstropfen, die der Berg gleichsam in einem langsamen Kapillarkreislauf durch seine Masse sickern ließ. Am Ende der blinden und stummen Wege hefteten die Arbeiter Sterne an und schufen eine künstliche Milchstraße, verstreut über den inneren Himmel des Planeten.

Bis hierher führten Leitungen Druckluft für die Preßluftbohrer heran, deren fräsenförmige Spitze, sobald man sie dem

Felsen aufsetzte, sich in den zornigen Widerhall ihres eigenen Gekreisches hineinschraubte. Eine Wolke aus metallischem Staub, Silikatpartikeln und pulverisiertem Granit füllte die Strecke. Immer, wenn der Bohrer gegen den Felsen gedrückt wurde, verwandelte sich dieser in einen kleinen, staubspeienden Vulkan, der die Gestalten der Männer verschleierte.

Hier arbeitete Huachipondo. Der Staub legte ihm eine graue Maske über das Gesicht, sammelte sich in seinen Schlüsselbeingruben an, färbte sein Haar grau und drang ihm durch das vor den Mund gebundene Tuch in den Hals. Der Schweiß verband diesen Staub auf seinem Körper zu einer festen Masse und wandelte ihn innerlich und äußerlich zu Mineral um.

Der Ingenieur McNogan betrachtete ihn: die breite, schweißtriefende Brust, die Arme wie mit Draht verflochten, wenn sie den Bohrer gegen das Gestein stemmten und unter der Vibration erzitterten. Und die Beine erschienen ihm wie eine Fortsetzung des rauhen, grauen Bodens. Aus dem Staub drang das Gekreisch des Bohrers und das Husten der Arbeiter.

Zu jener Zeit veranstaltete Harasic einen Umzug in Form eines wandernden Saufgelages. Vor dem Dorf warf er sein Auto um; in Llallagua steckte er ein Klavier in Brand und bezahlte es in bar; er suchte die Kantinen und Bars Llallaguas und Uncías heim und erschöpfte die Vorräte an Whisky und Champagner. Schon mit seinem breitkrempigen Hut, seiner Körpergröße und der Narbe auf der Wange wirkte er furchterregend, aber überdies war er bewaffnet und zerschoß Spiegel und Lampen.

Als er in die Bar des Hotels Uncía kam, versammelte er eine zahlreiche Hörerschar um sich, zu der sich auch Celso Ramos und Lobatón gesellten.

„Die Firma will mich betrügen – behauptet, ich zerstöre die Grube. Mit meinen Händen, was? Dieser Estrada! Ihr habt hier Angst vor ihm, wie? Lauter Feiglinge!"

Er rauchte eine Havanna, die er mit den schmalen, zwischen den stählernen Kiefern eingesunkenen Lippen festhielt, und schlug mit der breiten, blondbehaarten Hand auf den Tisch.

„Ich den Estrada so – drücke ihn platt. Mehr Champagner! Trinkt! Hier ist Geld! Kommt alles in Ordnung, wenn man ein paar Hölzerchen in die Strecke einbaut, so ..." Er nahm ein paar Streichhölzer und versuchte daraus ein Gerüst zu bilden. „So! Ich behaupte, die Indianer zerstören die Grube, nicht ich. Diese Unterkontraktisten sind Schufte. Ich habe einen verhauen – nicht schlimm, wie? Bißchen – bloß ein Schlag, so, nicht? Und er ist fertig, hahaha!"

Die Tabletts mit Champagner und Whisky kreisten, die Leute drängten sich um den Riesen. Ramos ärgerte sich; er gab seinem Freund ein Zeichen, und beide machten sich davon und gingen zu Fuß nach Hause.

„Weißt du", sagte Lobatón, „dieser Gringo ist ein Schläger, der ist imstande, jedem mit einem Faustschlag den Kopf abzureißen. Er hebt mit einer Hand einen Zentner Schlich. Aber gegen den alten Estrada ist er eine zarte Jungfrau. Als er einmal in der Nacht bei einer von Estradas Cholas an die Tür hämmerte, verflog ihm der Rausch, als er bloß Don Lorenzo von drinnen sagen hörte: ‚Warten Sie einen Augenblick, ich ziehe mich an und komme heraus.' – Und weißt du, was Don Lorenzo gemacht hat, als die Leute der Anglo-Chilenischen im Revier ‚Contacto' auf unsere Leute trafen? Er ging nach Llallagua, bekam den Geschäftsführer in seinem Büro zu fassen und sagte, das müßten die Geschäftsführer unter sich ausmachen, mit Kugeln, und bot ihm eine Pistole an."

„Toll!"

„Dann, als der andere klein beigab, sagte Estrada, er sei zu faul, den Weg zurückzugehen, und ging in ihre Grube hinein, um auf dieser Seite herauszukommen."

„Fabelhaft! Gehst du schlafen?"

„Klar – und du?"

„Ich gehe Marta besuchen."

Celso Ramos fand Marta wenige Tage nach seiner Ankunft in Uncía. Sie wohnte mit einer Chola als Dienerin in einem Haus, das sie im Dorf gemietet hatte.

Er hatte angeklopft, und sie erschien mit ihren schwarzen Augen und den zwei auf die Schläfen gerichteten gemalten Pfeilen. Sie schauten sich sehr ernst an.

„Wie geht es Ihnen?"

„Gut, und Ihnen?"

Und dann stürzten sie sich leidenschaftlich in die Arme.

Marta erzählte ihm, sie habe Harasic verlassen und unterhalte ein Verhältnis mit dem Geschäftsführer der Anglo-Chilenischen, einem verheirateten Nordamerikaner, der nur am Wochenende nach Uncía komme. Deshalb betrieb Marta die Woche über einen Ausschank. Sie bediente ihr Publikum in einem engen dekolletierten Samtkleid, mit schroffen Gesten und mürrischen Worten, die mit abgehacktem chilenischem Akzent aus ihrem kleinen runden Mund kamen. Marta behielt sich die Entscheidung vor, wer ihr Haus, das nicht öffentlich war, betreten durfte, und wie reich auch gewisse Bergleute sein mochten, die bei ihr anklopften: wenn sie „Tölpel" waren, ließ sie sie nicht ein und wies sie mit verächtlichen Redensarten von der halboffenen Tür aus ab, eine Flasche als Waffe in der Hand.

Nachdem Ramos seine Beziehungen zu Marta wieder aufgenommen hatte, fand er seinen Lohn unzureichend.

„Sieh mal, Jungchen", hatte sie zu ihm gesagt, „ich will nach Chile zurück und für meine Mutter ein Haus in Valparaiso kaufen. Deshalb bin ich hier, und deshalb ertrage ich den gräßlichen Gringo."

Celso machte zunächst mit Hilfe des Magazins seine privaten Geschäfte. Er bekam die Waren unter dem Kostenpreis, und so ließ er sich Schnäpse, Konserven und Stoffe ausliefern, die er in Uncía und Llallagua weiterverkaufte.

Dann gab er das Magazin auf, als er die geschäftlichen Aussichten für den Ankauf des Erzes abgewogen hatte, das befreundete Arbeiter nachts aus dem Aufbereitungswerk stahlen und ihm heimlich brachten. Er sammelte es und verkaufte es zu höherem Preis an einen Aufkäufer, der es seinerseits nach Oruro brachte und einer ausländischen Firma lieferte, die in der Kriegszeit aufgeblüht war, als sie die Deutschen von Chile aus mit bolivianischem Zinn versorgte.

Aber die hohen Einkünfte, die Ramos auf diese Weise erzielte, verschwendete er im Spiel, indem er gegen gerissene Spieler wie Harasic antrat.

An diesem Abend ging es in Martas Haus ruhig zu. Nur drei Angestellte der Firma waren anwesend und tranken mäßig. Celso sang mit tiefer Stimme und klimperte dazu auf der Gitarre. Ein Lächeln verwandelte plötzlich sein düsteres Gesicht, als Marta ihn nach dem Lied liebevoll ansah.

William McNogan, ein blonder, peinlich sauberer Mann mit dem Gesicht eines frühreifen Kindes, Brillenträger, bewohnte ein grüngestrichenes Haus im Viertel der Angestellten. Dort erwartete ihn jeden Nachmittag seine Frau, die Yankee-Mexikanerin Marucha. Sein Bad war vorbereitet, die Mackeewalzer lagen auf dem Grammophon, die „Saturday Evening Post" und die Küsse in Maruchas grauen Augen harrten seiner.

Ihre Oase, ihre Zuflucht war das Häuschen, dessen stets blütenweiße Gardinchen sie von der wüsten Außenwelt trennten. Mit Hilfe der Dörfer, des Kamins und der Photographien schufen sie die Illusion eines fernen „Home" und milderten die Wirklichkeit der wilden Berge durch das Festhalten an häuslichen Gewohnheiten, die denen in den Vereinigten Staaten entsprachen.

Sonntags eilten Gringos und Gringas in Pelzmänteln, weißen Hosen und Röcken zum Tennisplatz der „Fortschritt", der an einer ebenen Stelle hinter dem Berg angelegt war und keine Schatten, keine Bäume aufwies. Nur die Drahtnetze, die den Platz einfaßten, schienen ihn von der Unendlichkeit zu trennen.

Der Ball flog hoch empor und durch den leeren Raum.

„Just!"

„Game!"

Die Leere der gestaltlosen Welt schluckte den Schall der flachen Stimmen, als wäre der Platz eine im kalten Raum aufgehängte Platte.

„Game! Marucha hat den Satz verloren."

„Nein, ich nicht. Señor Villa legt nicht vor."

Señor Villa, ein Zahnarzt, spielte neben Marucha gegen McNogan und Mrs. Stimson, die Gattin des stellvertretenden Direktors, der sich wegen seines hohen Alters nicht beteiligte.

Der dunkelhäutige Pepe Villa mit den kohlschwarzen Augen und dem klaren Profil war der Typ des schönen Mestizen. Wortkarg, sehr zurückhaltend, machte er sich mit unmerklicher Anstrengung die Sitten der Gringos zu eigen. Er sprach Englisch mit fürchterlich südamerikanischem Akzent, tanzte fabelhaft und lächelte mit schneeweißen Zähnen. Nur wenn ihm beim Tennisspielen das lange Haar über das Gesicht fiel, erkannte Marucha in ihm flüchtig den Indianer. Aber wenn Villa das Haar über die Stirn zurückstrich, gewann er seine Anziehungskraft zurück.

„Thirty-forty."

„Just!"

Die Stimmen sprangen empor und verloren sich wie Abendvögel in dem dämmerigen, von schweigenden Bergen bewachten Nachmittag.

Dann bestiegen sie ein altes Auto der Direktion und kehrten zu den McNogans zurück, um Tee oder Cocktails zu trinken. Sie wohnten im Zentrallager in der Nähe des Stollens „Azul". Auf der Rückfahrt kamen sie zuerst durch Llallagua und durchfuhren dann Uncía. Sonntags war das allgemeine Trinkgelage auf dem Höhepunkt. Alle Wohnungen, die Werkstätten, die Verkaufsstände für Lebensmittel oder Konfektionsbekleidung und die Höfe verwandelten sich in Kneipen, aus denen wie aus Grammophontrichtern Geschrei, streitende Stimmen und Lieder mit Charango- und Gitarrenbegleitung schallten. Bergleute kamen in Gruppen die Straßen herab. In den Bars und Chichaschenken bildeten Kontraktunternehmer, Aufkäufer, Spediteure und Vertreter der Behörde ein lärmendes Gewirr alter Hüte, Schals, Stiefel und schmutziger, zerfurchter und geschwärzter Gesichter.

„Sie arbeiten die ganze Woche über wie Tiere, um das ganze Geld in Alkohol umzusetzen", sagte McNogan.

„Und nicht nur am Sonntag, sondern montags auch", fügte Villa hinzu.

„Was die Grube dadurch einbüßt, jetzt, wo man mit Hochdruck produzieren muß!"

„Was sie für traurige Lieder singen!" meinte Villa.

„Mir gefallen sie, ich weiß nicht warum", erwiderte Marucha.

„Es ist eine wilde Musik. Hier vergnügt man sich, indem man weint", fuhr Mrs. Stimson fort.

Die Bremsen kreischten.

„So ein Idiot! Schläft mitten auf der Straße!"

McNogan erkannte Huachipondo nicht, der halb sitzend an einem Pfosten lehnte, den Kopf auf der Brust wie ein Erschossener. Die Haare bedeckten ihm das Gesicht wie ein böser Traum, die Flasche lag neben ihm auf dem Boden, seine Beine waren ausgestreckt, der Hosenschlitz stand offen.

Sie passierten das Lager, wo man sich in allen Hütten dem Rausch hingab. An einigen freien Stellen saßen Indianer und Indianerinnen und tranken, oder sie tanzten in einem konzentrischen Wirbel grüner, gelber und roter Röcke. Die Bergleute, von den Gruben ausgespien, außer Rand und Band und vom Rausch der Dämmerung hingerissen, bevölkerten die Straßen und Häuser des Lagers und die Höhlen und Pfade des Berges, betrunkenen Larven gleich, die plötzlich aus einer Sphinx hervorgekrochen kommen, um auf ihrer Oberfläche entlangzugleiten. Die gewaltigen Berge ragten so streng empor, als wären sie Götter, welche die Anbetung der alkoholisierten, wie Läuse an ihren Rockfalten hängenden Bergleute entgegennahmen.

In den drei Abschnitten des Bergwerks pfropfte man den primitiven Abbausystemen Neuerungen auf. Es gab senkrechte Schächte und Lichtlöcher; Querschläge, mit deren Hilfe man von den Hauptstrecken aus nach den Seiten erkundete; Hochbrechen, Gesenke, Hilfsschächte und Wetterschächte. Im Revier „Contacto" klaffte wie ein Kirchengewölbe die Hochbreche in der Greywakeschicht, um den Gang anzuschneiden, der senkrecht zur Sohlenstrecke verlief. Die Arbeiter kletterten hoch oben auf Leitern oder zwischen die Felsen geklemmten Pfählen durch die schwarzen Schatten. Da die Hochbreche sehr groß war, ließ McNogan sie mit Steinen und Abraum versetzen, die man von über Tage hereinschaffen mußte.

In diesem Revier wurden die Kontraktunternehmer ausgeschlossen. Sie hatten die Grube hier in engen, gewundenen, labyrinthischen Tunneln bearbeitet, die sich nur dort zu Säcken erweiterten, wo der Erzgang breiter war. Ungestalte Massen, Wölbungen wie verschlungene Eingeweide, ölige Versteinerungen, klaffende Zahnhöhlen, all das bildete einen finsteren Bienenstock.

Von den Gewölben einiger Strecken löste sich Firstgestein. Es kamen Einbrüche vor, aber man konnte sich nicht mit dem Streckenausbau aufhalten, weil die ununterbrochene Nachfrage eine ununterbrochene Produktion verlangte. Der Förderschacht hatte keine Türen. Gesenke und Hilfsschächte waren nicht mit Gittern abgesichert, und die Firma versäumte es, an gefährlichen Stellen zur Vorbeugung gegen Unfälle Lampen anzubringen.

Produzieren, Tag und Nacht produzieren. Bei der Suche nach den metallischen Früchten dieses im Berginnern gewachsenen, verästelten Tunnelbaumes erzitterte die Grube unter dem Ansturm eines rasenden Orkans in der Finsternis. Die Menschen bohrten, förderten, fuhren ein, schoben Grubenwagen, bewegten Sprengstoffe, verlegten Kabel, hauten Wasserseigen aus, legten Wetterschächte an, fraßen sich ins Hangende ein, um dem Gang das Erz zu entreißen, versetzten die Schächte, zimmerten die Strecken aus, räumten den Schutt fort; so führten sie ihren erbitterten Kampf gegen die Mächte des Erdinnern, das sie zerfetzten und das finstere Rache brütete, Füße zerquetschte, Augen verletzte, Beine brach, Nieren zermalmte oder sich langsam, hinterlistig, geräuschlos einschlich, um die Lungen mit Metall- oder Silikatstaub zu zerfressen.

Juan de Dios Huachipondo arbeitete in einem Trupp in McNogans Abschnitt.

„Ach, Herr Ingenieur, schwere Arbeit ..."

Wenn der Druckluftbohrer gegen den Felsen gepreßt wurde, schlug dieser aus, bäumte sich, stieß wie ein nervöses, gefesseltes Tier den Stahlbohrer zurück und übertrug seine wilden Zuckungen auf Arme und Brust des Häuers, der erbebte, als schlüge der Felsen auf ihn ein und zermalmte ihm das Herz. Die Männer an den Bohrern hielten den Kampf gegen den Berg nicht länger als zwei Stunden aus.

Huachipondo mit seinen nervigen Armen, die stark wie Stahlkabel waren, hielt anfangs drei Stunden durch. Wie eine Motte hing er an der Wand, in Staubwolken gehüllt, die wie zornglühender Brodem hervorquollen, hielt den Bohrer an den zwei Handgriffen gepackt und stemmte sich mit der Brust dagegen. So zernagte er das Gestein, dessen Erschütterung ihm den Brustkorb zerstampfte und das ihn mit seinen feurigen Partikeln beschoß.

Wenn die Lunten zum Dynamit angesteckt waren, brachte sich der Trupp in Sicherheit. Der dichte Schatten riß auf. Aufeinanderfolgende Explosionen brüllten auf wie heisere Bestien, brachten die Strecken zum Erzittern und ließen ihr Echo umherrollen, als suche es wütend einen Ausgang.

In der Erholungspause lag Huachipondo weit von dieser Stelle entfernt, kaute Koka und betrachtete die unheimliche Grimasse des Felsens über sich, der aussah, als wäre er mitten im Einbruch aufgehalten worden.

Der Trupp kehrte zur Hochbreche zurück. Das losgesprengte Erz lag als Schutt in der Strecke und wurde durch einen

Hilfsschacht auf die Förderstrecke hinabgeworfen, wo die Wagenstößer es aufsammelten und zum Förderkorb transportierten. Dieser brachte es bis zur ersten Sohle hinauf, wo es die elektrische Grubenbahn übernahm und zum Aufbereitungswerk beförderte.

Die Bergleute fuhren auf dem Erz sitzend aus, während andere in die zahllosen Abgründe eindrangen und sich unter Führung der Oberhäuer truppweise verteilten, um die brüchigen Arterien des großen dunklen Kerkers anzufüllen.

Produzieren, Tag und Nacht produzieren. Huachipondo jedoch arbeitete als ein guter Häuer nur vier Tage lang und machte den Rest der Woche blau. Wenn er an die Arbeit zurückging, spürte er in der Luft des Stollens die winzigen Partikel, die ihn bei jedem Atemholen im Halse kitzelten. Deshalb schützte er den Mund durch ein davorgebundenes Tuch, und unter diesem hustete er in dem dichten Staub, den der Bohrer entfesselte.

McNogan sagte sehr verstimmt zu Marucha: „Stell dir vor, erst haben sie mich nach Kami geschickt, um das Wolfram zu erkunden, und nun soll ich nächste Woche nach Amayapampa fahren."

Es war immer die gleiche Geschichte. Marucha blickte ihm mit klaren grauen Augen ins Gesicht, zog kokett seine Krawatte zurecht, als wollte sie ihn erwürgen, und flüsterte: „Oh, Willy, mir ist jedes Mal so bange nach dir. Diese gräßlichen Gruben!"

„Eine dieser gräßlichen Gruben hat man der Omonte Tin für zehn Millionen Pfund angeboten. Fachleute, die die Firma aus den Vereinigten Staaten hat kommen lassen, meinen, das sei sie wert. Aber Omonte wünscht, daß auch der Ingenieur aus Huanuni und ich den Preis prüfen."

„Aber wirst du rechtzeitig zurück sein, um den Ausflug zur Talsperre mitzumachen?"

„Unmöglich – das ärgert mich ja gerade. Du wirst mit unseren Freunden allein fahren müssen."

„Oh, Liebster, das tut mir so leid . . .“

McNogan reiste nach Amayapampa, um das Geheimnis zu erforschen, das sich in der auf zehn Millionen geschätzten Grube verbarg. Den ganzen Sonntag über fuhren das Ehepaar Stimson, Pepe Villa, Marucha und zwei Gringos aus Oruro heiter auf dem Tranque umher, dem grünen Stausee, der zwölf Kilometer vom Lager entfernt zwischen den Bergen eingeschlossen lag und die Kraft für die Elektromotore lieferte.

Nach einer Woche kehrte der Ingenieur zurück.

„Wenn diese Grube zehn Millionen wert sein soll“, sagte er, „muß man die Pfundnoten in einem ihrer Stollen vergraben.“

Zwanzig Tage lang durfte er das häusliche Leben, die Wärme des Kamins, die Lektüre englischer Bücher und Zeitschriften und bei Nacht die Berührung mit Maruchas Hüften genießen. Aber dann wurde ihm die Leitung der Montagearbeiten an der neuen Fördereinrichtung des Hauptschachtes mit zwei Tonnen Tragkraft und 600 Meter Aufzugshöhe übertragen, und zwar sollte er die Nachtschicht übernehmen.

„Ach, Darling, ich bleibe so allein!“

McNogan verbarg seinen Verdruß, um in Marucha nicht das unangenehme Bewußtsein ihrer Verbannung zwischen das tote Gestein zu wecken. Abends um zehn Uhr fuhr er in den Stollen ein, wo eine dunkle Menschenmasse vor dem Rachen eines Götzen zur Opferung bereitzustehen schien. Um sechs Uhr morgens fuhr er aus, um auf Zehenspitzen in sein Schlafzimmer zu schleichen und tagsüber zu schlafen.

Mittags um zwei erwachte er. Das erste, was er vom Bett aus sah, war Marucha, die mit dem Rücken zu ihm am Fenster mit den Gardinchen stand und hinausblickte.

Im Halbdunkel des Schlafzimmers zerfaserte das Licht des Fensters die Umrisse von Maruchas Haarschopf zu feinem Goldflaum. Geradeso bildete auf dem nächsten Berg der Frühlingswuchs des harten Grases im Gegenlicht einen goldenen Schleier.

McNogan rief sie an. Wie eben erwacht, wandte sie ihr Gesicht dem Halbschatten seines Lagers zu.

„Marucha ..."

„Oh, guten Tag. Ich wollte dich nicht wecken."

„Wie spät ist es?"

„Zwei Uhr. Ich habe den Lamas zugesehen. Es sind Tausende Lamas in allen Farben angekommen und Indianer mit Lederhelmen. Sie sehen wie spanische Konquistadoren aus."

„Ja, die Förderwagen reichen nicht aus."

Marucha trat näher an das Bett heran, in dem McNogan mit haarigen Armen saß.

„Ißt du jetzt zu Mittag? Stehst du auf?"

„Ja, aber setz dich doch erst noch zu mir her."

Sie setzte sich, ohne ihn anzusehen. Im Profil ragten ihre Wimpern aus dem Gesicht heraus.

„Die Zeitungen sind gekommen. Ich habe sie hergelegt."

Sie nahm sie vom Nachttisch auf.

„Sieh mal, Wilson wird nicht wiedergewählt. – Und weißt du was? Ich habe gestern abend in den Zeitungen gelesen und dann geträumt, daß ich immerzu durch den New Yorker Untergrund lief."

McNogan streichelte ihren glatten Nacken, der kein Härchen zuviel aufwies. Die Frau schob abwehrend die Schulter vor und senkte den Kopf.

„In einem Jahr haben wir Urlaub. Wir werden nach Chile fahren, ans Meer, wo wir keine Lamas und keine Indianer sehen. Freust du dich?"

Marucha wandte ihrem Mann das Gesicht zu. Von vorn gesehen wirkte ihr etwas knochiges Kinn weicher durch ein Grübchen, auf das er einen Kuß drückte. Weiter oben der Mund, das erste Tabu, fleischig und warm. Dann, noch wärmer, aber verschlossen wie der sinnliche Blick eines Blinden, die Brüste.

Die Zeitung fiel zerknittert zur Seite, Mr. Woodrow Wilsons Bild zog eine gekränkte Grimasse.

„Ihre verdammte Faschingszeit, da geht mehr Heimliches vor als Offenbares."

Faschingsdienstag. Eine Explosion von Farben und Geräuschen quoll aus den Bergen hervor, füllte Wege und Dorfstraßen mit tollem Treiben und blendenden Umzügen von Indianerinnen und Cholas, die im Takt der Orchester aus Konzertinas, Flöten, Gitarren und Charangos wirbelten und vorwärtstrabten.

Eine geschlossene Gruppe Frauen in brennendbunten Samtröcken und Männer in gestickten Jacken kam vom Lager herabgestiegen. Sie drehten ihre farbenfrohen Kreise und gaben sich dem allgemeinen Rausch hin, der die durchweg in Chichaschenken umgewandelten Häuser des Lagers und des Dorfes erfaßt hatte.

Angeführt wurde diese Rotte von einem Teufel in pailletten- und silberbesticktem Samtumhang mit einer prachtvollen Maske mit Haifischzähnen und langen, von goldenen Schlangen umwundenen Hörnern. In diesem Teufel steckte Huachipondo, dessen Ohren noch von dem Geknatter des Bohrers dröhnten, denn er hatte Stunden und Überstunden gearbeitet, um das Kostüm kaufen zu können. Etwas Schmutziges und Mehliges in seiner Brust – es war, als wühlten geisterhafte Bergleute darin – suchte einen Ausweg durch die Lungen mit Hustenstößen, die den Kontrapunkt zu Pauke, Trompeten und Becken der Kapelle bildeten.

Die Rotte wich vor dem Umzug der mit Silbergegenständen beladenen Maultiere der Bergleute aus Chayanta auseinander. Aus dem Stollen kam Prinz Karneval hervor, eine Puppe aus erzhaltigem Lehm, schwärzlich glänzend, mit Konfetti und Papierschlangen geschmückt, auf einem Wagen aufgebaut, dem Indianer und Indianerkinder in hellen Scharen folgten. In den Straßen knatterten die Feuerwerkskörper, und die Tänze versetzten Dorf und Wege in wilden Taumel.

Celso Ramos und Lobatón flüchteten mit einer Gruppe angesehener Erzaufkäufer und Kontraktunternehmer in das

Dorfhotel, um in einem Wirrwarr aus Konfetti und Papierschlangen Champagner zu trinken.

Als man die scharf gewürzten Speisen zu sich nahm, schlug ein Viehhändler aus Sucre, der einen großen Posten argentinischer Rinder an die Firma losgeschlagen hatte, ein Spielchen vor, und der alkoholische Überschwang verleitete sie dazu, statt der Spielmünzen aus Blei englische Sovereigns zu setzen.

Ramos und zwei Männer aus Potosí, darunter sein Abnehmer für das gestohlene Erz, bildeten eine Partei. Die andere bestand aus dem Viehhändler, einem Kontraktunternehmer und einem türkischen Kaufmann mit haarigen Händen.

Unter Lachsalven, Witzen und Beifall wurden drei Partien gespielt, bis ein mächtiger Windstoß Konfetti und Luftschlangen aufwirbelte und die Spieler belästigte.

Die Verlierer forderten zu einem Pintaspiel im Nebenzimmer auf. Sie setzten sich um einen runden Tisch, an dem sich noch mehr Bergleute einfanden. Das Spiel begann zurückhaltend, wurde aber nach kurzer Zeit ungestüm. In dem Maße, wie Rauch und Gläser den Raum anfüllten, wuchs die Spannung rund um die Würfel, die aus dem Becher sprangen und wie winzige Hasen über ein grünes Feld huschten.

Ramos legte einen Stoß Geldscheine auf den Tisch, nahm den Becher auf und schüttelte ihn langsam. Der Viehhändler setzte: „Vier auf hundert. Und hier ist der Einsatz!" und warf ein Bündel Banknoten hin. Ramos ließ die Würfel rollen. Eins und zwei. Er hatte verloren. Die Haufen von Geldscheinen und Goldmünzen rings auf dem Tisch schrumpften zusammen und schwollen an.

Bei der nächsten Runde zog der junge Mann nur wenige Scheine hervor.

„Mehr Geld! Mehr Geld!"

„Ich habe mehr als zweitausend verloren."

„Gut, ich setze gegen Ihr Geld."

Das sagte der aus Chuquisaca, um ihn endgültig aus dem Spiel zu drängen. Aber Ramos warf fünf und sechs. Er strich das Geld ein und behielt den Becher. „Ich setze gegen Ihr Geld, jedes Mal."

Er warf wieder zwei Sechsen. Wieder zahlte der Viehhändler.

„Jetzt auch mal andere! Laßt mich nicht allein, Leute!"

Es regnete Einsätze. Der Türke warf drei und vier, Ramos zwei Fünfen. Die Gesichter, vorgeneigt wie bei einer Geisterbeschwörung, folgten starr dem nüchternen Rollen der Würfel und den Händen, die auf dem grünen Tuch Stöße von Geldscheinen an sich nahmen und hergaben. Die Würfel rollten aus dem Becher und lieferten sich mit weißen, stumpfen Doppelecken ein Scheingefecht.

Draußen zogen die Kapellen vorbei. Die Atmosphäre im Raum füllte sich mit Rauch und mit Haß. Eine Lampe wurde angezündet.

„Das Geld auf den Tisch!"

„Tausend Pesos gegen den Wurf!"

Unter den rauchumwallten, gespannten, streitsüchtigen Gesichtern fiel Celso durch seine Jugend auf, durch den unbedeckten Kopf, dessen welliges Haar in einem Schopf über der ausgeprägten, senkrechten Stirn stand, und durch seinen Ernst. Hinter den Spielern stand ein hochgewachsener, knochiger Bergmann mit hängendem Schnurrbart und tiefer, schleppender Stimme.

„Das gegen Ihre Hände", sagte er und legte eine Geldscheinrolle auf den Tisch.

„Gut", bestätigte Ramos, ohne ihn anzusehen.

„Zahlen Sie alles?" fragte der Riese mit Grabesstimme.

„Alles!"

Der junge Mann ließ die Würfel rollen. Zwei Sechsen. Er strich die Banknoten und die Papierrolle ein.

„Glauben Sie, Sie können uns mit Ihren Pfündchen erschrecken? Hallo, Champagner für alle!"

„Fünf auf hundert."

„Fünf auf zweihundert."

„Vier auf fünfhundert."

„Tausend und tausend! Hat der eine Hand!"

Der knochige Bergmann sagte mit trauriger Stimme: „Celso, ich habe fünfzehn Zentner Schlich auf Lager. Sie können sie morgen abholen. Ich setze sie ..."

„Alles?"

„Nein, nach und nach. Erst einmal zwei Zentner."

Celso trank, ließ die Augen über die Tischrunde schweifen. „Die zwei Zentner. Ich setze dagegen!"

Die Stimmen der Betrunkenen und der Gesang von der Straße drangen gedämpft in das Spielzimmer. Ein konzentrischer Bann ließ die über den Tisch geneigten Gesichter in einhelliger banger Erwartung erstarren.

Der junge Mann gewann das gesamte Zinnerz.

„Gehen wir", sagte ihm Lobatón ins Ohr. „Wir sind seit vier Uhr hier."

„Eine Weile noch, ich habe eine Glückssträhne!"

„Und Martas Fest?"

Da sah Celso auf die Uhr: elf Uhr abends.

Faschingsdienstag. Die Taschen voller Geldscheine und Goldstücke, trat er hinaus, hinter ihm der Türke und Lobatón. Es sah aus, als wäre ein Wirbelsturm aus Luftschlangen und buntem Papier durch die Bar gerast und hätte die Männer tot über die Tische geworfen.

„Ich bin ein bißchen blau."

„Das sind wir alle, Brüderchen", sagte der Türke. „Gehen wir zur Peligrosa!"

„Da ist sicher Don Lorenzo."

„Nein, Don Lorenzo wird jetzt bei der Botablanca saufen."

„Nichts da", bestimmte Ramos. „Wir gehen zu Marta. Übrigens hat Estrada die Botablanca und die Peligrosa bei sich zu Hause, sie machen einen großen Budenzauber. Dann geht er wie gewöhnlich mit beiden schlafen."

In den Gäßchen hallte leise der Klang der Konzertinas nach. Auf den Bergen zitterten angstvoll die rötlichen Augen der ländlichen Chichaschenken, in denen weitergetrunken wurde. In Martas Haus, hinter verschlossenen Türen, näherte sich das Fest seinem Höhepunkt. Nachdem Celso und seine Freunde sich zu erkennen gegeben hatten, traten sie ein und fanden einen Kreis von Erzaufkäufern, Kontraktunternehmern und höheren Angestellten vor.

Martas Gesicht war erhitzt und lebhaft gerötet, sie hatte Konfetti im Haar und war ebenfalls betrunken. Unter den im Salon Versammelten erkannte Ramos zwei chilenische Angestellte der Gesellschaft „Fortschritt"; sie umarmten ihn.

„Marta, Marta, Schatz!" schrie Celso. „Alles, was hier verzehrt wird, auf meine Kosten!"

Ein Blinder spielte Klavier. Celso nahm die Chilenin in die Arme und fing an, mit ihr zu tanzen.

„Ich habe Geld gewonnen, viel Geld. Faß mal meine Tasche an. Außerdem Erzsäckchen. Ich nehme dich mit nach Chile."

Marta drückte ihn an ihre Brust und erwiderte wie im Traum: „Nach Chile ... Diese Grube, diese Leute, diese Gringos werden mir schon über. Nach dem Karneval ..."

„Cueca, Cueca!" verlangten die Chilenen.

„Jawohl, es lebe der Karneval! Hipp, hipp, hurra!"

Die Sektgläser erzitterten im Rhythmus der Cueca. Unter dem stimulierenden Einfluß der Geldscheine, die man dem Blinden spendete, erdröhnte das Klavier.

Marta hämmerte mit den Füßen auf den Boden, während Celso ein Taschentuch um ihren Hals schlang, das er von einer Hand in die andere gleiten ließ. Der Beifall war ohrenbetäubend.

Plötzlich knatterten Schwärmer, Schläge dröhnten gegen die Haustür, und man hörte eine Stimme schreien: „Es lebe der Karneval! Machta, Machta!"

Die Schläge hallten durch den Innenhof. Die Lärmenden schwiegen.

„Macht nicht auf – das ist der betrunkene Gringo."

„Er schlägt die Tür kaputt!"

Marta runzelte die Stirn und befahl, mitten im Salon stehenbleibend, der Chola: „Mach auf."

Im Türrahmen erschien Harasic, breit, rot, mit einem großen Hut, offenem Hemd und Stiefeln. Hinter ihm war in der Dunkelheit des Hofes undeutlich ein zweiter Mann zu erkennen. Harasic trat vor. Er brannte ein paar Kanonenschläge an und warf sie mitten in den Salon.

„Es ist kein Dynamit. Nein! Kein Grund zu erschrecken. Ist ein Toter hereingekommen? Jetzt kommt mein Freund. Herein, nur herein."

Hinter ihm trat ein betrunkener, finsterer Mestize ein. Harasic wandte sich an Marta: „Bietest du meinem Freund keinen Platz an? Beim Gringo ist es ja egal, aber bei meinem Freund! Er hat eine trockene Kehle, trinkt, trinkt immerzu, von Llallagua an. Hahahaha! Platz nehmen, Platz nehmen! Wo kann sich mein Freund hinsetzen? Er ist sehr ungehobelt, entschuldigt ihn. Ich auch, sehr ungehobelt. Im Karneval darf ich trinken. Ist es nicht so, junge Leute?"

„Ja, ja", sagte einer der Bergleute.

„‚Ja, Señor'! Wenn ich frage, möchte ich, daß man ‚Ja, Señor' zu mir sagt. Hahahaha! Nicht, Machta? Bringen Sie Sekt, Sekt her!"

„Ja, Gringo, aber deshalb muß man nicht die Tür kaputtschlagen."

Sie riß sich die Luftschlangen vom Hals und warf sie auf den Fußboden. Dann reichte sie die Gläser herum.

„In Llallagua gebe ich dem Kellner Tritte. Der Kellner sagt mir, ich weiß nicht mehr was, und ich will ihm das Ohr abschneiden, aber nicht im Ernst! Er rannte erschrocken um die Tische herum, hahaha. Bringen Sie noch mehr Sekt! Der junge Ramos hier hält die Gitarre und spielt nicht: er läßt sie los? Sehr ernst ist er, nicht? Will nicht spielen. Machta, Machta! Habe ich hier Geld, oder habe ich hier kein Geld? Sie bestehlen mich heute nachmittag – gestern, hahaha. Aber das hier ist da ..."

Er holte ein paar Goldmünzen heraus und warf sie in die Luft. Sie rollten auf dem Boden umher und verloren sich zwischen dem bunten Papier.

„Du, Gringo, hör mal zu", sagte Marta. „Such keinen Streit."

„Ja", sagte der Mestize, der ihn begleitete, „Señor soll das nicht machen."

„Ich mache es aber, verdammt noch mal! Ist es mein Geld oder nicht? Ist es Ihr Geld? Buh, hier ist der chilenische Herr! Ein Glas bis an den Rand! Nicht wenig, nicht viel – viel ist mehr wert, nicht?"

Marta packte den Gringo sanft bei den Rockaufschlägen, aber er schob sie mit seinen Pranken beiseite, hob ein Glas, trank es aus und schmetterte es zu Boden.

„Musik, weiterspielen!"

Das Klavier schepperte los.

„Tanzen! Ich tanze, Gottverdammich. Mir ist alles egal. Mein Freund hier, der krumme Hund, kann nicht tanzen, kann nichts. Alles krumme Hunde hier. Sagen Sie: sind es krumme Hunde?"

Es waren nur noch fünf Männer da. Selbst betrunken, aber dem Zyklopen gegenüber unterwürfig, lächelten sie gezwungen zu dem ermüdenden Monolog. Nachdem der Gringo getanzt hatte, setzte er sich und wollte Marta auf seine Knie ziehen, aber die Frau stieß ihn zurück und machte sich von ihm los.

„Laß! Du bist besoffen, Gringo."

Die Blicke, die Celso aus einer Ecke auf ihn warf, wurden scharf, als er sah, wie Harasic sich die Jacke auszog und sie zu Boden warf. Marta trat an Lobatón heran, wie um ihn zum Trinken aufzufordern, und sagte leise zu ihm: „Bring Celso raus. Der Gringo ist besoffen."

In diesem Augenblick brüllte Harasic: „Niemand braucht sich zu fürchten! Der Gringo tut den krummen Hunden nichts. Bringt noch mehr zu trinken. Prost! Vorwärts, krumme Hunde. Bolivianer, hahahaha! Die Indianer mögen den Gringo nicht, hahaha!"

Das Klavier spielte wieder. Ramos trank ein ganzes Glas aus, erhob sich, trat auf Marta zu, um zu tanzen.

„Indianerkarneval. Die Indianer tanzen, Schweine tanzen . . ."

Marta, die Ramos schon mit den Armen umfing, wandte sich um und rief gereizt: „Gringo, störe nicht! Du bist ja selbst wie ein Cholo."

„Man muß mich vor dem Tanzen um Erlaubnis fragen. Komm her, Machta, neben deinen Gringo! Man muß um Erlaubnis fragen, habe ich gesagt."

Mit einem heftigen Ruck löste sich Celso von Marta, stellte sich vor Harasic und brüllte ihn an: „Ich tanze, wann ich Lust habe, verstanden?"

Eine beinahe greifbare Stille trat ein.

„Hör mal . . .", begann Marta und nahm den jungen Mann beim Arm, aber dieser, sehr bleich, wehrte sie ab und wiederholte: „Denken Sie, wir machen das noch lange mit, verflucht noch mal?"

Harasic stand auf. Er riß die Augen in einer komischen Grimasse weit auf, nahm den Hut ab, verbeugte sich tief und rief: „Oh, Señor, o nein! Ich habe solche Angst! Tanzen Sie, Señor, Señor!"

Mit stahlharten Augen wandte er sich zum Klavier um: „Musik! Tanzen Sie jetzt!"

Marta mischte sich ein: „Hör mal, Gringo, du bist besoffen. Ich will keinen Streit in meinem Haus. Er hat nicht angefangen."

Aber Harasic sah nicht sie, sondern über ihren Kopf hinweg Ramos an. „Tanzen, tanzen, verdammt noch mal!"

„Jetzt habe ich keine Lust, zum Teufel!"

„Dann raus! Jetzt fliegen alle Indianerschweine raus!"

Mit einem Stoß schleuderte er Marta zur Seite. Diese griff mit einer Zornesfalte auf der Stirn und rotangelaufenem Gesicht nach einer Flasche.

„Zuhältergringo, jetzt habe ich deine Streitereien satt!"

„Halt die Schnauze, Drecksau!"

„Und du auch, Hurensohn!"

Zwei blitzblanke, nadelscharfe Pünktchen funkelten in den Augen des Gringos auf, als er Marta ansah, und in diesem Augenblick versetzte ihm Ramos einen Faustschlag ins Gesicht, der ihm aber bloß den Hut vom Kopf fegte. Harasic packte den Angreifer an einem Rockaufschlag und schleuderte ihn zu Boden. Dann legte er eine Hand über das Gesicht der Chilenin, schob sie zur Schlafzimmertür und stieß sie dort hinein.

„Hilfe, Hilfe!“ schrie die Chola. „Packt ihn!“

Lobatón und die anderen Anwesenden versuchten ihn zu beschwichtigen. Er fegte sie alle mit einem einzigen Stoß beiseite, brach sich zwischen Ramos' Fußtritten Bahn, packte ihn mit einer Hand beim Kragen und mit der anderen hinten am Gürtel, hob ihn auf, trug ihn bis zur Tür und warf ihn auf den schlammbedeckten Hof hinaus.

Dann wandte er sich um, dem Salon zu. Alle wichen zurück. Unheilverkündend, mit feuchten Augen und gelöstem, konfettibestreutem Haar erschien Marta wieder. In ihrer Hand blitzte eine Schere.

„Hurensohn!“

„Laß die Schere los! Ich breche dir ...“

„Werfen Sie mich jetzt noch mal raus!“

Harasic wandte den Kopf.

In der Tür stand Ramos mit gelöster Krawatte, wachsbleich und schlammbespritzt, und hielt einen vernickelten Revolver in der Hand. Harasic zögerte einen Augenblick und stürzte dann auf ihn los. Eine schwarze Detonation. Nach einer Sekunde noch eine. Der Herkules hielt inne und runzelte das Gesicht in unnatürlicher Weise. Er machte eine Vierteldrehung, setzte sich auf den Boden und lehnte sich gegen das Sofa. Dabei hielt er die Hand an den Leib gepreßt und krümmte sich, krümmte sich, bis er auf einem Haufen Luftschlangen und Flaschen zusammenbrach.

„Ach, Señor, fliehen Sie“, kreischte die Chola.

„Macht die Tür zu! Tür zu! Hier entlang, hier entlang!“ schrie Marta und führte Celso in den Innenhof bis zu einer niedrigen, meterhohen Lehmmauer.

„Ich schreibe dir, sobald ich ankomme – ich weiß noch nicht, wo.“

Er übersprang die Mauer, durchquerte einen umzäunten Hof, überstieg eine weitere Lehmmauer und rannte ein Gäßchen hinunter. Ein paar Augenblicke lang hörte er ferne Stimmen und Rufe und dann nur das Echo seiner eigenen Schritte.

Eines Nachts stieß McNogan unter Tage ein Mißgeschick zu: seine Brille zerbrach.

Um ein Uhr früh saß er in 300 Meter Tiefe in seinem stallartigen Büro und prüfte Pläne, als das Telephon läutete.

„Ich weiß nicht, was los ist", hörte er einen der Rottenführer sagen. „Die Maurer auf dem Grund des Schachtes sind, glaube ich, verschüttet."

„Wieso? Wieso?"

„Aus Sohle 200 ist ein Kippwagen abgestürzt."

Der eiserne Wagen mit seinem zwei Zentner schweren Aufbau war 400 Meter senkrecht hinabgestürzt und hatte seine Geschwindigkeit und seine niederschmetternde physische Gewalt immer weiter vermehrt, bis er auf die Arbeiter prallte, die auf dem Grund des gewaltigen Schachtes das Zementfundament für die große Fördereinrichtung bauten.

„Es müßten sechs sein, aber ich glaube, es waren nur vier da. Ich glaube, die anderen haben Glück gehabt, weil sie noch nicht eingefahren waren."

„Ich komme hinunter", sagte McNogan und trat auf die Strecke hinaus. Er schritt rasch aus, aber an einer Biegung stieß er mit einem Arbeiter zusammen und verlor seine Brille. Als er sich bückte, um sie aufzuheben, trat er mit dem Fuß darauf und zerbrach sie völlig. Er konnte kaum sehen. Er kam bis zur Schachtmündung, wo die Stimmen der Vorarbeiter und Arbeiter hohl heraufschallten.

Er gab erste Anweisungen und fuhr dann mit dem Korb hinauf. „Ich fahre gleich ein, aber ohne Brille kann ich nicht." Bis zum Mundloch benutzte er die Grubenbahn und ließ sich rasch mit einem Lastwagen den knappen Kilometer bis nach Hause fahren.

Sein Haus in der Straße der leitenden Angestellten schlummerte unter den bleifarbenen Lidern des Zinkdaches. Er trat ein, durchschritt die kleine Diele, in der eine Lampe, die nachts ständig brannte, ein schwaches Licht verbreitete. Er drückte die Klinke herunter, stieß die Tür auf und trat in das Schlafzimmer. In dem ungewissen Licht, das aus der Diele hereindrang, fiel ihm auf, daß die über das Bett gebreitete Vikunjadecke merkwürdig unbelebt aussah. Er trat näher, schaute genauer hin, knipste das Licht an.

Marucha war nicht da!

Sein Herz zuckte heftig, und eine dröhnende Welle schlug über ihm zusammen und hallte durch sein Gehirn.

Die zwei symmetrisch aufgestellten Betten mit dem faltenlosen Überschlag der Laken stellten im Schlafzimmer der abwesenden Frau das weiche Vlies ihrer unberührten Vikunjafelle zur Schau.

„Marucha? ... Marucha?“

McNogan, von dem unumstößlichen Beweis überwältigt, blieb unbeweglich am Fuß des Lagers stehen, ohne einen Gedanken fassen zu können, als füge er sich der stummen Einsamkeit der verlassenen Möbel ein. Sie schienen mit jeder Linie ihres Umrisses, mit ihrer ganzen Masse in Erwartung erstarrt zu sein, und vom Spiegel des Kleiderschrankes her blickte ihn unbeweglich der andere McNogan an, dunkel eingebettet in dem rauschhaft hellen Kristall.

Der fehlende Atem Maruchas schuf in dem stillen Alkoven eine todähnliche Leere. McNogan erinnerte sich plötzlich, wie man ihn in der Schule einmal zur Strafe im Schlafsaal inmitten der stummen Betten zurückgelassen hatte. Und ihm fiel ein, daß er beim Betreten des Stollens einen Tagelöhner mit kokagebräuntem Mund gesehen hatte, der sich die Nase mit den Fingern schneuzte. Und um der wesentlichsten Wahrheit zu entfliehen, stürzte er sich gleichsam in einen Brunnenschacht, auf dessen ausweglosem Grund ihn die volle Gewißheit empfing: Marucha ging nachts zu Pepe Villa!

Er öffnete den Kleiderschrank. Vorsichtig holte er die

Brille und eine Schachtel Zigaretten heraus, löschte das Licht, schloß die Tür und verließ das Haus.

Als er auf den Lastwagen stieg, pfiff ihm eine kalte Brise um die Ohren. Wie Herden auf einem Feld glänzten die Sterne und weideten auf dem schwarzen Himmel.

Im Stollen dösten die Wächter vor sich hin. Es war, als wäre nichts geschehen. Drinnen erfuhr er, daß der Wagen beim Absturz einige Leute, die auf einem Gerüst gearbeitet hatten, bis auf den Grund des Schachtes mitgerissen hatte. Er fuhr hinunter, ließ im hintersten Schacht Lichtkabel und Hölzer verlegen, um von dort aus, wie ein Lotblei aufgehängt, mit den Arbeitern tiefer hinabzusteigen. Holztrümmer versperrten den Weg.

„Die Unvorsichtigkeit, immer diese Unvorsichtigkeit ..."

Binnen fünf Stunden wurden die Leichen in Säcke gebunden, angehängt und hochgezogen; dann zerrte man sie durch eine tiefere Strecke, einen Schacht hinauf und wieder durch eine Strecke und legte sie in den Förderkorb, der sie ans Tageslicht brachte.

McNogan fuhr um neun Uhr morgens aus der Grube aus. Gerade betrat eine Rotte Arbeiter, die in dem Schacht arbeiten sollten, den Stollen, und die Leute drückten sich an die Stollenwand, um der Grubenbahn Platz zu machen, in der die Toten hinausgefahren wurden. Am Mundloch standen Indianerinnen mit ihren Säuglingen und stießen gellende Klageschreie aus. Abseits erwartete Marucha in einer karminroten Wolljacke mit einem beige Rock ihren Mann. Ihre grauen Augen fingen alles Licht des strahlenden Hochgebirgsmorgens ein, das den Berg aufriß und auf den Rücken der Lamas seinen Glanz milderte. Sie lief auf McNogan zu, aber dieser sagte: „Rühr mich nicht an. Ich bin schmutzig."

„Ja", erwiderte Marucha, „sogar in den Haaren hast du Erde."

Die Erde auf den grauen Haaren an McNogans Schläfen wirkte wie Hagelkörner in einem Weizenfeld.

In den Gruben, im Lager und im Dorf brodelte emsige Geschäftigkeit. Wie schweigende, blutdürstige Götter verschlangen die zinnhaltigen Berge mit aufgerissenem Rachen die Seelen der menschlichen Wesen und nahmen den Kult der Trunkenheit, der Verschwendung, der Habsucht und des Blutes entgegen.

„Ach, Herr Ingenieur – eine milde Gabe!" Juan de Dios Huachipondo war völlig schwarz geworden, einschließlich der Lippen, als hätte ihn der Hauch des Erdinnern verkohlt und seinen Körper bei Lebzeiten versteinert. Aus seinen Lumpen ragte der Kopf auf, an dem die Wangenknochen mit dem Kinn über die eingefallenen Wangen hinweg ein Dreieck bildeten. Seine Halsmuskeln wirkten wie die Fortsetzung der Schlüsselbeine, über denen die verbrannte Haut von Hustenstößen vibrierte.

Taumelnd warf ihm McNogan einen Geldschein zu.

„Vergelt's Gott . . ."

McNogan arbeitete nicht mehr nachts, sondern bei Tage. Er verkehrte im Dorf und wurde Martas freigebigster Kunde. Sie empfing ihn trotz ihres Widerwillens gegen die Gringos, weil er „sehr anständig" war. Wenn er die ganze Nacht hindurch in Martas Kantine oder im Ausländerklub des Lagers getrunken hatte, war er um sechs Uhr früh wieder in der Grube und „pfiff" mit seinem englischen Akzent die Arbeiter an.

Von seinem Büro aus, das in 300 Meter Tiefe lag wie ein Kerker mit ewiger Lampe, leitete er die Bohrungen, die Sprengungen, den Streckenausbau und die Aufstellung der Maschinen.

Er überwachte die Arbeiten und schritt dabei die Strecken und Reviere ab, wo die zerfetzten Felsen herbe Melancholie verströmten. Die Erde erdrückte ihn, wuchs ihm über den Kopf mit ihren unerschöpflichen Massen, ihrer Dichte und ihrem ungeheuren Rauminhalt, die den Weltraum verdeckten, den Himmel verleugneten und das All in einen unendlichen Berg verwandelten, voll von Angst und ohne Gipfel.

Zwischen den Schattenbüscheln verloren, fühlte er sich wie in einer Wüste, wenn er den indianischen Bergleuten zusah, die ergeben und ohne Groll arbeiteten. Er behandelte sie streng und mit kalter, verächtlicher Gereiztheit, da er sich mit ihnen zusammen eingesperrt sah wie ein Gefängniswärter zusammen mit seinen Häftlingen.

„Blöde Indianer", sagte er, „die Unfälle passieren, weil ihr blöd seid. Warum schaut ihr nicht hin, wo ihr geht?"

Er blieb in den Stollen und kaute Koka. Er fing an, Ketschua zu lernen, um sich mit den indianischen Arbeitern zu verständigen, und wurde allmählich in den höllischen Bannkreis des Gesteins hineingezogen, das die Menschen auffraß, ihre Seelen verdaute und, täglich wiederkäuend, lediglich ihre niedergedrückten, traurigen Leiber wieder ausspie.

Marucha hatte ihm, wie sie es bei der Trennung ausgemacht hatten, von den Vereinigten Staaten aus ihre Scheidungsklage übersandt, aber der dem Ingenieur William McNogan zugeteilte Abschnitt der „Vorsehung" übertraf die Erwartungen der Firma, indem er monatlich 30 000 Zentner auf 68 Prozent aufgewertetes Zinn produzierte, das zusammen mit dem Erz anderer Abschnitte insgesamt 50 000 Zentner ausmachte.

11

Reibungsarmes Metall

„Die einen sagten, wir haben ein bedeutendes Oberhaupt; er ist ein guter Herr; aber die meisten sagten, er hat gute Krallen, um gegen den Willen der Nachbarn Silber zu erraffen; er ist hochmütig; er giert nach Silber; er wird Potosí ausrauben."

Die „Majestic" überquerte den Atlantik. Ein Blätterwirbel an Berichten von Bankiers, Journalisten und Hüttenbesitzern war Omonte vorausgefegt, der in Havanna und in Panama die Huldigung der Presseleute entgegennahm. Auf einem Dampfer der Pacific Steam Navigation setzte er, von bewundernden Reisenden umringt, seine Reise fort und wurde bei der Ankunft in Arica von den chilenischen Behörden und dem bolivianischen Konsul begrüßt.

Als er die Grenze Boliviens überschritt, trat ihm das Schweigen als einziger Ausdruck eines herben und unergründlichen Landes entgegen, eines Landes in Wolkennähe. Nachdem der Zug die Grenze hinter sich gelassen hatte und über die Hochebene fuhr, bedrängte ihn von allen Seiten Ödland als weit ausgebreitete Steppe oder als Gebirge. Es war, als hätte der Zug sich in der ungeheuren Weite verirrt, die kaum einmal in langen Abständen wellblechgedeckte Stationen unterbrachen. Hier schienen die hungrigen, schwärzlichen und zerlumpten Indianerkinder aus der Erde zu wachsen, die in ihrer Muttersprache kläglich um Almosen bettelten, die Hände zu den Zugfenstern emporreckten und die Brocken auffingen, die man ihnen aus dem Speisewagen zuwarf. Um sich einen so unangenehmen Anblick zu ersparen, ließ der Millionär die Vorhänge seines Salonwagens zuziehen.

Bolivien – Bolivien nach zwölf Jahren. Grenzenloses Land, auf dem ungewohnte, zarte Farben eine ungeheure Landkarte nachahmten, wo die Wolkenschatten sich so klar abzeichneten wie blaue Ozeane. Die blauen Schatten und die graue, sonnenbestrahlte Erde schoben sich ineinander und erstreckten sich bis zu den fernen Grenzen der Welt, wo die Kordillere schneebedeckter Gipfel eine Kette weißer Wolken bildete. Kleine spiralförmige Staubwirbel tanzten leichtfüßig auf Zehenspitzen über die Steppe neben dem Zug her, der genau auf dem Durchmesser des großen Horizontkreises entlangfuhr. Die Welt lag in all ihrer geologischen und atmosphärischen Reinheit ausgebreitet, hochmütig in unversöhnlicher Einsamkeit. Die weiträumige, schweigende Schönheit dieses Landes bedrückte Omonte.

Aber bei der Ankunft in Oruro minderte das nächtliche Schattenmeer, das die Hochebene überflutet hatte, die ungeheure Größe der Natur zu einem armseligen Mauerwerk herab und drang unaufhaltsam in die Gäßchen ein, wo die Lampen wie rotglühende Kohle kaum Licht verbreiteten.

Am Bahnhof begrüßten ihn der Präfekt, die Doktoren Dávalos und Loza, der stellvertretende Direktor Writt sowie andere leitende Angestellte der Firma und geleiteten ihn zu seinem Quartier, das im oberen Stockwerk des zweistöckigen Bankgebäudes lag. Welch kalte, unangenehme Dunkelheit im kahlen Oruro mit seinen Stroh- und Zinkdächern und seinen Lehmstraßen! Die Regenpfützen auf den Straßen spiegelten schwach die trüben Lichter wider.

Am anderen Tag fuhr er mit seiner eigenen Eisenbahn nach Uncía.

Am Abend betrachteten die lichtlosen Augen der Häuser Uncías oben über dem Lager das Direktionsgebäude, das zu Ehren Señor Omontes in Festbeleuchtung prangte, hell wie der Strahlenkranz einer Krone.

Die Männer, größtenteils Gringos im Smoking, wirkten neben den Seiden der dekolletierten Damen wie schwarze Käfer zwischen Chrysanthemen. Obwohl die Gegenwart des Magnaten alle Frauen etwas verwirrte, bewahrten die Gringas dennoch ihre Ungezwungenheit. Die Frauen einiger einheimischer Angestellter, die sich plötzlich in dieses strahlende Fest versetzt sahen, das man dem wilden Berg so unvermittelt aufgepfropft hatte, waren betäubt von dem Gedanken, von weißbehandschuhten Kellnern bedient zu werden, darunter einem, den Señor Omonte aus Europa mitgebracht hatte. Ihre braunen Arme und ihre gesuchte Artigkeit mischten sich mit den hellen Armen und dem leichten Geplauder der Gringas.

Vor den Tafeltüchern, den Blumen und den Gläsern, auf denen das Licht funkelnde Reflexe hervorzauberte, fühlten sie sich wie auf einem Operationstisch. Sie beobachteten Señor Omonte heimlich von der Seite her.

„Ja, es ist nicht mehr so kalt."

„Es sieht fast so aus, als wollte es schneien, nicht?"

„Hier hat es nur einmal geschneit, vor fünf Jahren."

„Ich gehe wenig aus, weil ich die Kinder hüten muß. Ich möchte sie nach Cochabamba bringen, damit sie Luftwechsel haben."

„Oh, Cochabamba, Cochabamba sein sehr schön ... Ich möchten ein Haus in Calacala kaufen und mich der Hühnerzucht widmen."

Alle lachten gedämpft.

Omonte saß zwischen der Gattin des Direktors Writt, die knochig war und einen langen Dinosaurierhals hatte, und der Gattin des leitenden Abschnittsingenieurs Stevenson, in deren rundem, kindlichem Gesicht die grauen Augen auffielen und der kleine, volle Mund, der wie ein Gummiball wirkte.

„Sie ist sehr hübsch", wandte sich eine der einheimischen Damen an ihren Nachbarn, Mr. McNogan, „Ihre Gattin ist sehr hübsch."

„O nein, sie ist nicht meine Frau, sondern die Gattin Mr. Stevensons.“

„Sie ist Engländerin, nicht wahr?“

„Nein, Irin, aus Irland.“

Sie schwiegen, als sie Omonte und Estrada laut miteinander sprechen hörten. Estrada trug als einziger keinen Smoking, sondern einen schwarzen Straßenanzug.

„Von Cochabamba aus hat man mir angeboten, die Gesellschaft der elektrischen Eisenbahn zu übernehmen. Sie stehen vor dem Bankrott. Wahrscheinlich mangelhafte Geschäftsführung.“

„Ja, Señor. Mangelhafte Geschäftsführung. Außerdem ist die Lage der dortigen Landwirtschaft sehr schlecht.“

Mr. Writt warf ein: „Die Hiesigen verstehen es nicht, aus einer Gesellschaft den ganzen Gewinn herauszuholen, der darinsteckt.“

„Klar“, sagte Estrada lächelnd, „das versteht nur die Bolivian Railway*.“

„Es heißt“, meinte der Millionär, „der Verkehr ins Tal hinab sei sehr stark, eine großartige Sache, die Züge seien immer voll. Ich weiß das doch. Es sind viele Leute und Frachtgüter unterwegs.“

„So ist es, Señor“, erwiderte der Direktor, „aber es gibt immer noch viele Leute, Indianer, nicht wahr, die lieber zu Fuß reisen und ihr Eselchen treiben, und auf dem Eselchen sitzt ihre Frau . . .“

Allgemeines höfliches Gelächter.

* Den ungeheuerlichsten Taschenspielertrick in Südamerika vollbrachten die Finanziers Speyer & Co. und National City Bank, die Aktien für 10 Millionen Dollar emittierten, von denen die Bolivian Railway 3000 Dollar (!!) bezahlte, um die bolivianische Eisenbahn zu bauen, und sie als Sicherheit für die erste Hypothek wieder an besagte Emission ankoppelte. Überdies warf die Regierung 2½ Millionen Pfund aus und wurde damit hypothetischer Gläubiger für die zweite Hypothek, während die Bolivian Railway durch jene wundertätigen 3000 Dollar Besitzerin der Eisenbahn wurde. Glanzleistung der liberalen Regierung.

„Man muß den Indianer zwingen, mit der Eisenbahn zu reisen", sagte Mr. Stevenson, „aber es ist schwierig. Die Indianer wollen leben wie die Tiere."

„Neulich", erzählte die Gattin des Direktors Writt, „kam ein Indianer mit seiner Frau und seinem Kind zu uns, um ein Chinchillafell zu verkaufen. So hübsch, so fein! Wie ich den Kleinen ansehe, hat er lauter Flecke im Gesicht, und ich frage den Indianer: ‚Was hat der Kleine?' Ich rufe den Diener, damit er ihn fragt, und der sagt mir: ‚Señora, der Kleine hat die Blattern.' Ich gab das Chinchillafell zurück und sagte den Indianern: ‚Das bedeutet in den Vereinigten Staaten zehn Jahre Gefängnis, wißt ihr das?' Das ganze Haus mußte ich desinfizieren. Entsetzlich! Und die Indianer seelenruhig mit dem Säugling auf dem Rücken, mit Pocken!"

„Oh, diese Indianer kennen keine Hygiene. Sie lieben den Schmutz und sterben daran, einfach weil sie sich vernachlässigen."

Señor Omontes Kammerdiener bediente neben den einheimischen Kellnern; alle trugen weiße Handschuhe. Aber als der Sekt kam, schenkte nur er ein. Der Direktor erhob sich und brachte folgenden Trinkspruch aus: „... Der Erfolg der Grube, die im vergangenen Jahr 40 000 Tonnen produziert hat, wird in diesem Jahr noch größer sein. Die Grube wird ihren eigenen Rekord brechen, bis die Produktion nach den Anweisungen Señor Omontes die 50 000 Tonnen erreicht. Ich hoffe, daß Señor Omonte zufrieden sein wird. Trinken wir auf das Gedeihen der Firma, auf Señor Omonte, den bei uns zu sehen wir das Glück haben, und auf seine Gattin, die sich in der Schweiz aufhält."

In die kristallblitzende Stille hinein hüstelte Omonte, als hätten ihn die roten und gelben Kantutablüten eingeschläfert, und sagte, ohne aufzustehen: „Also trinken wir."

Sie erhoben sich, um in einem anderen Raum den Kaffee zu trinken. Die Frauen und die niederen Angestellten zogen sich zurück. Estrada verabschiedete sich. Señor Omonte, die Doktoren Dávalos und Loza, der Geschäftsführer der Grubenvereinigung, Mr. McNogan und Mr. Stevenson setzten sich hinter verschlossenen Türen im Arbeitszimmer um den Kamin.

„Man muß mit den Arbeitern vorsichtig sein", sagte der Geschäftsführer. „Sie bereiten eine Abordnung vor, die unseren Señor Omonte aufsuchen und ihm Zugeständnisse abringen soll. Das ist ihr ewiges Laster: sie wollen immer mehr haben."

„Es geht ihnen sehr gut . . .", bemerkte Dávalos.

„Oh, sehr gut", ergänzte der Direktor, „aber sie wollen mehr: sie haben ein Magazin mit niedrigen Preisen, haben Häuser, einen Fußballplatz, in der Grube wird mehr als früher auf den Unfallschutz geachtet. Aber sie verlangen mehr Lohn zum Vertrinken."

„Was die Arbeiter aufgeputscht hat", erklärte Loza, „ist eine gewisse bolschewistische Propaganda, die die Chilenen mitgebracht haben. Sie organisieren sich in Gewerkschaften, und das schlimmste ist, daß das Gesetz sie beschützt. Die neue Regierung wird von allen Seiten angegriffen und findet Unterstützung nur beim Pöbel. Deshalb hat sie im Handumdrehen das Gesetz über Arbeitsunfälle angenommen."

Omonte wandte sich heftig Dávalos zu. „Und Sie, Doktor, haben Sie nichts getan, dieses Gesetz zu bekämpfen?"

„Der Kongreß besteht eben in der Mehrheit aus Leuten schlimmster Sorte. Und da unsere Kandidaten überstimmt wurden, hat diese Mehrheit unerhörte Dinge gegen das Kapital unternommen. Wir haben ihren Ruf mit unserer Presse vollständig ruiniert . . ."

„Sehn Sie, deshalb wollte ich nicht, daß man mich in die Politik hineinzieht!" zischte Omonte.

„Damals war es eben zweckmäßig, und jetzt – kann man bloß weitermachen. Wir müssen diese Regierung bekämpfen. Glücklicherweise sind alle einsichtigen Leute gegen sie. Aber die Regierung hat das Parlament in der Hand, und das Parlament hat ein Gesetz über eine Grubengewinnsteuer beschlossen . . ."

„Was sagt Dr. Guzmán dazu?“

„Oh, Dr. Guzmán hat in der Kammer seine Erfahrung in Finanzdingen voll eingesetzt und dem Entwurf opponiert, aber was konnte er gegen eine geschlossene Mehrheit ausrichten, die dem Kapital derart in den Rücken fällt, um Geld für die Regierung zu beschaffen?“

Mr. Writt warf ein: „Vielleicht könnten wir eher einen Vergleich schließen. Guzmán sollte sich aus dem Parlament zurückziehen und nicht mehr sprechen. So würde er nicht mehr opponieren, und wir würden uns mit der Regierung verständigen ...“

„Wie?“ rief der Millionär empört aus. „Uns verständigen, damit sie uns Geld abnimmt?“

„Uns verständigen, möchte ich sagen“, erläuterte der Direktor, „damit sie uns in Freundschaft weniger Geld abnimmt als in Feindschaft.“

„Und das Arbeitsunfallgesetz? Das kostet uns eine halbe Million im Jahr!“

Omonte schlug sich mit der Faust auf das Knie. Die Nachrichten versetzten ihn in schlechte Laune, und er begann laut zu schnaufen.

„Gut“, sagte er, „wir müssen die Konferenz in Oruro abhalten. Mit Dr. Guzmán. Mister Ahpeld wird auch dabeisein. Lassen Sie auch Cuellar kommen.“

„Wir werden ihn telegrafisch herbestellen.“

„Na klar! Sie werden ihn doch nicht brieflich herbestellen!“

Dávalos schwieg beschämt. Darauf wandte sich Omonte dem Direktor zu, der mit hochrot glänzendem Gesicht links neben ihm saß.

„Ich wollte Sie fragen, warum die Ausbeutung des S-Ganges so viel gekostet hat.“

Der Direktor warf die Havanna zur Seite und sagte: „Ah, der S-Gang ... wir mußten Maschinen einbauen und gleichzeitig die Ausbeutung fortsetzen ...“

Daraufhin erklärte McNogan, dessen Gesicht ebenso glänzte wie seine Brille, von seinem Platz hinter dem Kreis leitender Herren aus: „Mr. Writt ist nicht verantwortlich, weil er in Urlaub war. Ich hatte angeordnet, die Arbeiten nicht zu unterbrechen, weil wir produzieren mußten."

„Huu", brummte Omonte, „Sie haben angeordnet! Und warum hat die Ausbeutung so viel gekostet?"

„Weil wir viele Querschläge anlegen und die Strecken ausbauen mußten, denn das Gestein ist sehr weich und bricht herab."

„Und ist es schon einmal herabgebrochen?"

„Es ist nicht herabgebrochen, weil wir Hölzer eingetrieben haben. Wenn nicht, wäre es herabgebrochen."

„Klar, es wäre herabgebrochen. Die Grube taugt gar nichts! Sie sind Ingenieur und machen, was Sie wollen. Warum haben Sie angeordnet, daß in diesem Abschnitt Überstunden bezahlt werden?" Auf dem Wege durch Omontes breiten Hals wurden seine Worte unangenehm spitz.

„Weil die Arbeiter nach den acht Stunden nicht unentgeltlich arbeiten konnten."

Der Blick des Potentaten verdüsterte sich immer mehr, die Äderchen in seinem Gesicht wurden dunkler.

„Aha – unentgeltlich, unentgeltlich ... Ich bezahle also meine Tagelöhner nicht ..."

„Das habe ich nicht gesagt, Señor."

„Nein, Señor! Der Ingenieur Mr. Clark hat diesen Gang besichtigt und gesagt, man müßte ihm von Süden nach Norden folgen, und Sie sind nach der anderen Seite gegangen ..."

McNogan blickte die Umsitzenden an und hüstelte.

„Das ist nicht so ganz klar, Señor Omonte, von Süden nach Norden, denn die Kontraktionsrisse in diesem Revier, wissen Sie, kann man nicht als Hauptgänge deuten, weil die Verschiebung des Gesteins in den Verwerfungen ... Oh, es würde zu lange dauern, das zu erklären. Man kann hier nicht so sprechen wie in der Grube ..."

Omonte ließ die Unterlippe verächtlich hängen, so daß die Zähne sichtbar wurden, und schwieg einen Augenblick. Dann wandte er sich ironisch an alle: „Nur dieser Herr versteht was von Gruben. Ich, ich bin wahrscheinlich ein Landwirt, ein Arzt ... Aber nehmen Sie zur Kenntnis", brüllte er plötzlich McNogan an, „daß ich mehr von Gruben verstehe, als Sie glauben, genug, um mich nicht bestehlen zu lassen!"

McNogan sprang auf und baute sich zur allgemeinen Verblüffung vor Omonte auf. „Ich habe Verantwortungsgefühl. Ich bin Ingenieur. Sie sind Grubenbesitzer, aber sagen Sie mir nicht, daß ich stehle!"

„Halten Sie den Mund!" schrie Omonte. „Und gehen Sie, gehen Sie mit Ihrer ganzen Ingenieurswissenschaft!"

„Ich gehe, natürlich gehe ich. Aber ich sage Ihnen, daß Sie nichts von Gruben verstehen, daß Sie ein Reicher sind, der Glück gehabt hat, weiter nichts."

Omonte ging mit verschleierten Augen auf ihn zu, aber Mr. Writt und Dávalos traten dazwischen und schoben McNogan beiseite.

„Hören Sie, McNogan, was soll das heißen, was soll das heißen?" sagte der Direktor bestürzt. „Ich befehle Ihnen zu gehen."

„Ja!" zischte Omonte heiser. „Bevor ich ihn mit Fußtritten rausjage!"

Obwohl er vor Zorn glühte, blieben seine grauen Äuglein dennoch glanzlos. Er blickte suchend über den Tisch und ergriff ein Glas, das Dávalos ihm fortnahm.

„Beruhigen Sie sich, Don Zenón, beruhigen Sie sich!"

„Ich gehe", sagte McNogan, indem er sich zur Tür zurückzog. „Sie bleiben auf Ihren Gruben sitzen. Sie schulden mir fünftausend Dollar Entschädigung."

„Versuchen Sie die mal einzutreiben, Gottverdammich!"

McNogan öffnete die Tür und ging hinaus. Omonte wandte sich hochrot und mühsam atmend an die Zurückgebliebenen und sagte: „Da haben Sie – verflucht noch mal, da haben Sie diesen unverschämten Kerl gesehen. Eigentlich schuldet er mir etwas dafür, daß er mir die Grube ruiniert hat. Gleich morgen soll er gehen! Das also sind die Leute, die Sie mir bringen!"

„Beruhigen Sie sich doch, Señor Omonte. Das ist ganz merkwürdig. Er war stets ein anständiger Angestellter."

Inzwischen nahm McNogan am Ausgang seinen Hut. Es waren nur noch die Kellner im Hause, die in der Diele saßen und aufstanden, als sie ihn kommen sahen. Als er hinaustrat, blies ihm der kalte Wind um die Ohren. Plötzlich fiel ihm Marucha ein. Im Freien überkam ihn das Gefühl, von dem Lichtplaneten, der das Direktionsgebäude war, in die kalte Hölle geschleudert worden zu sein.

Der Direktor, zwei Ingenieure und der Verwalter begleiteten Omonte auf einem Rundgang durch das riesige Aufbereitungswerk, der den ganzen Vormittag dauerte. Er begann am Mundloch, aus dem das Erz über eine Drahtseilbahn zur ersten, mit Zinkblech gedeckten Abteilung gelangte, wo man es in Schächte schüttete, um es von den mechanischen Pochwerken zertrümmern zu lassen, bevor es in Kipploren zu den Mahlwerken weiterfuhr, von dort aus zu den Trommeln und dann zu den Schüttelrutschen.

Omonte, halb betäubt von dem Lärm des bewegten Stahls und Eisens, erkannte inmitten der Bewegung all dieser Räder und Hämmer dennoch die alten Prozesse wieder. Die Palliris, die an einem Fließband saßen, klaubten mit der Hand das Erz aus dem tauben Gestein heraus. Letzteres ließen sie in einen Trichter neben ihrem Arbeitsplatz fallen, wo es ein anderes Band aufnahm und unterhalb jener Werkabteilung abwarf, die wie eine Brücke über den weißen Hügeln aus Rhyolit hing.

Der Lärm des Siedens und Pochens, ein betäubendes Gewirr von Geräuschen, begleitete die Gruppe auf ihrem Weg. Nun wurden die Rüttelsiebe besichtigt, die das Erz erneut klassierten und je nach Korngröße in „Granza" und „Llampu" trennten. Diese gingen verschiedene Wege, wanderten auf neuen Bändern zu anderen mechanischen Mühlen, die das grobe Korn aufnahmen und das feinere auf die Vibrationstische leiteten, wo der Sand wieder klassiert wurde. Das feinzerkleinerte Erz wurde in den „Jiggs" noch höher konzentriert, in die Klassifikatoren hinaufbefördert, zu den Konzentratoren hinabgeschickt, in die Schlämmanlagen geleitet und geklärt.

Gleichgültig, in Schmutz und Staub gehüllt, arbeiteten die Männer vor den Augen der Besucher, die sie betrachteten, als seien sie weniger interessante Teile der großen Maschinerie. Sie wiederum schenkten Omonte keinerlei Beachtung, der Rampen hinauf- und Treppen hinabkeuchte.

Ein anderer Teil des Erzes wurde in Pochwerken gemahlen, wo ein Staubnebel aufstieg, den nur die Hustenstöße der Arbeiter durchdrangen. Die Klassierung erfolgte durch Zentrifugalkraft oder durch die schwingende Bewegung des Wassers auf den Vibrationstischen, wobei sich der Absonderungsprozeß weiter und weiter fortsetzte, bis der Metallstaub andere Vorrichtungen durchlief, die ihn immer weiter verfeinerten, um ihn vom Sand trennen zu können. Das Mahlgut wurde mit Wasser gemischt und durch Leitungen, „Buddles", Kläranlagen, Tanks, Setzmaschinen und Trommelsiebe gejagt, die in einer Folge verschiedener Bewegungen aneinandergereiht waren. In einem Tanz eiserner und stählerner Formen, die sich wie Kreisel drehten, Räder, schräger Tische, Rohrleitungen, Behälter verrichteten die Schwerkraft und die Elektrizität Wunder, indem sie gemeinsam mit dem Wasser auf das Erz einwirkten, dieses durch unendlich viele Abteilungen von unten nach oben und von oben nach unten führten, bis zu einem Hof, auf dem all die in dem umfangreichen Prozeß herausgetrennten Produkte wieder zusammentrafen, während überall rings um das Aufbereitungswerk die unbrauchbaren Rückstände abflossen wie der Schleim einer Schnecke.

Neben Señor Omonte gingen der Direktor und der bolivianische Ingenieur und erläuterten ihm schreiend, um den Lärm zu übertönen, alle Prozesse, in denen er, so kompliziert sie auch waren, die ursprünglichen Prozesse wiedererkannte.

„Das ist bloß die Maritata", erklärte er angesichts der „Jiggs".

„Das ist die Ppurmuchina“, sagte er vor den „Buddles“.

„Das hat man einfach mit dem Hämmerchen gemacht!“, vor der MacCully-Mühle.

Sie kamen zu den Glühöfen.

„Das hier müssen wir durch das neue Schwimmverfahren ersetzen. Wir werden das Aufbereitungswerk der ‚Fortschritt‘ vergrößern.“

„Wenn die Gruben zusammengelegt sind, wird die Ausbeutung um fünfzig Prozent leichter.“

Sie betraten den riesigen Schuppen, in dem die Dieselmotoren wie gefangene Ungeheuer glänzten.

„Es sind die größten Südamerikas.“

„Richtig, richtig . . .“ Omonte schwitzte.

„Wollen Sie auch in die Grube einfahren, Señor?“

„O nein, nein. Es ist schon sehr spät.“

„Señor Omonte ist ermüdet.“

Am Nachmittag war der ermüdete Millionär nicht in der Lage, eine Delegation der Arbeiter aus der Grube und dem Aufbereitungswerk zu empfangen. Sie übergaben Dr. Dávalos ein Dokument und erläuterten es laut in Spanisch und in Ketschua.

„Natürlich ist die Arbeit schwer“, meinte Dr. Loza. „Aber die rechnen sich nicht aus, was diese ganzen Verbesserungen, die sie verlangen, das Unternehmen kosten würden. Man muß bedenken, was diese Grube im Vergleich zu anderen ist! Bei den anderen Firmen werden sie miserabel behandelt.“*

Im Direktionszimmer der Bank von Oruro war es kalt. Um zehn Uhr vormittags trafen nacheinander Dr. Dávalos, Senator Guzmán und Dr. Gustavo de Cuellar ein. Bein Eintreten rieben sie sich die Hände.

Señor Omonte erschien in Begleitung Mr. Writts und des angekündigten Mr. Ahpelds, eines Mannes mit hochrotem Ge-

* Er bezog sich zweifellos auf die Unternehmen des Philanthropen Mauricio Hochschild und des englisch-indianischen Gentleman C. V. Aramayo.

sicht, in sehr hellem Flanellanzug, mit einer ewigen Zigarre in dem einen Mundwinkel, die der Bewegung des anderen als Gegengewicht diente.

Nachdem Dr. Cuellar Omonte vorgestellt worden war, beeilte er sich, ihm aus dem Mantel zu helfen und diesen sorgsam aufzuhängen. Omonte nahm auf einem breiten Ledersofa Platz, Dávalos und Writt setzten sich in die zwei dazugehörigen Sessel, Ahpeld ließ sich vor dem Schreibtisch nieder, auf dem er seine Aktentasche ablegte, und die Doktoren Cuellar und Guzmán saßen abseits auf Stühlen wie bestrafte Schüler.

Omonte hustete und begann seine Unzufriedenheit zu äußern: „In Bolivien finde ich immer nur Probleme. Alles muß ich selbst in die Hand nehmen, weil einfach alles vernachlässigt ist. Ich zahle Gehälter, Tausende und aber Tausende, Hunderttausende – und Sie haben nicht einmal die Regierung auf Vordermann bringen können. Von Paris aus habe ich diese Sachen sehen müssen, ich! Deshalb ist jetzt Mister Ahpeld hier, um Ihnen den Plan zu erläutern, den Sie schriftlich schon kennen."

Die Berater lauschten der Strafpredigt und dem miserablen Spanisch und wandten dann den Blick Mr. Ahpeld zu, der begann: „Erstens entschuldigen Sie bitte meine schlechte Aussprache. Zweitens: Die Situation des Unternehmens ist folgende: die Prozesse sind praktisch gewonnen; es werden 40 000 Tonnen produziert; es hat sich eine Grubenvereinigung gebildet; es sind Wolframgruben ausgebeutet worden, bis die Notierung gesunken ist; es sind neue Bankfilialen eingerichtet worden, so daß die Bank, die gegründet worden war, um für die Lohnzahlungen Firmengeld auszugeben, gegenwärtig die führende Wirtschaftsbank des Landes ist. Das Unternehmen besitzt auch die Aktienmehrheit der Staatsbank, die praktisch von uns geleitet wird."

In der Stille hörte man nur Dr. Guzmáns Stuhl knarren.

„Drittens: Señor Omonte hat die Aktienmehrheit der Anglo-Chilenischen erworben, die jetzt mit der Gruppe ‚Vorsehung' verschmolzen werden soll. Die Förderung muß jetzt durch den Stollen ‚Contacto' erfolgen, nach Llallagua hinaus, weil das Erz in dem vergrößerten Aufbereitungswerk Barsola konzentriert werden muß. Mache ich mich verständlich?"

Allgemeine Zustimmung.

„Señor Omonte hat Angebote erhalten, Gruben in Straits Settlements und Hüttenaktien von Williams Harvey zu kaufen. Das ist eine gewaltige Sache: einen großen Zinntrust bilden; bolivianische Gruben, Hauptaktionär Señor Omonte; malaiische Gruben, Aktionär Señor Omonte; Zinnhüttenwerke, Aktionär ebenfalls Señor Omonte. In jedem Fall wird verdient: wenn die Hüttenwerke das Zinn billig kaufen, verdienen die Hüttenwerke, und wenn sie teuer kaufen, verdienen die Verkäufer, das heißt, die Firma verdient immer, weil sie mit dem Trust dreierlei bestimmen kann: Höhe der Produktion, Preis des Erzes und Preis des verhütteten Metalls – in der ganzen Welt."

Omonte hörte zu, die Hände gelangweilt über dem Bauch gefaltet. Mr. Ahpeld zündete sich eine neue Havanna an und fuhr fort: „Zinn ist keine Industrie für ein kleines Land. Großkapital ist international und muß von großen Zentren aus gesteuert werden, um die Industrie der ganzen Welt lenken zu können. Deshalb ist es absolut notwendig, die Firma Omonte sogleich in die Vereinigten Staaten zu verpflanzen und dort eine Aktiengesellschaft zu gründen."

Dr. Guzmán, dessen weißes, schwammiges Gesicht keine einzige feste Linie aufwies, sondern eine ausdruckslose Fläche bildete, in der nur die Schweinsäuglein auffielen, hielt den Zeitpunkt für günstig, sich bemerkbar zu machen.

„Ein Wörtchen, wenn Sie gestatten ... Man wird den Aktionären Dividende zahlen müssen!"

Ahpeld lächelte verächtlich.

„Die Aktien werden erfunden, imaginär sein! Auf dem Markt wird man nur wenig Aktien erscheinen lassen! Alles wird weiter Señor Omonte gehören, verstehen Sie? Außerdem, wenn man den Aktien einen bestimmten Wert zuschreibt, um das Grubenkapital zu bezahlen, wird das Kapital nominell erhöht. Dadurch kann die Firma geringere Gewinne als in Wirklichkeit ausweisen, sowohl für Dividenden- wie für Steuerzahlungen. Außerdem wird in den Bilanzen eine Summe für Amortisation des Kapitals vorgesehen, auch wenn nichts zu amortisieren ist, denn das ganze Kapital der Grube ist ja ihr Zinn selbst."

Omonte strich sich mehrmals mit Daumen und Zeigefinger über die Nase.

„Wunderbar, wunderbar!" wandte sich Dr. Guzmán an den Millionär. „Mit einer kleinen Anzahl ausländischer Aktien kann man vor der Regierung auf die Internationalität der Gesellschaft pochen, damit man uns respektiert!"

Omonte hustete und schaute seine Anwälte an. „Na, meine Herren Doktoren, Sie haben drei Tage Zeit gehabt, diesen Plan zu studieren. Jetzt will ich von Ihnen hören, wie Sie die Genehmigung der Regierung bekommen wollen zur Überweisung des Kapitals und zur – zum – damit die Firma eine Aktiengesellschaft wird."

Dávalos steckte sich eine Zigarette an, die er durch seinen gelben Schnurrbart an die negroiden Lippen führte, und sagte bedächtig: „Hier, Señor Don Zenón, sind wir immer an der Arbeit, machen alles, was uns nur möglich ist. Aber es ist eben ... in Paris, Sie gestatten schon, sehen sich die Dinge einfacher an. Einfacher ... aber hier ist es anders. Alles, was Mr. Ahpeld über den Wohlstand der Firma gesagt hat, ist die Frucht von Señor Omontes Begabung. Aber wir hier müssen uns mit der Regierung herumschlagen. Alles wäre wunderschön, die Erze würden von den Gruben zu den Hüttenwerken gehen, aber die Regierung hat sich mit ihren Zöllen dazwischengestellt. Bolivien, das sind nicht nur die Gruben. Da sind noch andere Zentren, Städte, besonders La Paz, wo es Demagogen gibt, die meinen, der Staat sollte auf Kosten des Bergbaus leben. Es fällt ihnen gar nicht ein, andere Industriezweige heranzuziehen, das Holz zum Beispiel oder die Koka. Wir", er zog wieder an der Zigarette, „haben die liberale Partei unterstützt und die echte republikanische

Partei. Weil sie die Rechte des Kapitals achteten. Wir waren nicht saumselig, Señor Omonte! Wir haben uns, wie ich Ihnen schon schrieb, an die Vorstellung gehalten, daß wir zwar gewisse persönliche Beziehungen zum Liberalismus unterhalten haben, die Firma jedoch stets unpolitisch war und deshalb im Falle einer Revolution furchtlos zusehen könnte, wie der Oppositionsführer zum Präsidenten gewählt würde. Er ist ein entgegenkommender Mensch und hätte niemals ein antiliberales Gesetz erlassen wie das über die Beteiligung des Staates an den Gewinnen aus dem Bergbau. Aber bei dem neuen Staatsstreich stieg der zweite Mann der Opposition auf, der, wie wir wissen, mit Verlaub gesagt, ein sturer, ehrgeiziger und ungefälliger Cholo ist."

Die Bezeichnung „Cholo" klang unbesonnen in der vertraulichen Zusammenkunft auf.

„Ich kenne ihn nicht", sagte Omonte, „habe ihn nie gesehen."

„Ich ja", fuhr Dávalos fort. „Er ist ein etwas anrüchiger Rechtsanwalt. Wir haben uns einmal bei einem Prozeß gegenübergestanden. Er ist Liberaler und mißbilligt theoretisch diese Hiebe der Regierung gegen das Kapital. Aber da er Geld braucht, um sich zu halten, greift er praktisch zum Raub. Die besseren Leute schneiden ihn, und darüber ärgert er sich, denn es war sein Ehrgeiz, zur liberalen Elite zu gehören, mit uns zusammen, wenn Sie die Unbescheidenheit entschuldigen wollen. Es ist ihm nicht gelungen. Er steht allein und ist wütend. Das muß man ausnutzen! Im Grunde will die Regierung nur Geld."

„Die Regierung braucht Omonte", bemerkte mit honigsüßer Stimme Dr. Cuellar.

„Aber mir", rief Omonte lachend, „ist es lieber, wenn die Regierung mich nicht braucht!"

Alle lachten, und Writt wiederholte die Äußerung, die er schon eine Woche früher getan hatte: „Es ist eben so, aus einem Freund kann die Regierung weniger Geld herausholen als aus einem Feind. Das will Dr. Cuellar damit sagen."

„Man muß erst mal sehen, worauf die Regierung hinauswill."

Dávalos wischte mit den Fingern die Asche fort, die auf seine Rockaufschläge herabrieselte, und bestätigte: „In wenigen Worten: die Regierung hält keine sechs Monate mehr durch."

„Das hängt von Señor Omonte ab", bemerkte Dr. Guzmán. „Ich glaube, daß sie keine sechs Monate mehr durchhält! Sie wird von allen Seiten angegriffen, und obwohl sie die Zeitungen der Opposition, einschließlich der unseren, abgewürgt hat, ist die Propaganda, die ihr Verschwendung und Machtmißbrauch vorwirft, ganz ungeheuer. Die Regierungsgegner im Exil haben ein fabelhaftes Flugblatt gegen die Tyrannei verfaßt. Wir haben in Chile 20 000 Exemplare davon drucken lassen und sie in firmeneigenen Maschinenkisten nach Bolivien hereingebracht."

„Also", fügte Omonte hinzu und hob das Stück Haut, das die Augenbrauen darstellte, „erklären wir der Regierung den Krieg?"

„Die Firma kann sich nicht gegen die Regierung stellen, Señor. Sie nimmt nicht Partei."

Das sagte Dr. Gustavo de Cuellar, der auf der vorderen Stuhlkante saß, mit der Klappe einer Jackentasche spielte und den faltigen Hals vorstreckte, der unten eng war, sich nach oben verbreiterte und Kopf wurde, denn der Unterkiefer zeichnete sich nur als Beule in der schlaffen Haut ab, die ihm vom Gesicht herabhing. Unter der halb kahlen Stirn blickten die kleinen Augen mit den halbmondförmigen Lidern nie geradeaus, sondern richteten sich beim Sprechen auf die Spitze der Kolbennase. Seine vorgeneigte Körperhaltung, vom gebogenen Rücken bis zur Nase, schien er durch langjähriges demütiges Zuhören erworben zu haben.

Das sagte er und schwieg. Darauf nahm Dr. Martín Guzmán das Wort: „Die Situation ist so: in einem Auftritt vor dem Parlament, den die Presse und die Parteien der Opposition sehr gerühmt haben, habe ich den Gesetzentwurf über die Bergbaugewinne verrissen. Ich habe gesagt, Señor Omonte, die einzige finanzielle These der Regierung sei es, Geld zu beschaffen, um sich an der Macht zu halten. Aber das Gesetz ist angenommen worden. Es mußte ja so kommen. Aber ist damit alles zu Ende? O nein. Jetzt kommt der Witz. Dieses Gesetz wird uns dazu dienen, die Regierung in die Tasche zu stecken! Mit welcher Haltung kann man, wenn man machtlos ist, einen Angreifer besänftigen? Sich fügsam zeigen, ihn einschläfern. Aber – nur bis die Polizei eintrifft. Dazu haben wir durchaus geeignete Leute. Ich biete mich nicht an, weil ich als Gegner der Regierung bekannt bin. Aber da ist Dr. Cuellar, der sich nicht mit der Parteipolitik befaßt, da sind so viele Freunde, die sich mit dem Herrn Präsidenten verständigen können. Höflichkeit und Tapferkeit schließen sich nicht aus."

„Wie soll das zugehen?"

„Es ist keine komplizierte Transaktion, es ist etwas sehr Bekanntes. So, wie man den Arbeiter durch die Warenvorschüsse des Magazins an die Firma bindet, genauso können wir der Regierung Anleihen gewähren und haben sie in der Tasche."

„Anleihen? Einer Regierung, die mich berauben will?" murrte Omonte.

Dr. Guzmán rieb sich die Hände, um sie zu wärmen, und fuhr fort: „Eine Anleihe, jawohl. Aber unter welchen Bedingungen! Kurze Fristen, das Darlehen wird gesichert" – er betonte das Wort mit seiner Rednerstimme –, „gesichert durch dieselben Steuern, welche die Firma zu zahlen hat; dazu käme die Verpflichtung, die Steuern nicht zu erhöhen, denn ihr Betrag wäre bereits in einer zweiseitigen Verpflichtung gebunden."

„Aber wird die Regierung das akzeptieren?"

„Wozu sind wir denn da, Señor?"

Dr. de Cuellar warf ein: „Ich stamme aus Chuquisaca. Ich kenne die Verhältnisse dort. Die Regierung wird eine Anleihe mit kniefälliger Dankbarkeit annehmen, denn die Forderungen der Provinzen Sucre und Oriente, eine Eisenbahnlinie zu bauen, werden von der dortigen Opposition lautstark unterstützt. Wir müssen weiterschüren."

„Hm ...", rief Omonte zweifelnd und schaute Ahpeld an.

„Das ist nur der Anfang", fuhr Cuellar fort. „Das ist nur der Lockvogel, damit die Regierung anderswohin schaut, während die Firma ihr Kapital ins Ausland bringt."

Dr. Dávalos fuhr dazwischen, um zu verhindern, daß Cuellar ihn seines Anteils am Zustandekommen des Planes beraubte: „Das ist der große Plan, den Mr. Writt, die Doktoren Guzmán und Cuellar und Ihr ergebener Diener entworfen haben; er besteht aus einem Doppelmanöver. Im Einverständnis mit den übrigen Bergbaufirmen und den Banken hungern wir die Regierung aus. Dann bieten wir ihr eine – angemessene Anleihe an."

„Und wenn sie uns noch mehr Steuern aufbrummen will?"

Rasch warf Guzmán ein: „Darum wollen wir ja das Kapital dann schon im Ausland haben. Die Regierung, die sich verpflichtet hat, die Steuern nicht zu erhöhen, kann den mit einem ausländischen Unternehmen geschlossenen Vertrag nicht brechen. Außerdem muß die Firma bei Gewährung der Anleihe zugleich Garantien für politische Windstille fordern, sie muß andeuten, muß zu verstehen geben, daß Finanzabkommen nur mit einer achtbaren Regierung möglich sind, die nur achtbar ist, wenn sie die zwei klassischen Bedingungen erfüllt: ein Allparteienkabinett und die Aufhebung des Belagerungszustands. Ein solches Kabinett würde unter Zustimmung des ganzen Landes mit Männern unseres Vertrauens besetzt werden, besonders dem Finanzministerium könnten wir in technischer Hinsicht große Dienste leisten. Ein Kabinett der Einigung mit verständigen Ministern würde sich nicht über den Erzbergbau hinwegsetzen."

„Und wenn der Präsident ein solches Kabinett nicht akzeptiert?"

„Verringern wir den Zinnexport, fechten wir vor dem Obersten Gericht die Steuern an, verweigern wir der Regierung die Anleihe, arbeiten wir mit der Opposition zusammen. Bei weniger Geld und mehr Opposition stürzt die Regierung."

„Und wenn sie nicht stürzt?"

„Dann borgen wir ihr noch mehr Geld. Señor Omonte, Sie sind ein bewundernswerter Mann, Sie sagten, die Firma dürfe sich nicht in die Politik einmischen, außer wenn uns die Regierung mit ihren Gesetzen schadet. Das ist geschehen. In Verteidigung des Bergbaus haben wir erreicht, daß diese Regierung als bolschewistisch verschrien und von den verständigen Elementen gehaßt wird. Jetzt müssen wir ihr eine Spritze geben, nur damit sie die Umwandlung der Firma akzeptiert; aber wir dürfen uns nicht allzu stark kompromittieren, weil sie auf jeden Fall stürzen wird. Wir müssen uns mit dem Präsidenten nach außen hin gut stellen, aber die Gelegenheit abpassen, um im geeigneten Augenblick an der Spitze der Revolution zu erscheinen, indem wir ab sofort insgeheim mit den Oppositionsführern paktieren. Alle sind darauf erpicht, mit der Firma ins Gespräch zu kommen. Dann werden wir, statt mit der jetzigen Regierung zu stürzen, die Schöpfer der nächsten, ihre Achse sein. Wir werden das Land von der Tyrannei befreit haben!"

Dr. Cuellar stieß die Nase vor. „Jetzt erlauben Sie mir zu reden, Doktor, um mich für Ihre glänzende Idee einzusetzen. Da wir die Interessen der Firma wahrzunehmen haben, verhandeln wir unter gewissen Umständen mit der Regierung. Die Anleihe ist ausgezeichnet. Ein uns ergebener Minister ist ausgezeichnet. Aber er darf nicht erkennen lassen, daß er zu den Unseren gehört, wenn er für kurze Zeit an der Seite des Despoten bleiben muß, um dann – auf ein Zeichen der Firma – am Vorabend des Staatsstreichs einen sensationellen Rücktritt zu inszenieren."

Die Daumen in den Westentaschen verhakt, zwischen denen eine goldene Kette prunkte, trommelte Señor Omonte mit den anderen Fingern auf seinem Bauch herum. Er blickte alle an. Señor Cuellar rutschte wieder bis auf die Stuhlkante vor, seine spitzen Knie zeichneten sich fast auf gleicher Höhe mit der semitischen Nase ab.

„Ich übernehme es, der Regierung die Anleihe vorzuschlagen. Da ich politisch neutral bin, kann ich es machen."

„Sehr gut", sagte Ahpeld. „Der erste Schritt, die Anleihe. Mit der Anleihe kriegen wir den Finanzminister. Mit dem Finanzminister die Genehmigung zur Übertragung des Kapitals nach New York und zur Umwandlung der Firma in eine Aktiengesellschaft. Das ist großartig. Ich hatte schon vorher gehört, daß Sie ausgezeichnete Rechtsanwälte haben, Señor Omonte."

„Danke sehr, vielen Dank..."

„Nur eine Bemerkung noch", meldete sich Señor Cuellar und schluckte Speichel durch seinen Eidechsenhals. „Ähm... Dr. Guzmán war der Ansicht, man solle die Aufhebung des Belagerungszustandes fordern. Nein! Jetzt mehr denn je muß die Presse schweigen. Irgendeine Zeitung würde bestimmt lauthals losschreien und sagen, wir wollten die bolivianischen Gruben ins Ausland verschieben!"

„Sehr richtig, sehr richtig..."

Die Konferenz hatte zwei Stunden gedauert. Omonte stand auf und klopfte Guzmán und de Cuellar leutselig auf die Schulter. Letzterer wiederum putzte ihm mit dem Taschentuch eine Schulter ab. Dr. Dávalos bereute es, ihn aus La Paz herbeigerufen zu haben.

Sie verließen den Sitzungsraum, um an dem Essen teilzunehmen, das die Vereinigung Kleiner Grubenunternehmer zu Omontes Ehren gab. Als Dr. Dávalos Omonte in den Mantel half, sagte er ihm lächelnd ins Ohr: „Offenbar möchten die Doktoren Guzmán und Cuellar Minister werden, selbst unter dem Tyrannen..."

Schon seit Tagen wurde der Millionär von gewissen alten Bekannten, Erzschürfern, Bittstellern belagert, die ihm ihre Anliegen vortragen wollten. Der dürre Udaeta suchte ihn auf und ließ sich als sein Mitschüler melden.

„Udaeta? Mein Mitschüler? Sagen Sie ihm, ich habe nie eine Schule besucht!"

Nach dem Essen sprachen ihn in der Hotelhalle andere alte Freunde an, stockend, als sei er ihr Vorgesetzter.

„Ja, ja ... Sprechen Sie mit meinen Ingenieuren. Dazu habe ich ja ein Büro.“ Er verspürte den Drang, die ihn umringende Gruppe gewaltsam auseinanderzutreiben, aber sein Direktor und die Rechtsanwälte erzielten mit ihrer Höflichkeit das gleiche Ergebnis.

„Entschuldigen Sie, meine Herren, Señor Omonte hat eine dringende Konferenz. Sie können ihn morgen aufsuchen ...“

Er verließ mit seinem Gefolge das Hotel, in dem das Essen stattgefunden hatte, und wollte gerade das Automobil besteigen, als ihm ein alter Mann in den Weg trat, hochgewachsen, dürr, mit rötlichen, wässerigen Augen, riesigem, fast weißem Schnurrbart und zwei tiefen Falten, die wie Narben von den Augenhöhlen bis zu den Mundwinkeln verliefen. Er trug einen breitkrempigen Hut. Omonte hielt ihn für einen Gaffer und wollte einsteigen, aber der Mann legte ihm die Hand auf die Brust.

„Einen Augenblick, ich muß ein Wörtchen mit Ihnen reden ...“

Omonte hob überrascht die Augenbrauen. „Suchen Sie mich ...“, begann er.

Aber der andere flüsterte mit leiser, zitternder Stimme, und ein Schnapsatem ging von ihm aus: „Erkennst du mich nicht? Ich bin Nepomuceno Ramos.“

Omonte senkte den Blick. „Was wollen Sie?“

„Nicht viel. Ich will dir nur sagen: du bist – ein Dieb!“

Er betonte das letzte Wort und starrte den Millionär mit seinen vorstehenden Augen an. Und plötzlich hob er die Stimme: „Ja, ich sage dir, du bist ein Dieb!“

Alle traten dazwischen und stießen den Alten zurück. „Sie sind verrückt! So eine Unverschämtheit! Zur Polizei mit ihm!“

Omonte schwang den Stock, aber Ahpeld und Dávalos packten ihn bei den Armen und schoben ihn in das Auto, indes er heiser murmelte: „Der unverschämte Kerl muß besoffen sein. Er ist besoffen ...“

Sie schlugen die Wagentür zu und wandten sich um, das sonderbare Subjekt zu betrachten. Dr. Loza, der neben dem

Fahrer saß, erklärte: „Er ist betrunken. Das ist dieser Ramos, erinnern Sie sich, Don Zenón, der der Firma die Grube ‚Montecristo', will sagen ‚Azul', streitig machen wollte. Wir haben den Prozeß gewonnen. Deshalb! Jetzt lassen wir ihn im Gefängnis schmoren!"

Inzwischen stand der alte Ramos mit seinem gesträubten Schnurrbart, dessen Enden wie zwei ausgebreitete Flügel abstanden, hochaufgerichtet am Rand des Gehsteigs, wies auf die abfahrenden Autos und erklärte inmitten der zusammengeströmten Menschenschar: „Er hat die Richter gekauft. Hier sind sie alle diesem Cholobanditen hörig. Aber ich habe mir doch das Vergnügen gemacht, ihm zu sagen, daß er ein Gauner ist!"

Die Firma lieh der Regierung Geld. Das erste Mal wurde kurz nach der Rückreise des Industriellen Omonte nach Europa eine Anleihe von 600 000 Pfund bei 8 Prozent Jahreszinsen ausgehandelt. Die erste Zins- und Tilgungsrate wurde gleich vom geliehenen Kapital abgezogen, das durch die Omonte-Bank entsprechend den Bedürfnissen der Eisenbahn, in der es angelegt wurde, ausgezahlt werden sollte, und zwar unter der Aufsicht einer Person, die gleichermaßen das Vertrauen der Regierung wie der Firma genoß. Der Staatspräsident bot Don Gustavo de Cuellar als politisch neutralem Fachmann das Finanzministerium an, was den Beifall der Presse, der Universität und des Generalstabschefs fand. Letzterer brachte in einem Interview die Befriedigung der Armee darüber zum Ausdruck, daß das Finanzportefeuille nicht mehr „den Einflüssen niedriger Parteienwirtschaft" ausgeliefert sei.*

Zunächst vereitelte die strenge Wachsamkeit des Finanzministers die Absicht der Regierung, mit den Mitteln für die Eisenbahn ihre Geheimpolizei zu bezahlen.

* Bei einer anderen Gelegenheit war der unpolitische Finanzminister Don Carlos V. Aramayo, der sich beeilte, ein Gesetz zur Erhöhung der Ausfuhrzölle für gemischte Silbererze zu erlassen, die er zufällig selbst in seinen Gruben Quechisla und Chocaya gewann.

„Ich habe dem Präsidenten gesagt", erklärte er Dr. Dávalos, „daß wir allerdings nicht in Platonien leben und daß es nur recht und billig ist, wenn die Regierung über geheime Fonds zur Förderung ihrer Politik verfügt. Aber diese von den Geldern zum Bau einer Eisenbahn abzuziehen, bedeute, die Sehnsucht des Volkes nach einer fortschrittlichen Entwicklung entgleisen zu lassen. Ich habe ihm angedeutet, er soll sich ein anderes Konto suchen."

Infolge eines glücklichen Zusammentreffens stellte zur gleichen Zeit Dr. Dávalos bei demselben Ministerium den Antrag, die Statuten der neuen Bergbau-AG zu genehmigen, die „Omonte Tin & Enterprises Consolidated" heißen, ihren Sitz in New Jersey und eine Vertretung in Bolivien haben sollte. Er verpflichtete sich zur Zahlung der Kapitalausfuhrsteuern, die auf 300 000 Bolivianos geschätzt wurden.

Daraufhin wickelte sich eine interessante Finanzoperation ab. Die Omontebank gewährte der Regierung einen Vorschuß auf ihr laufendes Konto. Dieser wurde abgerechnet, als das Unternehmen, dessen Verlegung inzwischen von höchster Stelle genehmigt worden war, seine diesbezüglichen Abgaben entrichtete, die haargenau den der Regierung vorgeschossenen Betrag ausmachten. Diese Operation des Finanzministers wurde zu Recht gerühmt. In der Folge kümmerte sich Dr. de Cuellar nicht mehr um die Abzweigung von Eisenbahngeldern für Polizeizwecke und verschloß vor den Enthüllungen der Oppositionspresse über die Unterschleife bei der Eisenbahn Augen und Ohren. Dann machte sich die „bolschewistische" Regierung die Notwendigkeit klar, in Europa eine Vertretung zu haben, die durch ihren Rang und ihren Reichtum das Prestige des Landes auffrischte, das durch ärmliche und habgierige Gesandte mit zweitklassigen Beamten in schäbigen Büros in bedauerlicher Weise gelitten hatte. Nun wurde der Bürger Zenón Omonte zum Gesandten in Belgien und den Niederlanden ernannt. Dieser wiederum ernannte zu seinem persönlichen Berater Dr. Martín Guzmán, den die Regierung verbannt hatte, und berief ihn nach Paris.

12

Blut im Erzgang

„In einem Augenblick war der Boden von Blut und Leichen bedeckt."

Tag für Tag spie die Grube Männer aus, aber manchmal zermalmten ihre kolossalen Kiefer die Bergleute und überlieferten sie dem Lazarett oder dem Friedhof. Dieser lag an einer ebenen Stelle jenseits der gelben Schlucht wie ein Dorf aus Kreuzen, deren Grabhügel aus Lehmsteinen die Wolken im Vorbeistreifen küßten.

Aus dem Mundloch der „Vorsehung" holte man in drei Säcken die Überreste von drei Füllern und zwei Wagenstößern heraus, die die verspätete Explosion einer Dynamitpatrone überrascht hatte. Estrada nahm die Meldung entgegen, die er selbst an Writt im Direktionsgebäude weitergab: „Der Steiger führt es auf einen Irrtum der Arbeiter zurück. Sie haben die Sprengungen mitgezählt. Alle haben fünf gehört, und in Wirklichkeit waren es nur vier. Sie stiegen zur Sohle hinab, um mit dem Wegfüllen zu beginnen. Und eine Stunde später kam noch eine Explosion nach."

„Ich bin selbst mit der Rotte eingefahren", fügte der Steiger hinzu. „Als der Staub sich legte, sah ich nur eine abgerissene Hand wie einen Lehmhandschuh am Gang hängen. Sie waren mit dem Schutt vermengt, und nur mit Hilfe der Kontrollmarken, die sie am Eingang zurückgelassen haben, konnten wir feststellen, wer es war: José Mamani, Simón Yujra, Ignacio Colque . . ."

Er unterbrach sich, als er draußen ein Stimmengewirr hörte. Sie traten an die Fenster, um durch die Scheiben hinauszublicken. Man sah den Ziegelbau, wo die wichtigsten Büros untergebracht waren. Er bildete mit anderen gleichförmigen Gebäuden aus Lehmsteinen mit Zinkdächern eine Straße, die sich in den Häusern der Angestellten fortsetzte. Gegenüber stieg stufenweise das Aufbereitungswerk auf. Man erkannte die Drahtseilbahn. Unten staffelten sich die aneinandergereihten Würfel des Wohnlagers den Berg hinab, und noch tiefer, den Hang des gegenüberliegenden Berges erklimmend, lag das Dorf Uncía.

„Es sind die Arbeiter, die zur Beerdigung gehen. Der ganze Abschnitt hat die Arbeit eingestellt."

„Wir müssen aufpassen . . ."

Eine Woche später fand in der Direktion wieder eine Zusammenkunft statt. Pacheco kam, ein Mann mit dem Kopf einer Klapperschlange, der Verwalter der Anglo-Chilenischen, der in seiner Stellung verblieb, solange die Verschmelzung der zwei Gesellschaften im Gange war.

Auch Estrada kam zu Writt, der sich bereits mit Pacheco und Ardiles, dem Leiter des Wohnlagers, unterhielt. Ardiles, ein älterer, dickhalsiger Mann mit einem harten Ausdruck um den Mund, den ein kurzer Schnurrbart schmückte, berichtete: „Die Arbeiter fordern, wir sollen den Familien der fünf Toten die Entschädigung zahlen. Sie versammeln sich im Dorf und hetzen vor dem Magazin."

Blinzelnd warf Pacheco ein: „Kommt alles von der Sauferei! Die Unfälle passieren gewöhnlich montags, wenn die Tagelöhner noch vom Alkohol benommen an die Arbeit gehen."

„Und weil sie wissen, daß sie eine Entschädigung bekommen, sehen sie sich viel weniger vor als früher."

„Der Unfall ist durch ihre eigene Unvorsichtigkeit entstanden. Es gibt da gewisse Kerle, Aufwiegler, die dort herumstreichen und das Wespennest in Aufruhr bringen."

„Man muß sie ausschließen, aus der Firma und aus dem Dorf."*

* Der Philanthrop Mauricio Hochschild führte in Bolivien die „schwarze Liste" der Arbeiterführer ein, denen die Bergbauunternehmer einhellig die Arbeit verweigerten.

Estrada bemerkte: „Aber es könnte die Dinge verschlimmern, wenn man sie ausschließt...“

„Später wäre es noch schlimmer, Don Lorenzo. Die müssen erst noch stärker werden.“

Das Maschinengedröhn des Aufbereitungswerkes erfüllte den Raum.

„Wir haben in La Paz angefragt“, sagte Writt. „La Paz hat in Paris angefragt. Paris ... Señor Omonte ordnet strenge Sparsamkeit an. Er kann es nicht zulassen, daß man ihn mit dem Arbeitsunfallgesetz betrügt.“

„Es kostet eine Million im Jahr“, bemerkte Pachéco. „Es ist unsere Pflicht, der Firma Verluste zu ersparen. Ist es nicht so, Señor Estrada?“

Estrada blickte ihn kurz an und erwiderte kalt: „Ich freue mich, daß Sie Ihre Arbeit für Omonte mit soviel Enthusiasmus beginnen.“

Eines Sonnabends stieg Estrada ins Dorf hinab, um an einem Fest teilzunehmen, das Marta aus Anlaß des chilenischen Nationalfeiertages den besseren Gästen gab.

Im Lager war Zahltag. Vor dem Verwaltungsgebäude drängten sich die Arbeiter an den Schaltern. Mit Wollmützen oder alten Hüten, langen Haaren, manche mit Halswärmern, andere in Ponchos, wieder andere in grotesken, selbstgenähten Lederstiefeln, bildeten sie eine vielköpfige Menge, die sich in ungeordneter Reihe die steile Gasse hinunterzog, als wäre sie an den Schaltern aufgehängt.

Auch die Palliris warteten auf ihre Löhne. Andere Arbeiterfrauen, die Jüngsten auf dem Rücken, standen mit weiten Röcken und runden Hütchen gruppenweise da und erwarteten ihre Männer, um ihnen ein paar Münzen zu entreißen, bevor diese sie in den Chichaschenken verschwinden lassen konnten. Es ging etwas Ungewöhnliches vor. Eine Unruhe wie in einem aufgestörten Ameisenhaufen erfüllte die Reihen.

„Isidro Mamani?“

„Hier.“

„Fünfzehn Bolivianos und vierzig Centavos. Gib Wechselgeld heraus!"

„Ich habe keins."

An einem anderen Schalter geschah dasselbe.

„Ruhig, ruhig! José Lima?"

„Hier."

„Zwölf Bolivianos und achtzig Centavos. Ich bekomme zwei zwanzig heraus."

„Ich kann nicht herausgeben."

„Besorgen Sie sich etwas. Ich habe nur Zehnerscheine bekommen."

„Niemand hat Wechselgeld."

Die Bergleute versuchten, untereinander Wechselgeld zu beschaffen, aber die meisten hatten keins. Die Ungeduld wuchs. Die Steiger regten an, die Löhne mehrerer Arbeiter zu addieren, so daß sich eine runde Summe ergäbe, die dann drei oder vier Arbeitern gemeinsam auszuzahlen wäre. Die Arbeiter protestierten. Man wollte sich an die leitenden Angestellten wenden. Aber sie waren über das Wochenende außer Reichweite.

Das Stimmengewirr wuchs. Die Frauen kreischten schrill in Ketschua und Aimará.

Die unbestimmte Unruhe in der Menge verdichtete sich plötzlich, als in der einen Gruppe ein junger Mann namens Cuchallo verkündete, dem ganzen Abschnitt, der an der Beerdigung der Kameraden teilgenommen hatte, sei ein Tagelohn als Strafe abgezogen worden.

„Kumpel, man will uns bestehlen!"

„Diebe!"

In diesem Augenblick kam Ardiles vorüber, stellte sich auf eine kleine Erhöhung und betrachtete den ungeordneten Haufen mit verstohlenem Lächeln. Allmählich umringte ihn ein Kreis finsterer Gesichter. Er blickte sie an.

„Was gibt's?"

Er versuchte sich den Weg zu bahnen und stieß dabei einen Arbeiter heftig zur Seite. Ein höhnendes, wütendes

Indianergeheul war die Antwort. Ardiles wandte sich um, da versetzte ihm eine Hand hinterrücks einen Schlag, der ihm den Hut vom Kopf fegte. Er wandte sich wieder um, da entstand ein wildes Handgemenge, in dem sein Gabardinemantel in Fetzen ging, während ihn die erregte Menge überdies mit Erdklumpen bewarf.

Es gelang ihm, in das Gebäude zu fliehen, von Steinwürfen verfolgt, unter denen die Scheiben zerbarsten. Noch mehr Steine prasselten gegen die verschlossenen Türen, Rufe und Pfiffe ertönten.

In diesem Augenblick tauchte eine hochgewachsene Gestalt in der kupferfarbenen Menge auf. Estrada stellte sich inmitten des Steinhagels vor die Leute.

„Halt! Halt! He, lassen Sie den Stein! Ruhe, Ruhe!"

Er breitete die Arme aus und teilte die Menge. Als sie ihn erkannten, ließen sie das Steinewerfen sein. Sein Blick glitt aus dunklen Gläsern über die Leute. Er erkannte einige Arbeiter und rief sie an: „Cuchallo! Calleja! Komm hierher ... Mamani! Was soll das heißen? Ihr führt diese Dummköpfe an!"

Sein unsichtbarer Blick schüchterte die Männer ein.

„Don Lorenzo, es ist aber auch die Höhe. Sie sagen, es ist kein Kleingeld da. Das sind Ausreden!"

„Es sind keine Ausreden. Das Nickelgeld ist nicht rechtzeitig aus Oruro angekommen, auch keine kleinen Scheine."

„Außerdem, Don Lorenzo, zahlen sie den Familien von denen, die das Dynamit in die Luft gesprengt hat, keine Entschädigung."

„Und denen, die zur Beerdigung gegangen sind, ziehen sie Geld ab!"

„Gut", verkündete Estrada mit erhobener Stimme. „Das wird nicht zugelassen. Jetzt wird allen ein Vorschuß von zehn Bolivianos ausgezahlt, der Rest am Montag. So wird weniger versoffen. In Ruhe und Ordnung an die Kasse!"

Die Angestellten, die geflohen waren, kamen wieder zum Vorschein. Estrada schritt durch die plötzlich still gewordene

Menge und bestieg den Lastwagen, der ihn ins Dorf zurückbrachte. Die Luft war wieder unbewegt und trübe. Nur die zerbrochenen Scheiben und die Steine vor den Büros zeugten davon, daß der Sturm der Volkserregung über die Stelle hinweggezogen war.

Draußen heulten die Alarmsirenen. In den Büros klingelten die Telefone. Mr. Writt, zum ersten Mal in seinem Leben unrasiert und ohne Zigarre im Mund, fuhr in seinem Stuhl hoch.

„Wie? – Was? – Sie greifen das Magazin an?"

Im Abschnitt Orko-Suntiña überfielen die Arbeiter das Magazin, sprengten die Türen mit Keilhauen, drängten und stießen einander, um sich wie ein Sturzbach aus Gesichtern und Ponchos ins Innere zu ergießen. Sie verteilten sich über die einzelnen Ladentische, stürzten Konservendosenstapel um, warfen Ballen herab, rissen Schuhe und aufgehängte Kleider herunter, zerfetzten Zucker- und Mehlsäcke. Flaschen zerbrachen, Verpackungspapier segelte lustig auf die Köpfe herab. Die Frauen kreischten und verteidigten mit beiden Händen irgendein Warenstück, das sie ergattert hatten. Manche Männer bekamen über die Menge hinweg Mehl- und Zuckersäcke zu fassen und rissen sie herunter, so daß diese sich über die Köpfe entleerten. Nach wenigen Augenblicken war das Magazin nur noch ein kahles Skelett, war der Boden mit Papier und Verpackungsmaterial bedeckt und weiß von Zucker und Mehl.

Ein anderer Teil der Menge zog zum Verwaltungsgebäude. In den Büros unterschied man die Rufe: „Nieder mit den Gringos! Nieder mit Writt, diesem Dieb! Nieder mit Pacheco! Raus, raus mit dem Direktor!"

Detonationen zerrissen die Luft.

„Kein Grund zur Aufregung", hieß es im Büro. „Sie schießen in die Luft. Sie vergnügen sich bloß mit dem Dynamit."

„Aus reinem Vergnügen werden sie keinen einzigen Kopf heil lassen."

„Und weshalb eigentlich, verflucht noch mal? Sie haben mit der Direktion, mit Omonte Streit. Wir sind doch selber arme Schlucker."

„Diese Dummköpfe sehen eben keinen Unterschied!"

Jetzt liefen alle zur Tür, durch die der bleiche Bahnhofsvorsteher hereingestürzt kam. Er wollte in den oberen Stock hinaufeilen, aber sie hielten ihn fest.

„Was ist los? Was ist los? Sprich doch, Mensch!"

„Sie haben das Magazin überfallen. Aber Señor Estrada hat auf sie geschossen. Jetzt kommen sie hierher. Wir müssen fliehen, zum Aufbereitungswerk."

„Wir müssen hinaus! Wir müssen unsere Häuser beschützen!"

Manche flohen. Andere blieben. In diesem Augenblick kamen die leitenden Angestellten aus dem oberen Stockwerk herunter.

„Man muß hinter den Gebäuden entlang", sagte Mr. Writt, „zum Aufbereitungswerk: alle ledigen Angestellten."

Sie schlichen sich zum Werk. In der Ferne hörte man das Gebrüll der Bergleute.

„Wir müssen abwarten, bis die Truppe kommt. Sie werden inzwischen von dem Aufstand gehört haben."

„Glücklicherweise sind diese Banditen nicht auf den Gedanken gekommen, die Telefonleitung durchzuschneiden."

Wieder hörte man, diesmal etwas näher, das Geschrei der Menge, rhythmisch unterstrichen durch hallende Schläge auf Holz. In diesem Augenblick erschien Estrada mit einer Gruppe bewaffneter Werkschutzleute. Er trug einen Revolver, der von einem über den Mantel geschnallten Patronengürtel herabhing.

Andere schleppten Kisten herbei, öffneten sie, entnahmen ihnen Mausergewehre und Munition und verteilten sie. Jeder Angestellte erhielt eine Waffe und fünfzig Patronen.

„Sie haben das Verwaltungsgebäude mit Steinen bombardiert."

Estrada ließ hinter der dunklen Brille keinerlei Reaktion erkennen.

„Man muß mit ihnen reden", sagte er. „Sie sind imstande, die Anlagen zu zerstören."

„Kommen Sie mit, nur mit Pistolen", wies er drei Angestellte an. Er trat auf den freien Platz vor dem Verwaltungsgebäude hinaus und stieg den breiten Weg hinab. Als er erkannt wurde, stürzte ihm eine Gruppe den Hang herauf entgegen. Von verschiedenen Punkten strömten Leute zusammen und schrien herausfordernd: „Nieder mit Estrada! Sklaventreiber! Mörder!"

Estrada machte mit ausgebreiteten Armen Zeichen und stieg weiter bergab.

„Hört doch zu! Wir wollen miteinander reden!"

Aber die Menge verstand nicht. Kollernd wie eine Herde Tausender wütender Truthähne, empfing sie ihn mit einem Indianergeheul, in dem sich kaum einzelne Stimmen unterscheiden ließen.

„Estrada raus! Pacheco raus! Schuft! Schläger!"

Estrada sprach und gestikulierte vor der schreienden Menge, die etwa dreißig Meter vor ihm stehengeblieben war. Als er erkannt hatte, daß es unmöglich war, sich mit den Meuternden zu verständigen, wandte er sich ab, und in diesem Augenblick ergoß sich ein Steinhagel über seine Gruppe. Ein Stein traf ihn an der Schulter, ein anderer verletzte einen der Angestellten im Gesicht. Daraufhin flohen diese, und Estrada blieb allein mitten auf dem Weg stehen, während die Steine wie Vögel über seinen Kopf hinwegflogen. Er zog die Pistole und gab rückwärtsgehend, das Gesicht der Menge zugewandt, drei Schüsse ab. Diesmal waren es die Arbeiter, die sich hangabwärts zerstreuten. Eine Dynamitpatrone mit brennender Lunte flog durch die Luft und fiel dicht bei Estrada zu Boden.

Estrada wich instinktiv zurück, aber als er mit einem Blick die Länge der Lunte abgeschätzt hatte, die vor seinen Füßen brannte, trat er auf den Sprengkörper zu, bückte sich und riß den Zündsatz heraus. Dann gab er die übrigen vier Schüsse aus seiner Pistole ab.

Das Geschrei der Menschenmenge schwoll an. Estrada befahl: „Sie sollen sehen, daß wir bewaffnet sind! Wir müssen schießen!" Daraufhin zielten die Büroangestellten und die der Firma ergebenen Arbeiter mit den Gewehren nach unten, dem Dorfe zu, oder in die Luft und schossen. Die Schüsse vibrierten wie straffgespannte Drähte. Sie pfiffen über die Köpfe hinweg, und ihr Echo durchstreifte die Berge, als suchte es kreuz und quer auf seiner Bahn ein lebendiges Wesen.

Die Nacht verbrachten sie wachend. Estrada organisierte den Schutz der gefährlichsten Stellen, wie des Pulvermagazins. Nur gelegentlich explodierte eine Dynamitpatrone, von den Bergarbeitern in den mondklaren Himmel geworfen. Einzelne Gewehr- oder Pistolenschüsse antworteten.

Eine grimmige Kälte breitete sich mit dem kreisenden Winde aus, ohne Widerstand zu finden, und drang den Wächtern und Angestellten in die Nase. Sie rauchten und tranken Whisky aus Flaschen, die man aus Estradas Haus hatte holen können. Die Bergleute hatten es nicht mit Steinen beworfen, weil die Chilenin Marta dort wohnte, die eine Freundin der Bolivianer und eine Feindin der Gringos war.

Der natürliche Einfluß des Morgens veränderte die allgemeine Atmosphäre. Es wurde ruhig. Der Subpräfekt von Uncía traf mit zwei Soldaten im Direktionsgebäude ein. Die Arbeiter kehrten nach und nach in friedlicher Haltung ins Lager zurück und bildeten Verhandlungskomitees. Um neun Uhr vormittags trat der Direktor in Begleitung zweier Ingenieure und des Subpräfekten heraus und wandte sich zum Lager. Als die Arbeiter ihn erblickten, gingen sie auf ihn zu. Männer und Frauen umringten ihn in einem riesigen, dichten Kreis.

„Guten Morgen, guten Morgen", sagte der Direktor. „Wir wollen uns miteinander unterhalten. Ich kann nicht mit allen sprechen, nicht wahr? Wo sind Ihre Delegierten?"

Ein paar Männer mit Halswärmern traten vor. Die Hüte drückten ihnen die Haare in die Stirn.

„Hier können wir nicht sprechen. Gehen wir ins Werk."

„Nein, ins Werk nicht."

Der Direktor dachte nach und blickte sich um.

„Also gehen wir in den Klub."

Ein Zug Ponchos und weiter Röcke folgte dem Direktor. Als er an seinem Auto vorbeikam, das von Steinwürfen zerbeult und mit zerbrochenen Scheiben dastand, sagte er: „Armes Auto! Es kann doch gar nichts dafür!"

Im Klub stellten der Direktor und die Arbeiter ihre Stühle in einem Kreis auf, nur der Subpräfekt und die anderen Angestellten standen.

Der Direktor zog eine Packung Lucky-Zigaretten aus der Tasche und bot sie an. „Wir sind hier unter Freunden. Es gibt keine Chefs und keine Untergebenen. Alle sind gleich! Wir wollen wie Männer miteinander reden, ja?"

Cuchallos grünliche Augen glitten über seine Genossen, während er die Beschwerden vorbrachte und erklärte, die Gewalttaten der Bergleute seien darauf zurückzuführen, daß Estrada vormittags einen Arbeiter angeschossen und der Betriebsschutz einen weiteren getötet hätte.

„Als die Leute die Leiche sahen, wurden sie wütend und waren nicht mehr zurückzuhalten."

„Wißt ihr, was ihr angerichtet habt?" fragte der Direktor. „Im Magazin beträgt der Schaden hunderttausend Bolivianos."

Die Arbeiter erläuterten die Ursache der Meuterei: „Für den Akkordlohn wird das geklaubte Erz immer zu leicht gewogen!"

„Das Brot im Magazin! Das Fleisch! Außerdem sind zuwenig Verkäufer, und sie behandeln uns, als ob sie Almosen ausgeben . . ."

„Wissen Sie, die Arbeit der Bohrer in der Grube ist furchtbar, und sie kriegen die Grubenkrankheit, und nirgends will man sie aufnehmen."

Sie forderten Schutzmasken für die Bohrer, Urlaub für die Schwangeren und Wöchnerinnen, die Einrichtung eines Krankenhauses, denn für fünftausend Familien waren nur eine

Erste-Hilfe-Station und ein Arzt vorhanden, und auch den Bau von Arbeiterwohnungen, denn manche waren so weit entfernt untergebracht, daß sie bis zum Stollen acht Kilometer bergan gehen mußten.

Der Direktor bestritt, daß die Preise des Magazins gestiegen seien, und verglich sie mit denen des freien Marktes.

„Wieviel kostet in Uncía das Pfund Kartoffeln?"

„Dreißig Centavos", erwiderte der Subpräfekt.

„Hier kostet es zehn Centavos. Das Pfund Zucker?"

„Dreißig Centavos."

„Hier fünfzehn. Die Firma verliert im Magazin Millionen."

Cuchallo wandte ein, das sei kein Verlust, sondern Lohnzahlung in Naturalien.

„Würden Sie also vorziehen, daß man Ihnen fünfzehn Centavos mehr Lohn zahlt, statt daß wir Ihnen zum Beispiel ein Pfund Zucker auszahlen?"

Die Arbeiter waren verwirrt. Der Direktor schloß, indem er mehrere Zugeständnisse anbot, die er mit der Direktion in La Paz besprechen wolle.

„Ich bin nicht der Besitzer der Grube. Ich würde Ihnen alles schenken, wenn sie mir gehörte. Gehen Sie wieder an die Arbeit?"

Die Delegierten äußerten, sie wollten mit den Bergleuten sprechen; um die Arbeit wieder aufzunehmen, brauchten sie die Garantie, daß die Versprechungen des Direktors auch verwirklicht würden und daß die Aufrührer keinen Repressalien ausgesetzt werden sollten; vielmehr müßten die Familie des toten Arbeiters und die Verwundeten Entschädigungen bekommen.

Mr. Writt stand auf, drückte den Bergleuten die Hände und sagte beim Hinausgehen: „Verhandeln, verhandeln, ohne Streit. Richtig?"

Als der Direktor draußen erschien, trat in der zerlumpten, inzwischen besänftigten Menge ein Stimmungswandel ein.

„Hoch Mr. Writt! Nieder mit den Krakeelern! Nieder mit Ardiles! Hoch Mr. Writt!"

Mr. Writt kehrte in die Büros zurück, wo ihn die Angestellten bleich, übernächtig und nach Tabakrauch riechend erwarteten. Er verlangte telegrafische Verbindung nach Oruro und schloß sich mit Pacheco in der Verwaltung ein.

Eine halbe Stunde später, um zwölf Uhr mittags, geschah das Unerwartete, in Vergessenheit Geratene. Die Dampfpfeife des Zuges schrillte durch den Mittag.

„Die Truppe! Die Armee! Die Armee ist gekommen!"

Die strahlenden Gesichter der leitenden Angestellten waren rot vor freudiger Erregung.

„Laßt sie jetzt nur mal schreien. Jetzt werden diese Banditen zur Raison gebracht!"

Die Firma übernahm sofort die Verpflegung und Einquartierung der Soldaten. Ardiles selbst überreichte jedem einzelnen zwanzig Bolivianos, Zigaretten und Konserven. Der schwarze, rundliche Major Ayuviri wurde im Haus des Direktors untergebracht, wo er eine lange Besprechung führte. Um zwei Uhr nachmittags bestellte er die Delegierten zu einem Gespräch in die Subpräfektur.

Cuchallo und drei seiner Kameraden gingen hinein, und kurz darauf jagte ein Trupp Soldaten die Neugierigen unter Kolbenhieben von der Straße und drohte zu schießen.

Das mit Zinkblech inkrustierte Indianerdorf begann sich zu erregen; alle bewegte das Geheimnis, welches das Präfekturgebäude umwitterte. Die Menge sammelte sich an den Straßenecken. Gruppen erschienen an der einen Stelle, flohen vor dem Angriff der Soldaten und tauchten woanders wieder auf.

„Verrat, Verrat!"

„Auseinandergehen, auseinandergehen!"

„Wir wollen unsere Kameraden sehen! Wir wollen mit dem Direktor sprechen!"

In diesem Augenblick sah die weit zurückgedrängte Menschenmenge das blaurote Gesicht des Majors Ayuviri durch die Tür der Subpräfektur spähen. Da brach jäh ein gellendes

Pfeifkonzert aus, dem ein so tosendes Geschrei folgte, daß es einem Wolkenbruch auf Zinkdächern glich.

„Der Lastwagen darf nicht raus!"

Auf einmal erhielt die dunkle Menge auf dem Platz Zuwachs durch eine Schar, die aus Llallagua gekommen war.

„Der Lastwagen darf nicht raus! Unsere Kameraden kommen nicht weg!"

„Nieder mit Writt! Nieder mit der Firma! Hoch die Nationalarmee!"

Der Tumult griff immer weiter um sich und wurde immer lärmender, genährt von dem furchterregenden Zorn der Armut. Vor den Arbeitern tauchten die Gewehrläufe einer neuen Abteilung Soldaten auf. Die Frauen der Festgehaltenen traten auf dem freien Vorplatz den Soldaten entgegen. Ein kleiner Soldat zerschmetterte mit einem Kolbenhieb einem Bergmann den Schädel. Es hagelte Steine. Die Abteilung wich zurück und überließ die heruntergefallenen Mützen den Füßen der Menge, die an zwei Stellen die Absperrung durchbrach und die Straße hinaufstürzte. Die Soldaten flohen. Die Frauen kreischten.

„Vorsicht, geht nicht vor, geht nicht vor!"

„Sie werden schießen! Lauft, lauft!"

„Lauft nicht fort, Brüder!"

Während ein Teil zurückwich und sich gegen die Mauern der Gäßchen drückte, rückten die anderen vor und schleuderten unter zornigem Geschrei Steine voraus.

Paff! Paff! Paff! bellten die Schüsse.

Rattattattattattatta! hämmerte unmittelbar darauf grauenerregend ein unsichtbares Maschinengewehr auf die Menschenmenge, auf Dächer und Mauern ein.

Rattattattattattatta!

Wilde Schreie schlugen an die Türen. Wie ein Blätterhaufen bei einem Orkan verschwand die aufgelöste Menge und ließ auf dem Vorplatz und in den Gassen Hüte, Umhänge und reglose Leiber zurück.

Das Dorf verharrte in entsetztem, nur von vereinzelten Gewehrschüssen zerrissenem Schweigen. Verschlossene Türen. Alles still: die Hütten, die auf der Flucht vornübergestürzten Leichen. Nur das Blut kroch langsam zwischen dem Staub und den Steinen des Pflasters wie ein roter Schatten unter den Gefallenen hin.

Einige hartnäckige Frauen liefen durch die Straßen und riefen laut nach ihren Männern.

Die Soldaten trieben sie zurück und besetzten das ganze Dorf. Der Abend war bereits angebrochen, als zwölf Verletzte und vier Tote in das Spital gebracht wurden, aber die Indianerinnen suchten noch immer.

Um Mitternacht unternahm eine Patrouille Soldaten einen Streifzug vom Dorf in das Lager und von da aus in das Aufbereitungswerk, hinter dem hoch und schwarz die Essen der Glühöfen aufragten. Etwas später brummte ein unbeleuchteter Lastwagen den verlassenen Weg entlang, und einer der Öfen begann Rauch und Feuer zu speien. Der Rauch aus dem Schornstein wand sich um den Mond, während in der Totenstille der Grube das Feuer mit seinem Zyklopenauge blinzelte.

Die Obrigkeit traf am nächsten Tag aus Oruro ein und nahm eine geringe Anzahl Toter zu Protokoll. Die Indianerinnen schrien mit Fürbitten und Anrufungen im schrillen Kontrapunkt des Ketschua ihre Totenklage hinaus.

13

Blase im Metall

„Nichts geht ihm ab, und alles bringt ihm das Silber des Berges."

Jahre vergingen. In Paris hatte Omonte den in der Avenue Foch gelegenen prunkvollen Palast des Marquis de Rocroi-Fassigny mit der kompletten Einrichtung übernommen, jedoch ausschließlich der Handtücher, Bettwäsche und Servietten, auf denen er sein eigenes Monogramm eingestickt haben wollte. Auch das Geschirr stellte seine Initialien zur Schau, sie prangten eingebrannt auf dem Tellergrund und eingraviert auf den silbernen Gabeln, Messern und Löffeln.

Ein Brief des Außenministers der neuen bolivianischen Regierung ging ihm zu: „Ihren guten Freunden, wie dem Herrn Präsidenten und Ihrem ergebenen Diener, bleibt der Beistand unvergessen, den Sie der Befreiungsrevolution gewährten, und ebenso erkennt das Kanzleramt die unersetzlichen Dienste an, die Sie uns als Gesandter in Belgien geleistet haben. Jetzt lassen sie Sie bitten, gütigst außerdem das Amt des Bevollmächtigten Gesandten bei der französischen und der spanischen Regierung zu übernehmen, in der Hoffnung, daß Sie, ein Mann, der seinen Patriotismus nie verleugnet hat, sich dieser Gesandtschaften ehrenamtlich annehmen werden, denn die Situation der Staatskasse . . ."

Omonte nahm an, mit dem einzigen Vorbehalt, daß die bolivianische Regierung die Kanzleiunkosten und die Kabelgramme übernehmen müsse. Er wurde vom Quai d'Orsay anerkannt, ebenso sein belgischer Sekretär, der als gebürtiger Bolivianer auftreten mußte. Anschließend gab er in seinem Palast einen Empfang, bei dem die Lakaien in Kniehosen und

Perücke vom löwengeschmückten Eingang bis zum ersten Stock hinauf aufgereiht standen. An ihnen vorbei paradierte die wunderliche Schar der Geladenen: südamerikanische Diplomaten, zwei italienische Grafen, französische Bankiers und ein Lord, der Gesellschafter der „Universal Tin" auf Malaya war und nur einen Augenblick blieb. Die spanische Coupletsängerin „Chelito" sang, von einem französisch-argentinischen Orchester begleitet.

Einen Monat später schickte Omonte sich an, nach Madrid zu reisen, aber während der Vorbereitungen ereignete sich ein unerfreulicher Zwischenfall, durch den er eine Form der Presseberühmtheit begründete, die ihn sein Leben lang begleiten sollte.

Bei seinem Aufenthalt in London hatte er einen Kammerdiener eingestellt, den er in englischer Währung bezahlte. Durch den niedrigen Stand des Franc ergab das Gehalt bei der Umrechnung der englischen Pfunde in französische Währung eine Summe, die dem Millionär ungeheuerlich erschien, und er versuchte das auf unauffällige Weise auszugleichen. Der Bediente wehrte sich dagegen und wurde entlassen. Aber er brachte den Fall vor Gericht. Der Magnat berief sich auf seine diplomatische Immunität und weigerte sich, einen direkten Vergleich mit dem britischen Kammerdiener zu schließen.

Er hämmerte mit der Faust auf seinen Schreibtisch ein, die Empörung nahm ihm den Atem und jagte ihm eine heiße Welle durch den Leib, so daß ein rotes Netz von Äderchen auf seinen Wangen aufglühte.

„Nein, Señor! Ich lasse mich nicht bestehlen! Die haben wohl gedacht, weil ich Omonte bin, muß ich – muß ich . . ."

Der Londoner Kammerdiener, der vor Gericht kein Glück gehabt hatte, trug nun die Angelegenheit zu einem Revolverblatt, dessen Herausgeber, ein führendes Mitglied der Organisation der Kriegsveteranen, sich als ein verhandlungsbereiter Mann erwies. Für einen Betrag von 20 000 Francs schlug er die Affäre nieder.

Omonte reiste nach Madrid, wo er sein „Debüt“ gab, denn dort entschloß er sich, seinen Leib in den Diplomatenfrack zu zwängen, der aus Paris, aus dem Pavillon Rohan, stammte. Als er die Gänge des königlichen Palastes durchschritt, um sich dem König vorzustellen, sah er sich in den Spiegeln vorübergehen und spürte sein indianisches Herz in der Brust schlagen, als wolle es entsetzt fliehen, da es seinen Herrn in Goldstickerei, mit Staatsdegen und Zweispitz gewahrte.

Die Lakaien und die Standbilder blickten ihn mit leeren Augen an, als teilten sie ein witziges und furchtbares Geheimnis. Sein Herz klopfte wie zur Warnung, daß er gestohlenes Gut mit sich führte.

Vor dem König ergriff ihn das unklare Gefühl, daß eine unbekannte Gewalt in den hohen Saal eindringen und ihn entkleiden könnte, um die Statuen und die Lakaien in schallendes Gelächter ausbrechen zu lassen.

Aber er hörte Alfons sagen: „Omonte ist ein spanischer Familienname, einer der ganz alten Namen ... Ich habe schon viel von Ihnen gehört.“

Er empfand das Verlangen, den König zu umarmen und eine Träne der Rührung auf seine Schulter fallen zu lassen.

In Madrid kaufte er einen Palast im Renaissancestil, dessen architektonischen Motiven er sein Monogramm, in die Zierwappen eingehauen, hinzufügte. Außerdem ließ er in der Halle zwei Gemälde von García Ramos aufhängen, die ihn und seine Frau in ganzer Größe darstellten.

Auf dem einen Bild trug seine imposante, durch den Diplomatenfrack etwas eingeengte Leiblichkeit Orden auf der Brust – viele davon verdankte er dem Maler –, die einem Meeresmuseum schimmernder Skelette glichen. Hier erstrahlten Medaillen wie Krustentiere, Seesterne mit Regenbogenreflexen und Spinnen mit kupferigem Rücken, streckten die Beine über die Seiden- und Atlasbänder aus und krochen mit ihrem roten, blauen und silbrigen Schmelz über brillanten-

und topasbesetzte Pfade. Auf dem anderen Gemälde prangte vor einem Hintergrund aus Goldbrokat Doña Antonia in lila Atlas mit einem Brillantdiadem und einem Ring, dessen Glanz die Augen blendete.

Der gute Omonte fühlte sich freier, weil dort jedermann Spanisch sprach. Zwar litt er darunter, daß er bestimmte persönliche Vorurteile über Bord werfen mußte, konnte aber dennoch nicht umhin, sich den unmerklichen Fortschritten der Herrenmode anzupassen. Wenn er sich zu einer Linie entschlossen hatte, hielt er hartnäckig an ihr fest, bis ihn eine schärfere Wendung der Moderichtung zwang, den Stil seiner Kleidung zu wechseln.

Ihn ärgerte, daß er seinen breiten Schnurrbart stutzen mußte. Er bestand jedoch auf dem Jackett, Westen aus hellem Wildleder, noch helleren Handschuhen und Gamaschen und dem Stock mit goldenem Griff. Letzterer harmonierte vorzüglich mit seinem dicken Kopf aus rotem Ton, auf dem sich das starre, von keinem Friseur Europas zu bändigende Haar sträubte. Nicht zu bändigen war auch sein bösartiger Charakter, dessen Äußerungen seine Angestellten ertragen mußten, darunter kein Geringerer als der Zivilattaché der Gesandtschaft, Mamertito Gutierrez y Gutierrez, in der literarischen Welt unter dem Pseudonym „Sabastito" bekannt. Die bolivianische Regierung hatte Omonte in einer Note gebeten, diesen jungen Gecken in die Gesandtschaft aufzunehmen, der in Bolivien keine angemessene Würdigung seiner körperlichen Schönheit und seiner literarischen Gaben finden konnte und deshalb sein Heil unter dem Schutz und Schirm Omontes in der Diplomatie oder in einer vorteilhaften Heirat suchte.*

Der frischgebackene Literat und Diplomat wurde angenommen und mußte sich den Demütigungen Omontes fügen, der ihn des öfteren daran erinnerte, daß er sein Gehalt aus eigener Tasche zahlte. Seine Tätigkeit bestand darin, Omon-

* Das stand zwar nicht in der Note, aber Sabastito erreichte beide Ziele.

tes Unterschrift abzulöschen, Zeitungsausschnitte zu sortieren und für Doña Antonia kleine Wege zu erledigen.

„Mamertito", befahl sie ihm, „ich möchte, daß Sie diesen Brief persönlich in der Post einwerfen. Und recht rasch!"

Der junge Attaché erledigte den Auftrag, aber bei der Rückkehr in die Gesandtschaft erwartete ihn der Zorn des Bevollmächtigten Gesandten.

„Wo sind Sie gewesen? Ich suche schon seit einer Stunde eine Zeitung aus La Paz!"

„Exzellenz, die gnädige Frau hat mich geschickt..."

„Hat sie das? Ich will sie doch gleich mal fragen, ob das stimmt."

„Ich schwöre es Ihnen, Exzellenz!"

Die gefällige Erscheinung des Attachés mit seinem weichen Profil und den Augen wie schwarze Weinbeeren stach gegen Omontes kupferrote Massigkeit und barsche Manieren ab. Omontes breite Hände reichten die Papiere, die er unterschrieben hatte, nach rechts, und Mamerto löschte sie ab.

„Und das?"

Mamerto neigte sich vor und erwiderte mit der Stimme eines gebildeten Seminaristen: „Exzellenz, Sie haben angeordnet, für diese Dame die Überfahrt nach Bolivien zu bezahlen, weil ihr Gatte verstorben ist..."

Omonte hob den Kopf und starrte ihn an wie einen Feind.

„Zweiter Klasse, wie? Was meinen Sie? Zweiter Klasse?"

„Exzellenz – es ist eine der besten Familien!"

„Warum bezahlen Sie es dann nicht selbst? Warum bezahlt es die Regierung nicht? Hier heißt es Omonte und immer Omonte, alles fällt auf mich! Bestellen Sie eine Passage dritter Klasse!"

Und mit einer Handbewegung wischte er die Papiere auf den Boden. Nachdem der Attaché sie eingesammelt hatte, nahm die Arbeit ihren Fortgang.

„Was ist das für eine Rechnung?"

„Die Rechnung der Druckerei für das Papier mit dem Gesandtschaftssiegel, Exzellenz."

„Ich sehe selbst, daß es die Rechnung der Druckerei ist. Ich kann lesen! Ich frage, warum sie hier liegt."

„Weil wir Ihre Genehmigung erwarten, Exzellenz, sie zu bezahlen, Exzellenz."

„Also soll ich, soll iiich ..." Seine Stimme wurde vor Wut fadendünn. „Also soll ich die Rechnungen der Regierung bezahlen, sogar das Papier der Regierung? ... Nein, Señor, mit mir treibt man nicht Schindluder. Wieviel macht es?"

„Zweihundert Francs, Exzellenz."

„Schicken Sie die Rechnung an die Regierung. Sie sollen eine reelle Geschäftsführung lernen. Es geht nicht um den Betrag. Aber mir tanzen sie nicht auf der Nase herum und muten mir zu, daß ich ihre Viergroschenrechnungen bezahle. Und ich wiederhole Ihnen, merken Sie sich das: die Kabel, die in dienstlichen Angelegenheiten nach Bolivien geschickt werden, müssen von der Regierung bezahlt werden. Ich führe die Gesandtschaft in allem Luxus und zahle Ihnen Gehalt, und die wollen, daß ich auch noch die Antworten auf ihre Bettelkabel bezahle!"

„Sehr wohl, Exzellenz."

„Gehen Sie und kommen Sie mir nicht dauernd mit ‚Exzellenz'!"

„Verzeihung, Ex ... Señor, der Señor Leguisamón wartet seit einer Stunde."

„Soll reinkommen."

Herein trat Señor Leguisamón, der Vorsitzende der bolivianischen Handelskammer. Er versuchte, jeden Schritt seines lahmen Beines in eine Verbeugung zu verwandeln.

„Señor Don Zenón, sehr angenehm, außerordentlich angenehm ..."

„Wie geht es, Don Zacarías? Nehmen Sie Platz."

„Vielen Dank, vielen Dank. Sie sind wohlauf, Don Zenón, bei Ihrer vielen Arbeit?"

„Ja, ja, viel Arbeit. Und Sie? Wie ist es Ihnen in London ergangen?"

„Oh, sehr gut."

„Na, freut mich."

„Jetzt kehre ich nach Bolivien zurück, und ich wollte nicht versäumen, mich von Ihnen zu verabschieden und zu fragen, ob Sie Aufträge für mich haben."

Plötzlich fiel Omonte etwas ein.

„Nichts, Don Zacarías. Aber Sie haben hoffentlich den Namen der Bartwichse mitgebracht, den Sie ermitteln sollten."

Señor Leguisamón führte die Hand an die Stirn, beide Hände an die Brust, erhob sich und öffnete den Mund: „Oh, wie unangenehm! Ich hatte so viel zu tun, daß ich – stellen Sie sich das vor, Don Zenón – ich habe es vergessen!"

Aber sein Lächeln verwandelte sich in Entsetzen, als er sah, wie Omonte aufstand und ganz leise zu sprechen begann, um wie ein Erdbeben zu enden: „Hören Sie mal, Sie hinkender Trottel – was glauben Sie eigentlich, wer ich bin? Glauben Sie, ich gebe Ihnen Aufträge, damit Sie sie vergessen können? Raus hier!"

Beim Hinausgehen traf er den bleichen Mamerto im Vorzimmer an.

„Haben Sie das gehört?"

Mamerto schüttelte den Kopf und reichte ihm auf Zehenspitzen den Hut.

„Ich hatte einen schweren Zusammenstoß mit Señor Omonte. Ich gestatte ihm nicht, mich so zu behandeln, wie er es bei anderen gewöhnt ist!"

Und seinen lahmen Fuß nachziehend, durchquerte er die Halle und schritt würdevoll an den riesigen Bildern Omontes und seiner Frau vorbei, deren strenger Blick ihm folgte.

Omonte erwarb mit dem Zinn seiner kleinen Grube, das England und die Vereinigten Staaten in Gold bezahlten, die Aktienmehrheit der Anglo-Chilenischen. Dann wurde die Fusion der Gruben vollzogen, um die Gesellschaft „Omonte Tin & Enterprises Consolidated" mit Sitz in New Jersey zu gründen.

Später nahm er das Angebot an, Hüttenaktien der „Williams Harvey“ zu kaufen.

Und dann kauften seine Agenten an den Börsen in London, Amsterdam und Schanghai Aktien der Bergwerke in den Straits Settlements und Niederländisch-Indien, die Aktiengesellschaften oder Privatpersonen gehörten. Nach der Version, die seine Fachleute in Bolivien verbreiten, fördern die Straits Zinn zu einem Kostensatz, der fast geschenkt ist. Dort gibt es keine Stollen, sondern Seifen. Die ungeheuren Bagger gleiten wie Schiffe, die eine plötzliche Dürre auf trockenen Boden versetzt hat, über die Erde und schieben erzhaltige Berg- und Hügelketten vor sich her.

So wird Omonte zu einem Millionär des Fernen Ostens. Er tritt in das Konsortium der „International Tin“ ein und wird Kompagnon zweier Oberhausmitglieder, eines Obersten im Ruhestand und eines britischen Ex-Finanzministers, der in glänzenden Reden die Notwendigkeit betont hatte, Singapur zu befestigen.

Die bolivianische Politik stellt sich in den Dienst des weltbedeutenden eurasiatisch-südamerikanischen Millionärs, genau wie die öffentliche Meinung, die ihre Orientierung in allen Bergbauangelegenheiten von der Presse, von den oberen Zehntausend, von den großen Parteien und von den großen Schriftstellern erhält. Und diese schieben die Schuld an den Mißständen des Landes einhellig der rassischen Minderwertigkeit der Indianer und Mestizen zu, welche – soweit es sich nicht um Millionäre handelt – unfähig seien, „nach höheren Grundsätzen zu handeln“.*

Der Staatshaushalt wird nach dem System der Regierungsanleihen gestaltet. Als Gegenleistung verpflichtet sich die Regierung jeweils notariell, dem Bergbau die Steuern nicht zu erhöhen. Anordnungen, das Finanzwesen betreffend, werden zuvor einer Vereinigung der Bergbauunternehmer vorgelegt,

* Die Herausgabe des schimpflichsten Geschichtswerks über Bolivien, das Alcides Arguedas, Autor des „Kranken Volkes“, verfaßt hat, wurde von Simón I. Patiño subventioniert.

in der Omonte und andere ausländische Gesellschaften sich zusammengeschlossen haben. Omontes Anwälte müssen die Regierung, die ihr Konto beständig überzogen hat, behutsam kurz halten. Sie wechseln sich im Finanzministerium ab, um die Interessen jener Vereinigung zu wahren. Zeigt sich die Regierung widerspenstig, strengt der Bergbau einen Prozeß an, den das Oberste Gericht klugerweise stets zu seinen Gunsten entscheidet.

Alles, was nach politischer Geltung strebt, wird durch die „Klassiervorrichtungen" des Bergbaus gesiebt. Nur der kommt durch, der anerkannt hat, daß „dieser das segenspendende Euter ist, das die Wirtschaft eines undankbaren und faulen Volkes speist". Alle anderen verschwinden rasch in der Versenkung, abgestempelt als einfältig, skrupellos, unfähig und des öffentlichen Vertrauens unwürdig.

Und wenn die Regierung dann immer noch über die Leiden und Entbehrungen des auf halbe Ration gesetzten Landes jammert, dann konzentriert der Bergbau sein Feuer: die Wirtschaftskrise, regionale Sonderbestrebungen, Rivalitäten zwischen den Fußballklubs, das Volksempfinden, militärischer Ehrgeiz und die Unruhen an der Universität, alles wird von den Artilleristen der Loge scharf geladen, und eines Tages stürzt die Regierung unter Krachen, um einer „neuen Ära" Platz zu machen. Stets stehen Omontes Anwälte an der Spitze der neuen Ära, beglückwünschen in seinem Namen die putschenden Generale und das heldenhafte Volk und lassen der Universität Spenden zukommen, weil sie „die entscheidende Tat" eingeleitet habe, „welche die Verfassung und die Gesetzlichkeit wieder in ihre Rechte eingesetzt hat".*

* Das ist nicht erfunden. Don Simón Patiño, der eine Woche vor der Revolution, die den Präsidenten Siles stürzte, sein Amt als bolivianischer Gesandter in Paris niederlegte, sandte dem General Blanco Galindo, dem Präsidenten der neuen Regierung, folgendes Kabelgramm: „In Ihnen und Ihren würdigen Kameraden beglückwünsche ich das ganze Land und die Armee, die mit edlem Patriotismus die Herrschaft des Rechts durchgesetzt haben. Als Beitrag, den wir Bürger in

Manchmal ölt man es, und manchmal säubert man es gründlich, das Rädchen, das sich die bolivianische Regierung nennt, um damit den glatten Lauf der großen Zinnmaschinerie auf ihren zwei kolossalen Rädern zu gewährleisten: Malaya und Bolivien, die um die Achse des ständig wachsenden Weltbedarfs kreisen. Das Zinn steht schließlich auf 400 Pfund pro Tonne. Die Stollen der bolivianischen Gruben liefern jährlich 48 000 Tonnen, Malaya 70 000.

Niederländisch-Indien, Siam, Belgisch-Kongo und Nigeria fördern ebenfalls Zinn und wetteifern in ihrer Produktion mit Bolivien und Malaya. Das Förderband des See- und Landtransports verbindet sie mit den englischen Hüttenwerken, wo wiederum nach allen Seiten die Wege ihren Anfang nehmen, die das Feinmetall in die Fabriken der Vereinigten Staaten, Belgiens, Deutschlands und Kanadas bringen. Und währenddessen gibt ein Manometer, die Börse genannt, in seinen Kurswerten ständig genau die Schwankungen von Angebot und Nachfrage wieder.

Um den Umsatz der Gruben in Bolivien und Malaya aufeinander abzustimmen, reguliert das Direktorium der Aktiengesellschaft „Omonte Tin & Enterprises Cons." für beide Gebiete die Finanzierung der Förderung, den Transport, die Verhüttung und den Wettbewerb um den Absatz in den Fabriken. Dieses Direktorium wiederum arbeitet eng mit den persönlichen Beratern Omontes zusammen. Diese sitzen in

dieser Stunde dem staatlichen und wirtschaftlichen Wiederaufbau der Nation schulden, erbiete ich mich, meine Bemühungen zu verstärken, um unsere Bergbauindustrie vor der Krise zu retten, die sie bedroht."

„El Diario" vom 1. Juli 1930 verkündete: „... Außerdem empfing General Blanco Galindo Dr. Arturo Loayza, den Generalbevollmächtigten Señor Patiños, der in seinem Namen der neuen Regierung seine volle Mitarbeit bei der Wiederherstellung der verfassungsmäßigen Ordnung anbietet."

Bekundungen dieser Art gab es auch im Jahre 1939, als die Generale Buschs Ableben benutzten, um im Namen der Demokratie und der großen Gauner einen Handstreich gegen die Regierung zu führen.

London, New York und Paris und führen seine Geschäfte als Besitzer der Gruben in Bolivien, Malaya und Niederländisch-Indien, die nicht in die Aktiengesellschaft eingebracht worden sind, als Aktionär einer Schiffahrtsgesellschaft und als Aktionär der Hüttenwerke Williams Harvey. Omonte, der Hauptaktionär und Präsident der „Omonte Tin Enterprises", ist auch Aktionär und Vizepräsident der „International Tin", die ihrerseits Aktionär bei der „Omonte Tin" ist. Aber die „Omonte Tin" hat wiederum nichts zu schaffen mit den persönlichen Kapitalanlagen Zenón Omontes in Fabriken für deutsches Aspirin, in Aktien sicherer Banken in London und Buenos Aires, Aktien des Wolframtrusts, Aktien der Pazifischen Schiffahrtsgesellschaft und in landwirtschaftlichem Besitz in Cochabamba.

Se. Exzellenz Señor Omonte ist Präsident von vier Aktiengesellschaften mit Sitz in London und New York geworden und Präsident seiner eigenen, auch auf Aktien umgestellten Gesellschaft, die ihm zu hundert Prozent gehören. An diesen Achsen hängen wieder andere, auf denen weitere Räder in Gestalt von Büros, Direktionen, Verwaltungen, Vertretungen und Agenturen kreisen. Direktorium in London; Anwaltsbüro in Paris; Verwaltungsrat in New York; technisches Büro in New York; Agentur in London; Vertretung in La Paz; Vertretung in Malaya, Direktion in Oruro, Bankdirektion in La Paz, Oruro, Cochabamba und Uyuni; Verwaltung der Grubenvereinigung in Uncía und Llallagua; Verwaltung der Dampferlinie in New York; Unterverwaltung in Chile; Eisenbahndirektion in Bolivien.

Der bolivianische Bergbauunternehmer teilt sich, und jede neue Teilung befähigt ihn, seine finanziellen Interessen auf neue Gewinnsphären auszudehnen. So ist der Industrielle Omonte zu einem endlosen Förderband geworden und tut weiter nichts, als sich selbst Geld abzunehmen. Für sein Erz aus der Grube streicht seine Eisenbahn Geld ein (Omonte der Eisenbahner); streichen seine Schiffe Geld ein (Omonte der Reeder); ist das Erz in England eingetroffen, streicht er in den Hüttenwerken Geld ein (Omonte der Hüttenbesitzer), und ist es auf den Markt gekommen, streicht er den Preis des Feinmetalls ein (Omonte der Grubenherr).

Das endlose Förderband läuft mit Zinn beladen aus Bolivien hinaus, mit Zinn, das sich in Gold verwandelt, kehrt aber leer nach Bolivien zurück, um wieder mit Zinn beladen hinauszulaufen. Eine ungeheure Pyramide wirft ihren Schatten über das Land, auf dem eine Seite ihrer Basis ruht. Die Spitze bilden Zenón Omonte und etwas tiefer zwei andere große Grubenherren, dann kommen die Direktoren, Verwalter, Ingenieure und Rechtsanwälte, die von seinen Spenden und seiner schlechten Laune abhängen. Und wieder tiefer, ihnen untergeordnet, die Regierung. Und dann die Kontraktunternehmer, Magazinverwalter, Steiger, Angestellten, Buchhalter, Baumeister, Schlepper, Wagenstößer, Bohrer, Palliris, Tagelöhner, Arbeiter, unterernährte Männer, Frauen und Kinder, auf denen das Gewicht dieser vollendeten Pyramide des internationalen Kapitalismus lastet.

14

Verzinnte Wappenschilder

„1636. In jenem Jahre starb dieser Erzgeizhals, der niemals Almosen für die Armen geben wollte, und hinterließ ein Testament mit Bestimmungen, die keinem Menschen nützten . . . Unter anderem bestimmte er, man solle auf seine Kosten alle Esel, die in Potosi aufzutreiben seien, prunkvoll aufputzen."

Milagros war eine bildschöne kubanische Kreolin, in die sich ein spanischer Edelmann so sterblich verliebte, daß er sie heiratete. Ein französelnder Schriftsteller aus Puerto Rico, Atheist und Dichter, gab in den Schlußzeilen seines Hochzeitsgedichts seiner Bewunderung für die braune Schönheit mit den kaffeeschwarzen Augen und den schmalen, herrschsüchtigen Lippen Ausdruck:

„Ich bin Atheist,
und für Wunder gebrach mir der Glaube,
bis dich ich sah, Weib,
und dem Glauben fiel gläubig zum Raube."

Der Edelmann, in dessen Adern königliches Blut floß, nahm die Kreolin mit nach Frankreich. 1915 starb er in Paris an Lungenentzündung, während er in einem luxuriösen Hotel im Bois auf vergoldetem Lager Champagner trank, und hinterließ ihr den erlauchten Familiennamen, mehrere Kinder – der Abstand zwischen dem Ältesten und der Jüngsten betrug fünfzehn Jahre – und eine Riesenschuldenlast. Wenige

Tage nach seinem Tode machten die Gerichtsvollzieher Inventur, und die Woche darauf versteigerten sie die Möbel.

Die Witwe zog nach Spanien, wo sie mit Hilfe einer königlichen Pension ihre Kinder aufzog. Als sie starb, wurden die Kinder zu Verwandten gegeben. Die Jüngste, die wie ihre Mutter Milagros hieß, kam zu ihrem Onkel, dem Grafen Casalta, ebenfalls ein verkrachter Edelmann.

Dem ältesten Sohn Felipe fiel nichts weiter zu als der Majoratstitel eines Herzogs von Salvatierra, auf den er sein Leben lang reiste. Sein großzügiges Finanzgebaren hielt die Bankiers, Croupiers, Hoteliers und Journalisten ganz Europas in Atem. „Ein Mann von vornehmer Haltung mit imposanter Nase", hieß es in einer Notiz der Agentur Havas. „Er weiß nicht, was es heißt, eine Rechnung zu bezahlen. Sind denn die plebejischen Hoteldirektoren, das gemeine Volk der Juweliere und die bürgerlichen Bankiers nicht auf der Welt, um einem Aristokraten königlichen Geblüts zukommen zu lassen, was er braucht?"

Er war mit König Alfons verwandt, und dieser hielt zu ihm, sicher im Hinblick auf den genannten Grundsatz, daß es Sache der Plebejer sei, die kostspieligen Ansprüche seines Verwandten gratis zu befriedigen. Alfons, der reicher war als der Mallorcaner March, hütete sich davor, seinen Reichtum zur Begünstigung von Revolutionen zu verwenden oder gar dazu, über den Glanz gewisser Zweige der Familie zu wachen. Er hielt es für unwahrscheinlich, daß Felipes Schulden die Sippe in Mißkredit bringen könnten. Zu jedem neuen finanziellen Meisterstück lächelte er bloß und sagte mit einem volkstümlichen Ausdruck: „Der Bursche ist auf Draht."

Noch als die unbeglichenen Rechnungen sich in Betrügereien verwandelten, die Betrügereien internationalen Ruf erlangten und die Berichte darüber in den Zeitungen auf der ersten Seite erschienen, lächelte Alfons dann und wann in sich hinein wie Quijotes Angebetete.

Aber die Journalisten, welche die Polizeichroniken der großen Welt verfaßten, setzten Felipes Beliebtheit recht unangenehme Grenzen. Das bourbonische Profil des Herzogs von Salvatierra tauchte allzuoft, von respektlosen Erläuterungen begleitet, in der Presse auf. Als Beispiel diene der Kommentar, den das Zentralbüro der Agentur Havas unter seinen Kunden verteilte und der auf dem Wege über die Bonaerenser Zeitung „Crítica" nach Bolivien gelangte. Es wurde leichthin davon berichtet, der Herzog sei aufgefordert worden, Monaco zu verlassen, nachdem ihm schon vorher das Kasino von Monte Carlo verboten worden sei. In dem gepfefferten Bericht* heißt es: „Auf Grund seiner königlichen Abstammung genießt Don Felipe das Recht, selbst in Gegenwart des Königs den Kopf bedeckt zu halten. Er genießt auch das Recht, die Rechnungen für seine opulenten Diners, die er in Begleitung eleganter Damen einnimmt, unbeglichen zu lassen. Dieses Recht behalten sich übrigens alle spanischen Granden vor, ohne daß die Hoteliers deshalb aufhörten, sie mit ihrem allerergebensten Lächeln zu begrüßen. Denn was der Grande nicht bezahlt, trägt irgendein nobler Südamerikaner, und so erleidet das Hotel keine Verluste und kann den Ruhm für sich in Anspruch nehmen, ‚von der europäischen Aristokratie bevorzugt zu werden'."

Aber der Herzog bevorzugte kein bestimmtes Hotel, sondern gab seine rauschenden Feste in allen Luxushotels der Riviera, in Paris, Biarritz und Ostende, daher konnte sich keins der besonderen Ehre seiner Gegenwart rühmen. So schätzte das auch ein plebejischer Hotelbesitzer in Deauville ein, der es wagte, dem Herzog die Rechnung vorzulegen und, noch schlimmer, sie auch anzumahnen und den Herzog sogar zu verklagen. Der spanische Botschafter beglich die Rechnung, und König Alfons lächelte nicht mehr.

Die großartigen herzoglichen Taten rissen nicht ab. In Monte Carlo lernte er eine Millionärin aus Cleveland, Ohio, USA, kennen und legte ihr Titel und Herz zu Füßen. Die Millionärin übergab ihm als Liebespfand einen hohen Dol-

* Der Bericht existiert, aber der Name ist der eines anderen Herzogs mit gleicher Lebensführung.

larbetrag zur Aufbewahrung, um sich nicht übermäßig vom Spiel hinreißen zu lassen. Sie verlor, und begierig weiterzuspielen, forderte sie am Bakkarattisch öffentlich ihr Geld von dem Edlen zurück.

„Wahrhaftig", hieß es im Bericht der Agentur Havas, „sie sehen nicht nach einer Millionärin oder einem Herzog aus, als sie sich in dieser Situation, da die eine das Geld zurückfordert und der andere es verweigert, gröblichst beschimpfen."

„Sie sind betrunken. Sie haben mir nie Geld gegeben", sagte Don Felipe.

„Sie sind ein Dieb. In den Vereinigten Staaten bekämen Sie zwanzig Jahre Gefängnis, als Betrüger."

„In Spanien hätte ich Sie auspeitschen lassen und meinen Leibeigenen übergeben", erwiderte der Herzog.

Diese Absicht quittierte die Dame, die keiner Leibeigenen bedurfte, da sie Herzöge haben konnte, „mit zwei Ohrfeigen und warf ihm überdies die Spielmarken, die sie in der Hand hatte, ins Gesicht".

Zwischen einem Herzog und einer Millionärin konnte das Personal des Kasinos nicht schwanken. Es warf den Herzog hinaus und behielt die Millionärin. Außerdem forderte die Polizei am nächsten Tag den Edlen höflich auf, Monaco zu verlassen.

Daraufhin äußerte König Alfons, Felipe sei „die Schande der Familie".

Für den Plebejer wie für den Aristokraten besteht die Schande darin, kein Geld zu haben. Wenn der Plebejer keins hat, entschließt er sich zu einem Raubüberfall oder reiht sich in die Schlangen der Arbeitsuchenden ein. Der Aristokrat macht statt von der automatischen Pistole mit besserem Erfolg von der Gabe der Vornehmheit Gebrauch, die ihm aus dem Destillierkolben von zwanzig Generationen überkommen ist. Der Herzog schrieb ungedeckte Schecks aus, woraufhin die Betrogenen ihn verklagten und schließlich erreichten, daß die Genfer Behörden seine Verhaftung anordneten. Vor Gericht wurde er wegen Betruges zu sechs Monaten Gefängnis verurteilt, aber dank dem Eingreifen einflußreicher Stellen verschwand er, um wieder in London aufzutauchen, wo die Regierung Anarchisten und Herren königlichen Geblüts gleichermaßen beschützte. Der Erfolg dieser Unbesonnenheiten war, daß des Herzogs bourbonisches Profil in den Polizeiarchiven in Paris und Genf Aufnahme fand. Aber er verzagte nicht, wie keiner seiner Vorfahren verzagt war, wenn er erfuhr, daß die Vasallen sein Bild benutzten, um ihm einen bösen Zauber anzuhängen.

Einer dieser Vasallen, jüdischer Abstammung und in Katalonien geboren, dessen Namen Federico Bañuls* die Agentur Havas in dem entsprechenden Bericht nannte, war auch so ein reichgewordener Leibeigener. Der Herzog spielte vor Bañuls die Rolle des Kunstliebhabers und Besitzers von Meisterwerken der Malerei, darunter eines Bildes von Luis de Ferrara, „Christus und die Ehebrecherin", und bot es ihm als Pfand für 100 000 Francs an. Bañuls rechnete sich aus, daß das Pfand 800 000 wert sei und nicht eingelöst werden würde. Er lieh dem Herzog das Geld.

Da er dem Wort eines Aristokraten mißtraute, ließ Bañuls das Bild von Sachverständigen prüfen. Es stellte sich heraus, daß es kein echter Ferrara war, sondern eine Kopie und höchstens 5000 Francs wert. Inzwischen war der Herzog „verduftet", wie man in der Ganovensprache sagt, aber Bañuls brachte den Betrug in Paris vor Gericht, und trotz der Bemühungen der spanischen Diplomatie und Kolonie, die Sache zu vertuschen, wurde er von einer Strafkammer zu vier Monaten Gefängnis verurteilt.

Angesichts dieses neuesten Skandals in einer langen Serie benutzten die Zeitungen Ausdrücke wie „Ruchlosigkeit", um die Tat, und „Hochstapler" und „skrupelloser Abenteurer", um den Urheber zu kennzeichnen.

Alfons seinerseits wiederholte nicht mehr, Felipe sei die Schande der Familie, sondern widmete ihm privatim andere ordinäre Sätze aus seinem sprichwörtlich bildhaften Wort-

* Auch dies ist ganz gewiß ein zufälliges Zusammentreffen.

schatz. Glücklicherweise nahm Felipe die Entwürdigung der Familie ausschließlich für sich als Majoratsgut in Anspruch.

Milagros hielt man als kleines Mädchen für blutarm. Sie war sehr dünn, und die Kinderfrau, die Gouvernante und ihre Mutter stellten gemeinsam Menüs für sie zusammen.

Als sie ein Kind war, sagte die Kinderfrau zu ihr: „Wenn du dieses Hühnerbeinchen nicht ißt, darfst du nicht im Retiro spazierengehen."

Als sie ein junges Mädchen war, sagte die Gouvernante: „Señorita Milagros, nehmen Sie Ihr Stärkungsmittel. Sonst melde ich es der gnädigen Frau, daß Sie die Arzneien verstecken."

Als sie einundzwanzig Jahre alt war, sagte die Kammerjungfer: „Das Frühstück, Señorita? Sie sind gestern sehr spät schlafen gegangen. Ein Aspirin? Dieses Stückchen Schinken? Dann wenigstens ein Stück Torte und eine Tasse Kaffee. Auch nicht? Wie schön Sie schon beim Aufstehen sind, Señorita!"

„Wie spät ist es?"

„Drei Uhr nachmittags."

„Oh – ich habe um fünf eine Verabredung."

„Sie gehen also aus?"

Milagros verneinte mit ihren großen Augen. „Ich bin hier verabredet, mit meiner Familie."

Sie stand auf und ging ins Bad. Als sie in die Marmorwanne stieg und in den prickelnden Schaum eintauchte, glich sie einer Göttin mit tizianischer Haut.

„Wahrhaftig, Señorita, Sie haben einen prachtvollen Körper. Glücklich der Mann, der Sie unbekleidet sehen wird."

Der mutmaßliche glückliche Mann schaute mit schwarzen Augen und einem faszinierenden ironischen Lächeln aus dem silbernen Rahmen auf dem Toilettetisch. In der Widmung war der Name „Hugo" zu erkennen.

„Aber wer weiß? Ich glaube, Señorita, Sie verbergen mir etwas. Tun Sie nur nichts, was Ihrer Tante mißfallen könnte ..."

Milagros zog sich langsam an. Sie entzündete eine Zigarette und schritt in einen dunklen Salon mit alten Möbeln und hohen Säulen hinüber. Durch die großen, bunten Fenster drang gedämpftes Tageslicht. Von einem Tisch nahm sie einen Block Papier und ging in ihr Schlafzimmer zurück, wo sie vor dem Bild zu schreiben begann. Sie verschloß den Brief.

„Señorita, sie sind schon da."

Im Salon erwarteten sie sitzend ihre Tante in schwarzer Seide und Graf Casalta, der sie asthmatisch hustend begrüßte, und stehend ihr Bruder Felipe, hochschulterig, mit glänzender Glatze, bourbonischer Nase und gewinnendem Lächeln.

Sie spielte mit dem Umschlag und hörte sie reden:

„Du kleidest dich gerne gut, und wir pfeifen auf dem letzten Loch."

„Für eine schöne Frau ist die Liebe wie das einfache Glas. Das Geld dagegen ist wie ein Spiegel . . ."

„Er ist der größte Millionär Südamerikas. Du wirst in seinem Reich eine Fürstin sein."

„Du brauchst sein Indianerland nicht einmal kennenzulernen. Du wirst eine Königin sein – hier!"

Milagros hob ihr klassisches Profil und erwiderte mit ihrem hochmütigen Mund: „Aber, Tante, er ist so häßlich . . ."

„Um so besser", sagte Felipe, „so kannst du ihn später ohne Kummer verlassen."

„Ich bin wenigstens vier Fingerbreit größer als er."

„Dafür ist er fünfhundert Millionen Peseten größer als du."

„Ist kein anderer da?"

„Mit dem Indianer verglichen, sind alle anderen arme Schlucker."

Milagros' anmutige Gestalt glitt durch den Salon. Sie schaute aus dem Fenster, vor dem sich die herbstlichen Zweige der gelben Bäume gegen den opalblauen Himmel abzeichneten.

„Morgen gebe ich euch Antwort", sagte sie.

Sie küßte alle auf die Stirn und ging in den schmalen Garten hinaus. Den verschlossenen Umschlag hielt sie in der

Hand. Ich gehe mit dir fort ... Hatte sie nicht hier drinnen in dem stummen Brief so etwas geschrieben?

Sie riß den Umschlag auf. Aber wozu es noch einmal lesen? Sie schwang das Papier leicht in der Hand und betrachtete die gelben Kastanienblätter, die wie Goldstücke auf dem Boden verstreut lagen. Ein Lastwagen voller Kisten fuhr durch die traurige Straße. Wozu bis nachmittags warten? Milagros riß den Brief, den sie geschrieben hatte, in zwei, in vier, in sechzehn und in zweiunddreißig Stücke und ließ ihn in der Brise davonflattern, die ein paar weiße Fetzen mit den goldenen Blättern auf dem Boden zusammenwehte.

Im Silberrahmen auf dem Toilettetisch erschien das Bild des neuen Verlobten, und einen Monat später vermählte sich die Quasi-Herzogin Milagros mit Se. Hochwohlgeboren Don Arnoldo Omonte, dem Chargé d'Affaires de la Bolivie, und bestieg den Thron, den ihr Geld und Diplomatie, die modernen Konkurrenten des königlichen Geblüts, vereint anboten.

Der Majoratserbe der Zinndynastie verhalf dem blindgewordenen und schartigen herzoglichen Wappen zu der dringend nötigen Auffrischung. Und das Weib aus königlichem Geblüt, bei allem ein echtes Weib, eroberte für sich ein anderes Reich, von ewiger Geltung und doch so flüchtigem Bestand, in dem es einen Augenblick lang die Welt des zwanzigsten Jahrhunderts beherrschte: das Reich der weiblichen Eleganz.

Zwei Jahre nach Milagros' Heirat mit Arnoldo zogen Molineux, Worth, Schiaparelli, Lanvin, die modernen Magier, Bilanz und kamen überein, nachdem sie bei einem einzigen von ihnen eine Million Francs für Pelze ausgegeben habe, gebühre ihr das Zepter der „bestgekleideten Frau der Welt" vor ihren Mitbewerberinnen, der Herzogin von Kent und Wally Simpson.

Auf dem zinnernen Sockel, den die Indianer der bolivianischen Gruben geschaffen hatten, stand die weiße Königin der

Eleganz, und an ihrer Seite erklomm ihn auch der indianische Mestize, der Urheber des Wunderwerks. Arnoldos kupferfarbene Erscheinung verriet durch die Politur hindurch, die ihm sein Leben als vornehmer junger Herr verliehen hatte, das Blut der von Milagros' Vorfahren versklavten Mitayos. In seiner Person standen sie auf, um sich mit der herrschenden Aristokratie zu verbinden, ohne von dieser Sühne zu wissen.

Die spanische Familie tauchte wieder an der Oberfläche auf wie eine alte versunkene Galione. Das „plebejische Zinn", das schmutzige, schwielige Hände aus den Stollen kratzten, erfuhr eine Läuterung bis zum schneeigsten Weiß, dessen Linien und Umrisse sich nicht mehr in metallischem Glanz, sondern im Schimmer edelsten menschlichen Fleisches abzeichneten.

Tuca Omonte fand man als kleines Mädchen häßlich. Das war zu der Zeit, da man die Frau noch nach den Formen der Venus maß. Aber als die Mode Tut-anch-Amons aufkam, bot sich Tuca mit ihren schrägen Augen und ihrem Gesicht mit der geraden Nase und den ausgeprägten Wangenknochen förmlich dazu an, von den Schönheitsexperten mit Hilfe einer anliegenden Frisur und einer Verlängerung der Augenbrauen zu den Schläfen hin in einen interessanten orientalischen Typ verwandelt zu werden.

Jahre später gewann sie in Biarritz mit ihrem Auto den ersten Preis in einem Modellwettbewerb und stellte sich neben dem Wagen den Photographen. Sie hatte ihren Stil noch stärker ausgefeilt. Aber nicht in diesem Auto, sondern in einem gewöhnlichen Modell verließ sie ihr Haus in der Avenue Foch, um vor einem Café einen jungen Mann mit kohlschwarzen Augen abzuholen, auf dessen vorspringendem Kinn ein Grübchen die Strenge des Gesichts milderte: das war Manolito Fuentes Betancour, ein junger Uruguayer mit einer französischen Mutter. Tucas Eltern hatten ihr den Umgang mit ihm untersagt.

Tuca gefiel er. Er würde, wie er sagte, einmal ein ungeheures Vermögen erben, war aber vorderhand nicht in der Lage, dem goldenen Kreis beizutreten, der die bolivianische Millionärin umgab. In der Sommersaison nach Arnoldos Heirat konnte er ihr nicht nach Biarritz folgen.

Tuca ritt aus, spielte Roulette, badete im Meer. Am Strand ausgestreckt, schaute sie in den Himmel und auf das Wasser, das sich aufwölbte und über Augenhöhe anstieg, lag in Gedanken versunken neben Männern und Frauen, die wie Würmer unter der Sonne krabbelten, und sehnte sich nach dem romantischen Jüngling.

„Dein Vater hat recht", hatte Doña Antonia gesagt, „wenn er nicht will, daß Südamerikaner dir den Hof machen. Das sind alles Schmarotzer, die glauben, wir haben bloß für sie gearbeitet. Du kannst viel, sehr viel verlangen."

Freilich konnte sie das. Sie hatte unzählige Bewerber: die einen mit Monokel, von der Art des Grafen Anglada; andere mit spiegelglatter Frisur und hochgewachsener, fleischiger Gestalt, wie der Sohn des portugiesischen Gesandten; wieder andere mit der Figur und den Augen eines Haudegens, von der Art des kleinen französischen Barons, und so weiter.

Aber Tuca gefiel der Uruguayer besser. Er sah aus wie ein Franzose, trug kein Monokel, keine geölte Frisur und keinen Adelstitel, sondern war eine strenge Erscheinung mit den schönen Augen eines Mischlings.

Sie dachte an das Gespräch mit ihrem Vater.

„Ich lasse dich in allem gewähren, nur darfst du nicht mit Unbekannten gehen. Der ist bloß hinter meinem Geld her."

„Alle sind hinter deinem Geld her", hatte Tuca erwidert und ihre mandelförmigen Augen auf Omonte gerichtet.

„Dann such dir das Beste aus. Sieh dir deinen Bruder an ..."

Tuca kehrte ernster nach Paris zurück. Die Franzosen, Männer wie Frauen, waren ihr zuwider. Sie schlich sich heimlich aus dem Haus, um sich mit Manolito zu treffen, und beleidigte einmal einen Detektiv, den sie dabei ertappte, wie er ihr folgte.

Daraufhin ließ Don Zenón das Vorleben des faszinierenden Uruguayers erforschen. Einen Monat später lag auf Tucas Toilettetisch das Ergebnis der Untersuchung. Es war ein Papier mit folgendem Text:

„Ich habe von Gebr. Gotinski einen Betrag von 50 000 Francs als Darlehen zu einem Zinssatz von 20 % monatlich erhalten. Ich verpflichte mich, diese Schuld binnen dreißig Tagen voll zurückzuzahlen. Genannte Frist läuft vom Tage meiner Verheiratung an."

Tuca ging im Park ihres Hauses spazieren, schwang die Schuldverschreibung leicht in der Hand und betrachtete die gelben Blätter der herbstlichen Kastanien, die wie Goldstücke auf dem Boden verstreut lagen. Sie riß das Papier in zwei, in vier, in sechzehn und in zweiunddreißig Stücke und ließ sie in der Brise davonflattern.

Ein paar Tage darauf trat sie eine Reise nach Cannes an, und von da aus fuhr sie nach Griechenland. Drei Monate später kehrte sie zurück und heiratete in Paris. Nicht den Grafen Anglada, auch nicht den kleinen Baron, auch nicht den Sohn des portugiesischen Millionärs, sondern den Marquis Juan Carlos Stefanici, einen Nachkommen Murats, von dessen italienischen Weinbergen und Gütern die Hypotheken wie durch Zauberei davonflogen. Der Marquis, ein Mann mit fast weißblondem Haar und Schnurrbart, verließ mit Tuca die Madeleinekirche, und in einer Flut weißer Rosen traten sie in den Frühlingsmorgen hinaus vor die Pariser Menschenmenge, die auf dem schlichten, schmucklosen Kleid der Braut ein Gebinde violetter Orchideen bewunderte.

Omonte hatte der Pariser Stadtverwaltung einen Sonderbetrag entrichtet, um den Fahrzeugverkehr vor dem Palast in der Avenue Foch sperren zu lassen. Die Vorderfront des Palastes war über und über mit weißen Rosen aus Italien bedeckt. Vor den Marmorlöwen des Portals bauten sich die Pressephotographen auf. Drinnen standen Zenón Omonte und seine Frau dem Empfang vor, aber das Kreuzfeuer aller Blicke war auf die Braut und Milagros gerichtet.

Zu Ehren des Ereignisses hatte man die Schonbezüge der Möbel abgenommen und die Holztafeln über den Gobelins abgeschraubt, die auf zwei Millionen Francs geschätzt wurden. Omontes Geschenk war in einer Vitrine ausgestellt: ein Scheck über eine Million Francs und an seidenem Band die Besitzurkunden über ein Schloß in Rouen. Das Geschenk der Mutter war der Rex-Diamant, der der österreichischen Kaiserin gehört hatte. Als Hochzeitsgeschenk des kranken Bruders, der in einem Sanatorium in der Schweiz weilte, galt das Pferd „Negus", der Grand-Prix-Sieger in Longchamps. Die Geladenen konnten Negus im Park bewundern, wo ihn ein Reitknecht am Zügel hielt.

15

Die Grube verarmt

„Von diesem Jahr an war der Berg fast ganz verlassen ... Die Indianer übernahmen einen großen Teil dieser Arbeit ... und sie hörten nicht auf, aus den Abraumhalden das Abfallerz herauszusuchen und nach ihrem Vermögen die Gruben zu bearbeiten; und damit erhielten sie nicht nur die Stadt, sondern ganz Peru aufrecht."

Bautista Cuchallo, der nach dem Aufstand aus dem Lager verschwunden war, kehrte Jahre danach zur nunmehr vereinigten Gesellschaft zurück. Das Unternehmen war wegen günstigerer Abbaubedingungen auf die andere Seite des Berges San Juan del Yermo umgezogen, um das Erz der „Vorsehung", der „Orko-Suntiña" und der „Azul" durch den alten Stollen der in die „Omonte Tin" eingegangenen Anglo-Chilenischen herauszuholen.

Dort war das Wohnlager mit seinen langen Hüttenreihen gewachsen. Das Dorf Llallagua hatte sich ausgedehnt, und wo es sich mit den Zinkdachhäusern des Wohnlagers mischte, wirkte es wie eine Fabrik und ein Indianerdorf zugleich. Aber der Fortschritt führte über das Dorf hinweg, nämlich in Gestalt der Kabel für den elektrischen Strom, ohne daß die Gesellschaft den Dorfbewohnern erlaubt hätte, ihn mit zu benutzen.

Cuchallo traf an einem Wintertag ein und betrachtete das veränderte Panorama mit den Schuppen und Schornsteinen des Aufbereitungswerkes Barsola, das sich längs einer großen, bläulichweißen, aus taubem Gestein künstlich geschaffenen Bergkette erstreckte. In der Ferne lugte durch einen Ausschnitt in den Bergen das grünliche Dreieck des großen Staubeckens herüber. Diesseits sah man die Dächer des Dorfes und, bergab ziehend, die symmetrisch aufgereihten Arbeiterwohnungen.

Aber nicht dorthin schickte ihn der Lagerleiter ins Quartier, sondern nach oben, auf den San Juan del Yermo, an dem gruppenweise Hütten klebten. Mit zunehmender Höhe schrumpften die Wohnungen zu vier Wänden aus mörtellos aufeinandergeschichteten Steinen zusammen. Er stieg noch weiter bis zu den „Stollenausbauten", die in 4200 Meter Höhe nahe an der Eisenbahnlinie und am Rand einer Schlucht voller Abfälle lagen.

Oben sah er menschliche Gestalten vor den Höhlenmündungen umhergehen wie Erscheinungen aus dem Quartär.

Es war ein Dorf mit sonderbaren Behausungen. An einem Felspfad lagen die alten, inzwischen verlassenen Stollen aus der ersten Abbauperiode im Schutze der gewaltigen Steinmasse wie unter einem ungeheuren, verräucherten Wetterdach. Cuchallo steckte den Kopf in eine Höhle. Der Rauch eines am Eingang brennenden Feuers benahm ihm den Atem. Er ging tiefer hinein und trat auf etwas Lebendiges, das auf dem Boden lag. Nun brannte er ein Streichholz an und sah in seinem Licht flüchtig die Höhlenbewohner aus dem Ruß des Stollens auftauchen. Männer und Frauen saßen und lagen schweigend herum.

Cuchallo trat ins Freie und schritt behutsam am Rande der Schlucht entlang auf eine Gruppe Hütten aus aufeinandergeschichteten Steinen zu. Auf den Blechstücken, die das Dach vorstellten, lagen Steine, damit der Wind sie nicht fortwehte. Er hielt nach der ihm zugewiesenen Nummer 2003 Ausschau. Sie war mit Teer an eine Tür gemalt, die einfach ein Holzrahmen mit aufgenagelten Blechstücken war.

„Hier ist es ... das ist die Nummer 2003 des Lagers!"

Ein paar vor Kälte erstarrte Arbeiter tauchten zwischen den Hütten auf.

„Wirst du hier wohnen, Kumpel?“

„Ja.“

„Hast du die Stollen gesehen, wo die Arbeiter wohnen?“

Aus der Hütte trat eine Frau in einem schwarzen Umhang. Sie hatte ein kleines Kind im Arm und eins neben sich.

„Ach, um Gottes willen, und wo soll ich denn hin?“ fragte sie in Ketschua.

Die Arbeiter sprachen durcheinander.

„Nicht mal in den Höhlen darf man frei wohnen. Alles gehört der Firma. Sehen Sie diese arme Frau. Wie heißt du?“

„María Nina.“

„Ihr Mann ist vor acht Tagen im Spital gestorben, und heute morgen hat ihr der Lagerchef ausrichten lassen, sie soll verschwinden, weil sie nicht mehr zur Firma gehört.“

Es war sechs Uhr nachmittags. Die Spuren der Erderosion zeichneten sich wie gelbliche Tränen zwischen den Höckern des Berges ab. Cuchallo betrachtete die kleine, rundliche, zerzauste Frau mit den glänzenden Wangen.

„Und wo soll ich hin?“ sagte sie. „Zum Hinabsteigen ist es zu spät.“

„Auf jeden Fall müssen sie einen anderen Arbeiter schicken, der hier einzieht.“

Da lächelte Cuchallo verschmitzt, blickte die Frau an und fragte sie in Ketschua: „Soll ich also schlafen, wo der Tote schlief?“

Die Arbeiter lächelten mit bläulichen Lippen. Cuchallo nahm sein Bündel auf, bückte sich, trat in die Hütte, rollte sein Bettzeug auseinander, breitete es auf dem Boden neben dem der Frau aus, legte sich hin und zündete eine Zigarette an. María Nina setzte sich neben ihn.

Lorenzo Estrada stieg den Weg hinan, der von Uncía zu seinem Haus im stillgelegten Aufbereitungswerk der „Vorsehung“ führte. Hinter einer Kurve tauchte der Wagen des Generaldirektors auf und hielt. Ein blonder, sonnenverbrannter Mann von etwa fünfundvierzig Jahren, beleibt und mit kurzgeschorenem Haar, steckte den Kopf aus dem Wagenfenster und sprach ihn an: „Don Lorenzo, gehen Sie nach Hause?"

„Ja, Mister Backuw, nach Hause."

„Ich nehme Sie im Wagen mit. Ich wollte gerade ein paar Berichte über die Demontagen im alten ‚Omontestollen' nachprüfen. Steigen Sie ein."

„Danke. Ich möchte mir ein bißchen Bewegung machen, zu Fuß."

„Dafür können Sie doch sonntags in den Klub zum Golfspiel kommen. Sie lassen sich nie in Barsola sehen."

„Danke. Ich verstehe nichts von diesen Dingen."

„Good-bye!"

Finster und mager, auch im Alter hochaufgerichtet, mit scharfgewordenem Adlerprofil, das sich gelb vor der schwarzen Brille abzeichnete, blickte Estrada dem Auto nach, das in einer Staubwolke den Hang hinauffuhr und sich im Berg verlor.

Auf der Seite nach Uncía zu reduzierte man die Arbeiten auf ein Mindestmaß, und zugleich beschränkte sich Lorenzo Estradas Aufgabengebiet auf eine Tätigkeit als einfacher Verwalter der „Orko-Suntiña" unter der Oberleitung Mr. Aldoux Backuws, den das Direktorium in New York zum Generaldirektor für die vereinigten Gruben ernannt hatte.

Hinter einer Wegkrümmung tauchte das Haus auf, das an eine seltsame Burg aus Lehmsteinen und Zinkblech denken ließ. Seit dem Jahr des Aufstands wohnte Marta dort. Als Favoritin hatte sie alle früheren Frauen des Verwalters verdrängt, der allmählich in immer tieferes Schweigen versank. Häufig besuchte ihn der Arzt, der ihm Anregungsmittel für die Leber verschrieb und der Eigenheit seines Patienten Rechnung trug, indem er beim Trinken mithielt.

Marta war dick geworden, nur ihre weiten, schwarzen, in den Winkeln mit Strichen verlängerten Augen blieben jung. Sie lebte als eine häusliche, gesetzte und hochmütige Dame mit dem alten Faun zusammen und bewirtete bei Festlichkeiten seine Freunde mit zuvorkommender Höflichkeit. In solchen Fällen waltete Marta selbst in der Küche und bereitete eine Austernsuppe, deren Ruhm Estradas bevorzugte Gäste im ganzen Lager verbreiteten.

Sie verkehrten sehr kühl miteinander.

„War jemand da?"

„Nein. Nur das Auto des Direktors ist vorbeigekommen."

„Ja, ich habe es gesehen."

„Hat er mit Ihnen gesprochen?"

„Zwei Worte."

„Also, wissen Sie, der führt etwas im Schilde. Nie ist er hier herübergekommen, und jetzt habe ich ihn schon zweimal mit anderen Ingenieuren gesehen. Wissen Sie, was ich im Dorf gehört habe? Daß Omonte Sie aufgefordert hat auszuscheiden, sich pensionieren zu lassen."

„Das hat man Ihnen erzählt? Na, es stimmt."

Marta mischte ein Glas Whisky mit Soda und reichte es Estrada. Nach kurzem Schweigen sagte er: „Ich habe schon geantwortet. Ich gehe nicht in Pension, weil ich kein Geld will, ohne zu arbeiten. Soll er mich doch rausschmeißen, wenn er sich traut, der Omonte mit seinen Gringos."

Estrada blieb praktisch am Rande der neuen Verwaltung. Wie die empirischen Methoden, war auch der Mut zu nichts mehr nütze. Das Zinn fiel. Die Firma unterstand Mr. Aldoux Backuw, einem hervorragenden, in Harvard ausgebildeten Bergingenieur, der die Ausbeutung umgestaltete, indem er jeden Abschnitt einem Ingenieur übertrug.

Backuw war in den Vereinigten Staaten mit einem Monatsgehalt von fünftausend Dollar zusätzlich aller Kosten für Wohnung, Lebensunterhalt, Hauspersonal und Heizung eingestellt worden; außerdem stand ihm ein dreimonatiger Jahresurlaub zu, in dem er auf Kosten der Firma nach Europa oder in die Vereinigten Staaten reisen konnte. Drei weitere Ingenieure wurden zu entsprechenden, nur etwas abgestuften Bedingungen unter Vertrag genommen. Dafür hatten Backuw und seine Mitarbeiter ihre Technik einzusetzen, um das Erz zu den niedrigstmöglichen Kosten zu fördern, zu einem Zeitpunkt, da der Feingehalt des Roherzes aus den Gängen im Sinken begriffen war.

Das Direktorium bezeichnete einige Ausgabeposten der Grubenvereinigung als Verschwendung, darunter die Entschädigungen bei Arbeitsunfällen, die Invaliden- und Arbeitslosenversicherung.

Die Epidemie der Arbeitsunfälle fiel stärker ins Auge, war aber weniger tödlich als die Grubenkrankheit, die durch die verdorbene Luft der schwülen Stollen entstand, auch durch das ständige Einatmen des Metall- und Silikatstaubes bei den Bohrarbeiten und in den Mühlen des Aufbereitungswerks.

Backuw und seine Mitarbeiter rationalisierten die Arbeitsschutzmaßnahmen. Um die Unfallgefahr zu verringern, wurde ein technischer Arbeitsplan aufgestellt; die Sprengstofflager wurden völlig isoliert im Innern des Bergwerks verteilt und mit Gittern verschlossen; Dynamitlunten mußten eine Mindestlänge von vier Fuß aufweisen; in manchen Abschnitten wurden elektrische Batterien zur Erzeugung des Zündfunkens aufgestellt; und man verwandte rotgefärbtes Dynamit, damit nichtexplodierte Stücke sogleich auffallen mußten und nicht etwa im Schutt mitgerissen wurden, wobei sie jeden Augenblick in die Luft gehen konnten.

Auch mußte man bestimmte Strecken ausbauen, um Einbrüchen oder dem Herabstürzen von Gesteinstrümmern vorzubeugen; an den Gesenken und Hilfsschächten Eisengitter anbringen, um zu vermeiden, daß jemand hinabstürzte; die Stromkabel verkleiden und durchsetzen, daß die Elektriker Isolierhandschuhe und alle Arbeiter Lederhelme trugen.

Die Einführung dieser Neuerungen erforderte eine Ordnung, die das Unternehmen den schlechtbezahlten und ausgepumpten Arbeitern nur teilweise aufzuerlegen vermochte. Aber die Technik gab der Firma auch andere Mittel in die Hand, die Produktionskosten auf ein Minimum herabzudrükken. Das waren die Methoden, bei denen das medizinische und das juristische Ressort Hand in Hand arbeiteten.

Beide Methoden wirkten sich bei Bautista Cuchallo und María Nina aus. Zunächst erhielt er bei der Einstellung von der „Sanität" sofort die Standardbescheinigung über eine beginnende Staublungenerkrankung, wodurch für die Firma das Risiko einer Berufskrankheit ausschied. Blieb nur das Unfallrisiko, das die „Juristische Abteilung" zur gegebenen Zeit ebenfalls ausschaltete.

Bautista Cuchallo heiratete María Nina, als beider Kind getauft wurde. Die Silikose, die ihm die „Sanität" attestiert hatte, verschlimmerte sich nicht bei seiner Arbeit als Bohrer unter Tage, wo er die „Teleskop"-Bohrmaschine bediente. Diese wurde in bestimmten Revieren statt der Drucklufthämmer eingesetzt, die den todbringenden Staubnebel der Silikose hervorbrachten. Die neuen, auf einem Dreibock ruhenden Bohrmaschinen mußten nicht von den Arbeitern mit der Brust vorwärtsgeschoben werden und schlugen den Staub selbst nieder, denn durch den großen Bohrer lief Druckwasser, das die Felspartikel sofort in Schlamm verwandelte. Die „Teleskope" suchten im tiefen Himmel der dritten Dimension aus dem steinernen All die Zinnsterne heraus.

Bautista und María Nina waren mit ihren Kindern in eine Wohnung im Lager II umgezogen. María Nina errichtete am Wegrand zwischen dem Lager und dem Dorf aus einigen Holzkisten einen Stand, wo sie Erdnußchicha und Kaffee feilhielt und darauf wartete, daß ein Arbeiter vorüberkäme, der zufällig Kaffee trinken wollte und zufällig auch das Geld hatte, ihn zu kaufen.

Von ihrem Verkaufsstand aus konnte die Frau in der Ferne den Stollen sehen. An einem windigen Nachmittag bemerkte María Nina am Mundloch eine ungewohnte Betriebsamkeit und hörte die Sirene, die den Krankenwagen rief. An ihr vorbei fuhr der Wagen den kurzen Berghang bis zum Stollen hinauf, der wie das kleine Eingangsloch eines

Ameisenhaufens wirkte. Etwas später kehrte der Wagen an ihr vorbei zurück und brachte eine verhüllte Gestalt mit.

Eine Stunde darauf traten aus dem Gewimmel der ausfahrenden Arbeiter zwei Leute auf sie zu. „Dein Mann! Im Wagen haben sie ihn fortgefahren. Hast du ihn nicht gesehen?"

Schon lange war der Wagen auf dem Weg zwischen den Bergen in Richtung auf das Spital verschwunden und hatte hinter seinen Rädern einen Staubwirbel zurückgelassen. María Nina verstaute ihre Sachen, nahm ein Kind auf den Arm und das andere bei der Hand und rannte ins Lager. Der Vierjährige mußte mit kurzen und raschen Schrittchen laufen, um der Mutter auf ihrer Suche nach dem Verschwundenen folgen zu können.

War das Bautista Cuchallo, war das ihr Mann, diese ausgestreckte, blutige Gestalt, deren eingedrückter Schädel kein Gesicht mehr hatte, nur noch ein Stück rauchgeschwärzter Haut mit Ohr und Haaren wie die Fetzen einer zertrampelten Maske? War er das? Wie im Nebel wiederholte María Nina dieselben Worte, die sie vor Jahren gesprochen hatte, als ihr erster Mann im Spital gestorben war.

Ihre Schreie rissen an den Mauern und schnitten sich in sie ein wie die Blätter einer Säge.

Am nächsten Tag trugen sie Cuchallo auf dem kahlen Weg zwischen den ewigen, gleichgültigen Bergen zu Grabe. Einen Tag später erhielt María Nina fünfzehn Bolivianos in Waren und fünfzehn Bolivianos in bar, gegen eine Einverständniserklärung, die sie, da sie nicht schreiben konnte, vor Zeugen durch ihren Daumenabdruck bestätigte.

Mr. Backuws glänzend rasiertes Gesicht über dem Schreibtisch schien hinter der erloschenen Havanna vorzustoßen, während er Briefe an den Vizepräsidenten der „Omonte Tin" in La Paz unterschrieb.

„Damit der Arbeiter auf sich selbst achtet, muß man ihn durch strenge Geldstrafen dazu erziehen, die Anordnungen zu befolgen, die in der Grube aushängen. Des weiteren sollte man, da die Trunksucht an dem Leichtsinn schuld ist, der die Unfälle verursacht und den Arbeiter verdirbt, den Ausschank von Alkohol in den Magazinen untersagen und die Regierung auffordern, die Chicha- und Spritschenken in den Nachbardörfern zu schließen."

Ritsch, ratsch, Unterschrift.

„Aus den Daten der Grubenvereinigung ‚Omonte Tin' ergibt sich, daß der Durchschnitts-Feingehalt der Zinngänge 1,17 % beträgt. Dieser Durchschnitt ist als theoretisch anzusehen, denn der Verlust bei der Gewinnung beträgt, auch unter Einsatz der modernsten Maschinen des Aufbereitungswerkes, 25 %. Man muß die Regierung darauf hinweisen, daß unter diesen Bedingungen ein Durchschnittspreis von 200 bis 230 Pfund pro Tonne Feinzinn keinen Gewinn für die Firma einbringt."

Ritsch, ratsch, Unterschrift. Er setzte die Lesebrille ab, zog den Kamelhaarmantel an.

„Das Auto für den Herrn Direktor!"

Er fuhr nach Hause. In dem Wohnzimmer des modernen Gebäudes erwartete ihn vor dem Kamin seine gelangweilte Frau an einem mit Gläsern und Whiskyflaschen vollgestellten Tischchen.

Die Dame mit der protzigen, perlmuttgeränderten Brille las in einer englischen Ausgabe der „Vogue" und trank zwischendurch immer wieder einmal einen Schluck Whisky-Soda.

„Sieh mal", sagte sie, „Señor Omontes Tochter hat in Deauville mit ihren russischen Windhunden den ersten Preis gewonnen."

Backuw sah auf einer Abbildung in dieser glänzenden, bunten Zeitschrift eine junge Dame in einem Garten stehen und zwei hohe, degenschmale Hunde halten. Im Hintergrund war ein Gebäude zu sehen, bei dem es sich nach der Bildunterschrift um den Wohnsitz der Gräfin Omonte Stefanici Murat in Deauville handelte.

„Dort könnten sie anfangen zu sparen", sagte Backuw, indem er sich setzte und ein Buch aufschlug.

„Wieso? Haben sie nicht Geld im Überfluß?"

„Das Zinn ist auf hundertfünfzig gefallen. Und die Grube wird ärmer ..."

„Aber Señor Omonte wird doch tagtäglich reicher. Hör mal, kann es sein, daß Señor Omonte reicher als ganz Bolivien ist?"

„Selbstverständlich. Deswegen sagt ja die Regierung, wenn der Staat nicht das Unternehmen stützen kann, muß Omonte den Staat stützen."

Die Dame klopfte sacht mit der Brille auf die Zeitschrift und ließ nicht locker. „Da doch Omontes Gruben auf bolivianischem Gebiet liegen."

Backuw, der angefangen hatte, sich in seine Lektüre zu vertiefen, hob den Kopf und erklärte: „Die Gruben sind nichts wert, wenn das Zinn keinen Absatz findet. Der einzige Wert des bolivianischen Erdinnern ist der Wert, den ihm der Londoner Markt verleiht."

„Und das Aufbereitungswerk?"

„Das Aufbereitungswerk ist eine Schöpfung der Weltwissenschaft, und sein Wert liegt in den Aktien der ‚Omonte Tin' an der New Yorker Börse."

„Und die fünftausend Arbeiter?"

„Die Arbeit der Indianer ist für sich allein nichts wert. Die Käufer des Metalls sind es, die den Preis für ihre Arbeit bestimmen, genau wie für die der Inder, ihrer Antipoden. Diese lateinamerikanischen Regierungen scheinen von alledem nichts zu wissen. Aber die Unternehmen wissen Bescheid und besitzen die notwendigen Unterlagen, um das Angebot gegenüber der Nachfrage regulieren zu können. Es gibt zuviel Zinn. Die Regierung hat keine Verbindungen im Ausland, um es zu verkaufen. Andere Erzeugnisse, wie Kaffee oder Weizen, werden verbrannt, wenn die Ernten zu hoch ausfallen. Verstehst du? In Kuba hat man mit dem Zuckerrohr die Haifische eingezuckert."

„Aber, Liebster, das Zinn kann man nicht ins Meer werfen und auch nicht verbrennen ..."

„Deshalb, meine Liebe, muß die Firma freie Hand behalten, um eine monatliche Menge zu erzeugen, die nicht so hoch ist, daß sie die vom internationalen Kartell festgesetzte Quote übersteigt, und auch nicht so knapp, daß sie Omonte und den anderen bolivianischen Großunternehmern keinen Gewinn übrigläßt ..."

„Aha – du hast gesagt, die Gruben sind ärmer geworden und das Zinn steht sehr niedrig. Wie ist es dann möglich, daß jetzt andere Grubenherren mit Omonte darum streiten, in einem so schlechten Geschäft arbeiten zu können?"*

„Nur das ganz starke Kapital hält durch. – Wir müssen uns anziehen, Liebste. Vergiß nicht, daß wir Mr. Kenn zum Essen eingeladen haben."

„O ja, entschuldige, Liebster. Er soll Estrada ablösen?"

„Ja. Señor Omontes Anweisung ist eingetroffen."

Die Direktion drosselte die Förderung. Alten Arbeitern wurde gekündigt, um neue auf der Basis von Monatsverträgen einzustellen und damit die Kündigungsentschädigung zu umgehen. Die Geldentwertung führte automatisch zur Senkung der Löhne. In den Magazinen führte man ein Sparsamkeitsregime ein: jedem Arbeiter oder Angestellten wurde ein festes Warenkontingent zugeteilt, um ihnen unmöglich zu

* Die bedauernswerten Millionäre Boliviens müssen sparen, um große Zeitungen oder kleine Revolutionen subventionieren zu können. Dazu nachfolgende Notiz des Geschäftsführers von Mauricio Hochschild: „Potosí, 31. August 1945. – An das Komitee des Kinderheims. Hier. Sehr geehrte Herren! Wir bedauern aufrichtig, die Unterstützung in Höhe von 300 Bolivianos (7 Dollar) einstellen zu müssen, die Ihnen unser Unternehmen bisher zukommen ließ, aber die von der Gewerkschaft erzwungene Lohn- und Gehaltserhöhung zu einer Zeit, da der Zinnpreis ständig sinkt, zwingt uns, Einsparungen vorzunehmen, um zum Wohle der Wirtschaft unserer Nation weiterarbeiten zu können. Hochachtungsvoll; gez. L. E. Daume, Generaldirektor der Vereinigten Gesellschaften des Berges Potosí."

machen, mehr aus dem Magazin zu entnehmen, als sie für ihren eigenen Bedarf benötigten. Um den Weiterverkauf der Waren zu vermeiden, händigte man sie unverpackt aus. Jede Konservendose wurde beim Verkauf erst mit einem Nagel durchlöchert.

Einsparung an Material und Menschen. Höchste Leistung bei niedrigsten Kosten. Rationalisierung im großen und im kleinen Maßstab.

Im kleinen Maßstab: María Nina, die erfahren hatte, daß ihr zweitausend Bolivianos Entschädigung zustanden, forderte sie ein. Man zeigte ihr ihre Einverständniserklärung und warf sie aus dem Buchhaltungsbüro hinaus.

Dr. Mariscal, der Dorfadvokat, der Cuchallos Trauzeuge gewesen war, verklagte das Unternehmen. Er wies nach, daß das Gesetz in einem solchen Falle einen Vergleich verbiete, und gewann in erster Instanz. Die Firma erhob Einspruch und behauptete, es habe sich nicht um einen Vergleich, sondern um eine freiwillige Zuwendung an die Witwe gehandelt, da kein Unfall, sondern vorsätzlicher Selbstmord im Zustand der Trunkenheit vorgelegen habe. Ninas Sachwalter gewann auch in zweiter Instanz. Aber das Unternehmen wandte sich durch seine Anwälte in La Paz an das Oberste Gericht, wo es gewann und sich die zweitausend Bolivianos sicherte, die María Nina eingefordert hatte, die Witwe Cuchallos. Sie fuhr fort, Kaffee und Erdnußchicha zu verkaufen, ihre kleinen Kinder neben sich, vom Wind und der rauhen Luft des Lagers gepeitscht, inmitten der ewigen, gleichgültigen Berge, deren Eingeweide die reichsten Erzgänge der Welt bargen.

Jetzt waren sie nicht mehr reich, behaupteten Unternehmen, die mittels wissenschaftlicher Untersuchungsmethoden neue Gruben entdeckt hatten und nun Omonte das Landesmonopol streitig machten, die Quote zu liefern, die das in London geschaffene Weltkartell Bolivien zuteilte. Das war der sogenannte Zinnpool, der jedem Land eine bestimmte Quote zuerkannte, um die Überproduktion zu vermeiden.

Die bolivianische Regierung unterzeichnete den Poolvertrag. Aber die Omonte Tin und andere Firmen waren internationale Räderwerke, die ihre Bewegungen denen der Gruben in Malaya und Niederländisch-Indien anpassen mußten, weil sie wie jene dem internationalen Kartell angehörten. Koordinierung der Erzeugung, Kontrolle der Preise. Es handelte sich nicht mehr darum, ein Höchstmaß der Produktion zu erreichen, sondern ein elastisches Mindestmaß, mit dem man klug manövrieren mußte: der Regierung mußte man begreiflich machen, daß sie durch eine Senkung der Steuern mehr Gewinn herausholte, weil bei einer relativ höheren Produktion auch der Steuerertrag höher wäre; und zugleich mußte man die Zuteilung einer höheren Produktionsquote fordern, indem man eine höhere Leistungsfähigkeit als andere Firmen geltend machte, sie zu erfüllen.

Nach Backuws Plänen, die Omontes Anwälte und Stellvertreter und auch seine Konkurrenten in gemeinsamer Front gegen den Staat durchführten, senkte man den Prozentsatz der Überschüsse aus Goldgiros, die man an die Staatsbank verkaufen mußte. Diese Verkäufe wurden unter den „Verlusten" der Firma aufgeführt.*

Backuw senkte in großem Umfang die Produktionskosten nicht nur in der Grube, sondern auch draußen. Wie ein ferngelenkter Roboter brachte er das Räderwerk der Produktion mit der Biologie des Landes ins Gleichgewicht. Behutsam

* Das ist die Einstellung der Großunternehmen wie der „Compagnie Aramayo de Mines en Bolivie", die sich auf hohe Verluste berief und sich weigerte, 5000 Bolivianos (100 Dollar) zu der Sammlung beizusteuern, welche die Damen von La Paz für die „Kapelle des Großmächtigen Herrn" veranstalteten.

Bittere Armut war auch daran schuld, daß sich Don Carlos V. Aramayo im Jahre 1931 weigerte, 4000 Bolivianos Einfuhrzoll für Spirituosen zu bezahlen, indem er behauptete, sie in seiner Eigenschaft als Diplomat eingeführt zu haben. Daraufhin deckte Präsident Salamanca diesen Betrag durch einen Scheck auf seine persönlichen Guthaben, ausgestellt zugunsten der Zollverwaltung.

beschleunigte oder bremste er, schaltete, öffnete hier ein paar Hähne, schloß dort andere und maß dem Staat regelmäßige Zuwendungen zu, deren Höhe von Fall zu Fall nach verwickelten Richtlinien schwankte und die manchmal direkt, manchmal indirekt zur Auszahlung kamen, je nach dem Feingehalt des ausgeführten Erzes, dem Umfang der zugeteilten Quote, der Notierung, dem Reinheitsgrad, der Notierung am Stichtag der Steuerzahlung oder zu dem Zeitpunkt, wenn in London die Rechnungsbeträge für das Reinerz eingezogen wurden; und auch je nach dem Prozentsatz der an die bolivianische Regierung verkauften Wechsel und dem Kurs, zu dem diese dem Unternehmen die Pfunde abkaufte.

In manchen Monaten wurde die Quote des Kartells erfüllt, und manchmal drosselte der Steuerungsapparat die Lieferung. Ob dann das Unternehmen Verluste erlitt oder ob es durch die Quoten Malayas und Niederländisch-Indiens verdiente, mit denen es das bolivianische Defizit ausglich, das wußte nur Backuw, der Roboter.

Von London aus meldete ihm eine weltumspannende Kontrolltabelle, die auf Aktenstößen von Informationen, Kabelgrammen und Statistiken beruhte, ganz genau den Druck an der New Yorker Börse, die sinkende oder steigende Nachfrage in den Vereinigten Staaten, in Deutschland und Japan, das Tempo der Produktion in Nigeria und die Unkosten in Malaya und Bolivien. Und die Anwälte in La Paz meldeten ihm das politische Gewicht der Generale, die seit dem Chacokrieg das Land regierten und abwechselnd einmal den Interessen Omontes und dann wieder denen der Konkurrenzunternehmen dienten.

Mit all ihrem Erfahrungsreichtum hätten die alten Pioniere wie Estrada diese Maschinerie nicht beherrschen können, dieses Produkt der Ausbeutungswissenschaft, das so gefräßig und so empfindlich war wie ein Insekt.

Estrada fuhr im Auto in der Schlucht zwischen den dunklen Bergen hart am Rande des Flußbettes nach Machacamarca zurück, wo er die Eisenbahn leitete. Bis in die Seele hinein verdüstert, erinnerte er sich der letzten Worte des Arztes.

Er sah noch immer die spiegelnde Glatze des Arztes und den Glanz des verchromten Metalls im Sprechzimmer des Grubenspitals vor sich. „... Ihr langes, kampfreiches Leben, der Alkohol und der Mißbrauch der Gifte, zu denen Sie gegriffen haben, um – sich jung zu erhalten ..."

In Estradas Adlerprofil verkniff sich der Mund zu einer Kerbe, die Härte und Unwillen verriet.

„Hoher Harnstoffspiegel, Ursache der Kopfschmerzen. Sie müssen eine strikte Milch- und Gemüsediät einhalten ..."

Milch und Gemüse, hahaha. Es wurde Abend über den Felsen, die Schatten schlugen über ihnen zusammen. Wolken quollen wie Vulkanrauch von den in letzte Sonnenstrahlen getauchten Bergen auf.

In dem Haus in Machacamarca erwartete ihn Marta in dem verglasten Vorbau, der als Wohnzimmer diente. Sie hatte sich in der Gesellschaft des alten Estrada an ein Leben in träger Erwartung gewöhnt; den mühseligen Lebenskampf hatte sie aufgegeben, ohne jedoch in dieser Resignation einen Trost zu finden, denn insgeheim war sie von der Nutzlosigkeit allen Strebens überzeugt.

Estrada kam um sieben Uhr abends.

Marta ließ auftragen, und schweigend setzten sie sich an den Eßzimmertisch.

„Der Wind ...", sagte Marta, als sie das Zinkblech des Daches klappern hörte.

„Ja", sagte Estrada.

„Essen Sie nicht?"

„Nein."

Sie schwiegen. Estrada hob den Kopf und fragte mit sanfter Stimme: „Würdest du gern nach Chile zurückkehren? Du hast mir oft davon erzählt."

Marta war überrascht. „Nach Chile? O ja!"

Aber die Antwort fand keinen Widerhall in ihrem Bewußtsein, denn sie erkannte, daß dieser alte Plan als Frucht am

Baum gereift war, nur um von den Vögeln der Wunschträume angepickt zu werden, und inzwischen vertrocknet und gar nicht mehr verlockend aussah.

„Wissen Sie, früher hat mir der Gedanke gefallen. Aber das ist jetzt vorbei. Ich habe in Chile keinen Menschen mehr. Jetzt bin ich Bolivianerin, Jungchen."

Dann blickte sie ihn durch den Lichtkegel der Lampe hindurch an und versuchte, mit ihren oval gemalten Augen seinen hinter der dunklen Brille verborgenen Blick zu erforschen, stieß ihre Zigarette in den Aschenbecher und fragte: „Oder wollen Sie mich loswerden? Dann brauchen Sie mir nicht zu sagen, daß ich nach Chile gehen soll."

Mit der gleichen ruhigen, tiefen Stimme wie stets erwiderte Estrada: „Das ist es nicht."

„Woher dann dieser Einfall?"

„Weil ich nämlich auch fort muß. Ich bin sehr krank."

„Sie müssen fort, weil Sie krank sind?"

„Und müde ..."

„Ich auch. Sie wollen fort, aber sagen Sie doch einmal deutlich: wohin?"

„Weit fort – nach – den Vereinigten Staaten."

Marta trank ein Glas Wein.

„In die Vereinigten Staaten – und wann?"

„Nicht sehr bald. Aber du kannst dich an den Kassierer wenden, sobald du reisen willst."

Fast kreischend, mit nervös zuckenden Lippen, unterbrach ihn die Chilenin: „Danke für die Art, mich an die Luft zu setzen. Aber ich gehe nicht!"

Vor dem traurigen Blick der dunklen Gläser stockte sie.

Man hörte wieder den Wind durch das Lager stolpern. Unter dem Licht des Lampenschirms saßen sie sich stumm gegenüber.

Marta leerte noch ein Glas Wein und stieß wieder eine Zigarette im Aschenbecher aus. Dann stand sie auf und stellte das Radio an, aus dem in anschwellender Lautstärke eine Rumba erklang.

Sie bot Estrada ein Glas Whisky an. Dieser lehnte ab, erhob sich und ging in sein Arbeitszimmer.

Als Marta den Kopf hob, war Estrada schon verschwunden. Der Rumba folgten die Jazzsynkopen eines argentinischen Senders. Marta drehte am Knopf und suchte Santiago.

„... das Spezialpräparat, um einen glatten, jugendlichen und duftigen Teint zu erhalten." Sie verwendete es schon lange. Sie stand auf und holte eine Flasche Sherry aus der Kredenz. Darüber warf der Spiegel das Bild einiger Stoffblumen zurück... War sie schon alt? Mit einem Schlage hatte Estrada sie altern lassen, als er die Fiktion zerbrach, in der sie lebten und die zu einer Tatsache geworden war, notwendiger als die Wirklichkeit selbst. Diese Wirklichkeit brach nun über Marta herein: sie war ein einsamer Mensch, beide waren sie einsam, obwohl sie seit Jahren harmonisch zusammengelebt und unbewußt gehofft hatten, dem Schicksal heimlich ein Schnippchen schlagen zu können. Und jetzt im Alter fand Estrada sich wieder, ging fort. Ein Glas Sherry.

„Und nun der Crooner ..."

Aber er ging zu einem Zeitpunkt, da es Marta schon unmöglich war, zu ihrem alten Leben zurückzukehren. Sie war, ohne es gewollt zu haben, ein Teil Estradas geworden, und jetzt löste er sich von ihr.

Nur Celso Ramos hatte sie geliebt, und von ihm hätte sie das Kind bekommen, das sie hatte abtreiben lassen. Dieses Kind wäre jetzt siebzehn Jahre alt. Siebzehn Jahre! Jäh wuchs die Dimension der Zeit im Eßzimmer auf und ließ das Schuldbewußtsein und die alte Angst vor etwas unwiderruflich Zerstörtem aufleben.

„Nun singt Ihnen der Künstler einen Tango ..." Es erklangen Gitarren und Bandoneons. Sie trank noch ein Glas.

Oh, die bittere Einsamkeit inmitten der Menschen! Dieses Einsamkeitsgefühl hatte sich plötzlich verdichtet, als ihr Estrada mitteilte, er werde die Reise auf dem vertrauten Weg abbrechen, und sie flügellos vor dem Nichts stehenließ. Auch er, der Kinderlose, in der Welt Alleinstehende, suchte größere Einsamkeit, indem er sie verließ. Er hatte recht. Jeder mußte den Weg für sich allein fortsetzen.

„Wenn du einmal Hilfe brauchst,
wenn es dir an Rat gebricht,
erinn're du dich dieses Freunds ..."

War dieser einzige Freund nicht das Kind, das schon vor seiner Geburt ausgelöscht worden war, dessen gesichtslose Seele die Nacht vor der unfruchtbaren Frau verbarg? Sie hatte das Gefühl, als wäre sie unterwegs auf einer unbekannten Station ausgestiegen, als wäre der Zug abgefahren und hätte sie zurückgelassen, ohne jemanden, der ihr wenigstens geholfen hätte, die Koffer zu tragen. Wohin? –

Wieder ein Zigarettenstummel im Aschenbecher. Wieder ein Glas aus der Flasche. Sie fühlte sich berauscht, wieder jung und voller Kampfeslust, imstande, aller Welt die Stirn zu bieten. Aber wem? – Es war so spät. Wohin gehen? – Hatte sie etwa Angst? Vor dem vulgären, grotesken, unerbittlichen Leben, das mit dem Abschied in einem Augenblick zerbrechen konnte?

Oder mit dem Tod?

Sie hob den Kopf und betrachtete mit brennenden Augen das Eßzimmer in dem gedämpften Licht der Lampe wie einen unbekannten Raum. Auf dem Tisch die Flasche. Draußen in den Bergen der Wind, Jahr um Jahr.

Noch ein Glas Wein, und dann – mit zwei Sublimattabletten wäre alles erledigt. Welche Überraschung! Mit ihrem Leben machen zu können, was sie wollte!

Im Radio sang ein Frauenchor einen brasilianischen Marsch, „Cidade maravilhosa". – In die Vereinigten Staaten. Sie selbst – noch weiter!

Es war an der Zeit! Ja, es war an der Zeit. Brüsk stellte sie das Radio ab und setzte sich mit bleichem, leuchtendem Gesicht wie von einer Eingebung getrieben in Bewegung. In diesem Augenblick peitschte ein Schuß durch das Haus.

Die Frau blieb unbeweglich stehen und wartete auf ein weiteres Geräusch, das jene Detonation hätte erklären können. Es war nichts mehr zu hören. Da rannte sie über den Flur zum Arbeitszimmer, das sie von innen verschlossen fand.

„Estrada, Estrada, machen Sie auf!"

Der Hausdiener und das Mädchen halfen ihr, das Schloß aufzubrechen.

Lorenzo Estrada ruhte mit zurückgesunkenem Kopf fast liegend in seinem Drehstuhl. Seine Linke hielt über dem Leib einen Spiegel umkrampft, die Rechte hing zu Boden. Aus dem offenen Mund lief eine rote Schlange, rann am Hals hinab und fiel wie eine Seidenflocke auf die Erde. Der Schuß hatte den Gaumenbogen und den Hinterkopf durchschlagen; Blut und Hirn mischten sich in den aschgrauen Haaren.

Auf dem hellbeleuchteten Schreibtisch glänzte im Schein der Lampe die schwarze Brille, geduckt wie eine düstere Erinnerung.

16

Verwaltungsrat

„1657. In diesem Jahr kam der Herr Bischof Cruz de Santa Marta vom Dominikanerorden nach Potosí und bemühte sich darum, daß die Hälfte der Indianer aus Potosí fortkomme ... Der Herr Bischof, der sich mit voller Kraft dem mühseligen Geschäft widmete, die Hälfte der Indianer des Berges fortzubringen, lag eines Morgens tot in seinem Bett, obwohl er gesund und wohlauf schlafen gegangen war. Dennoch blieben die Indianer im Zustand der Empörung."

Die oberen Stockwerke der Lombard Street verschwammen im kupfernen Himmel, wo der dichte Abendrauch alle Straßenlichter verschluckte. Zwischen den in die Nacht ragenden Gebäuden flutete die Masse der Menschen und der Automobile wie der Pulsschlag des Lebens durch die Straßen, kreiste durch Arterien, in denen die Schilder der Wechselbanken, die Schaufenster der Tabakgeschäfte, die Kaffeehäuser glänzten, und erfüllte sie mit dem Tosen der Stimmen und Autohupen.

Nicht einmal ein Echo der Stimmen und Hupen erreichte den sechsten Stock des dunklen Gebäudes, das die Geschäftsräume der „International Smelting" barg. Im Vorraum Holzgeländer, Schreibtische. Im nächsten Raum Schreibtisch, Ledersessel. In einer Ecke des Büros eine Mattglastür: „President".

Drinnen eichenholzgetäfelte Wände. Hohe Vorhänge. Ein Kamin, darauf das gläserne Modell der Grube „Vorsehung", die Strecken rot markiert, wie Schlagadern. Rechts wieder eine Eichenholztür, hoch und verschwiegen.

Hinter dieser Tür der Sitzungssaal des Verwaltungsrates: Mahagoniwände, Parkettfußboden. Ein mächtiger Kamin und ein Bild des englischen Königs. Ein roter Teppich. Auf dem Teppichviereck ein großer Tisch, glänzend wie Bronze. Um den Tisch herum zwölf Stühle, hoch wie Kathedralen, und vor jedem Stuhl symmetrisch angeordnet ein Block Papier, ein Löscher, ein Aschenbecher, eine Schreibunterlage aus verzinnter Pappe und ein Füllfederhalter.

Die Gruppe der Berater und Sachverständigen stand plaudernd vor dem Kamin: der Präsident der „International Smelting", ein Engländer; der Interessenvertreter Omontes bei der „Eastern Tin", ein Engländer; das Vorstandsmitglied der „Penang Smelting" als Interessenvertreter Omontes, ein Holländer; der Vizepräsident der „International Tin", ein Yankee; Omontes Rechtsanwalt in Paris, ein Franzose; die Geschäftsführer der „Omonte Tin" in Bolivien, der „Compagnie de Mines en Bolivie" und der „Bolivian Mines of Pulacayo", ein Yankee, ein Schweizer und ein Jude.

Sie nahmen ihre Plätze ein. Die Lampen warfen einen zart bläulichen Lichtschein über den Tisch; die indirekte Beleuchtung beseitigte jeden Schatten. Die geschnitzten heraldischen Löwen auf der Rückenlehne des Stuhles über dem Kopf des Präsidenten der „Smelting" schienen schützend über ihn zu wachen. Seine blauen Augen leuchteten unter weißen Brauen. Die Arme auf den Sessel gestützt, begann er.

Präsident der „Smelting": „Die Sitzung ist eröffnet. Sehr geehrte Herren: seit kurzem treffen aus kolonialen Ländern Nachrichten ein, die die Weltindustrie beunruhigen. Was das Zinn betrifft, so ist einer dieser Auswüchse im Schoße der unabhängigen bolivianischen Regierung entstanden. Jahrelang hatte man dort die ständigen Angriffe gegen die Industrie abwehren können. Aber jetzt ist eine bedrohliche Interventionspolitik geplant, die im Falle des Erfolges anderen Kolonien ein schädliches Beispiel geben würde. Die Herren Repräsentanten der drei mächtigsten bolivianischen Firmen sind heute vormittag eingetroffen. Sie werden uns Näheres mitteilen."

Direktor der „Bolivian Mines": „Der bolivianische Präsident, in den die ‚Omonte Tin' volles Vertrauen gesetzt hatte, hat den Bergbauunternehmern den Krieg erklärt. Er hat verfügt, daß die Industrie den Goldwert ihrer Exporte zu hundert Prozent an die Staatsbank verkaufen und Auslandsausgaben begründen müsse. Zur Steuerveranlagung will man als Mindestgewinn 25 % des Bruttogewinns aus dem Verkauf ansetzen. Außerdem hat die Regierung eine eigene Erzausfuhrbank gegründet und ihr das Monopol des Erzaufkaufs übertragen. Die Maßnahmen des Präsidenten sind, wie er selbst sagt, ein Kreuzzug, um den Staat von der Vorherrschaft der Bergbauunternehmer zu befreien. Er hat sich den Titel ‚Mallcu' zugelegt, der in der Eingeborenensprache ‚Kondor' und im übertragenen Sinne ‚Führer' bedeutet. Unter diesem Namen tritt er bei öffentlichen Massenkundgebungen auf, wo man ihn anfeuert, die Gruben zu verstaatlichen. Die Losung lautet: ‚Für die wirtschaftliche Befreiung Boliviens', und ich zitiere sie, meine Herren, damit Sie sich von dieser Kampagne ein Bild machen können.

Angesichts eines so ungeheuren Ausbruchs, hervorgerufen durch den ultraradikalen Geist eines Führers, dem die aus dem Verstand geborene Einsicht abgeht, haben wir sehr diskret vorgehen müssen. Natürlich haben wir großen Gesellschaften unter Hintansetzung aller Rivalitäten eine feste Front gebildet. Hier ist die Kopie des Memorandums, das dem ‚Mallcu' zugestellt worden ist."

Direktor Backuw: „Der Schriftsatz, den unsere bolivianischen Anwälte verfaßt haben, ist achtundzwanzig Seiten lang, die Verlesung würde zu lange dauern. Zusammengefaßt beweist er, daß die Artikel 17, 23, 24, 28 und 179 der Verfassung verletzt worden sind, ebenso die Artikel 289, 290, 291 des Bürgerlichen Gesetzbuches und die Artikel 73, 76, 125, 126, 128, 149, 152 des Bergbaugesetzes. Des weiteren wird bewiesen, daß die Regierung der Rechtsprechung des Obersten Gerichts und ihren eigenen Erlassen über die Versteuerung der Gewinne aus dem Bergbau und über die Ausfuhrsteuern entgegenhandelt. Abschließend wird gesagt, daß nicht einmal die sowjetische Gesetzgebung in den Artikeln 54, 58, 59, 70 des Bürgerlichen Gesetzbuches, die 1922 vom Allrussischen Exekutivkomitee angenommen wurde, so weit gegangen ist."

International Tin: „Ist das alles?"

Direktor Backuw: „Die Anwälte halten es für nützlich, zu betonen, daß sie die in der Verfassung enthaltenen Rechte verteidigen, und besonders das Recht auf Eigentum. Außerdem haben wir dafür gesorgt, daß unsere Vertrauensleute in den Kreisen der Regierung ihre Ämter behalten, um aufpassen zu können. Sie haben den Treueid auf den neuen Erlaß ablegen müssen. Sie sind sehr eingeschüchtert."

Bolivian Mines: „Dazu ist noch zu sagen, daß der ‚Mallcu' für Direktoren und leitende Angestellte, die bei einem Boykott der Produktion ertappt werden sollten, die Todesstrafe verfügt hat."

Französischer Anwalt: „Und führt er das durch?"

Bolivian Mines: „Das tut er.* Deshalb ist die Situation dort so schwierig. Die Aktion muß außerhalb Boliviens eingeleitet werden."

Französischer Anwalt: „Ich kann die berechtigten Befürchtungen der Herren Direktoren nachfühlen, die im tiefsten Urwald mit barbarischen Häuptlingen verhandeln müssen."

Mr. Backuw: „Das ist kein Urwald. Die Gruben liegen in der Region des ewigen Schnees."

Französischer Anwalt: „Verzeihung. Man lernt doch immer etwas dazu. Ich meinte die geistige Barbarei. Nun ja, um jeden Zusammenstoß zu vermeiden, sollten meiner Ansicht nach die Firmen dort die erwähnte Maßnahme der Regierung respektieren. Inzwischen müssen wir, um diplomatischen Druck zu erzeugen, das Memorandum in den offiziellen Kreisen Washingtons verbreiten lassen. Und in der Presse der

* Aber er hat es nicht getan.

Vereinigten Staaten und anderer amerikanischer Länder ist die Existenz eines kommunistischen Regimes auf ihrem Kontinent anzuprangern."

Penang Smelting: „Faschistisch muß es sein. Man sollte in dem Memorandum den Vergleich mit dem sowjetischen Recht herausnehmen und durch einen Hinweis auf die Maßnahmen ersetzen, die Mussolini zur Kontrolle der Industrie ergriffen hat."

International Tin: „Einverstanden. Man muß den Faschismus erwähnen, denn der Kommunismus ist schon recht abgegriffen."

International Smelting: „Das kann die gegenteilige Wirkung hervorrufen, denn der Faschismus findet in hohen britischen Kreisen Sympathie."

Mr. Backuw: „Señor Omonte selbst und der Präsident der ‚Compagnie de Mines', die beide mit der spanischen Aristokratie verschwägert sind, haben die Revolution des Generals Franco finanziert."

Französischer Anwalt: „Sind es Windhunde, oder sind es Jagdhunde? Erinnern wir uns an Lafontaine und verlieren wir keine Zeit. Die Propaganda ist elastisch. Wir müssen die Maßnahme in den Vereinigten Staaten als faschistisch und hier als kommunistisch anprangern."

Bolivian Mines: „Und in Bolivien?"

International Tin: „Verteidigen wir ganz einfach die Verfassung und die freie Wirtschaft. Dem romantischen Selbständigkeitsstreben der Südamerikaner stellen wir den romantischen Geist der Freiheit gegenüber."

Mr. Backuw: „Nur stammt die Romantik des ‚Mallcu' aus der Fabrik Colt."

International Tin: „Deshalb in Bolivien zunächst gemäßigte Politik. Das Ausland bleibt uns überlassen. Dort brauchen wir nur Zeit zu gewinnen. Die Tüchtigkeit der hier anwesenden Fachleute steht außer Zweifel: man kann ein paar Erzgänge verlieren, gewisse Motoren ausfallen lassen, die Verschiffungen verzögern sich, es wird Personal abgebaut usw. Auch ein Streik der Bergarbeiter, ein recht heftiger, wäre nützlich."

Mr. Backuw: „Nicht nur unsere Köpfe sind in Gefahr, sondern wir müssen auch befürchten, daß der ‚Mallcu' die Gruben verstaatlicht."

Bolivian Mines: „Nun, auf den Knien rutschend müßte er sie der Gesellschaft zurückgeben."

International Smelting: „Wir wollen nicht vom Thema abkommen: das ist kein Streit zwischen den bolivianischen Unternehmen und der bolivianischen Regierung. Wir verteidigen ein internationales Interesse. Die Vereinigten Staaten und England brauchen, ganz gleich, wer Besitzer der Gruben ist, die Kontrolle über das Zinnerzlager, das Bolivien heißt. Hitlers Kriegsvorbereitungen lassen uns den Krieg in Kürze erwarten. Das Getriebe, das die metallurgische Industrie zu versorgen hat, muß produktionsbereit sein. Jede Politik, die danach trachtet, die Gewinne der Bergbauindustrie zu senken, den Anreiz zu verkleinern, verringert die Produktion. Die einzelnen Etappen auf diesem Wege: im ersten Monat die moralische Schwächung. Unabhängig von weiteren taktischen Maßnahmen bitte ich Sie, meine ehrenwerten Freunde, an dieser Stelle, die Nachrichtenagenturen davon zu unterrichten, daß eine Zinnkrise bevorsteht. Ich selbst werde in einem Artikel in der Zeitschrift ‚American Metals' die Senkung der bolivianischen Quote im Pool voraussagen."

Französischer Anwalt: „Die Bibel der Weltindustrie."

International Smelting: „Zweiter Monat: Produktionseinschränkungen, Zusammenbruch der neuen Exportbank."

Bolivian Mines: „Zugleich können wir in einflußreichen Kreisen zur Weiterverbreitung unter der Bevölkerung zwei Fakten ausstreuen: daß das Land ohne einen Centavo dastehen werde und daß der neue Finanzminister über Nacht reich geworden sei."

Französischer Anwalt: „Und in der einflußreichen bolivianischen Presse einerseits geistreiche Leitartikel und andererseits Verleumdungen, denn es bleibt immer etwas hängen.

Das stammt nicht von Machiavelli, sondern von Voltaire, meine Herren."

Bolivian Mines: „Das alles wird viel Geld kosten."

International Smelting: „Geld wird nötig sein. Auch um eine Revolution zu machen."

Penang Smelting: „Das scheint mir die einfachste Methode zu sein."

Bolivian Mines: „Nicht unbedingt. Die Massen sind erwacht, und der Präsident ist der Oberste Heerführer."

Compagnie de Mines: „Es gibt auch andere."

International Tin: „Was kosten sie?"

Bolivian Mines: „Fünf Millionen."

Französischer Anwalt: „Das letzte Mal hat es nur eine Million gekostet, und dann war noch Geld übrig, um der Universität eine Spende zukommen zu lassen."

Bolivian Mines: „Die Generale waren billiger."

Compagnie de Mines: „Das Geld war mehr wert. Deshalb sollte man immer in Dollar kalkulieren."

Mr. Backuw: „Außerdem riskierten die Generale nicht ihren Kopf. Jetzt würde es Bürgerkrieg bedeuten, eine Katastrophe für den Bergbau."

Französischer Anwalt: „Könnte man nicht zum gleichen Preis den Tyrannen ohne Revolution beseitigen?"

Penang Smelting: „Sie meinen, ihn umbringen?"

Französischer Anwalt: „Werden Sie nicht so konkret, verehrter Herr."

International Smelting: „Zusammengefaßt: wir werden von außen handeln, in ständigem Kontakt mit den Vertretern der drei interessierten Gesellschaften. Nur sie können entscheiden, wie das Geld zu verwenden ist. Wir vertrauen darauf, daß sie nicht vergessen werden, worum es sich handelt, nämlich in Südamerika den Respekt vor dem fortschrittlichen Kapital durchzusetzen. Wir kommen zur Abstimmung. Meine Herren, stimmen Sie darin überein, daß das antikapitalistische Krebsgeschwür in Bolivien auf jede geeignete Art auszurotten ist?"

Neun Stimmen: Ja. Der Direktor der „Bolivian Mines" in Pulacayo: Nein.

„Warum nicht, Herr Direktor?"

„Meine Kollegen von der ‚Compagnie de Mines' und der ‚Bolivian Mines' bleiben gemütlich in Buenos Aires und Sie hier. Ich bin der einzige, der nach Bolivien zurückkehren muß, höchstwahrscheinlich, um erschossen zu werden."

„Das tut uns sehr leid, aber die Mehrheit hat entschieden. Bitte teilen Sie das Ergebnis Señor Omonte mit."

Die Beratung war zu Ende. Alle verließen den Saal, fuhren zum Erdgeschoß hinab und traten auf die Straße, wo der Verkehr nachgelassen hatte. Hinter der nächsten Ecke standen sechs Automobile für sie bereit, die sie bestiegen, nachdem sie sich, den Hut in der Hand, voneinander verabschiedet hatten. Bald fuhr jedes Auto in einer anderen Richtung durch die Straßen von London.

Über siebzig Jahre war Omonte alt, als er in Paris mit einem Auftrag an einen surrealistischen Maler den Grundstein für das zweite Dutzend seiner großen Porträts legte.

Der Magnat, der sich in zahlreichen Abwandlungen des Gesichtsausdrucks und der Farbgebung immer neu entfaltete, wobei die Maler stets das Beste herauszuholen versuchten, gewann dadurch den Charakter einer vielseitigen und vielschichtigen Persönlichkeit. Durch das Mittel des Porträts wurde er allgegenwärtig. Seinen intimsten Lebensgenuß bildete nun die objektive Freude an der eigenen Erscheinung in einer verfeinerten Gestalt, die nicht die Ähnlichkeit mit ihm selbst verloren hat. Die Ähnlichkeit in veredelter Form bezauberte ihn ebenso wie seine Frau. Das hohe Paar vervielfachte sich in den Bilderrahmen der Häuser in Paris, Nizza und Biarritz, in der Gesandtschaft in Madrid und in den Wohnsitzen der Schwiegerkinder. Dort hingen sie neben den Gemälden aristokratischer Vorfahren. Die Bildnisflut drang auch bis Bolivien vor, wo man in den Grubendirektionen und den Sitzungssälen der Banken schmeichelhafte Porträts von der Hand ortsansässiger Künstler oder photographische Vergrößerungen zur Schau stellte.

Im Atelier Paul Picaons, des französischen Malers, dessen Kunst sich vom Kubismus zum magischen Surrealismus fortentwickelt hatte, saß im abgestuften Licht des breiten Fensters, dessen durchsichtige Gardinen halb zugezogen waren, Omonte auf einem hohen Stuhl und hörte den kurzen Informationen seines Sekretärs zu, der ihn so von der Langweiligkeit des Posierens ablenkte.

„Herr Gesandter, Seine Hochwohlgeboren Don Arnoldo hat geschrieben, daß er heute von Burgos nach London fliegt ..."

„Hmm ... und was schreibt er von seiner Frau?"

„Daß sie in London nicht auf ihn warten kann und heute nach Rom fliegt."

„Nett, sehr nett!"

Vor dem andrängenden Licht kniff er die Lider zusammen. Er hatte sich den Schnurrbart abrasiert und so auf der breiten, konvexen Oberlippe seines scharfgeschnittenen Mundes sein Alter enthüllt. Er wirkte wie ein siebzigjähriger gelangweilter Affe. Aber so sah ihn der Künstler nicht, denn er verzerrte ihn auf der Leinwand allmählich zu einer verwischten siamesischen Maske, auf der sich ein Regen verschiedenster fahler Farbtöne mischte, mit eckigem Kopf, ungleichen Augen, drei violetten Flecken in der Nasengegend und auf den Wangenknochen und einem vierfachen Kinn, vor einem Hintergrund dreieckiger Tamarinden und schemenhafter Papageien.

Die Maler entfalteten seine Persönlichkeit in die Breite. Die Ärzte streckten sein Leben in die Länge. Die europäische Wissenschaft ließ es sich angelegen sein, für die Omontes köstliche hygienische Beschäftigungen zu erfinden. Die Kliniker machten einen Fund, als sie Stück für Stück ihre Eingeweide und ihre Organe abschätzten, Gebilde, die zwar der gesamten menschlichen Spezies gemeinsam sind, aber gewissermaßen die Bedeutung lebender Buddhas annehmen, wenn sie wirtschaftliche Werte verkörpern, die in keinem Verhältnis zur natürlichen Begrenztheit der Materie stehen.

Die Begrenztheit des Lebens im Kampf mit den unbegrenzten Millionen. In dieser Auseinandersetzung war die kostbare Gabe der Existenz im Falle der Omontes noch kostbarer, weil sie ein übermenschliches Privileg beinhaltete. Deshalb beschäftigten sich die Ärzte, ein Deutscher, zwei Franzosen, ein Pole und ein Spanier, unaufhörlich damit, diese auserwählten Organe sorgfältig zu überwachen, zu schützen, wiederherzustellen und zu pflegen, um sie in den Stand zu setzen, die Millionen des Goldes, das nie krank wird, fortdauernd zu genießen.

Doña Antonia studierten Kliniker mehrerer Fachrichtungen, aber alle stimmten in dem Urteil überein, daß das Symptom ihrer Leberflecke auf eine Leberinsuffizienz hinweise, kompliziert durch eine Gallenblasenatonie und cholämische Störungen. „Auch leidet sie am Herzen. Das gefährlichste Klima für ihre Gesundheit ist das südamerikanische, das günstigste im Winter die Côte d'Azur, im Sommer die Kantabrische Küste, im Herbst die Schweiz und im Frühling Paris." An diese Orte begab sie sich, den Arzt im Gefolge, den die Junta als den erfahrensten im jeweiligen Klima bezeichnete.

Omontes altes Herz auskultierte allwöchentlich ein wissenschaftlicher Rat in Jackett und gestreiften Hosen; manche trugen symmetrisch geschnittene weiße Bärte, manche waren jung, modern, mit peinlich gepflegten Händen. Der berühmte Dr. Charpentier, mittleren Alters, ein Schüler Woronoffs und der erste Experimentator auf dem Gebiete der Gerontologie, stimmte in seiner Diagnose mit den Ärzten der klassischen Schule überein: „Können Sie zweihundert Meter laufen, ohne müde zu werden? Schnarchen Sie beim Schlafen? Haben Sie nach dem Essen Atemnot? Nun, nach einer gründlichen Anamnese, sind wir sicher, daß Sie an einer Herzkrankheit leiden, die Ihnen einen Krampf der Koronararterie und in der Folge einen Myokardinfarkt eintragen kann. Für Sie gäbe es nichts Schlimmeres, als sich auch nur in tausend Meter

Höhe zu begeben. Meiden Sie die Höhenlagen! Meiden Sie jede übermäßige seelische Erregung!"

Und in Luzern umringte eine andere Schar von Klinikern Tino Omonte, in Abhängigkeit vom Kreislauf seiner manisch-depressiven Zustände.

„Man muß ihm Aufregungen ersparen!"

Im Arbeitszimmer der Rue d'Helder, das vor dem Allerheiligsten Señor Omontes liegt, erwarten ihn der spanische und der französische Sekretär und der bolivianische Legationsrat. Letzterer sieht das Geschäftsprogramm durch.

„Der Audienzantrag für die Bolivianer."

Der spanische Sekretär reicht ihm eine bedruckte Karte hin:

„Ich, ..., empfohlen durch ...., bitte um eine Rücksprache mit Se. Exzellenz Señor Don Zenón Omonte, in folgender Angelegenheit: .... (Ich erkläre, daß ich die Aussprache nicht dazu ausnutzen werde, um von Sr. Omonte Spenden und Gaben für wohltätige Einrichtungen oder Hilfe in eigener Sache zu erlangen, und ihm auch keine Teilhaberschaft antragen oder ihn um Unterstützung bei Erfindungen oder bei der Suche nach Erzgängen ersuchen werde.) Unterschrift des Antragstellers: .... Zugewiesene Zeit: ..... Minuten."

„Sehr gut. Dieses Schreiben? Sekretariat des Vatikans. Sehr gut. Mal sehen, ob wir damit andere Nachrichten ausgleichen können ..."

„Er kommt! Er pfeift den Chauffeur an."

Alle Türen warten weit offen, um sich nacheinander hinter dem Koloß zu schließen, der, den breiten Nacken zwischen den Schultern, langsam vorwärtsschreitet, das Doppelkinn auf der vorgedrückten Brust, trotz seines Alters noch immer aufrecht. Entlang seines Weges bauen sich Portier, Türhüter, Laufburschen, Sekretäre, Stenotypistinnen auf. Bis in das „Privat"-Zimmer folgen ihm die zwei Sekretäre und der riesige Unterkiefer des Legationsrats, alle erfüllt von stummer Furcht vor den ersten Anzeichen eines neuen Wutausbruchs.

Sie nehmen ihm den Hut, den Schal, den Mantel ab. Er setzt sich unter sein Porträt im Frack, in den breiten Sessel hinter dem mit Bronze eingelegten Schreibtisch.

„Was gibt's?"

Das Formular, genehmigt. Schreiben des Sekretariats des Vatikans, in dem mitgeteilt wird, daß Seine Heiligkeit seinem Vielgeliebten Sohn Don Zenón den Orden Gregors VII. verleiht und 100 000 Tage Ablaß gewährt.

„Wenig genug für das Geld, das ich gegeben habe."

Sekretariat des Rates der Stadt Cochabamba, mit anliegender Bittschrift, unterzeichnet vom Wohltätigkeitsverein, bedeutenden Bürgern der Stadt, dem Bischof, dem Damenklub und der Studentenvereinigung. Um das Waisenhaus für die Opfer des Chacokrieges unterhalten zu können, bitte man den berühmten Sohn der Stadt, er möge die kostenlose Lieferung von dreißig Litern Milch täglich aus seinem Viehzuchtbetrieb veranlassen.

Mit geschlossenen Augen verharrt er in Schweigen. Plötzlich schnaubt er: „Keine Unterschriften? Warum lesen Sie nicht weiter?"

Der Legationsrat liest die Unterschriften vor.

„Hmmm – dieser Krieg hat mich schon viel gekostet. Und die Milch ... daraus wird Butter für die Angestellten der Grube gemacht. Und genau dieselben, die diesen Wisch unterschrieben haben, wagen zu behaupten, daß meine Kühe tuberkulös sind. Geben Sie keine Antwort."

Brief des Generalbevollmächtigten in Bolivien, in dem er mitteilt, daß die Firmen „Compagnie de Mines" und „Bolivian Mines" von der Regierung einen größeren Anteil an der Zinnexportquote verlangen; denn die „Omonte Tin" habe im vergangenen Halbjahr ihre Quote nicht erfüllt, was die Erschöpfung ihrer Erzlager beweise.

Der Gesandte wird puterrot. „Das sind die Schliche dieses Juden. Meine Gruben sind die ergiebigsten, für immer!"

„Herr Gesandter, Backuw mußte doch das Gegenteil behaupten, um die zusätzliche Steuerauflage der Regierung anfechten zu können. Man sagt, sie bieten der Regierung einen Steuervorschuß in Gold an, entsprechend der Steigerung ihres Anteils am Reservefonds, die man ihnen zugesteht."

„Aha! Er will wohl Streit mit mir, was? Schreiben Sie dem Bevollmächtigten, daß er den Vorschuß zu günstigeren Bedingungen anbieten soll. Er soll den Juden überbieten, bis er platzt. Per Kabel, verstanden? Sie sollen von der Regierung keine Zinsen nehmen. Nein, nein, nein – noch besser: sie sollen immer einen Punkt weniger als der Jude verlangen, damit das Schwein immer weiter senkt, bis er platzt. – Was noch?"

Der Legationsrat streichelt sein sargförmiges Kinn.

„Exzellenz, der Maler Picaon verlangt zehntausend Francs."

„Hihihi – ich muß direkt lachen. Er malt mich wie ein Monstrum, daß ich mir nicht mal ähnlich sehe, und er verlangt zehntausend Francs von mir, hihihi! Keinen Centime! Er soll sein Gespenst behalten!"

Der Legationsrat bewegt den Mund, als kaue er Wasser.

„Es ist nur . . . Señor – da ist etwas . . . das geht nicht!"

Der Magnat blinzelt. „Was denn? – Sprechen Sie doch!"

„Der Maler sagt, wenn er das Geld nicht bekommt, wird er das Bild im Salon für neoprimitive Kunst ausstellen. Das ist ein vielbesuchter Salon."

Omonte steht auf, nimmt den Kopf zwischen die Hände, steckt einen Finger in den Kragen, geht einmal um den Schreibtisch herum.

„Noch ein Diebstahl, noch ein Betrug! Alle, ALLE sind sie Diebe, hier wie dort. Dann muß man ihn eben bezahlen. Zehntausend Francs zum Fenster hinausgeschmissen – hinausgeschmissen!"

Das elegante Personal hört ihm bestürzt zu.

„Ich will nichts weiter hören. Alles ist hier Diebstahl. Und schlechte Nachrichten."

Sie legen ihm den Schal um, helfen ihm in den Mantel, setzen ihm den Hut auf, folgen ihm bis zum Eingang. Dann kehren sie zurück und stoßen unter seinem Porträt alle gleichzeitig einen Seufzer aus.

„Um so besser, um so besser, daß er das Letzte nicht gehört hat: Madame Milagros de Salvatierra y Habsburgo Omonte läßt sich scheiden."

„Läßt sich scheiden!!!"

„Und verlangt fürs erste eine Pension von zehntausend Dollar monatlich . . ."*

Agentur Havas: „Der bolivianische Präsident hat Selbstmord begangen."

„Das mußte ja so kommen, das mußte ja so kommen!"

„Ja, er war ein Barbar."

„Gehen wir essen."

Aus dem Schatten des Autos tritt Omonte in das strahlende Licht auf der Place Vendôme, und durch die Glastür, die ihm der flaschengrün gekleidete Portier öffnet, tritt er in das diffuse Licht des Foyers des Hotels Ritz, wo das Essen mit den Repräsentanten der „International Smelting Ltd." stattfinden soll.

* Bescheiden ist diese lediglich angenommene Summe, wenn man sie mit denen vergleicht, die gewisse Millionärsgattinnen im wirklichen Leben kassieren, zum Beispiel Señora Cristina de Bourbon Patiño, und sie kassiert sie nicht einmal als Abfindung für eine Scheidung, sondern für die Erfüllung der elementarsten Gattenpflicht. Nach einer Nachricht aus New York, die am 19. Juli 1945 von United Press verbreitet wurde, hat besagte Dame „heute eine Zahlungsaufforderung über 530 347,– Dollar gegen ihren Gatten Antenor Patiño eingereicht. Dieser habe diese Schuld verwirkt, als er sie im vergangenen Jahr verließ, um sich in Colorado Springs mit einem Mannequin zu liieren. Señora de Patiño sagt, ihr Gatte habe ihr eine halbe Million Dollar gezahlt, als sie sich im Juli 1944 bereit erklärte, sich mit ihm zu versöhnen; zum gleichen Zeitpunkt habe er ihr außerdem versprochen, ihr 1945 eine weitere halbe Million Dollar zu zahlen. Señora de Patiño versicherte, ihr Gatte habe sie kurz nach dem Versöhnungsabkommen erneut verlassen, und sie erklärte, die 30 347,– Dollar, die in ihrer Zahlungsaufforderung die halbe Million überschreiten, seien die Summe der Zinsen für die Zeit, seit ihr Gatte diese „Schuld" verwirkt habe.

Wieder verneigen sich Portiers, Pagen, Maîtres, an denen er vorüberschreitet. Die Klänge eines Orchesters schweben gedämpft zwischen den Stimmen und den Schritten der Menschen hin, über Teppiche, Glastüren, Blumen und Tische, die sich in den Spiegeln verdoppeln.

„Exzellenz, das Essen findet im zweiten Stock statt. Hier entlang, bitte ..."

Langsam bahnt sich Omonte zwischen Parfums, Frauengesichtern, hochgewachsenen Männern seinen Weg. Er schreitet hinter den Sesseln in der Mitte des Foyers entlang. In einer Ecke quillt aus einem großen Krug der Schaum der Chrysanthemen.

Er verweilt einen Augenblick. Ihm gefällt diese Hotelwelt mit weiblichen Gestalten, Lichtreflexen, Frauenlächeln und dem blauen Rauch der Zigaretten, der in die topasfarbene Atmosphäre aufsteigt, über der polierten Treppe lagert, auf der die Gestalten der Männer und Frauen größer erscheinen.

Er nimmt in einem Sessel Platz. In der Nähe, unter einem Wandgemälde, das eine Gruppe zitronenfarbener Bogenschützen vor einem bereiften Himmel zeigt, sitzt ein Mädchen an einem Tisch und schreibt. Nachdenklich hebt sie die wasserhellen Augen und schaut herüber. Sie senkt die Augen wieder, und man sieht nur den Rand ihres federgeschmückten Filzhütchens auf ihrem kupferroten Haar. Sie schreibt weiter. Wie eine gebrochene Linie bei Picasso bewahrt sie eine innere Harmonie zwischen den mit den Spitzen zusammenstehenden Füßen, den nach hinten gesetzten Beinen und den nach vorn weisenden Oberschenkeln und Brüsten einschließlich des vorgebeugten Kopfes. Sie steht auf und tritt an ein Schalterfenster der „Western Union". Dort bleibt sie stehen und ist nur von hinten zu sehen mit ihren nebeneinanderstehenden Absätzen, ihren feinen Fesseln und den straffen Rundungen unter dem sehr kurzen Rock. Ein Page mit einem Paket streift sie. Die Rothaarige wendet den hohen Hals und begegnet Omontes Blick. Dann dreht sie sich um und schreitet in gerader Linie von dannen, als wäre das Foyer leer; mit der gleichförmigen, ruhigen Bewegung eines Flugzeugs durchquert sie den Luftraum mit den zwei Motoren ihrer Brüste.

Sie heißt Georgette. Sie ist mit einem Franzosen verheiratet, der an der Grenze mit spanischen Republikanern unergiebige Geschäfte macht. Am nächsten Tag, einem Dienstag, weiß sie, daß sie einen unbekannten Verehrer hat. Am Mittwoch, daß dieser Verehrer Millionär ist, aber Südamerikaner und sehr diskret. Am Donnerstag interessiert es sie, die verborgene Macht kennenzulernen, die Geschäftsführer, Maîtres, Modistinnen und Zimmermädchen an ihre Seite lenkt, und um sieben Uhr abends stellt sie sich im selben Hotel Ritz in einem Kabinett im vierten Stock ein.

Ein gleichmütiger Angestellter in schwarzem Jackett und gestreifter Hose führt sie vom Fahrstuhl durch den Halbschatten des teppichbelegten Ganges, klopft zweimal an eine Tür, öffnet, fordert sie zum Eintreten auf und verläßt sie. Ein kleiner Gang, wie ein Spiegel, der die ganze Wand verdeckt. Dann ein Salon in blassem Hellblau mit weißen Vorhängen und weißen Wandleuchten mit Mattglasschirmen, ohne Licht. Sofa und Sessel in hellblauem Atlas. Das indirekte Licht strömt von dem makellosen Plafond herab auf einen Jadebuddha auf einem Glastisch und umfließt eine dunkelblaue, fast schwarze Masse, aus der sich der Kopf eines alten Gorillas erhebt.

König Salomo suchte im Greisenalter, als der Überfluß seiner Honigkrüge erschöpft war, in einem Nest aus arabischen Vliesen und Myrrhenduft für seine Gebeine und seine schlaflosen Nächte die Wärme, die junge Mädchen ihm übertragen konnten.

Georgette, jener Herr. Es handelt sich um weiter nichts als das bei diesem heimlichen Abenteuer mit allen Garantien eines Vertrages und in der Dosierung einer ärztlichen Verordnung.*

* Weniger verstohlen als dieses Abenteuer Omontes vollzog sich das folgende, das die UP in einem Kabel vom Mai 1945 zusammenfaßt: „New York (UP): Richter Benjamín Schreiber wies die Klage Suzanne Auclert Roths gegen den Zinnkönig Simón Patiño wegen rückständiger

Sie schaut ihm niemals in die Augen. Sie zieht sich aus, mit sachlicher und harmonischer Langeweile. Wenn sie sich niederbeugt, um mit den Händen die Strümpfe über ihre glatten Knie hinabzustreifen, gleitet das Mahagonihaar von ihren weißen Schultern auf die Brust. Zart wie ein warmes Blütenblatt, von seidigem Glanz, fleckenlos, makellos, gleitend und flüchtig in ihren Bewegungen, denkt sie an ihre Belohnung, und dann dreht sie sich mitten im Zimmer, die Hände im Nacken, gelassen auf den Zehenspitzen und breitet die Linien, Flächen und Kurven ihrer Gestalt und die helldunklen Töne ihrer Haut vor dem dicken Epigonen des Königs Salomo aus, der summt wie eine Hummel im Hemd.

„O furchtbare Habgier, die ich nie zu sättigen vermochte!"

Paris im Dunkeln. Die Stadt ist in Erwartung der Besetzung im Nebelsumpf eines vergangenen Zeitalters versunken und ruft die streitbaren Götter an, erneut das Wunder zu vollbringen und Paris zu retten. Aber es ist nicht mehr die heilige Genoveva, die ihre Bitten zum Himmel richtet, sondern der Premier Paul Reynaud betet in den Rundfunkempfängern, vor deren Licht die Franzosen in der Dunkelheit ihrer Wohnungen die Gesichter wie vor einem Herdfeuer zusammen-

Zahlung der monatlichen Vergütung von tausend Dollar zurück. Suzanne sagte aus, Patiño habe ihr diesen Betrag zugesagt, sofern sie ihm ihre ganze Zeit widme und seinen Wünschen hinsichtlich ihres Verhaltens, ihrer Lebensgewohnheiten, Freundschaften und Zerstreuungen entspreche, soweit diese mit ihrem Leben als verheiratete Frau vereinbar seien. Suzannes Ehemann nahm sich später das Leben. Als der Richter die Klage zurückwies, sagte er, ein solches mündliches Abkommen „verstoße gegen die Grundprinzipien der Moral und der guten Sitten".

So äußerte sich der Richter, dabei war Patiños Abkommen sehr viel anständiger als das von Omonte getroffene.

drängen, um dem Glaubensbekenntnis des Premiers zu lauschen: „Wenn nur ein Wunder Frankreich retten kann, dann glaube ich an dieses Wunder.“*

Zenón Omonte, neben seinem spanischen Sekretär sitzend, lauscht vergebens, denn er ist ein bißchen schwerhörig und versteht nicht Französisch. Besser, es nicht zu verstehen und keine Einzelheiten über die Invasion zu erfahren, die sein Schloß bei Reims zerstört. Man kann nicht mehr in einem so furchtbaren Land leben, wo der Himmel, der nur noch von den Schlünden der Fliegerabwehrkanonen gestützt wird, wie ein rissiges Gewölbe täglich einzustürzen droht.

Belgien, die Niederlande, Luxemburg, Westfrankreich, Flandern, die Ardennen, Reims, wieder fällt Reims. Die Nazis rücken vor, unaufhaltsam wie Heuschrecken, die Wege, Dörfer, Niederungen und Schluchten überfluten, ausfüllen und in Wellen weiterrollen, die anschwellen und abebben, um sich in immer neuen grauen Schichten über das französische Territorium auszubreiten. Am Himmel sprießen die Blumen eines Alptraums, öffnen sich, wachsen in Augenblicksschnelle heran und sinken als ein langsamer Regen verderbenkündender Kugeln herab.

„Es ist Zeit zu fliehen, Señor Omonte.“

„Es ist Zeit zu fliehen, Zenón.“

Wohin? Der Fleck grauer Tinte breitet sich über den ganzen Kontinent aus wie auf Löschpapier. Nach Spanien! Ein Teil des Personals ist schon fort. Omonte hat, bedachtsam wie immer, Pässe unterzeichnet: für seine kosmopolitischen Sekretäre, seine französischen Kammerdiener, seine spanischen Dienstmädchen und für Georgette, sämtliche als Mitglieder des bolivianischen diplomatischen Dienstes. Jetzt ist die Reihe an ihm. Ein Packardwagen, vorn der Chauffeur und der spanische Sekretär, Omonte und Doña Antonia hinten, fährt durch die schreckerstarrten Straßen von Paris, auf dem Kühler die bolivianische Flagge.

* Das Wunder sei, daß Herr Reynaud noch den Mut habe weiterzureden, meinte die Moskauer Presse dazu.

An den Landstraßen gleiten die blumigen Felder rhythmisch und weich in derselben Richtung wie die Militärfahrzeuge dahin, aber entgegengesetzt zur Richtung der fliehenden Menge. Die Menschen möchten fliehen, bleiben aber stecken, wenn ihnen Militärfahrzeuge begegnen und die Zivilisten zur Seite drängen. Der Strom der Flüchtlinge schwillt an, wird in die Enge getrieben und verstopft seinen eigenen Weg. Die Autos bilden wie auf einem Jahrmarkt eine einzige Masse, die sich gleichmäßig langsam auf den engen Hals der spanischen Grenze zu bewegt. Sie reisen die ganze Nacht und den ganzen Tag hindurch, fahren durch Städte voller Soldaten. Der Weg zieht sich hin, zieht sich hin. Einige Soldaten ordnen die Umleitung der Autos auf eine andere Route an.

„Aber ich fahre doch den Herrn Gesandten von Bolivien."

„Zum Teufel mit Ihrem Gesandten! Zurück!"

Das Auto gerät fast in den Straßengraben. Auch die Militärlastwagen, die in entgegengesetzter Richtung vorüberfahren, brüllen auf. Nach drei Stunden setzt das Auto seine Fahrt fort. Ein Gasthaus ruft einen Menschenauflauf hervor. Die Autos reihen sich nach hinten und vorn zu einer Kette haltender Motoren. Männer, Frauen und Kinder stürmen das Haus, schreien, bieten Geld und bringen den Wirt zur Raserei, der die Hände hebt und brüllt: „Es ist nichts mehr da, nichts! Alles ausverkauft! Ausverkauft!"

Aber es gibt noch ein paar Flaschen Wein.

„Ein Sandwich! Ein Sandwich! Hundert Francs für ein Sandwich!"

Die Autos vorn bewegen sich. Der Lärm ihrer mechanischen Stimmen verkündet Omonte und seiner Frau, daß sie sich fügen müssen, und langsam rückt der Wagen in der Formation der Kraftfahrzeuge vor, die, zu einer einzigen Metallraupe von mehreren Kilometern Länge verschmolzen, auf die spanische Grenze zugleiten.

Das Meer kommt in Sicht. Die Küste hüllt sich in Blau. Der Chauffeur wird nervös. Das Benzin wird knapp, knapper, ist verbraucht.

Doña Antonia hat keine Schminke mehr; ihre Züge werden wieder hart. Sie rügt den Chauffeur: „Trottel, konnten Sie nicht mehr Benzin mitnehmen?"

Sie rügt den Sekretär: „Dummkopf, ist Ihnen nicht eingefallen, Benzin einzuladen?"

„Señora, Señor, der Motor hat das Dreifache verbraucht."

„Ruhe!" brüllt Omonte. „Gehen Sie suchen!"

Der Sekretär und der Chauffeur stellen sich mit ausgebreiteten Armen vor die Autos, die im Schrittempo vorüberfahren.

„Benziiiin – hundert Francs für den Liter, zweihundert Francs für den Liter! Es ist für den bolivianischen Gesandten!"

„So? Sollen sie ihm Benzin aus Bolivien schicken!"

„Das ist doch . . . Witze zu solcher Zeit! – Tausend Franc für den Liter!"

Es nähert sich ein Auto, aus dem ein kleiner Mann spricht, mit einer Nase so lang wie ein Minutenzeiger: „Benzin? Nein, aber ich nehme Sie mit. Das Halsband der Dame, ihre Ringe und den Ring des Herrn. Man muß bedenken, daß ich meine persönlichen Habseligkeiten zurücklassen muß. Einverstanden?"

Er räumt Bündel und Kisten aus dem Wagen und macht Platz für Omonte, seine Frau und den Sekretär. Der Chauffeur bleibt zurück.

Zögernd, verzweifelnd rücken die Autos Meter um Meter vor. In der Ferne entfaltet das Meer sein weiß abgesetztes blaues Band, und über den Felsen ragen die Zedern auf.

Endlich Hendaye. Endlich die spanische Grenze. Hunderte Autos stehen vor der Brücke von Irun. Ein Chor von Hupentönen greift ineinander wie Froschgequake. Man bietet die Autos zum Kauf, sogar für tausend Francs, für fünfhundert Francs. Bleiche, ungekämmte Menschen, Kinder in den Armen, wimmeln zwischen ihren Autos herum. Die Pistole im Gürtel, schreiten die Posten auf und ab, bilden in der Nähe der Brücke eine Kette. Niemand darf hindurch.

„Es ist der bolivianische Gesandte! – Telefon!"

Unmöglich, bis zum Zoll-Grenzposten vorzudringen.

„Wir wollen mit dem Gouverneur von San Sebastian sprechen, im Namen des bolivianischen Gesandten!"

Die Beamten bleiben ungerührt, antworten nicht. Der Sekretär verzweifelt. Endlich, nachdem sie ein Trinkgeld bekommen haben, lassen sie ihn durch.

„Wir gehen zu Fuß hinüber."

Es wird Abend. Der Gesandte und seine Gattin steigen aus dem Auto. Hinter ihnen der Sekretär mit den Koffern. Die Dame trägt ihre Juwelen in einem Köfferchen. Omonte trägt auch einen Koffer. Sie nähern sich dem Zoll. Viele Soldaten. Sie lassen sie nicht durch. Der Sekretär ist irgendwo verschwunden.

„Wir sind die bolivianische Gesandtschaft!" schreit die Dame. Man läßt sie in einen Wartesaal ein, wo Leute auf ihren Koffern sitzen, ihrer Existenz beraubt, vergessen, als wäre ein Zug in der Wüste entgleist. Es gibt keine Sitzgelegenheiten, und Don Zenón und Doña Antonia müssen sich auf ihre Koffer setzen.

Der Sekretär kommt zurück.

„Wo stecken Sie denn?" schreit Omonte.

„Es dürfen nur fünfzig Personen durch. Anweisung der spanischen Regierung. Es gibt noch keine Verbindung, aber sie wird hergestellt. Rühren Sie sich nicht von hier fort."

Die Augenblicke verrinnen. In diesem Wartesaal voller Männer, Frauen, Kinder, Koffer, Stimmen und Weinen wird die Zeit zu einer einförmigen Strafe.

„Morgen wird die Brücke geöffnet!"

„Es besteht keine Verbindung nach San Sebastian. Unmöglich, die Behörden auf der anderen Seite der Brücke zu sprechen."

„Haben Sie ihnen denn nicht gesagt, daß ich Omonte bin?"

„Ich habe es ständig wiederholt, bis man mich mit Kolbenstößen verabschiedet hat, Señor."

Die Señora wird ohnmächtig. Der Sekretär geht auf die Suche nach Sandwiches. Bei der Bestellung muß er gleich das

Geld geben. Die Kellner nehmen es und kommen nicht wieder.

„Wir werden die Nacht im Auto verbringen."

„Nein. Wir müssen hierbleiben, um an erster Stelle zu stehen und die Brücke zu passieren, sobald sie geöffnet wird."

Der Sekretär kauft Decken von ein paar spanischen Basken und belegte Brote von ein paar französischen Basken und bereitet auf dem Fußboden an der Wand des Wartesaals für die Dame und Señor Omonte eine Art Lagerstatt. Dieser weigert sich jedoch, sich hinzulegen, und bleibt auf den Koffern sitzen, in resignierter und kläglicher Haltung, die allmählich in götzenhafte Starre übergeht.

Elf Uhr abends. Draußen hört man Stimmen. Beamte gehen vorüber. Hupen ertönen. Plötzlich treten Leute in den Raum. Sie gehen schreiend wieder hinaus. Omonte erinnert sich, daß er einmal, vor tausend Jahren, genauso wartete, am Wirtshaus San José von Oruro, neben den Reittieren, den Kokakörben, den Hafersäcken, deren Geruch ihn in die Nase stach, unter unbekannten Leuten. Damals, genau wie jetzt, ging man an ihm vorbei, ohne ihn zu beachten, und in einem benachbarten Raum schrien ein paar Treiber. Und es weinten Kinder, wie das blonde Kind, das die Dame im Pelzmantel wiegt.

Hat er die Glücksgöttin herausgefordert, bis er sie erzürnt hat? – Seine Aktien, seine Chalets, sein inzwischen besetztes Schloß, das als Kaserne dienen oder von Bomben zerstört sein dürfte. Das unterwegs verlorene Auto. Und die britische Regierung, die das Gold zurückhält. – Und wenn Malaya fällt? Und wenn Williams Harvey von Bomben zerstört wird?

Im Raum wird gehustet. Man hört Schreie. Draußen röhren die Motoren der Autos. Doña Antonia schläft. Seit vielen Jahren hat er sie nicht neben sich schlafen sehen.

„Der bolivianische Gesandte! Der bolivianische Gesandte!"

Es wird Morgen. Der Sekretär tritt ein, mit verquollenem Gesicht, und weckt Omonte, der an die Wand gelehnt schläft.

„Es ist Befehl gekommen, Exzellenz Señor Omonte passieren zu lassen."

Die Dame steht auf. Nimmt den Koffer.

Die ersten passieren die Brücke. Es glänzt der Fluß, auf dem sich ein paar Boote wiegen. Ketten und Posten versperren den Weg, der sich vor dem ungekämmten Paar alter Leute und ihrem Sekretär öffnet. Sie halten sich in Irun nicht auf. Im Auto fahren sie bis San Sebastian, wo der Millionär seinen Haushofmeister ohrfeigen möchte, weil der nicht geahnt hat, daß er sich an der Grenze befand. Dann legt er sich hin. Aber um zwei Uhr mittags erhebt er sich und verlangt eine Verbindung nach Madrid. Die Nazis stehen schon vor Paris, und die englischen Truppen fliehen zur Küste der Bretagne.

Omonte blickt auf den Golf hinaus, wo die Wellen mit weißen Flügeln dahinlaufen und sich selbst vernichten, indem sie gegen die Felsen schlagen. Eine frühlingshafte, salzige Luft mit Fischgeruch streicht ihm um die Nase. Zu seinen Füßen führt ein von alten Steinmauern eingefaßter Pfad zwischen Rasenflächen zum Meer hinab. Gegenüber steigt die grüne Insel Santa Clara mit ihren weißen Häusern aus dem Wasser.

Das Mittagessen und die linde Luft vertreiben seinen Pessimismus vom Vorabend.

„Exzellenz, die Verbindung nach Madrid!"

Eine Viertelstunde später kehrt er auf die Terrasse zurück. Dort ruht seine Frau in einem Liegestuhl und betrachtet das Meer, San Sebastian, die Insel, die laubbedeckten Riffe, wo sich Felsen und weiße Häuser in Stufen übereinandertürmen.

„Was machen wir jetzt?" fragt sie.

„Nichts", erwidert Omonte.

„Ich frage dich, ob wir hierbleiben."

„Wir bleiben nicht. Es gibt viel zu tun. Meine Gewährsleute sagen, London wünscht, daß ich nach den Vereinigten Staaten reise. Jetzt wird das bolivianische Zinn mehr wert sein als jemals, mehr als im vorigen Krieg."

17

Das Blutbad in New York

„Es rann ein Blutbach, mit dem Blut der Indianer vermischt, zwölf Cuadras weit und sickerte in die Erde, wo er vorüberfloß."

Die graue Morgendämmerung steigt von den glattpolierten Bergen herab und entreißt den Schluchten und Hängen schweigend die Silhouetten aus Zinkblech und Stroh, die Umrisse der Abraumhalden und die Wege der Alltagswelt. In den Gruben jedoch kein Lebenszeichen.

Im Innern der Berge sind die Karbidsterne erloschen. Die kleinen Lokomotiven fahren nicht mehr über die Gleise in den Strecken. Die Förderkörbe an den Stahlseilen stehen still. Die Lichter der Kontrolltafeln flammen nicht mehr auf, denn in keiner der fünfundzwanzig Sohlen fährt ein Zug. Die stummen Telefone künden von keinerlei Verkehr in den hundertsechzig Kilometern des in Dunkelheit begrabenen Streckenlabyrinths.

Draußen in den Rohölwerken hört man kein Geräusch, auch nicht bei den Turbinen oder den Dieselmotoren. Im Aufbereitungswerk sind Hunderte Transportbänder, Dutzende Schütteltische, Batterien von Pumpen, Serien von Konzentratoren, zahllose Trommeln, Pochwerke, Läuterwalzen, Buddles, Setzmaschinen und Zentrifugalpumpen außer Betrieb. Die Wagen und Drahtseilbahnen bringen nicht mehr das gemahlene, gesiebte, klassierte und gereinigte Erz zu den Flotationsanlagen. Die Erzsäckchen bleiben leer, und die Pfeife der Eisenbahn schweigt.

Seit drei Tagen steht alles im Streik: Grube, Aufbereitungswerk, Werkstätten, Speicher, Eisenlager, Holz-, Zementrohr-,

Benzin-, Petroleum-, Schmiermittel-, Konzentrationsöl-Lager. Alles streikt: Drahtseilbahn, Lesebänder, Aufbereitungswerk, Grube, Fabriken, Sprengstofflager, Wohnlager. Alles ist im Ausstand.

Auch die Magazine sind von der Aussperrung betroffen, sind auf Anordnung der Firma geschlossen.

Zehn Uhr vormittags. Unter der Sonne der breite Raum zwischen den Bergen. Auf dem Feld von Barsola kreuzen sich die Wege aus Uncía und aus Llallagua, führen über die Hänge zum ebenen Grund hinab und wenden sich zum Aufbereitungswerk und zum Wohnlager. Dort kreuzt eine Eisenbahnlinie den Weg. Auf den Schienen steht nur ein verlassener Gestellwagen.

Friedliche Stille, das todbrütende Schweigen des bleichen Erzes unter einer Morgensonne ohne Brise und Schatten. Die Luft voller Metallstaub raubt den Dingen ihre Farbe. Zinkfarben das Aufbereitungswerk und das Lager, die verloren in der Schlucht hocken, grau die Ketten der Abraumhalden.

Zwischen den Felsen der verschwommenen Berggipfel liegen hinter zehn Maschinengewehren und zwei 65-mm-Haubitzen dreihundert Soldaten und suchen mit den Augen das Feld ab, selbst zu einem Nichts zusammengeschrumpft in der schweigenden Weite.

Elf Uhr vormittags.

„Sie kommen!“ – „Sie kommen!“

Auf dem Weg, der am Hang entlang von Llallagua nach der Ebene von Barsola hinabführt, erscheint eine Staubwolke und darin eine braune Masse, die aus der Erde hervorwächst wie ein sagenhaftes, unterirdisch lebendes Tier, das träge und dumm, vom Sonnenlicht geblendet, in aller Gelassenheit dem Selbstmord entgegenschreitet.

„Sie kommen!“ – „Sie kommen!“

Entfernung 2000 Meter. Die riesige, unförmige Raupe wächst, scheint stillzustehen und nähert sich doch, kriecht staubumwallt mit wirren Bewegungen den Weg herab.

Entfernung 1600 Meter. Die kupferfarbene Masse erreicht die Ebene, ergießt sich vom Berg herab und stürzt in die Furchen der steinigen Erde, wie Kies aus dem Kipper eines Lastwagens rutscht.

Entfernung 1200 Meter. Die Menge ballt sich wieder zusammen, um auf dem Weg vorzurücken, versinkt in einer Falte des Geländes, und nun sind im Staub schon die Gestalten zu erkennen: Tausende dunkler Ponchos, Wollschals, bunte Röcke, weiße Hüte, Mützen und randlose Hüte. Über allem bewegt sich schwankend eine bolivianische Flagge, die mit ihren drei Farben die Luft zerreißt.

Entfernung 1000 Meter. Sie erreichen die Kreuzung zwischen dem harten Berggras. Über die Unebenheiten des Geländes rücken stolpernd Gruppen von Menschen vor, umhüllt von Staubwolken, die sich in bizarren Wirbeln über dem Boden teilen und wieder zusammenfließen.

Sie sind noch näher gekommen. Schon überschreiten sie zu Haufen in breiter Front den Eisenbahndamm.

„800 Meter – Feuer!!!"

Die Luft reißt auf unter dem wütenden Gebrüll der Maschinengewehre und der Stokesgeschütze, das in den Höhlungen der Berge und den Schluchten widerhallt. Das traurige und hungrige Ungeheuer wendet seine Tausende Augen in die gleiche Richtung, auf das Unternehmen.

„Feuer!!!"

Die Toten und Verwundeten stürzen zu Boden. Auch die Fahne fällt, wird von einer Maschinengewehrgarbe an eine tote Frau geheftet.

Riesige Stahlscheren zerschneiden die Luft. Ein trockener Platzregen mit fernem Donner. Das harte Gras sträubt sich unter den Füßen aufheulender Männer und Frauen. In Löcher gedrückt, hinter dem Damm hingeschlagen, bleiben einige Leiber liegen, und die anderen rennen, von der tödlichen Garbe verfolgt. Das Feld reißt unter Schüssen und Schreien in Stücke.

Eine große Anzahl von Bergleuten verblutet. Die Überlebenden laufen die Pfade entlang, klettern die Hänge hinauf, fliehen, dem Weg folgend, ohne haltzumachen, bis zum Dorf und dem Wohnlager, von immer neuen Feuerwellen verfolgt.

Aus den Wohnungen stürzen weitere Menschen hervor, Männer und Frauen, und schließen sich den Flüchtenden an, verlassen das Grubengelände, auf der Schulter ihre Betten, ihre Kleider und Hühner, an der Hand die Kinder. Sie alle fliehen über die Hänge dem Horizont entgegen, Karawanen der Besiegten flüchten auf allen Wegen, die von den Erzlagern der „Omonte Tin" in die Runde ausstrahlen. Und sie marschieren Stunde um Stunde unter der sinkenden Sonne durch das Bergland, bis die Schatten des Abends sie verschlucken, über sich dicke Wolken, die vor dem Hintergrund eines Himmels von erstarrtem Blut riesige Todesgespenster mit tiefen schwarzen Augenhöhlen beschwören.

Im Schatten des Abendrots lächeln noch einige Wolkenkratzer mit Fenstern wie Goldzähnen. Schneeflocken erlöschen in der Park Avenue wie graue Haare auf dem Kopf eines Negers. Das Licht rinnt über den Bürgersteig vor dem Waldorf, spiegelt sich in den Frauengesichtern wider und glänzt in den Türscheiben.

Drinnen, in der Marmorgruft der Fahrstuhlstation, blinken die Goldknöpfe der blonden, olivgrün gekleideten Fahrstuhlführer. Zwei beleibte Journalisten mit wehenden Krawatten, hochgebogener Hutkrempe, offenem Mantel bedrängen Mr. Omontes Legationsrat mit dem sargähnlichen Kinn und den Rechtsanwalt mit den Pferdezähnen.

„Bitte, bitte – eine Minute."

Sie wollen einen anderen Fahrstuhl nehmen, drehen sich um und stehen zwei anderen beleibten Journalisten mit wehender Krawatte, hochgebogener Hutkrempe und offenem Mantel gegenüber.

„Bitte – bitte, wir möchten wissen, was in Bolivien geschehen ist."

Sie wechseln einen Blick.

„Nun, ein Streik wie jeder andere ...“

„Der Grund waren die Löhne?“

„Nein, das war geregelt ...“

„Geregelt mit dreißig Cents pro Tag?“

„O nein, das stimmt nicht. Viel mehr ...“

„Ist es wahr, daß es dreihundert Tote gegeben hat?“

„Aber nein. Man muß immer durch zehn teilen. Diese Übertreibungen, Sie kennen das ja.“

„Ist es wahr, daß Señor Omonte als einziges Geschenk für Bolivien seine Statue in einem Mausoleum zurückgelassen hat?“

„Das sind erfundene Geschichten, Phantastereien. Señor Omonte ist ein Mann von Geist, ein Industrieller, wie es sie hier auch gibt, sehr fleißig. Er hat viel für Bolivien getan, es würde zu lange dauern, alles aufzuzählen.“

„Nun dann, die Gründe für den Streik?“

Der Berater mit dem Pferdegebiß blinzelt und blickt verstohlen zu dem Kollegen mit dem Sargkinn hinüber. „Der Nazismus.“

„Oh!“ Die vier Journalisten, jeder mit dem Notizbuch in der Hand, geraten angesichts dieser Enthüllung noch mehr in Eifer.

„Ja, der Nazismus. Der Streik wurde von Berlin aus vorbereitet.“

„Für Bolivien?“

„Selbstverständlich. Man hat entdeckt, daß einige Arbeiter Autogramme von Hitler besaßen. Andere erhielten Waffen, die mit Unterseebooten herübergebracht worden waren. Die Zinnproduktion sollte stillgelegt werden, Rohstoff, Sie verstehen ...“

„O ja, Stanniolpapier für die Zigaretten.“

Die vier Bleistifte kritzeln Notizen in die Hefte.

„Und sie besaßen deutsche Code-Schlüssel. Es war ein furchtbarer Kampf zwischen der Armee und den nazistisch verseuchten Sturmabteilungen der Bergleute. Die Firma stellte sich auf die Seite der Demokratie.“

„Trugen sie Braunhemden?“

„Ja. Als sie in den Kampf gingen, schrien alle: ‚Heil Hitler, nieder mit der demokratischen Regierung!‘ Der Kampf zur Verteidigung der Bergwerke war furchtbar.“

„Sehr merkwürdig, daß es nur dreißig Tote gegeben hat ... und kein einziger Soldat gefallen oder auch nur verwundet!“

„Es ist schwer, die genaue Zahl anzugeben. Sie wissen, die Nazis verstecken ihre Leichen immer. Jetzt entschuldigen Sie uns. In den Geschäftsräumen der Firma in der Wallstreet werden wir Ihnen gern genauere Angaben machen.“

„Könnten wir Señor Omonte sprechen?“

„Unmöglich. Er ist sehr liebenswürdig, sehr höflich, aber er ist erschöpft. Er ist so sensibel ... Ein andermal. Sehr gern geschehen, sehr gern geschehen.“

Sacht steigt der Fahrstuhl. „Sehr gut, Kollege!“ – „Sehr gut auch Sie.“

Vor ihnen öffnet sich Omontes Appartement, das im Halbschatten liegt. Auf die breiten Möbel fällt von der Decke herab das Licht der indirekten Beleuchtung, und die Reflexe des Kaminfeuers branden mit ihrem ätherischen Wellenschlag dagegen.

In Filzschuhen, einer grobgewebten Wolljacke und Flanellhosen erscheint der alte Millionär, auf den Arm des Kammerdieners gestützt. Auf den zweistimmigen Gruß antwortet er nicht. Er setzt sich vor den Kamin.

„Nein, nicht das Vikunjafell!“

Er stellt die Füße auf ein Bänkchen.

„Was gibt's? Sicher neue Kopfschmerzen!“

„Sie haben ihr Versprechen wie Ehrenmänner eingelöst, Señor.“

„Wer?“

„Die Machthaber Boliviens. Sie haben sich verpflichtet, ein Exempel zu statuieren, und sie haben es getan.“

„Was werden sie jetzt wohl dafür verlangen? Jeder einzelne will Präsident sein, hahaha.“ Er hustet. „Sehr schlecht haben sie es gemacht. Viele Tote.“

„Offiziell nur neunzehn, Señor."

„Und dieser Trottel ... Also 500 000 Dollar, um weiter meinen Namen auf ihren Visitenkarten zu führen, was? – Man stelle sich das bloß vor. Was sagen Sie? Flüstern Sie unter sich?"

„Nein, Señor."

„Man stelle sich das vor ... eine halbe Million Dollar! König Alfons schätzte mich sehr. Aber was hat sich diese Geldschneiderin gedacht, wer ich bin? ... Alle stellen mir nach, wollen mich bestehlen ... Die Journalisten. Wer gibt ihnen Auskunft, wer spioniert mich aus? Sie ..."

„Wir nicht, Señor. Die Beteiligten selber tragen ihre Angelegenheiten zu den Zeitungen."

„Ich gebe Geld aus ... Da ist noch so einer. Also neunzehn Dollar, neunzehn Tote? Nein! Eine halbe Million Dollar und noch eine halbe, eine Million! Den hat es ja nie etwas gekostet. Gehen Sie!"

„Regen Sie sich nicht auf, Señor. Bitte beruhigen Sie sich, mäßigen Sie sich, Señor."

„Ich bin schon in Ordnung. Ich kann noch manchem den Kopf zurechtsetzen!"

Die Berater und der Kammerdiener blicken sich verstohlen an. Sie zupfen ihm die Vikunjadecke über den Beinen zurecht. Schweigen. „Jetzt?" – „Jetzt!"

„Señor, da ist eine unaufschiebbare Angelegenheit, eine weitere Vormerkung für morgen."

Mit seinen traurigen, tränenden Augen blickt Omonte den Anwalt an wie ein Opfertier.

„Señor, auch diese Señorita Georgette fordert ..."

„Wer?"

„Señorita Georgette – und wir brauchen ein paar Angaben für die Verteidigung. Es gibt keine andere Möglichkeit ..."

„Keine andere Möglichkeit? Was will sie?"

„Tausend Dollar monatlich."

„Fünfhundert, tausend, tausend und tausend ... Ich glaube, sie war neulich da ... sie kam ... Schriftliche Abmachungen gibt es nicht, nein. Ich habe ihr einen Mantel geschenkt, Sie haben ihn gekauft – Sie ..."

„Ich nicht, Señor."

„Dann Sie ... oder Sie!"

Die Berater sehen sich an.

„Prozeß, Prozeß! Fechten Sie die Forderung an. Ich schulde ihr nichts, ich lasse mich nicht bestehlen, nichts, nichts!"

Ein Hustenanfall beraubt den Magnaten der Stimme. Die drei stehenden Männer betrachten ihn. Der eine spielt in der Tasche mit dem Schlüsselbund, der andere gräbt die Fingernägel in die Flächen der hinter dem Rücken verschränkten Hände. Der Kammerdiener bleibt unbewegt und unterdrückt ein Gähnen.

Plötzlich gibt Omonte der Fußdecke einen Tritt, beugt sich vor, schlägt mit den Händen auf die Armlehnen des Sessels ein und stößt mit abgehackter Stimme hervor: „Raus! Raus, Schufte! Ich will keinen sehen!"

Über den Teppich, der wie eine Schneedecke jeden Laut verschluckt, gleiten sie geräuschlos unter Verbeugungen rückwärts zur Tür hinaus, während die Flammen des Kamins wie durchsichtige Wellen zum Gesicht des Alten emporzüngeln.

Und sie lassen ihn allein.

Unmöglich, unmöglich, allein zu bleiben! Die Linsen der Fotoapparate belauern ihn, und die Bleistifte der Pressesturmtrupps nehmen ihn aufs Korn. Wo er ging und stand, fühlte er, wie der buntscheckige Pöbel um ihn her in Bewegung geriet, die unverständlichen Weißen im Vordergrund, Indianer im Hintergrund. Die ersteren sprangen mit bunten Teufelsfratzen um ihn herum, die letzteren schlugen andauernd Lärm, mit derselben unverschämten, ermüdenden Hartnäckigkeit, mit der sich der Streit mit der Regierung über die Steuern und mit den Arbeitern über die Löhne wiederholte.

Es genügte nicht, daß er röhrte: „Ich will nichts wissen! Raus, ihr Schufte!"

Denn die Schufte mußten wiederkehren, um über seine Profite zu wachen. Es war nicht möglich, ihm unangenehme Augenblicke oder störende Geräusche zu ersparen. Als lebende Spitze eines Weltunternehmens schleppte Señor Omonte gewissermaßen einen Rattenschwanz verzinnter Blechbüchsen hinter sich her, die bei der geringsten Bewegung schepperten.

Sie schepperten, als Milagros, die sich mit Arnoldo nach Zahlung einer halben Million Dollar ausgesöhnt hatte, auf den Gedanken kam, sie könnte recht gut noch die Million voll machen, und zwar durch einen Raubüberfall, der sich schlicht „Prozeß wegen Ehebruchs" nannte und der so diskret gehandhabt wurde, daß die gesamte Presse der Vereinigten Staaten in allen Einzelheiten über ihn berichtete.

Milagros war noch immer schön und kleidete sich noch immer in teure Pelze. Die Nylonstrümpfe, Hüte und Juwelen, die sie trug, waren so aufsehenerregend, daß die New Yorker Rechtsanwälte aus einer Querstraße der 34. Straße nicht zögerten, Geld in einem so sicheren Unternehmen zu investieren, und keine Kosten für den Prozeß scheuten. Sie bezahlten Detektive und erfahrene Agenten, denen es gelang, Kammerdiener und Pagen zu bestechen und auch die Anstandsdame eines gewissen brünetten Mannequins, mit dem man Arnoldo in flagranti überraschen mußte. Blitzlichter beleuchteten jäh den Alkoven in einem Hotel und entrissen dem Schatten das Bild Arnoldos in recht peinlicher Positur, nur mit der Hälfte des Pyjamas bekleidet, und des Mannequins, das gerade in die Rückenlage zurücksinken wollte, da es keinen Halt mehr fand.*

Mit ihrer Eleganz und den Beweisen, die sie in der Hand hatte, gewann Milagros noch größere Popularität als ihr Bruder Felipe und ließ sich – stehend oder einfach sitzend –

* Des Autors Mangel an Erfindungsgabe läßt ihn den letzten, von Jardiel Poncela stammenden Satz verwenden, wie er sich sonst für diesen Teil der Erzählung von einer Notiz in der Washingtoner „Times Herald" vom 18. Juli 1945 inspirieren ließ, die ein zweispaltiges Ganzfoto der Madame Cristina de Bourbon Patiño unter der Über-

in Millionen Zeitungsexemplaren abbilden. Die Reporter fragten sie aus und ließen dabei den Blick nicht von ihren Beinen. Die Reportagen fielen dementsprechend ungünstig für den Juniormillionär aus.

„Er war es, der mich verließ, obwohl er so häßlich ist..."

„So ein treuloser Schurke!"

„Es ist nur gerecht, daß er mich für den Kummer entschädigt, den er mir bereitet."

„Aber selbstverständlich! Ein Foto, Madame. So – etwas höher, noch ein bißchen! Das Publikum liest immer den Text, wenn er mit schönen Beinen illustriert ist."

Arnoldo, der Häßliche, versuchte sich hinter seiner diplomatischen Immunität als bolivianischer Gesandter in Italien zu verstecken. „Diplomat in Rom mit Residenz in Palm Beach?" argumentierten die Zeitungen und die Rechtsanwälte.

schrift brachte: „Gericht verurteilte den Fürsten Antenor Patiño, ihr 530 000 Dollar zu zahlen." Im Text wird auf „eine Reihe intimer Schlafzimmerszenen" mit einem Mannequin angespielt. Es wird hinzugefügt, daß der „Fürst" 500 Millionen Dollar erben werde, ungeachtet des Erbteils seiner Geschwister.

Von dieser Affäre ausgehend, hat der bolivianische Abgeordnete Rómulo Corvera im Parlament die „verdächtige und zweifelhafte Moral" und die „Pflichtvergessenheit jener käuflichen Beamten" angeprangert, welche die Steuer kassierten, als das Erbe Simón Patiños zu dessen Lebzeiten geteilt wurde; denn dieses Vermögen, das man „auf 1000 Millionen Dollar schätzt", wurde nur mit 873 000 000 Bolivianos veranschlagt (wenig mehr als 20 Millionen Dollar). Auf diese Summe wurde eine Steuer von zweieinhalb Millionen Dollar erhoben und in „abgewerteten bolivianischen Banknoten gezahlt, die aus einer der vielen Papiergeldemissionen der unfähigen Regierung Peñarandas stammten und der Familie Patiño von der bolivianischen Zentralbank zu dem spottniedrigen Vorzugszinssatz von 2 % jährlich geliehen worden sind".

Dieser postume Betrug wurde vom Präsidenten Peñaranda und seinem Minister Joaquín Espada im Juli 1941 durch allerhöchsten Beschluß sanktioniert.

Das Oberste Gericht von Manhattan verurteilte ihn zur Zahlung der halben Million zuzüglich Zinsen.

Señor Omonte hätte gern frei von Kummer und Furcht gelebt, aber wo er auch hintrat, löste er die Alarmklingeln aus, deren Läuten ihm eine neue Erpressung ankündete. Schmerzlich mußte in der Alarmzentrale seines Kopfes der von Georgette ausgelöste Skandal nachhallen, die sich von ihrem achtzigjährigen Galan verlassen fühlte und für ihren Kummer ebenfalls eine Entschädigung kassieren mußte. Noch ein Beefsteak für die Journalisten in der Zeit der Fleischrationierung! Und dann die familiären Sorgen, die dem Potentaten ebenfalls nicht erspart blieben: sein Schwiegersohn, der Graf Stefanici Murat mit seiner aristokratischen Knochenerweichung, trug bei einem leichten Autounfall eine Rückgratverrenkung davon.

Und obwohl die Ratgeber auf Zehenspitzen gingen und den Lärm der politischen Ereignisse des Erzeugerlandes durch einen Schalldämpfer filterten, konnten sie ihm doch nicht verbergen, daß sich die Arbeiter seiner Gruben nach drei Tagen des Hungers gegen die Aussperrung durch die Firma erhoben hatten und daß man sie mit Feuer aus Maschinengewehren und Stokesgeschützen empfangen hatte, als sie die Öffnung der Läden forderten, um Lebensmittel kaufen zu können. Das Bellen der Schüsse hatte bis Washington gehallt und die ersten Zweifel hinsichtlich des Motivs der Verteidigung der Demokratie erregt, mit dem die Firmen und die herrschenden Kreise Boliviens ihren Raub bemänteln wollten.

Und bald danach:

NATIONALE REVOLUTION IN BOLIVIEN!

Alle Zeitungen der Vereinigten Staaten meldeten sie an erster Stelle. Und Omonte hatte wieder Grund, sich zu erregen, als er erfuhr, daß die neue Regierung dem Lande nicht mehr Verordnungen auferlegen wolle, die in den Büros der Bergbaugesellschaften redigiert worden waren.

Die Massen erhoben sich, und weder Omonte noch die „anderen“ konnten mehr schlafen. Über dem Abgrund ihrer Schlaflosigkeit kreiste lärmend die Maschinerie, die täglich vierundzwanzig Stunden arbeitete und sie zwang, während jeder Minute ihres Menschendaseins die internationale Intrige weiterzuspinnen, um keine einzige der zahllosen Arbeitsminuten des durch die Schwarze Magie des Kapitalismus entmenschlichten Proletariats einzubüßen.

18

Epilog

„In diesem Jahr starb in Potosi jener reiche und mächtige Mann. Dieser Unglückliche starb auf gräßliche Weise, und in der nächsten Nacht erschien er seinem Beichtvater und sagte ihm, daß er zur Hölle verdammt sei ...“

Da sind wir wieder, Zenón Omonte. Ich habe dein Leben abrollen lassen seit jener Zeit, da ich dich als halbwüchsigen Mestizen in den Flußtälern Karasas fand, der sich damit unterhielt, mit der Schleuder die Vögel und mit direktem Zugriff die Imillas zu erlegen.

Mehr als siebzig Jahre sind vergangen. Jetzt finde ich dich dösend vor dem Kamin in deinem Zimmer in der Park Avenue, das du mit deiner Leiblichkeit von Fleisch und Fett ausfüllst – inmitten von Perserteppichen und Vikunjadecken –, respektiert und gefürchtet, zur legendären Gestalt geworden. Wie hast du dich verändert, Bruder! Aber nun wirst du dich nicht mehr verändern, die Zeit hat mit deinem endgültigen Antlitz nichts mehr zu schaffen, denn mit diesem Antlitz wirst du neben den großen Kapitänen des Kapitalismus die unterirdischen Stollen betreten, die zur Hölle führen – und diese wird von deiner Zinnstatue Besitz ergreifen, um ihr auf ewig einzuheizen.

Als habe es ein ausgeklügeltes Filmdrehbuch so vorgesehen, ist Omonte allein vor der Glut des Kamins zurückgeblieben. Ihr vages Licht gleitet wie zu einem Lebewohl über die Falten seines Gesichts und seine Doppelkinne, als wollte es sie zählen, wirft den Schatten der Oberlippe bis zur Nase und den der Wangenknochen bis zu den Augenhöhlen empor. Von da wölben sich die Schläfen auf, um sich in gekrümmten Schattengebilden fortzusetzen, die wie Hörner an seinem grauhaarigen Kopf vorzuspringen scheinen. Eine Maske vom Karneval der Bergarbeiter, die Maske der teuflischen Göttin von Oruro, auf einem Pressefest.

Die Zeitungen . . . Er bewegt sich und sieht sie zu seinen Füßen mit seinem formlosen Bild. Sprechen sie vom Blutbad? Sprechen sie von der Revolution? Sie beschäftigen sich damit, sein Leben auszuspionieren. Und das seines Sohnes. Das hat der Verfluchte davon, daß er eine geheiratet hat, die nicht einmal Herzogin war! Eine halbe Million Dollar, freilich! Ihm nimmt sie das Geld ab, nicht dem Trottel, der sich hat einwickeln lassen, denn das Geld ist seins, kommt aus seinem Bauch, durch die Jackentasche. „Ich lasse mich nicht bestehlen. Habe mich noch nie bestehlen lassen – das niemals. Sollen die Anwälte doch kommen! Wo sind diese Speichellecker? Sollen sie doch kommen!!!"

Aber sie waren ja gekommen und sind schon fort! Und beim Rückwärtsschreiten hat einer fast die Porzellanaphrodite vom Sockel gestoßen. Dort steht Aphrodite unversehrt, und wie in Wasser badet sie in den Flammen, die ihr mit schimmernden Reflexen Bewegungen mitteilen, so wie seinerzeit die Lichtstrahlen die Pentagramme der Jalousien auf die nackte Georgette übertrugen . . .

Elf Uhr nachts. Niemand kann herein. Draußen waltet der ausbedungene Respekt. Aus den Grotten der Schlaflosigkeit huschen wie Fledermäuse zitternde Stimmen, dunkle Schatten, die in seinem Hirn Platz nehmen, einen Kreis bilden, der sich innen öffnet, um durch einen neuen dunklen Kreis verdrängt zu werden. Wer schaut da hervor? Ist das ein Stollen, durch den eine Frau flieht, zusammen mit einem Selbstmörder? Ist es der kranke Sohn? – Wach auf, Omonte, du mußt dem Schatzamt der Vereinigten Staaten Gewinnsteuern in Dollar bezahlen – Dollar, Dollar! Früher waren es Pfunde; aber jetzt wird das Vermögen in Dollar berechnet, die in den Banken in Zement- und Stahlhöhlen angehäuft werden. Der Reichtum, den die Erde hervorbrachte, kehrt zur Erde zurück, in die Kellergewölbe der Banken. Dort ist er sicher, geschützt vor Prozessen, Kriegen und Revolutionen. „Nie werden sie es mir nehmen können!" Nie! Aber es genügt schon, Bruder, für Grafen, Esel und Erpresser zu sammeln.

Zwölf Uhr nachts. Draußen, im New Yorker Dunstkreis schattendunklen Zements und Eisens, gleitet noch immer der weiße Trauerreigen des Schnees aus dem schwarzen Himmel herab. Kann er denn aufhören, Geld anzuhäufen? Ist er denn nicht für immer an diesen Riesen mit den zahllosen Armen geschmiedet, der eines weit zurückliegenden Nachmittags dem von Tajuara eröffneten Gang entquoll, der das fünfundsechzigprozentige Zinn fäusteweise um sich warf und ihn an den Ohren in den stürmischen Tanz der Millionen hineinriß?

Das Licht unter dem Schirm scheint zu ersterben, aber der Millionär hat die Augen geschlossen. Die Glut im Kamin über der bleifarbenen Asche erlischt, und mit ihr verdunkelt sich Omontes Seele, wie das Feuer, das in schwarzem Staub erstickte und doch eben noch im glutheißen Wechselspiel der Flammen zuckte.

Sitzend fällt er in einen Schattensumpf, wo ihm niemand begegnet, den er geliebt hätte. Auch nicht das Blut der bolivianischen Arbeiter verleibt sich seinem Kardex-Herzen ein. Aber aus der Asche des Kamins blinzeln ihm unzählige Augen entgegen. Dort stehen sie, ein stummer, zorniger Haufen, seine Berater, seine Teilhaber, seine Direktoren, seine Anwälte, die Industriekapitäne, die Präsidenten der Gesellschaften, die Börsenagenten, die Bankiers, die Journalisten, lauter unbekannte Leute, die alle wild gestikulieren und seine metallene Seele durch kalte, kachelverkleidete Tunnel führen, um sie dem Teufel zu überantworten. Im Kopf und in der Brust des alten Monarchen herrscht eine so dunkle Müdigkeit, als lastete auf seinem Traum die Million Tonnen Zinn, die man seinen bolivianischen Gruben im Verlaufe von vierzig Jahren entriß.

Bis hierher geht der Roman Zenón Omontes. Jetzt mag der Teufel kommen und seine Geschichte vollenden.

Anmerkungen

7 *The ancient metallurgists ...* – (engl.) Die Metallurgen des Altertums nannten das Zinn diabolus metallorum, Teufel unter den Metallen.

17 *Tata* – (span.-amerik.) Papa; in übertragener Bedeutung im Ketschua: Pater.

Jacu, jacu, ripuna Tapacarita – (Ketschua) Das fließende Wasser werde ich festhalten.

18 *Imilla* – (span.-amerik.) junge Indianerin.

Khara – (Ketschua) armer Teufel, Habenichts.

25 *Khelkeri* – (Ketschua) Winkeladvokat.

28 *Gringo* – (span.-amerik.) Abschätzige Bezeichnung für den Weißen, besonders für den Engländer und auch Nordamerikaner.

31 *Chota* – Mädchen zwischen Mestizin und Kreolin.

Cholo – (span.) Mestize.

32 *Tustun-siqui* – (Ketschua) Dicker Hintern.

Melgarejo – Mariano Melgarejo (1818–1871), bolivianischer Politiker und General; 1864 brachte ihn ein Militärputsch an die Macht, die er bis 1871 diktatorisch ausübte.

Jusccu-ppuñu – (Ketschua) Langschläfer.

Roson-simi – (Ketschua) Wulstlippe.

der Befreier Bolívar – Simón Bolívar (1783–1830), Führer der südamerikanischen Unabhängigkeitsbewegung gegen die spanische Kolonialherrschaft.

General Camacho – Heliodoro Camacho (1831–1899), bolivianischer Politiker, der besonders im Salpeterkrieg gegen Chile (1879 bis 1883) militärisch hervortrat, Führer der Liberalen Partei.

Cueca – Chilenischer Volkstanz.

Usa-ppahuachi – (Ketschua) Spottname, der etwa besagt, daß die Läuse zu fliegen anfangen, wenn sie Josefa sehen.

35 *Charango* – In Bolivien, Chile und Peru eine Art kleine fünfsaitige Gitarre mit sehr hohen Tönen.

Cliceña – Bolivianisches Getränk.

36 *Alonso* – Severo Fernández Alonso (geb. 1859), bolivianischer Politiker; von 1896 bis 1899 Staatspräsident.

Pando – José Manuel Pando (1851–1917), bolivianischer liberaler Politiker und General; nach dem Sieg einer von ihm geführten liberalen Revolution (1898/99) Staatspräsident; unterzeichnete nach Beendigung des Salpeterkrieges (1883) im Jahre 1904 den Friedensvertrag mit Chile.

Tinta-chaqui – (Ketschua) Tintenfuß; entspricht etwa dem deutschen Naseweis.

39 *Estado* – (span.) Längenmaß; 1 Estado = etwa 2 m.

61 *Marschall Santa Cruz* – Andrés Santa Cruz (1792–1865), bolivianischer Politiker; kämpfte unter Bolívar gegen die Spanier und war von 1829 bis 1839 Staatspräsident und Diktator; vertrat die Idee einer Andenföderation unter Führung Boliviens, deren Verwirklichung das Eingreifen Chiles und Perus verhinderte.

62 *Monolo* – (Bol.) Bezeichnung für jemand, der sich durch große Körperkräfte auszeichnet.

70 *Palliri* – (Aimará) Frau des Bergmanns.

76 *Ave Maria Purísima* – (span.) Gegrüßet seist du, Maria, du reinste Mutter; Gruß, auf den die Antwort folgt: Sin pecado concebida – (span.) Ohne Sünde empfangen.

78 *Chivato* – (span.) junger Bock; in Bolivien und Argentinien auch Gehilfe des Karrenführers im Bergwerk.

79 *Chacokrieg* – Der seit 1927 zwischen Bolivien und Paraguay schwelende Konflikt um die Grenzgebiete des nördlichen Chaco führte 1932 zum Ausbruch des Krieges, der Ausdruck des britisch-nordamerikanischen Gegensatzes war. Die mit der Friedenskonferenz von Buenos Aires eingeleitete Klärung des Konflikts erfolgte zugunsten Paraguays, das zwei Drittel des umstrittenen Gebietes erhielt.

112 *General Montes* – Ismael Montes (1861–1933), bolivianischer Politiker, von 1904 bis 1909 und von 1913 bis 1917 Staatspräsident.

123 *Totoreña* – Bolivianisches Getränk, der Chicha ähnlich.

124 *ttalu-siqui* – (Ketschua) dünner Hintern; familiäre Bezeichnung für Kind.

132 *Paul Fort* – (1872–1960), französischer Dichter.

Mounet-Sully – Jean-Sully Mounet (1841–1916), französischer Schauspieler.

die Réjane – Gabrielle-Charlotte Réju (1856–1920), französische Schauspielerin.

Bernstein – Henry Bernstein (1876–1953), französischer Dramendichter.

„Chantecler" – Zeitkritisches Versdrama des französischen Dramendichters Edmond Rostand (1868–1918).

136 *Marimba* – Xylophonartiges Schlaginstrument westafrikanischer Herkunft; heute in vielen Formen hauptsächlich in afrikanischen und lateinamerikanischen Ländern verbreitet.

137 *Trois cents quarante-cinq francs* . . . – (franz.) 345 Francs.

141 *Aretino* – Pietro Aretino (1492–1556), italienischer Renaissanceschriftsteller; bekannt durch seine scharfsinnig-spöttischen Briefe und Pamphlete sowie seine witzig-obszönen Komödien.

143 *tinkka* – (Ketschua) Trankopfer, das erbracht wird, indem der Indio mit dem Zeigefinger einige Tropfen Likör auf den spritzt, dem geopfert wird, und zugleich seinen Namen anruft.

165 *Piqui huasi* – (Ketschua) Flohhaus; Bezeichnung für gewisse vor Schmutz starrende Polizeigefängnisse.

184 *Just* – (engl.) Einstand.

Game – (engl.) Spiel.

Thirty-forty – (engl.) dreißig : vierzig.

252 *Busch* – Germán Becerra Busch (1904–1939), bolivianischer Politiker, von 1937 bis 1939 Staatspräsident und Diktator, der Bolivien dem faschistischen Einfluß öffnete.

260 *Retiro* – Park in Madrid.

309 *Cuadra* – (span.-amerik.) Längenmaß zwischen 80 und 130 Metern, jeweils verschieden in den einzelnen südamerikanischen Ländern.

Nachwort

Der 1946 erschienene Roman *Teufelsmetall* von Augusto Céspedes ist bis heute das bedeutendste und interessanteste Werk der bolivianischen Literatur. Es handelt sich hierbei weder um einen biographischen noch um einen historischen Roman, dennoch vermittelt dieses Buch ein wichtiges Stück Geschichte des Landes, und es hat auch in mehr als einem Sinne selbst Geschichte gemacht. Sein Autor, eine der polemischsten und sicherlich die umstrittenste Figur im literarischen Leben Boliviens, gehört nicht zu den jüngeren Vertretern des lateinamerikanischen Booms, die in den letzten zwanzig Jahren mit ihren Büchern weltweiten Erfolg gehabt haben. Céspedes wird vielmehr – und er selbst teilt diese Meinung nicht ohne einen gewissen Stolz – zu jener Generation von Vorläufern der modernen lateinamerikanischen Literatur gezählt, deren Werke bereits in den dreißiger und vierziger Jahren bekannt wurden. Doch diese rein schematische Unterscheidung bedarf einer zusätzlichen und ergänzenden Begründung, ohne die man schwer verstehen würde, daß Céspedes neben Autoren wie Gallegos, Asturias, Alegría, Icaza und Carpentier genannt werden kann.

Die Bücher des Bolivianers Céspedes haben ihre eigene Thematik, und diese wiederum ergibt sich aus einem spezifischen historischen Kontext. Wie in fast allen kolonialen Gesellschaften geht es hierbei um die Geschichte von Rohstoffen und deren Ausbeutung. Es ist die Geschichte des Zinns und des Erdöls, der Unterdrückung der Arroganz der mächtigen Zinnbarone, der Entstehung eines nationalen Bewußtseins in einem abhängigen Land. Es ist aber auch die Geschichte von der Macht, die das geschriebene Wort in einem Land haben kann, in dem die meisten Menschen Analphabeten sind. Die Bücher von Céspedes – Erzählungen, Romane und Essays – lassen sich nicht einfach in die Kategorien des Indigenismus, des sozialistischen oder des magischen Realismus einordnen. Sie haben von alledem etwas und noch einiges mehr. Céspedes ist jedenfalls der bekannteste Vertreter jener politischen und literarischen Gruppe, die man in Bolivien als *Generación del Chaco* kennt, eine geistige Haltung, eine soziale Bewegung, die aus dem Chaco-Krieg in den dreißiger Jahren hervorging und deren Wirkung schwerwiegende Folgen für das Land haben sollte.

Die 1825 erlangte Unabhängigkeit hatte keine entscheidenden Veränderungen der in der ehemaligen spanischen Kolonie herrschenden Verhältnisse mit sich gebracht. Bolivien war zwar eine Republik geworden, aber die wirtschaftlichen und sozialen Strukturen des Landes blieben unangetastet. Die große Mehrheit der Bolivianer – überwiegend Indios und Mestizen – wurde von einer dünnen Oberschicht von Großgrundbesitzern und Bergbauunternehmern beherrscht. Diese Oligarchie verfügte über das Land und das Leben der Indios, die in den Haciendas und Silberminen arbeiten mußten. Das war die sogenannte erste Republik, die chaotische Zeit der *Caudillos,* in der – wie der bolivianische Essayist Sergio Almaraz es umschrieb – der Regierungssitz nicht in der Hauptstadt war, sondern dort, wo der machthabende General sein Lager aufgestellt hatte, um eine neue Erhebung gegen ihn niederzuschlagen.

In der zweiten Hälfte des vorigen Jahrhunderts fand man in den bolivianischen Bergen ein Metall, das auf dem Weltmarkt immer mehr gefragt wurde: Zinn, auch *diabolus metallorum,* Metall des Teufels, genannt. Und schon um die Jahrhundertwende hatte das Land neue Herrscher: die Zinnbarone Patiño, Hochschild und Aramayo. Der mächtigste unter ihnen war zweifellos der Mestize Simón Patiño,

Gründer und Alleinherrscher eines gewaltigen internationalen Unternehmens, der *Patiño Mines and Enterprises Consolidated Inc.*, mit Sitz in Delaware, USA. Laut *Fortune* gehörte er zu den zehn reichsten Männern der Welt; die Agentur *Associated Press* schätzte sein Vermögen auf 70 Millionen Pfund Sterling. Von ihm, von seinem Werdegang und seinen Machenschaften, von seiner Macht und seinem Untergang ist im Roman *Teufelsmetall* die Rede, auch wenn die Hauptfigur hier nicht Simón Patiño, sondern Zenón Omonte heißt.

Patiño und die zwei anderen Zinnbarone bestimmten über ein halbes Jahrhundert lang das Leben Boliviens. Sie bildeten die sogeannte *rosca,* jenen Ring der mächtiger als der bolivianische Staat war. Die *rosca* war der Staat selbst. Ihr gehörte alles: die Regierung und das Parlament, die Streitkräfte und die Massenmedien, die Banken und die Universitäten, Rechtsanwälte und Ingenieure. Die kapitalistischen Bergbauunternehmer einerseits und die feudalistischen Latifundienbesitzer andererseits ergänzten sich in einer Art friedlicher Koexistenz zweier verschiedener Produktionsweisen für die erbarmungslose Ausbeutung eines Landes, seiner Reichtümer und seiner Menschen. Ihre wirtschaftlichen Interessen waren aufs engste mit der nordamerikanischen und der europäischen Finanz- und Industriewelt verbunden. Und sie praktizierten in Bolivien eine Demokratie, in der nur diejenigen wählen und gewählt werden durften, die lesen und schreiben konnten, und das waren nicht einmal 20 Prozent der bolivianischen Bevölkerung. Als Beitrag für den Sieg der Demokratie im Zweiten Weltkrieg wurden die Löhne der bolivianischen Bergarbeiter gekürzt. Als diese dagegen protestierten, wurde die Armee in die Minen geschickt. Das Massaker von Catavi im Dezember 1942 mit mehr als 300 toten Arbeitern, Frauen und Kindern war der Preis, den das bolivianische Volk für die Bekämpfung des Faschismus in Europa und für die Folgen von Pearl Harbor zahlen mußte. Es signalisierte aber auch den Anfang vom Ende der »zweiten Republik«, deren idyllische Ruhe seit den Tagen des Chaco-Krieges merklich gestört war.

Das Wirtschaftsmodell der *rosca* konzentrierte sich auf die Ausbeutung der Minen und Ländereien im westlichen Hochland. Das weite Tiefland im Osten Boliviens war zwar auf der Landkarte zu sehen, aber die meisten Bolivianer wußten nicht, wie diese tropische Landschaft wirklich aussah. Dort war der bolivianische Staat nicht präsent. Aber ausgerechnet dort, in der Chaco-Gegend an der Grenze zu Paraguay, gab es viel Erdöl. Doch die *rosca* und ihre Statthalter hatten kein Interesse daran, die *Royal Dutch Shell* und die *Standard Oil Company of New Jersey* hingegen um so mehr. Für die eine Ölgesellschaft wurden die Paraguayer an die Front geschickt, für die andere mußten die Bolivianer herhalten. So begann im Jahre 1933 der Chaco Krieg, der drei Jahre dauerte und mehr als 100 000 Menschenleben forderte. In den Schützengräben des Krieges lernten viele Bolivianer sich und ihr eigenes Land kennen. An der Front, in den Feldlagern und Lazaretten waren Bergarbeiter, Bauern, Studenten, Intellektuelle und junge Offiziere zusammen. Die meisten von ihnen erlebten zum ersten Mal diese andere Dimension des nationalen Territoriums, und viele fragten sich nach dem Sinn dieses Gemetzels. Sie stellten auch sehr bald fest, daß die Zinnbarone und ihre eifrigen Verwalter den Krieg in jeder Hinsicht ignorierten. Und sie kamen zu der Überzeugung, daß nicht Paraguay der eigentliche Feind war, sondern die Interessen des internationalen Kapitals und ihrer einheimischen Verbündeten, der oligarchischen *rosca.* Unter den jungen Intellektuellen, die an diesem Krieg und an diesen Überlegungen teilnahmen, befand sich Augusto Céspedes.

Vor dem Hintergrund des verlorenen Chaco-Krieges flammte der bolivianische Nationalismus auf. Kurz nach Beendigung des Krieges entstand die Zeitung *La Calle,* die von Anfang an das Kampfblatt der nationalistischen Opposition war.

Mitgründer und Redekteur der Zeitung war Augusto Céspedes. Junge Offiziere, die an der Front gekämpft hatten, übernahmen zusammen mit fortschrittlichen Zivilisten die Regierung und versuchten eine an den nationalen Interessen orientierte Politik voranzutreiben. Die *Standard Oil Company* wurde enteignet und die Erdölvorkommen des Landes verstaatlicht. Die Zinnbarone wurden aufgefordert, ihre seit Jahrzehnten fälligen Steuern an den Staat zu zahlen. Ein Gesetz über die Arbeitsregelung wurde verabschiedet, und zum ersten Mal in der Geschichte des bolivianischen Staates besaßen die Indios die Möglichkeit, sich auf einem nationalen Bauernkongreß zu organisieren und ihre Probleme und Interessen öffentlich zu erläutern. Aber das alles auf einmal war zu viel für die immer noch mächtige *rosca*. Die Zinnbarone setzten sich zur Wehr und ließen diese Versuche scheitern. Zwei fortschrittliche Offiziere, die als Staatsoberhäupter diese gemäßigten Reformen durchsetzen wollten, mußten mit ihrem Leben dafür zahlen. Oberstleutnant Germán Busch beging Selbstmord unter bisher ungeklärten Umständen. Oberstleutnant Gualberto Villarroel wurde an einem Laternenpfahl auf dem Hauptplatz von La Paz erhängt. Aber den historischen Prozeß, der bereits begonnen hatte, konnte die *rosca* nicht aufhalten. Denn auch in dieser Zeit formierten sich neue politische Kräfte, die eine entscheidende Rolle für die künftige Entwicklung der bolivianischen Geschichte spielen sollten. Die wichtigste unter ihnen war die MNR, die *Movimiento Nacionalista Revolucionario* (Nationalistische Revolutionäre Bewegung), ein Sammelbecken aller nationalistischen und antioligarchischen Kräfte, die in ihrer ideologischen Zusammensetzung ein breites Spektrum von rechts bis links zeigten und die Beseitigung der bestehenden Verhältnisse anstrebten. Mitgründer und einer der führenden Ideologen der MNR war der Journalist Augusto Céspedes, der inzwischen auch zu einem bekannten Schriftsteller geworden war.

Im April des Jahres 1952 kam es zu einem bewaffneten Volksaufstand unter Führung der MNR. In der bolivianischen Geschichtsschreibung ist dieses Ereignis als die Nationale Revolution bekannt. Die Armee der *rosca* wurde von den Volksmilizen besiegt, und die MNR übernahm zusammen mit der im Zuge der Revolution gegründeten Gewerkschaftszentrale COB *(Central Obrera Boliviana)* die politische Macht. Die Bergbauunternehmen der drei großen Zinnbarone wurden enteignet und verstaatlicht, eine Agrarreform und die darin vorgesehene Landverteilung an die landlosen Bauern in Angriff genommen und schließlich das allgemeine Wahlrecht eingeführt. Neben einer immer stärkeren Beteiligung des Staates am wirtschaftlichen Leben des Landes sollten all diese Maßnahmen die Grundvoraussetzungen für die Entstehung und Konsolidierung des modernen bolivianischen Nationalstaates schaffen.

Eine führende Rolle in der Revolution hatten die bolivianischen Bergarbeiter gespielt, jene kämpferische und klassenbewußte Arbeiterschaft, die während der letzten sechzig Jahre in den Zinngruben herangewachsen war. Von ihnen, von ihrer harten Arbeit und ihrer gnadenlosen Unterdrückung, von ihren inhumanen Lebensbedingungen und ihrem Kampf ist auch im Roman *Teufelsmetall* die Rede. Sie sind zu Proletarieren gewordene Bauern, die einen doppelten Kampf führen müssen: als unterdrückte Indios und als ausgebeutete Arbeiterklasse.

Der Chaco-Krieg war auch die Ursache für das Entstehen einer vitalen und engagierten literarischen Bewegung. Eine junge, bis dahin unbekannte Generation von Autoren – die *Generacíon del Chaco* – setzte ihre Erlebnisse und Erkenntnisse von der Front in eindrucksvolle Erzählungen, Schilderungen, Gedichte, Essays und Romane um. Es war die bolivianische Version dessen, was zwanzig Jahre früher in Mexiko nach der Mexikanischen Revolution geschehen war. Aber während in Mexiko die Werke von Azuela, Guzmán und Vasconcelos ein literarisches Produkt der revolutionären Ereignisse waren, stellten in Bolivien Schriftsteller wie Carlos Montenegro, Yolanda Bedregal, Oscar Cerruto, Jesús Lara, Otero Reich und Augusto Céspedes die geistigen Vorreiter der Nationalen Revolution von 1952 dar. Allein zwischen 1936 und 1950 wurden in Bolivien mehr als zwanzig Bücher veröffentlicht, die sich sowohl mit den Ursachen und Folgen des Krieges als auch mit der Notwendigkeit einer Veränderung der Verhältnisse im Lande auseinandersetzten. Auf literarischem Gebiet war die Zeit zwischen dem Chaco-Krieg und der Revolution zweifellos die fruchtbarste. Für Bolivien war die Chaco-Literatur eine geistige Bewegung, die an Authentizität und politischer Aussagekraft bisher unübertroffen geblieben ist. Diese Literatur hat sicherlich keine Reform, keine Verstaatlichung und auch keinen bewaffneten Kampf verursacht, aber sie hat entscheidend zur Schaffung eines geistigen Klimas beigetragen, das für solche sozialen Veränderungen notwendig ist.

Der bedeutendste und erfolgreichste unter den Autoren der Chaco-Literatur war Augusto Céspedes, der schon 1936, noch im selben Jahr, in dem der Krieg zu Ende ging, sein erstes Buch veröffentlichte: *Sangre de Mestizos,* ein Erzählband, mit dem er sein schriftstellerisches Prestige begründete. Darin sind Erzählungen wie *El Pozo* und *La Paraguaya* enthalten, die zu den besten ihrer Gattung in Lateinamerika gezählt werden. Zehn Jahre später, 1946, also noch zu Lebzeiten der *rosca,* kam sein erster Roman, *Teufelsmetall* heraus. Es war mehr als ein literarisches Ereignis: Es war ein politischer Skandal, und das in einem Land, in dem nicht viele Menschen lesen konnten und die wenigsten diese Fähigkeit benutzten, um Romane zu lesen (nicht zuletzt deshalb, weil dort Bücher teuer sind). Aber gerade in einem solchen Land können Bücher unter gewissen Umständen offenbar äußerst wirksam, das heißt, gefährlich sein. Jeder – auch die, die das Buch nicht gelesen hatten – wußte, wer mit der Romanfigur des Zenón Omonte gemeint war. Die herrschenden Zinnbarone und ihre Aufseher müssen es auch wohl gewußt haben. In der Zeitschrift *Time* von April 1947 ist jedenfalls die Nachricht zu lesen, daß im Hof der *English Catholic School* zu La Paz, wo die Töchter der bolivianischen Oberschicht die guten Sitten lernten, ein Feuer veranstaltet wurde. Verbrannt wurden »subversive« Werke von Autoren wie Anatole France, Goethe, Victor Hugo, Alexandre Dumas, Blasco Ibáñez und der »netzbeschmutzende« Roman *Teufelsmetall* des Bolivianers Augusto Céspedes. Von den Schriftstellern, die man hier mit Flammen zum Schweigen zu bringen versuchte, war Céspedes wahrscheinlich der gefährlichste. Die *rosca* war offensichtlich beunruhigt und verunsichert. Sie spürte, daß sich die Zeiten gewandelt hatten. Immer mehr Bolivianer wagten es, sie in Frage zu stellen, ja sie anzuprangern und offen ihren Sturz zu fordern. Die herrlichen Tage Arkadiens gingen zu Ende.

Es war sicherlich auch kein Zufall, daß im selben Jahr 1946 ein anderes für Bolivien wichtiges Buch erschien: *Nacionalismo y Coloniaje* von Carlos Montenegro, der ein Mitstreiter von Céspedes und ebenfalls Journalist sowie Mitgründer der MNR war. Sein Buch, ein brillanter historischer Essay, gilt bis heute als die gründlichste und treffendste Interpretation der bolivianischen Geschichte von der Kolonialzeit bis zum Vorabend des Chaco-Krieges. Es ist zugleich eine leidenschaftliche und sachlich fundierte Anklage gegen die herrschende Oberschicht und eine gnadenlose Entlarvung ihres Versagens als »Elite der Nation«, als die sie sich nämlich verstand. Montenegro trat für die Schaffung des Nationalstaates ein, und dies konnte nur das Werk jener sozialen Kräfte sein, die die nationalen Interessen des Landes verkörpern und vertreten: die Bauern, die zwei Drittel der bolivianischen Bevölkerung ausmachen, die Minen- und Facharbeiter, die die Wirtschaft des Landes funktionsfähig erhalten, und der fortschrittliche Mittelstand, der sich an seiner Entfaltung durch die *rosca* gehindert sah. Céspedes, wie viele andere Autoren seiner Generation, verfolgte die selben Ziele und drückte es mit anderen literarischen Mitteln aus. Sein Roman und der Essay von Montenegro waren ohne Zweifel die bedeutendsten politischen Schriften jener Zeit in Bolivien.

Teufelsmetall ist kein biographischer Roman und noch weniger eine romanhafte Biographie. Vieles von dem, was hier geschildert wird, hat sich tatsächlich so zugetragen; einiges könnte so gewesen sein. Es ist das gute Recht eines Romanciers, die Wirklichkeit zu verfremden. Aber gerade die zentrale Figur des Romans, Zenón Omonte, hält zu sehr fest an der oberflächlichen, äußeren Wirklichkeit des Simón Patiño. Der international mächtige Zinnbaron war ein kalt berechnender Ausbeuter, ein reich gewordener Mestize, der von New York, London und Paris aus seine Landsleute unterdrücken ließ, und das Land, in dem er geboren wurde und in dem er reich geworden war, als eine Mine im wahrsten Sinne des Wortes betrachtete. Er war kein Bourgeois klassischen Stils. Aber trotzdem – oder vielleicht gerade deshalb – war er eine faszinierende Gestalt für eine literarische Verarbeitung ohne die manichäische und schematische Verteufelung, mit der Céspedes an den Antihelden seines Romans herangegangen ist. Das ist wahrscheinlich die deutlichste inhaltliche Schwäche seines Buches, und sie ist auch das beliebteste Ziel sowohl seiner ablehnenden als auch seiner wohlwollenden Kritiker gewesen. Dies beeinträchtigt jedoch nicht die schriftstellerischen Qualitäten von Céspedes, der übrigens – wie viele andere lateinamerikanische Autoren – nie einen Hehl daraus gemacht hat, daß er die Literatur als eine politische Waffe versteht und entsprechend mit ihr umgeht. Trotz aller berechtigten Einschränkungen darf man nicht übersehen, daß *Teufelsmetall* – wie die anderen Bücher von Céspedes – zu den Vorläufern der modernen lateinamerikanischen Literatur gehört. In ihm sind Elemente des Regionalismus und Indigenismus, jener literarischen Tendenzen, die zwischen 1920 und 1950 in Lateinamerika vorherrschten, als auch des heutigen fantastischen Realismus enthalten. Bemerkenswert ist jenes Kapitel über Paris mit seinen strahlenden Lichtern, in dem Céspedes die Figuren seines Romans in der französischen Hauptstadt bewegt, ohne daß er selbst diese Stadt bis dahin gekannt hätte.

Céspedes veröffentlichte später andere Bücher: *El Dictador Suicida* (1956) und *El Presidente colgado* (1962), zwei historische Betrachtungen über jene bewegte Zeit nach dem Chaco-Krieg, in der er Zeuge und Protagonist zugleich war. 1968 erschien ein zweiter Roman, *Trópico enamorado,* und 1973 eine historische Interpretation des Chaco-Krieges, *Salamanca o el Metafísico del fracaso.* In diesen beiden letzten Werken hat Céspedes allerdings viel von seiner früheren politischen Brisanz und literarischen Begabung eingebüßt. In den letzten zwanzig Jahren war er als Journalist und vor allem als Diplomat tätig. Seit vier Jahren vertritt er offiziell sein Land als Botschafter bei der UNESCO in Paris. Seine Gegner, die sehr zahlreich sind, und seine früheren Mitstreiter und Bewunderer, die noch zahlreicher sind, haben es ihm übel genommen, daß er nicht bereit war, seinen Botschafterposten in Paris aufzugeben, nachdem im Juli 1980 eine reaktionäre Militärjunta durch einen blutigen Putsch die Macht in Bolivien übernahm und den demokratischen Willen des Volkes mit Panzern niederwalzte. Céspedes bekannte sich vielmehr öffentlich zu den neuen Machthabern, die nicht nur am anrüchigen internationalen Kokaingeschäft beteiligt sind, sondern mehrfach auf eben jene Bauern und Bergarbeiter geschossen haben, für die er sich in seinen Büchern so leidenschaftlich eingesetzt hatte. Vielleicht gilt auch für ihn das, was der Uruguayer Benedetti über den Argentinier Borges einmal schrieb, nämlich daß eine fragwürdige politische Haltung zwar ein gelungenes literarisches Schaffen keineswegs zu entkräften vermag, aber gut geschriebene Bücher ebensowenig politische Fehltritte entschuldigen können. Wie überall in Lateinamerika wird auch in Bolivien von den Schriftstellern eine ihren Schriften entsprechend konsequente Haltung erwartet. Obwohl er in den letzten Jahren diese Erwartung nicht erfüllt hat, bleibt Céspedes nach wie vor der beste bolivianische Autor, und ohne daß er es beabsichtigt hätte, hat sein Roman *Teufelsmetall* gerade jetzt wieder brennende Aktualität. Das ist die andere Seite der Macht des geschriebenen Wortes.

Berlin 1982

Oscar Zambrano

Dialog Dritte Welt

Im deutschsprachigen Raum ist in den vergangenen Jahren das Interesse an den Kulturen der Völker der Dritten Welt erheblich gewachsen. Auch das Bedürfnis nach Information und die Einsicht, daß wir die Menschen aus Asien, Afrika und Lateinamerika selbst zu Wort kommen lassen müssen, hat zugenommen. Dabei wird der Tatsache, daß in diesen Ländern eine Literatur geschrieben wird, die literarisch anspruchsvoll und spannend zugleich ist, auf unserem Buchmarkt noch längst nicht genügend Rechnung getragen.

Entsprechend ihrer verlegerischen Konzeption und ihrer langjährigen Tradition bei der Herausgabe von Literatur aus der Dritten Welt haben sich der Lamuv Verlag, der Peter Hammer Verlag und der Unionsverlag entschlossen, gemeinsame Sache zu machen. Unser Ziel ist es, im Laufe der nächsten fünf Jahre mit vierzig Titeln eine Bibliothek von Weltliteratur aus Afrika, Asien und Lateinamerika zusammenzustellen. Jedes Buch der Reihe, ob Roman, Sachbuch, Lyrik- oder Kurzgeschichtenanthologie soll ein realistisches Bild der sozialen und politischen Lage des Landes und seiner Menschen vermitteln. Und das Leseabenteuer, die literarischen Entdeckungsreisen in Kontinente und Kulturen sollen nicht mehr an hohen Ladenpreisen scheitern. Deshalb erscheinen alle Titel dieser Reihe als Taschenbücher. Die Zielsetzung, eine preiswerte, langfristig geplante und repräsentative Auswahl dieser Literatur einem breiten Leserkreis zugänglich zu machen, ist für die drei Verlage mit erheblichen Risiken und finanziellem Aufwand verbunden. Deshalb bitten wir um Ihre Mithilfe und bieten die Reihe zum Abonnement an. Die Abonnenten erhalten als Dank für ihr Engagement jährlich kostenlos eine Langspielplatte mit Musik aus jeweils einem der drei Kontinente.

Um die Bücher der Reihe DIALOG DRITTE WELT auf allen Ebenen der Bildungsarbeit besser handhabbar zu machen, erscheint parallel das Materialheft »Dialog Dritte Welt«. Es gibt Anregungen und Anleitungen für den Gebrauch der Bücher, beschäftigt sich mit den Hintergründen ihrer Handlung, gibt zusätzliche Information zu den Autoren. Den Abonnenten der Reihe wird es kostenlos mitgeliefert.

Eine Initiative der Verlage

Lamuv Verlag · Peter Hammer Verlag
Unionsverlag

Dialog Dritte Welt

Frühjahr '82

Augusto Cespédes

Teufelsmetall
Roman aus Bolivien

Aus dem Spanischen von Ana Maria Brock, Nachwort von Oscar Zambrano
336 Seiten, DM 14,80
Lamuv Verlag
ISBN 3-921521-47-5

Taufiq al-Hakim

Staatsanwalt unter Fellachen
Roman aus Ägypten

Aus dem Arabischen von Horst Lothar Teweleit, Nachwort von Arnold Hottinger
Unionsverlag
160 Seiten, DM 12,80
ISBN 3-293-00030-4

Meja Mwangi

Nairobi, River Road
Roman aus Kenia

Aus dem Englischen von Carola Bönk, Nachwort von Al Imfeld
336 Seiten, DM 14,80
Peter Hammer Verlag
ISBN 3-87294-201-8

Simone Schwarz-Bart

Ti Jean oder die Heimkehr nach Afrika
Roman aus Guadeloupe

Übersetzung aus dem Französischen und Nachwort von Ullrich Wittmann
Peter Hammer Verlag
336 Seiten, DM 14,80
ISBN 3-87294-195-X

Herbst '82

Gustavo Alfredo Jácome

Auf der Suche ich nach mir ...
Roman aus Ecuador

Aus dem ecuadorianischen Spanisch von Karin Schmidt, Nachwort von Oscar Zambrano
Lamuv Verlag
ca. 392 Seiten, ca. DM 16,80
ISBN 3-921521-49-1

Driss Chraïbi

Die Zivilisation, Mutter!
Roman aus Marokko

Aus dem Französischen von Helgard Roos
Unionsverlag
ca. 160 Seiten, DM 12,80
ISBN 3-93-00031-2

Frank Martinus Arion

Doppeltes Spiel
Roman aus Curaçao

Aus dem Niederländischen von Tos Meuer
Peter Hammer Verlag
ca. 360 Seiten, DM 16,80
ISBN 3-87294-194-1

Albert Wendt

Pepes Plantage
Roman aus Samoa

Aus dem Englischen von Doris Pfaff
Peter Hammer Verlag
ca. 400 Seiten, DM 18,80
ISBN 3-87294-204-2

Lamuv Verlag
Martinstraße 7 · 5303 Bornheim-Merten · Telefon (0 22 27) 21 11
Peter Hammer Verlag
Föhrenstraße 33–35 · 5600 Wuppertal 2 · Telefon (02 02) 50 50 66
Unionsverlag
Zollikerstraße 138 · CH-8008 Zürich · Telefon 01 55 72 82